Louise Candlish

Après avoir étudié l'anglais à l'University College de Londres, Louise Candlish travaille en tant que relectrice et rédactrice publicitaire de livres illustrés, puis décide de se tourner vers l'écriture. Elle commence par des romans d'amour et des sagas familiales, mais elle se fait connaître avec ses thrillers psychologiques et domestiques. Parmi eux, *Our House* (*Chez nous*, Sonatine, 2020) est lauréat en 2019 du British Book Award dans la catégorie « Thriller de l'année » et a été désigné comme « Livre de l'année 2018 » par *The Washington Post*, *The Guardian* ou encore *The Daily Mail*. À l'image de *Chez nous*, les thrillers de Louise Candlish s'articulent souvent autour d'une menace qui pèse sur le foyer et la cellule familiale. *Depuis que tu n'es plus là* a paru aux Presses de la Cité en 2009, ainsi que *Avant de se dire adieu* en 2010. Son dernier roman a été publié chez Sonatine en 2020.

CHEZ NOUS

LOUISE CANDLISH

CHEZ NOUS

Traduit de l'anglais
par Caroline Nicolas

SONATINE EDITIONS

Titre original :
OUR HOUSE

FSC
www.fsc.org

MIXTE
Papier issu de
sources responsables
FSC® C003309

L'éditeur de cet ouvrage s'engage dans une démarche
de certification FSC® qui contribue à la préservation
des forêts pour les générations futures.

Pour en savoir plus :
www.editis.com/engagement-rse/

Le Code de la propriété intellectuelle n'autorisant, aux termes de l'article L. 122-5 (2°
et 3° a), d'une part, que les « copies ou reproductions strictement réservées à l'usage
privé du copiste et non destinées à une utilisation collective » et, d'autre part, que les
analyses et les courtes citations dans un but d'exemple ou d'illustration, « toute représentation ou reproduction intégrale ou partielle faite sans le consentement de l'auteur
ou de ses ayants droit ou ayants cause est illicite » (art. L. 122-4).
Cette représentation ou reproduction, par quelque procédé que ce soit, constituerait donc
une contrefaçon sanctionnée par les articles L. 335-2 et suivants du Code de la propriété intellectuelle.

Éditeur original : Simon & Schuster UK Ltd
© Louise Candlish, 2018
© Sonatine Éditions, 2020, pour la traduction française
ISBN : 978-2-266-31285-1
Dépôt légal : mai 2021

À l'inimitable et remarquable SJV

1

Vendredi 13 janvier 2017

Londres, 12 h 30

Elle doit se tromper, mais on dirait vraiment que quelqu'un est en train d'emménager dans sa maison.

Le camion est garé un peu plus loin dans Trinity Avenue, gueule carrée béante, un meuble massif en train de glisser sur sa langue de métal strié. Les yeux plissés dans la lumière pâle et dorée du soleil – rare à cette époque de l'année, un cadeau inattendu –, Fi regarde deux hommes, portant l'objet sur l'épaule, passer le portail et remonter l'allée.

Mon portail. Mon allée.

Non, c'est absurde : évidemment qu'il ne peut s'agir de chez elle. Ce doit être chez les Reece, deux maisons plus loin ; ils ont mis leur propriété en vente à l'automne et personne ne sait avec certitude si elle a trouvé acheteur. Les demeures de ce côté-ci de Trinity Avenue se ressemblent toutes – de style edwardien, en brique rouge, à façade symétrique et détenues par des propriétaires unis dans leur préférence pour les portes d'entrée peintes en noir – et tout le monde s'accorde à dire qu'il est facile de mal compter.

Une fois, alors qu'il rentrait titubant d'un de ses « verres rapides » au Two Brewers, Bram s'était trompé de porte et elle avait entendu, par la fenêtre ouverte de leur chambre, les tentatives répétées, avec force râlements, de son mari ivre pour introduire sa clé dans la serrure du numéro 87, où habitent Merle et Adrian. Sa persévérance était ahurissante; il était persuadé que si seulement il continuait d'essayer, la clé finirait par tourner.

« Mais elles se ressemblent toutes, avait-il protesté le lendemain matin.

— Les maisons, oui, mais même un ivrogne ne pourrait pas manquer le magnolia », avait répondu Fiona en riant. (À cette époque, il l'amusait encore lorsqu'il avait bu, au lieu de ne lui inspirer que tristesse – ou mépris, suivant son humeur.)

Elle interrompt ses pas : le magnolia. C'est un point de repère, leur arbre; une vue mémorable lorsqu'il est en fleur, et beau même quand il est nu, comme maintenant, ses rameaux gravés dans le ciel avec une délicatesse artistique. Et il se dresse bien dans le jardin de la maison devant laquelle est garé le camion.

Réfléchis. Il doit s'agir d'une livraison, quelque chose pour Bram dont il ne lui a pas parlé. Certains détails se perdent dans leurs communications; ils acceptent tous les deux le fait que leur nouveau système n'est pas sans faille. Hâtant de nouveau le pas, la main en visière, elle arrive assez près pour lire ce qui est écrit sur le flanc du véhicule : « DÉMÉNAGEMENTS DEMEURES DE PRESTIGE ». Sa première impression était la bonne, donc. Des amis de Bram, probablement, passés déposer quelque chose sur leur trajet. Si elle pouvait choisir, ce serait un vieux piano pour les garçons. (*Pitié, Seigneur, pas une batterie.*)

Mais attendez, les déménageurs sont ressortis, et maintenant d'autres objets sont transportés du camion à la maison : une chaise de salle à manger ; un grand plateau en métal rond ; un carton portant l'inscription « FRAGILE » ; une armoire petite et mince, de la taille d'un cercueil. *À qui appartiennent ces choses ?* Une flambée de colère lui embrase le sang lorsqu'elle parvient à la seule conclusion possible : Bram a invité quelqu'un à s'installer. Un compagnon de bar exproprié, sûrement, qui n'a nulle part ailleurs où aller. (« Reste aussi longtemps que tu veux, mon vieux, c'est pas la place qui manque. ») Quand donc avait-il l'intention de la prévenir ? En tout cas, il n'est pas question qu'un inconnu habite chez eux, même temporairement, toutes charitables que soient les intentions de Bram. Les enfants passent avant : n'était-ce pas l'objectif ?

Ces derniers temps, elle craint qu'ils l'aient tous les deux oublié.

Elle est presque arrivée. En passant devant le numéro 87, elle a conscience de la présence de Merle à la fenêtre du premier étage, les sourcils froncés, le bras levé pour attirer son attention. Mais c'est à peine si Fi lui fait signe qu'elle l'a vue alors qu'elle franchit son portail pour remonter à grands pas l'allée pavée.

« Excusez-moi ! Qu'est-ce qui se passe ? » Mais au milieu du vacarme, personne ne semble l'entendre. Elle reprend plus fort, d'une voix plus sèche : « Que faites-vous avec tous ces meubles ? Où est Bram ? »

Une femme qu'elle ne connaît pas sort de la maison et s'arrête sur le seuil, souriante.

« Bonjour, est-ce que je peux vous aider ? »

Fi, le souffle coupé, la regarde comme si c'était une apparition. C'est là l'amie dans le besoin de Bram ? D'apparence familière, plus dans le type que dans les traits, elle ressemble à Fi – en plus jeune cependant, la trentaine. Blonde, vive et enjouée, le genre à retrousser ses manches et à prendre les choses en main. Le genre, comme en témoigne le passé, à donner à un esprit libre tel que Bram l'impression d'un carcan.

« J'espère, oui, répond-elle. Je suis Fi, l'épouse de Bram. Qu'est-ce qui se passe ? Êtes-vous… une amie à lui ? »

La femme se rapproche d'un pas, déterminée, polie.

« Pardon, l'épouse de qui ?

— De Bram. Enfin, son ex-épouse, plus précisément. »

La rectification lui vaut un regard curieux, suivi de la suggestion qu'elles s'écartent toutes deux du chemin des déménageurs. Tandis qu'une énorme toile enveloppée de papier à bulles passe comme en flottant à côté d'elle, Fi se laisse guider sous les branches du magnolia.

« Qu'est-ce qu'il vous a promis, exactement ? demande-t-elle d'un ton impérieux. Quoi que ce soit, je n'en ai pas été informée.

— Je ne suis pas sûre de comprendre ce que vous voulez dire. » Le front de son interlocutrice est légèrement plissé alors qu'elle observe Fi. Ses yeux d'un brun doré sont pleins de bonne foi. « Êtes-vous une voisine ?

— Non, bien sûr que non. » Fi commence à perdre patience. « Je vis ici. »

Le plissement s'accentue.

« Je ne crois pas. Nous sommes en train d'emménager. Mon mari sera bientôt là avec le deuxième camion. Nous sommes les Vaughan. » Elle dit cela comme si Fi pouvait avoir entendu parler d'eux, lui tend même la main pour la saluer officiellement. « Lucy. »

Bouche bée, Fi doit faire un effort pour croire ses oreilles, et les messages erronés qu'elles font parvenir à son cerveau.

« Écoutez, je suis la propriétaire de cette maison et je crois que je serais au courant si nous avions décidé de la louer. »

La perplexité rosit les joues de Lucy Vaughan. Elle baisse la main.

« Ce n'est pas de la location. Nous l'avons achetée.

— Ne dites pas n'importe quoi !

— Mais c'est vrai ! » Elle jette un coup d'œil à sa montre. « Officiellement, nous en sommes devenus propriétaires à midi, mais l'agent nous a laissés prendre les clés juste avant.

— De quoi est-ce que vous parlez ? Quel agent ? Aucun agent n'a les clés de ma maison ! » Le visage de Fi se tord d'émotions conflictuelles : peur, énervement, colère, et même, malgré elle, un sombre amusement, parce qu'il ne peut s'agir là que d'une plaisanterie, bien qu'elle soit d'ampleur monumentale. Qu'est-ce que cela peut être d'autre ? « Est-ce un canular ? » Elle cherche, derrière son interlocutrice, des caméras, un téléphone en train de filmer sa confusion au nom du divertissement, mais ne voit rien à part une procession de gros cartons. « Parce que je ne trouve pas cela très amusant. Il faut que vous disiez à ces gens d'arrêter.

— Je n'en ai aucune intention », réplique Lucy Vaughan, ferme et résolue, tout comme l'est habituellement Fi lorsqu'elle n'est pas prise de court par une situation pareille. Elle esquisse une moue contrariée avant d'ouvrir la bouche, frappée d'une idée subite. « Attendez deux secondes, Fi, avez-vous dit ? Comme Fiona ?

— Oui. Fiona Lawson.

— Alors vous devez être… » Lucy s'interrompt, remarque les coups d'œil interrogateurs des déménageurs et baisse la voix. « Je crois que vous feriez mieux d'entrer. »

13

Et Fi se retrouve conviée à passer le seuil de sa propre porte, de sa propre maison, comme une simple invitée. Elle s'avance dans le large et haut vestibule et s'arrête, stupéfaite. Ce n'est pas là *son* vestibule. Certes, ce sont les bonnes dimensions, la palette bleu argent des murs demeure la même et l'escalier n'a pas bougé, mais l'espace a été vidé, dépouillé de tous les objets censés l'occuper : la console et le banc-coffre ancien, le tas de chaussures et de sacs, les photos sur les murs. Et le miroir en palissandre qu'elle aime tant, hérité de sa grand-mère : disparu ! Elle tend la main pour toucher le mur où il devrait être accroché, comme si elle s'attendait à le trouver englouti dans le plâtre.

« Qu'avez-vous fait de toutes nos affaires ? » demande-t-elle à Lucy.

La panique donne une tonalité stridente à sa voix et un déménageur en train de passer lui jette un regard réprobateur, comme si c'était elle la menace.

« Je n'ai rien fait du tout, réplique Lucy. C'est vous qui avez déménagé vos affaires. Hier, je suppose.

— Je n'ai rien fait de tel. Il faut que j'aille voir à l'étage. »

Et Fi la pousse de l'épaule pour passer.

« Eh bien... », commence Lucy.

Mais ce n'est pas une question. Fi n'a pas besoin de sa permission pour inspecter sa propre maison.

Ayant gravi l'escalier quatre à quatre, elle s'arrête sur le palier, sans lâcher la courbe en acajou de la balustrade, comme si elle s'attendait à ce que la bâtisse tangue et roule sous ses pieds. Elle a besoin de se prouver qu'elle est dans la bonne maison, qu'elle n'a pas perdu la tête. Bien, toutes les portes semblent mener là où elles le doivent : deux salles de bains au milieu, donnant à l'avant et à l'arrière de la propriété, deux chambres à gauche et deux à droite. Alors même qu'elle lâche la rampe et entre dans chacune des pièces tour à tour, elle s'attend encore à trouver les affaires de sa famille là où elles devraient être, où elles ont toujours été.

Mais il n'y a plus rien. Toutes leurs possessions ont disparu, tous leurs meubles ; il ne reste sur la moquette que des marques là où, vingt-quatre heures plus tôt, se dressaient les pieds de lits, de bibliothèques et d'armoires ; une tache vert fluo dans la chambre d'un des garçons, due à une boule de *slime* qui s'est ouverte pendant une bagarre à l'occasion d'un anniversaire. Dans le coin de la douche des enfants, un tube de gel, celui à l'huile d'arbre à thé – elle se rappelle l'avoir acheté chez Sainsbury's. Derrière les robinets de la baignoire, elle trouve sous ses doigts le carreau récemment fêlé (d'une façon qui n'a jamais été déterminée) et appuie dessus jusqu'à en avoir mal, cherchant la preuve qu'elle est toujours de chair et d'os, que ses terminaisons nerveuses sont intactes.

Partout règne l'âcre odeur citronnée de produits d'entretien.

Alors qu'elle redescend, elle ne sait pas si la douleur qu'elle ressent a sa source en elle ou dans les murs de sa maison dévalisée.

En la voyant approcher, Lucy congédie les deux déménageurs avec lesquels elle était en conciliabule et Fi devine qu'elle a refusé leur proposition d'aide – pour la gérer, elle, l'intruse.

« Mrs Lawson ? Fiona ?

— C'est incroyable », dit-elle, avant de répéter le mot, le seul qui convienne à la situation. L'incrédulité est la seule chose qui l'empêche de faire de l'hyperventilation, de sombrer dans l'hystérie. « Je ne comprends pas. S'il vous plaît, pouvez-vous m'expliquer ce qui se passe, enfin ?

« — C'est ce que j'essaie de faire, répond Lucy avant de suggérer : Peut-être que si vous en voyiez les preuves… Venez dans la cuisine, nous gênons le passage. »

La cuisine aussi est vide, à l'exception d'une table et de chaises que Fi n'a jamais vues, et d'un carton ouvert, posé sur le plan de travail, contenant de quoi faire du thé. Lucy a la délicatesse de refermer la porte pour épargner à sa visiteuse la vue de l'invasion qui continue.

Visiteuse.

« Regardez ces mails, dit-elle en tendant son téléphone à Fi. Ils sont de notre notaire, Emma Gilchrist chez Bennett, Stafford & Co. »

Fi prend l'appareil et se force à lire. Le premier mail date d'il y a sept jours et semble confirmer l'échange de contrats concernant le 91 Trinity Avenue, Alder Rise, entre David et Lucy Vaughan, et Abraham et Fiona Lawson. Le second date du matin même et annonce la finalisation de la vente.

« Vous l'avez appelé Bram, n'est-ce pas ? continue Lucy. C'est pour cela que j'ai mis une minute à comprendre. Bram est le diminutif d'Abraham, bien sûr. » Elle a également sous la main une vraie lettre, une confirmation d'ouverture de compte émanant de la compagnie de gaz, adressée aux Vaughan dans Trinity Avenue. « Nous avons demandé à dématérialiser toutes les factures, mais pour je ne sais quelle raison, ils nous ont envoyé ceci par la poste. »

Fi lui rend son téléphone.

« Tout cela ne veut rien dire. Ce peut être des faux. Du phishing ou quelque chose de ce genre.

— Du phishing ?

— Oui, nous avons eu toute une réunion chez Merle, il y a quelques mois, au sujet de la criminalité dans le quartier, et l'agente de police nous en a longuement

16

parlé. Mails frauduleux et fausses factures sont très convaincants maintenant. Même les experts peuvent se faire avoir. »

Lucy affiche un léger sourire exaspéré.

« Ils sont vrais, je vous le promets. Tout est vrai. Les fonds doivent avoir été transférés sur votre compte à l'heure qu'il est.

— Quels fonds ?

— La somme que nous avons payée pour cette maison ! Je suis désolée, Mrs Lawson, mais je ne peux pas continuer à me répéter ainsi.

— Je ne vous le demande pas, réplique sèchement Fi. Je vous *dis* que vous devez vous être trompée. Je vous *dis* qu'il est impossible que vous ayez acheté une maison qui n'a jamais été à vendre.

— Mais si, elle était à vendre, bien sûr que si. Sinon, nous n'aurions jamais pu l'acheter. »

Fi la dévisage, complètement désorientée. Ce que Lucy est en train de dire, de *faire*, est de la folie pure, et pourtant elle n'a pas l'air d'une déséquilibrée. Non, elle a l'air d'une femme persuadée que c'est la personne à qui elle parle qui a l'esprit dérangé.

« Peut-être devriez-vous téléphoner à votre mari », finit-elle par dire.

Genève, 13 h 30

Il est allongé sur le lit de sa chambre d'hôtel, les bras et les jambes agités de tressaillements. Le matelas est de bonne qualité, conçu pour absorber l'insomnie, la passion, le plus profond cauchemar, mais il ne peut rien contre une agitation comme la sienne. Même les deux antidépresseurs qu'il a pris ne l'ont pas calmé. Peut-être sont-ce les avions qui le rendent fou, la façon impitoyable dont ils arrivent et repartent les uns après les autres en grinçant sous leur propre poids. Plus probablement, c'est l'épouvante devant ce qu'il a fait, la prise de conscience de tout ce qu'il a sacrifié.

Parce que c'est réel, maintenant. L'horloge suisse a sonné. 13 h 30 ici, 12 h 30 à Londres. Il est désormais physiquement ce qu'il est dans sa tête depuis des semaines : un fugitif, un homme à la dérive, coupé de ses attaches par sa propre faute. Il se rend compte qu'il espérait tirer de ce moment un triste soulagement, mais à présent qu'il est venu, c'est encore pire que cela : il ne ressent rien. Rien, à part le même amalgame nauséeux d'émotions qui l'accable depuis qu'il a quitté la maison tôt ce matin, en proie à un étrange mélange de sombre fatalisme et d'irréductible instinct de survie.

Oh, Seigneur. Oh, Fi. Est-elle déjà au courant ? Quelqu'un a forcément vu, non ? Quelqu'un doit l'avoir appelée pour la prévenir. Elle est peut-être déjà en route pour la maison.

Il recule en se tortillant pour s'adosser à la tête de lit, et tente de trouver dans la pièce quelque chose qui retienne son attention. Le fauteuil est en Skaï rouge, le bureau couvert d'un placage noir. Un retour à l'esthétique des années 1980, plus perturbant qu'on pourrait s'y attendre. Il se redresse pour s'asseoir au bord du lit. Le sol est chaud sous ses pieds ; en vinyle ou une autre matière synthétique. Fi saurait de quoi il s'agit, elle est passionnée de décoration intérieure.

À cette pensée, un spasme douloureux lui tord le ventre et il a un peu plus de mal à respirer. Il se lève pour essayer de trouver de l'air – la chambre, au cinquième étage, est un four à cause du chauffage central – mais, derrière l'agencement compliqué de rideaux, les fenêtres sont verrouillées. Des voitures, blanches, noires et argent, passent en trombe sur la route séparant

18

l'hôtel de l'aéroport et, derrière, les montagnes divisent et protègent, leurs cimes blanches teintées de bleu menthe. Prisonnier, il se retourne une fois de plus pour affronter la pièce, et la pensée de son père lui traverse inopinément l'esprit. Il tend les doigts pour agripper le dossier du fauteuil. Il ne se rappelle pas le nom de cet hôtel, qu'il a choisi pour sa proximité avec l'aéroport, mais il sait que c'est un endroit aussi dépourvu d'âme qu'il le mérite.

Parce qu'il a vendu la sienne ; c'est ce qu'il a fait. Il a vendu son âme.

Mais pas depuis assez longtemps pour avoir oublié ce que cela fait d'en avoir une.

2

Mars 2017

Bienvenue sur le site de La Victime, *le podcast de renom consacré aux affaires criminelles, lauréat d'un prix national des auditeurs de podcasts documentaires. Chaque épisode retrace l'histoire vraie d'une affaire criminelle, racontée directement de la bouche de la victime.* La Victime *n'est pas une enquête, mais un aperçu unique des souffrances d'une personne innocente. Du harcèlement au vol d'identité, des violences conjugales à la fraude immobilière, l'expérience de chaque victime est un voyage terrifiant auquel vous êtes convié – et un conte moral pour les temps modernes.*

Un tout nouvel épisode, « L'histoire de Fi », est maintenant disponible ! Découvrez-le ici sur le site ou sur une des multiples applications permettant d'écouter des podcasts. Et n'oubliez pas de tweeter vos théories en utilisant #VictimeFi.

Avertissement : contient de la vulgarité.

Je m'appelle Fiona Lawson et j'ai quarante-deux ans. Je ne peux pas vous dire où j'habite, mais seulement où j'*habitais*, parce qu'il y a six semaines, mon mari a vendu notre maison à mon insu et sans mon consentement. Je sais que je devrais employer le conditionnel, que je devrais préciser à chaque phrase qu'il s'agit de présomptions, alors voici ce que je vous propose : j'*avance* que tout ce que je vais dire dans cette interview est la vérité. Après tout, les contrats juridiques ne mentent pas, hein ? Et sa signature a été authentifiée par les experts. Certes, les menus détails de la fraude restent à révéler – notamment l'identité de sa complice – mais, comme vous pouvez le comprendre, je dois encore me faire à l'idée principale, à savoir que je n'ai plus de maison.

Je n'ai plus de maison !

Bien sûr, lorsque vous aurez entendu mon histoire, vous estimerez que je ne peux m'en prendre qu'à moi-même – et vos auditeurs aussi. Je sais comment ça marche. Ils iront tous sur Twitter s'effarer que j'aie pu être aussi naïve. Et je les comprends. J'ai écouté l'intégralité de la saison 1 et j'ai fait exactement la même chose. Entre une victime et une imbécile, il n'y a qu'un pas.

« Ça aurait pu arriver à n'importe qui, Mrs Lawson », m'a dit l'agente de police le jour où j'ai tout découvert, mais c'était juste pour être gentille parce que je pleurais et qu'elle voyait bien qu'une tasse de thé n'allait pas suffire. (Une dose de morphine, peut-être.)

Non, cela ne pouvait arriver qu'à une femme comme moi, trop idéaliste, trop indulgente. Une femme qui s'était bercée de l'illusion qu'elle pouvait réformer la nature elle-même. Rendre fort un homme faible. Oui, ce vieux cliché.

Pourquoi ai-je décidé de participer à ce podcast ? Quiconque me connaît vous dira que je tiens beaucoup à ma vie privée, alors pourquoi m'exposer à la moquerie, à la pitié ou pire encore ? Eh bien, en partie parce que je veux prévenir les gens que ce genre de chose peut vraiment arriver. La fraude immobilière est en hausse : il y a tous les jours des articles sur le sujet dans la presse, la police et la justice sont constamment en retard sur la technologie. Les propriétaires doivent faire preuve de vigilance : il n'y a pas de limite à ce que peuvent tenter les professionnels du crime – ou, d'ailleurs, les amateurs.

De plus, l'enquête est encore en cours et mon récit pourrait rafraîchir les mémoires, encourager quelqu'un détenant des informations importantes à contacter la police. Parfois, on ne sait pas ce qui est pertinent jusqu'à ce qu'on entende le contexte qui s'y prête ; c'est pour cela que la police ne voit pas d'inconvénient à ce que je participe à cette émission – enfin en tout cas, elle ne m'a pas demandé de m'abstenir, disons-le comme ça. Comme vous le savez probablement, on ne peut pas me forcer à témoigner contre Bram à un procès, grâce à la confidentialité des communications conjugales (quelle blague). Nous sommes encore mariés, même si je nous considère comme divorcés depuis le jour où je l'ai mis dehors. Bien sûr, je pourrais *choisir* de témoigner, mais chaque chose en son temps, dit mon avocate.

Honnêtement, j'ai le sentiment qu'elle pense qu'il n'y aura jamais de poursuites. Qu'elle le croit en possession d'une nouvelle identité désormais, d'une nouvelle demeure, d'une nouvelle vie – toutes achetées avec sa nouvelle fortune.

Elle dit qu'il n'y a plus de limites à ce que les gens sont prêts à faire pour se flouer les uns les autres.

Même un mari et sa femme.

À ce propos, vous m'avez dit qu'il y avait de bonnes chances qu'il entende ce podcast, que ça pourrait être l'élément qui le pousse à entrer en contact ? Eh bien, laissez-moi vous dire, laissez-moi *lui* dire, tout de suite – et je me fiche de ce qu'en pensera la police : « N'envisage même pas de revenir, Bram. Je te jure que si tu le fais, je te tue. »

> #VictimeFi
> @rachelb72 Où est le mari, alors ? Il s'est fait la malle ?
> @patharrisonuk @rachelb72 Il doit s'être envolé avec le fric. Je me demande combien valait la maison ?
> @Tilly-McGovern @rachelb72 C'est son MARI qui a fait le coup ? Eh ben. On vit vraiment dans un triste monde.

Bram Lawson, extrait d'un document Word envoyé par mail de Lyon, France, mars 2017

Laissez-moi vous ôter tout doute immédiatement en vous informant que ceci est un mot d'adieu. Lorsque vous le lirez, je serai passé à l'acte. Faites preuve de ménagement en annonçant la nouvelle, s'il vous plaît. Je suis peut-être un monstre, mais je reste aussi un père, et il y a deux petits garçons qui seront tristes de me perdre, qui auront des raisons de garder de moi un souvenir plus charitable.

Peut-être même leur mère aussi, une femme sans pareille dont la vie, à l'heure actuelle, doit être à cause de moi un cauchemar.

Et que, pour mémoire, je n'ai jamais cessé d'aimer.

3

« L'histoire de Fi » > *00:03:10*

Aussi désastreuse, catastrophique même, que soit la situation, il y a aussi une certaine logique à ce que les choses se soient terminées ainsi, parce que tout a toujours tourné autour de cette maison. Notre couple, notre famille, notre vie même : ils ne semblaient avoir de sens qu'entre ses murs. Qu'on nous en éloigne – même pour un de ces séjours de vacances que nous nous offrions quand les enfants étaient très jeunes et nous très en manque de sommeil – et nous perdions lentement notre cohésion. Notre maison nous abritait et nous protégeait, mais elle nous définissait également. Elle nous avait maintenus d'actualité bien après notre date de péremption.

Et puis, soyons francs, nous sommes à Londres et, au cours des dernières années, la maison avait gagné davantage en plus-value que notre salaire, à Bram ou à moi, ne nous avait rapporté. C'était notre principal soutien de famille, notre bienveillante maîtresse. Amis et voisins ressentaient la même chose ; c'était comme si nos facultés humaines nous avaient été prises pour être investies dans la brique et le mortier. Notre argent disponible était placé non dans des fonds de pension, des écoles privées ou des week-ends à Paris destinés à sauver notre mariage, mais dans la maison. Tu sais que tu le récupéreras, nous rassurions-nous mutuellement. Il n'y a même pas à se poser la question.

Cela me fait penser à quelque chose que j'avais oublié jusqu'à maintenant. Ce jour-là, ce jour terrible où je suis rentrée chez moi pour y trouver les Vaughan, Merle leur a immédiatement demandé ce dont il ne m'était même pas encore venu à l'esprit de m'enquérir : *Combien l'avez-vous payée ?*

Et bien que mon mariage, ma famille, ma *vie* viennent de voler en éclats, je me suis quand même arrêtée de sangloter pour écouter la réponse, que Lucy Vaughan a donnée dans un murmure entrecoupé :

« Deux millions. »

Et j'ai songé : *Elle valait plus que ça.*

Nous valions plus que ça.

***

Nous l'avions achetée le quart de ce prix – et c'était déjà une somme assez conséquente à l'époque pour nous avoir causé des nuits blanches. Mais dès que j'ai eu posé les yeux sur le 91 Trinity Avenue, je n'avais pu envisager d'être insomniaque nulle part ailleurs. C'était l'assurance bourgeoise de sa façade en brique rouge, avec ses détails en pierre pâle et ses enduits d'un blanc crayeux, sa glycine qui s'enroulait autour du balcon à la Roméo et Juliette au-dessus de la porte. Imposante mais accueillante, solide mais romantique. Sans parler des voisins dotés de la même sensibilité que nous. Les uns après les autres, nous avions déniché ce quartier charmant et accepté de sacrifier la commodité d'une ligne de métro pour cette langueur qui règne dans les banlieues pavillonnaires, cette douceur, cet air saupoudré de sucre comme un loukoum.

À l'intérieur, c'était une autre histoire. Quand je pense maintenant à tous les travaux que nous y avons faits au fil des ans, à l'énergie (au fric !) que nous y avons consacrée, j'ai peine à croire que nous nous y soyons attaqués en premier lieu. Il y a eu, sans ordre particulier : le réaménagement de la cuisine, le rafraîchissement des salles de bains, la reconception des jardins (à l'avant et à l'arrière), la rénovation des toilettes du rez-de-chaussée, la réparation des fenêtres à guillotine, la restauration des parquets. Puis, une fois épuisés les mots en « re- », il y a eu toute une flopée de « nouveaux » : nouvelles portes-fenêtres pour accéder au jardin par la cuisine, nouveaux placards et plans de travail dans cette dernière, nouvelles penderies encastrées dans les chambres des garçons, nouvelle cloison vitrée dans la salle à manger, nouvelle clôture et nouveau portail à l'avant, nouvelle cabane pour enfants avec toboggan à l'arrière… Et ainsi de suite, un programme de rénovation sans fin, Bram et moi (enfin, surtout moi) semblables aux directeurs d'un organisme caritatif découpant le budget annuel, et passant tout notre temps libre à prospecter pour obtenir des devis, embaucher et superviser le travail des ouvriers, chercher en ligne et hors ligne pièces, équipements et outils permettant de les installer, cataloguer couleurs et textures. Et ce qui est tragique, c'est que pas un seul moment, je n'ai pris de recul et déclaré : « C'est terminé ! » L'idée de la maison parfaite restait pour moi aussi insaisissable qu'un libertin dans un vieux roman d'amour.

Bien sûr, si je pouvais revenir en arrière, je ne toucherais probablement à rien. Je me concentrerais sur les humains. Je les réhabiliterais avant qu'ils se détruisent eux-mêmes.

> #VictimeFi
>
> @ash_buckley Dis donc, c'est fou comme l'immobilier était pas cher à l'époque.
>
> @loumacintyre78 @ash_buckley Pas cher ? Cinq cents briques ? Pas à Preston. Il y a de la vie hors de Londres, vous savez !
>
> @richieschambers Reconception des jardins ? Cataloguer les couleurs ? Elle est sérieuse, la nana ?

***

Les propriétaires précédents étaient un couple âgé, exactement le genre que je nous imaginais devenir un jour. Après une carrière raisonnablement réussie dans l'enseignement (ils avaient acheté la maison à une époque où il n'y avait pas besoin de travailler en entreprise, comme nous, ou plus tard dans une banque, comme les Vaughan, pour pouvoir se payer une demeure familiale digne de ce nom), et forts de l'assurance qu'ils avaient fini d'élever leurs enfants, ils avaient voulu libérer des fonds, et se libérer eux-mêmes. Ils avaient l'intention de voyager et je les imaginais comme des nouveaux nomades accomplissant une traversée du désert sous les étoiles.

« Ce doit être très dur de dire adieu à une maison comme celle-là », avais-je fait remarquer à Bram alors que nous regagnions notre appartement après une visite pour prendre des mesures en vue de choisir des rideaux, visite qui s'était terminée par une ou deux bouteilles de vin.

Il devait sûrement dépasser la limite de vitesse, peut-être aussi l'alcoolémie autorisée, mais cela ne me dérangeait pas à l'époque, avant les garçons, quand cela ne mettait que nos vies à nous en danger.

« J'ai trouvé qu'il y avait quelque chose d'un peu mélancolique chez eux, avais-je ajouté.

— Mélancolique? avait répliqué Bram. Oui, je suis sûr qu'ils pleurent en voyant tout ce fric sur leur compte en banque. »

Bram, document Word

Alors comment est-ce que j'en suis arrivé là? À cette phase terminale du désespoir? Croyez-moi, il aurait mieux valu pour tout le monde que je l'atteigne beaucoup plus tôt. Même la version courte est une longue histoire. (Bon, d'accord, ce « mot d'adieu » est en réalité un peu plus que cela : c'est une confession détaillée.)

Avant que je me lance, laissez-moi vous poser une question. Était-ce en fait la maison elle-même qui était maudite? Coulait-elle simplement tous ceux qui voguaient à son bord?

Le vieux couple à qui nous l'avons achetée se séparait, voyez-vous. L'info a échappé à l'agent immobilier alors que lui et moi étions allés boire une bière vite fait au Two Brewers, au retour d'une visite avec notre maçon. (« Ça vous dit de tester votre nouveau débit de boissons? » m'avait-il proposé, et j'imagine que je ne me l'étais pas fait dire deux fois.)

« Ce n'est pas le genre d'information qu'on révèle à des acheteurs potentiels, a-t-il admis. Personne n'aime à penser qu'il emménage dans une maison qui a été témoin d'une rupture.

— Hmm. »

J'ai attrapé mon verre pour le porter à mes lèvres, comme j'allais le faire dans ce bar des milliers de fois à l'avenir. La blonde était plus que satisfaisante et l'endroit, un peu rétro, n'avait pas encore développé d'ambitions gastronomiques comme la plupart des bistros du coin.

« Vous seriez surpris du nombre de couples qui divorcent lorsqu'ils se retrouvent seuls, a-t-il continué. Le petit dernier part à la fac, et brusquement, votre femme et vous avez le temps de vous rendre compte que vous vous détestez, et ce depuis des années.

— Sérieux ? me suis-je étonné. Je croyais que c'étaient seulement les gens de la génération de nos parents qui tenaient le coup au nom des enfants.

— Non. Pas chez les gens comme ça, pas dans ce genre de quartier. C'est plus traditionnel qu'on ne le croirait.

— Enfin bon, il ne s'agit que de divorce. Ça pourrait être pire. On pourrait avoir trouvé des morceaux de corps dans les canalisations.

— Ça, je ne vous l'aurais certainement pas dit », a-t-il répliqué en riant.

Je n'ai pas répété un mot de tout cela à Fi. Elle se faisait une idée romantique de ces deux vieux récupérant l'argent de leur retraite pour aller traverser le désert à dos de chameau comme Lawrence d'Arabie. Survoler le Vésuve en montgolfière, ce genre de connerie. Comme s'ils n'avaient pas déjà eu quarante ans de vacances de profs pour parcourir le monde.

Nous avions déjà visité une vingtaine de maisons au moins, et la dernière chose dont j'avais besoin, c'était qu'elle change d'avis sur la première qu'elle jugeait acceptable, au prétexte que la « mélancolie » était une sorte de maladie contagieuse. Comme la variole ou la tuberculose.

Étais-je au courant que la valeur de la maison avait quadruplé ? Évidemment. Nous passions notre temps sur les sites immobiliers. Mais je ne l'aurais *jamais* vendue. Bien au contraire : j'espérais qu'elle resterait dans la famille Lawson, que nous trouverions un moyen fiscalement intéressant pour les garçons d'y élever leurs propres enfants, que la tête de mes petits-enfants reposerait sur les mêmes oreillers, sous les mêmes fenêtres, que celle de mes fils.

« Et comment ça se passera, concrètement ? » m'avait demandé mon amie Merle. Elle habite à quelques dizaines de mètres de chez moi. (Enfin, de mon ancien chez-moi, j'ai encore du mal à le dire.) « Je veux dire : quelle est la probabilité que leurs compagnes aient envie de vivre ensemble ? »

Il allait sans dire que ce seraient les femmes du futur qui prendraient les décisions. Trinity Avenue, dans Alder Rise, était un matriarcat.

« Je n'ai pas encore réfléchi aux négociations officielles, avais-je répliqué. Tu ne peux pas me laisser rêver tranquillement ?

— Ce ne sera jamais rien d'autre qu'un rêve, Fi, j'en ai peur. »

Et elle avait dégainé ce petit sourire mystérieux qui vous donnait l'impression d'être tellement privilégié, comme si elle ne l'accordait qu'aux gens vraiment exceptionnels. Des femmes qui composaient mon cercle, c'était celle qui se souciait le moins de son apparence – menue et agile, les yeux sombres, les cheveux parfois en bataille – et cela faisait d'elle, inévitablement, l'une des plus séduisantes.

« Tu sais aussi bien que moi que nous serons tous obligés tôt ou tard de revendre pour payer notre maison de retraite. Notre aide-soignant lorsque la démence nous gagnera. »

La moitié des femmes de la rue se croyaient déjà atteintes de démence, mais en réalité, elles étaient juste surmenées ou, au pire, souffraient d'anxiété généralisée. C'était ce qui avait poussé Merle, Alison, Kirsty et moi à graviter les unes vers les autres : nous ne faisions pas dans la névrose. Nous restions calmes et continuions à aller de l'avant (pour reprendre ce slogan que nous détestions[1]).

Quand je m'entends parler maintenant, je me rends compte que c'est ridicule : nous ne « faisions pas dans » la névrose ? Et celle causée par le divorce, la trahison et la fraude, alors ? Pour qui est-ce que je me prenais ?

Vous vous êtes probablement déjà forgé un avis sur la question. Je sais que tout le monde va me juger – croyez-moi, je me juge moi-même. Mais à quoi bon faire ceci si je n'assume pas de me présenter honnêtement, sans fard ?

#VictimeFi
@PeteYIngram Hmm. À mon avis, perdre sa baraque de riche n'est pas comparable au fait d'être victime d'un crime violent.
@IsabelRickey101 @PeteYIngram Vous plaisantez ? Elle est à la rue !
@PeteYIngram @IsabelRickey101 Mais elle n'est pas sans ressources, si ? Elle a encore un boulot.

1. *Keep Calm and Carry On*, une affiche produite par le gouvernement britannique pendant la Seconde Guerre mondiale, destinée à relever le moral du peuple en cas d'invasion. *(Toutes les notes sont de la traductrice.)*

***

Qu'est-ce que je fais dans la vie ? Je travaille quatre jours par semaine comme chargée de clientèle pour une grande enseigne de vente d'articles de maison ; récemment, j'ai participé à la création de notre nouvelle gamme de tapis de fabrication éthique, ainsi qu'à celle de magnifiques pièces de verrerie italienne inspirées des spirales.

C'est une excellente entreprise, dotée d'une philosophie vraiment holistique et progressiste : vous rendez-vous compte que ce sont eux qui m'ont suggéré d'alléger mon emploi du temps pour qu'il s'adapte mieux à mes obligations parentales ? Et on parle d'un commerce de détail ? Ils s'étaient inscrits pour bénéficier d'une initiative européenne destinée à soutenir les mères qui travaillent et je me trouvais au bon endroit au bon moment. Eh bien, vous savez ce qu'on dit dans ces cas-là : ne partez jamais.

Certes, je pourrais probablement gagner plus si je travaillais pour un de ces coupe-gorges que sont les gros conglomérats, mais j'ai toujours accordé plus de valeur à l'équilibre entre vie professionnelle et vie privée qu'au salaire. Certains d'entre nous n'ont pas envie de se faire couper la gorge, d'accord ? Et, c'est un cliché, je sais, mais j'adore travailler avec le genre de produits artisanaux qui font vraiment d'une maison un foyer.

Oui, même maintenant que je n'en ai plus moi-même.

J'ai travaillé pendant près de dix ans pour un fabricant de matériel orthopédique basé à Croydon ; j'étais l'un de leurs directeurs régionaux des ventes pour le sud-est du pays. J'étais souvent sur la route, surtout les premières années. Je vendais toutes sortes d'orthèses – pour genoux, coudes, tout ce que vous voulez – ainsi que cale-nuques et ceintures abdominales mais, vraiment, ç'aurait pu être n'importe quoi d'autre. Trombones, bouffe pour chien, panneaux solaires, pneus.

Ça n'avait aucune importance alors, et ça n'en a aucune maintenant.

4

Oui, Bram et moi sommes séparés depuis l'été dernier. Vous voulez savoir pourquoi ? Je vais vous dire précisément pourquoi, et *quand*. Le 14 juillet 2016, à 20 h 30. C'est là que je l'ai trouvé en train de se taper une autre femme dans la cabane des garçons au fond du jardin.

Je sais, quel endroit pour faire ça ! Une oasis de paix et de beauté, mouchetée de soleil, cachée au milieu des hortensias, des fuchsias et des rosiers ; accueillant un grossier rectangle de pelouse râpée et un but de foot bleu et blanc, théâtre de maints penalties. Un refuge d'enfants.

Presque aussi impardonnable que l'acte lui-même.

J'étais censée être en train de boire un verre avec mes collègues, et Bram, s'occuper de coucher les garçons, mais le pot avait été annulé et plutôt que de téléphoner pour les prévenir, je m'étais dit que j'allais leur faire une surprise – vous savez, ce cliché de la mère qui arrive comme une fleur pour raconter l'histoire du soir à ses enfants et voit leurs petites frimousses s'éclairer de joie. *Maman, tu es là !* Obtenir un

34

peu d'acclamations pour ce qui est d'ordinaire considéré comme un dû. J'avoue, l'idée m'était également venue que je pourrais en profiter pour vérifier que Bram respectait bien le rituel du coucher, mais seulement parce que j'espérais découvrir que c'était le cas.

Bien sûr, lui soutiendrait que ce que je voulais vraiment, c'était le prendre en faute, et maintenant je me demande s'il n'y a pas une petite part de vérité là-dedans. Peut-être a-t-il péché parce qu'il savait que je n'attendais rien d'autre de lui; peut-être que tout ce cauchemar n'est que l'aboutissement d'une prédiction qui s'est réalisée elle-même.

(Les victimes ont tendance à se croire responsables de ce qui leur est arrivé. J'imagine que vous le savez.)

Enfin bref, quand je suis entrée dans la maison, le silence régnait : il y avait de nouveau eu des retards sur la ligne de train et, en définitive, j'avais raté l'heure du coucher. Bram devait encore être à l'étage, ai-je supposé, et s'être assoupi en lisant *James et la grosse pêche.* (Il n'y avait pas un homme dans Alder Rise qui n'ait fait de même un jour, bercé par sa propre voix, abruti par le bilan mental, en parallèle, de sa journée de travail.) Mais lorsque je suis montée à pas de loup vérifier, j'ai trouvé les garçons chacun dans son lit, chacun dans sa chambre, stores occultants baissés et veilleuse allumée sur sa petite table de chevet peinte en bleu : tout était comme il se devait – sauf qu'il n'y avait aucune trace de leur père.

« Bram ? » ai-je chuchoté.

Alors que je passais de pièce en pièce, j'ai senti ma contrariété grandir, accompagnée d'un vilain sentiment de supériorité morale. *Il les a laissés tout seuls*, ai-je pensé en redescendant d'un pas furieux; il les avait laissés tout seuls à la maison, des enfants de sept et huit ans ! Sûrement pour aller dans la Parade, la rue des commerces et des restos, s'acheter quelque écœurant fast-food ou même boire une pinte en vitesse au Two Brewers. Mais ensuite je me suis dit : *Non, ne sois pas injuste, il n'a jamais fait ça*. C'était un bon père, tout le monde s'accordait là-dessus. Il avait plus probablement oublié son téléphone dans la voiture et était ressorti vite fait pour aller le chercher. Nous trouvions rarement une place devant chez nous, en raison à la fois de la proximité des restaurants et du fait que tant de familles dans Trinity Avenue possédaient au moins deux véhicules, et il était déjà arrivé que nous soyons obligés de nous garer bien après l'intersection avec Wyndham Gardens. Je l'avais probablement raté de quelques secondes dans la rue ; il allait apparaître sur le seuil d'un instant à l'autre. Si nous dégagions une place de parking dans le jardin à l'avant de la maison, dirait-il, nous n'aurions pas tout ce tracas, et il jetterait les clés de la voiture dans le vide-poches prévu à cet effet, sur la console.

Mais il n'a pas dit cela parce qu'il n'est pas apparu sur le seuil, et le fait demeurait que si mon pot n'avait pas été annulé, les enfants auraient été seuls dans la maison, sans adulte pour les protéger.

Oui, bien sûr que je me suis inquiétée qu'il ait pu lui arriver quelque chose, mais très brièvement, parce que dès que je suis arrivée dans la cuisine, j'ai aperçu une bouteille de vin blanc ouverte sur le plan de travail. À en juger par la buée qui la givrait, elle n'était pas sortie du frigo depuis très longtemps, donc s'il avait été enlevé par des extraterrestres, il était parti avec un verre de sancerre à la main.

La porte de la cuisine n'était pas fermée à clé et je suis sortie dans le crépuscule, un mélange de verts, de roses et d'or sans le moindre souffle de vent. Bien que je n'aie eu conscience d'aucune présence humaine dans le jardin, quelque perturbation indéfinissable dans le fond de l'air m'a poussée à m'engager sur le chemin qui menait à la cabane des enfants. Elle n'existait que depuis quelques mois à l'époque : une jolie petite maison avec une échelle permettant de monter sur le toit et un toboggan qui redescendait en tournant autour, construite et personnalisée par Bram. La porte, habituellement battante, était fermée.

J'entendais tous les bruits caractéristiques des jardins de la rue par une soirée d'été : maris et femmes se conviant l'un l'autre à table, dernières sommations à aller se coucher pour les enfants, chiens, renards, oiseaux et chats protestant contre leur proximité mutuelle – mais je n'y ai pas ajouté ma voix en appelant Bram parce que j'étais à présent certaine qu'il se trouvait dans la cabane.

Que m'attendais-je à découvrir en enjambant le bord du toboggan pour regarder par la fenêtre ? Une pipe à crack ? Un portable ouvert avec quelque chose d'innommable à l'écran ? En toute franchise, je m'attendais à le trouver en train de fumer une cigarette en douce et je commençais déjà à me calmer, à réfléchir à un repli. Il y avait pire crime, après tout, et je n'étais pas son médecin.

L'espace d'une seconde, les formes sont restées trop abstraites pour être identifiables, mais ça n'a pas duré longtemps parce que le rythme, lui, était bien reconnaissable, banal même : celui d'un homme et d'une femme en plein acte sexuel. Un homme marié et une femme qui n'était pas la sienne en train de copuler frénétiquement parce qu'il fallait faire vite. Certes, c'était elle qui était de sortie, mais tout de même, il y avait des enfants dans la maison, il ne pouvait pas prendre le risque qu'ils se réveillent et se trouvent abandonnés. Que le lendemain matin, ils racontent leur frayeur à Maman avec cette fébrilité dans la voix, en rivalisant de dramatisation : « *Toute* la maison était *complètement* vide ! » « On a cru que Papa s'était fait *assassiner* ! »

J'ai senti cette horrible sensation me ronger les entrailles alors que je restais là, submergée par un sentiment de puissance inattendu. Devais-je ouvrir brutalement la porte, comme il le méritait, ou m'éloigner discrètement et attendre mon heure ? (Dans quel but ? Pour voir s'il allait recommencer ? C'était sûrement là une preuve suffisante que oui.) Puis j'ai aperçu son visage, cette grimace d'excitation sauvage et répugnante, et j'ai su que je n'avais pas le choix. J'ai poussé la porte, les ai regardés sursauter comme des animaux effarouchés. Un verre de vin à moitié plein, posé à gauche de la porte, a vacillé sans tomber.

« Fi ! » a balbutié Bram, hébété, le souffle coupé.

Vous savez, il y a environ un an, j'avais surpris ma sœur Polly en train de parler de moi avec une de ses amies : « C'est comme si elle était normalement intelligente à tout autre point de vue, mais complètement aveugle quand il s'agit de Bram. Elle lui pardonne tout. » Et j'avais eu envie de faire irruption pour lui dire : « Une fois, Polly ! Ce n'est arrivé qu'une fois ! »

Eh bien, à présent, ça faisait deux. Et je suis sincère quand je dis que ç'a été un soulagement de le découvrir. Un soulagement si intense que c'en était presque du plaisir.

« Bram », ai-je répondu.

Bram, document Word

Je vais commencer par ce qui s'est passé dans la cabane des enfants, car c'est le point de départ que choisirait Fi, je n'ai aucun doute là-dessus, même si c'est une fausse piste, je peux vous le dire tout de suite.

Mais ç'a été le catalyseur officiel, notre équivalent de l'assassinat de l'archiduc François-Ferdinand, et ça a donc sa place dans cette histoire, je l'accepte.

Vous révéler le nom de ma complice n'apporterait rien, et comme je doute que son mari soit au courant de l'affaire et qu'il apprécie de la voir associée à moi et mes crimes, je l'appellerai Constance dans ce document, en l'honneur de Lady Chatterley. (Vous me pardonnerez cette petite plaisanterie, j'espère. Et non, je ne suis pas un grand lecteur de classiques. J'ai vu le film une fois – c'était Fi qui avait choisi.)

« J'ai eu envie de passer », m'a-t-elle dit ce soir-là à la porte, avec l'expression caractéristique de celle qui offre quelque chose. Elle avait l'air sérieusement éméchée, mais c'était peut-être l'euphorie d'être l'instigatrice, un aphrodisiaque en soi, comme les hommes le savent depuis des millénaires. « Tu m'avais dit que tu me montrerais l'intérieur de ta cabane, tu te souviens ?

— J'ai dit ça ? Je ne suis pas sûr qu'il y ait grand-chose à voir », ai-je répondu avec un grand sourire.

Elle a agité son iPhone.

« Est-ce que je peux prendre une photo pour la montrer à mon menuisier ?

— *Ton* menuisier ? ai-je relevé d'un ton taquin. Eh bien, oui, tu peux, mais tu sais que ça s'achète bêtement en kit dans les jardineries ? Tout ce que j'ai fait, c'est la monter et ajouter un toboggan.

— Mais c'est justement ce qu'il y a de mieux dedans ! s'est-elle exclamée. Peut-être que je vais l'essayer – si mes fesses ne restent pas coincées. »

Qu'était-ce là sinon une invitation à regarder ces dernières ?

Elle portait une robe en coton blanche, bouffante aux épaules et resserrée sous la poitrine par un cordon, si légère qu'elle se coinçait entre ses cuisses à chaque pas.

« Il y a moyen d'avoir un verre de vin ? » m'a-t-elle demandé alors que nous traversions la cuisine.

Vous savez, ce n'est pas vrai que dans les moments de tentation sexuelle les hommes deviennent immédiatement des mammifères primaires, toute pensée rationnelle évanouie. Il s'agit plus d'un affaiblissement graduel. D'abord, quand j'ai remarqué que sa robe remontait, je me suis dit : *N'y songe même pas. C'est hors de question.* Puis, en ouvrant la bouteille de vin, j'ai pensé : *Bah, il fallait bien que tu craques à un moment ou à un autre.* Peu après, alors que je l'entraînais au fond du jardin (l'emploi de ce verbe ne plaide pas en ma faveur), c'était : *Allez, au moins pas ici, pas avec tes enfants qui dorment à l'intérieur.* Puis : *Bon, d'accord, juste cette fois mais il n'y en aura pas d'autre.*

À ce stade, nous étions arrivés à l'intérieur de la cabane, porte fermée, et elle se pressait de tout son long contre moi : son corps était brûlant, ses cheveux humides, son visage en feu. C'est cette chaleur qui a eu raison de moi, non la douceur, la fermeté ou la moiteur de sa chair, ni l'odeur de sa sueur, de son parfum Chanel ou du vin. Il y a quelque chose de tellement impérieux dans une peau chaude, dans la proximité du sang de l'autre, que le vôtre réagit comme s'il était aimanté.

Il vous dit que ce qui est offert en vaut la peine.

Que cela vaut tout ce que vous possédez. Tout ce que vous aimez.

OK, peut-être que toute pensée rationnelle s'évanouit vraiment, en définitive.

Non, je ne veux pas vous dire son nom. Autant éviter de faire de la peine inutilement, pas vrai ? Quand on montre quelqu'un du doigt, il est rarement le seul à souffrir ; les gens ont une famille, des proches qui deviennent des victimes collatérales. Et, au bout du compte, cela ne change vraiment rien. Elle aurait pu porter un masque et j'aurais ressenti la même chose : c'est la vérité. Je ne lui ai pas adressé la parole, pas un mot. Les laissant se relever précipitamment, je suis allée attendre Bram dans le salon. J'ai allumé la télévision pour ne pas entendre les chuchotements coupables accompagnant le départ de sa comparse, mais dès que j'ai entendu la porte d'entrée se refermer, je l'ai éteinte.

Sa voix m'est parvenue avant même que la poignée de la porte du salon ne tourne.

« Fi, je ne… »

Préparée, j'ai fait volte-face, lui coupant la parole.

« Ne te fatigue pas, Bram. Je sais ce que j'ai vu et je n'ai pas envie d'en discuter. C'est là que ça s'arrête. Je veux que tu t'en ailles.

— Quoi ? »

Il est resté bloqué sur le seuil, tentant d'enrayer l'attaque en en riant, avec un mélange, deux tiers un tiers, de bravade et de peur. Ses cheveux ébouriffés étaient moites aux tempes et il avait encore les joues roses, l'étrange vulnérabilité, d'un homme interrompu en plein coït.

« Je veux qu'on se sépare. Notre mariage est terminé. »

Je pouvais voir sur son visage, dans sa difficulté à trouver la réaction adéquate, que mon ton froidement décidé le déconcertait davantage que l'hystérie à laquelle il s'était attendu.

« Tu as cru que j'avais laissé les garçons tout seuls, n'est-ce pas ? » a-t-il fini par dire.

Je le connaissais par cœur et je savais qu'en situation de confrontation, sa technique n'était pas de plaider sa cause mais d'essayer de déplacer le poids de mes reproches sur autre chose, réduisant ainsi l'importance de son crime principal.

« Tu as *vraiment* cru que j'étais capable de simplement sortir de la maison, au risque de ne pas être là s'ils avaient besoin de moi ? »

Là, c'était un peu gonflé, même pour lui : à l'écouter, j'étais celle en faute pour l'avoir injustement soupçonné de négligence. Et sans même le dire, en plus. Un procès d'intention.

« Mais tu en es sorti, justement, ai-je fait remarquer.

— Pas du terrain.

— Non, tu as raison. Mettons les choses en perspective : il n'y a pas de différence entre ce que tu faisais et sortir les poubelles ou désherber une plate-bande. »

Il a haussé les sourcils, comme si le sarcasme n'avait pas sa place dans cette discussion, comme s'il était en position de prétendre à une supériorité morale. Mais il a machinalement porté les doigts à ses lèvres, un geste qui, chez lui, marquait l'incertitude.

« Va dormir chez ta mère, ai-je ajouté froidement. Demain, nous parlerons et déciderons quand tu pourras voir les garçons pendant les vacances scolaires.

— Les vacances scolaires ? » a-t-il répété, interloqué, comme s'il avait supposé que toute expulsion se bornerait à une punition temporaire, une mise sur la touche provisoire afin qu'il réfléchisse à ses erreurs.

— Si tu préfères, je peux les emmener chez mes parents, mais je pense que tu seras d'accord sur le fait que ce sera moins perturbant pour eux que ce soit toi qui t'en ailles.

— Oui. Oui, bien sûr. »

Jouant désormais avec zèle la carte de la coopération, il s'est dépêché de monter à l'étage prendre quelques affaires. Une brève accalmie dans ses déplacements m'a laissée deviner qu'il s'attardait sur le seuil de la chambre de chacun des garçons pour leur jeter un dernier coup d'œil avant de partir, et j'ai senti quelque chose se déchirer légèrement dans ma poitrine.

« Fi ? »

Il était de retour à l'entrée du salon, un sac de sport à ses pieds, mais j'ai évité son regard.

« Je ne veux pas de tes excuses, Bram.

— Non, s'il te plaît, m'a-t-il suppliée. J'ai juste besoin de dire une chose. »

J'ai soupiré, levé les yeux. Que pouvait-il bien ajouter à ce stade ? Une formule d'hypnotiseur pour effacer ma mémoire à court terme ?

« Quelles que soient mes fautes en tant qu'époux, je ne suis pas cette personne en tant que père. Je ferai tout ce que tu veux pour que les garçons n'en souffrent pas. Pour rester dans leur vie. »

J'ai hoché la tête, pas totalement indifférente.

Et il est parti. Il est parti avec l'air d'un homme qui s'est rendu compte que la corniche sous ses pieds s'effritait juste au moment où elle achevait de céder.

#VictimeFi
@Emmashannock72 Si mon mari faisait ça, je le castrerais, putain !
@crime_addict Ma belle, tu aurais dû le traîner direct devant les tribunaux pour lui prendre jusqu'à sa chemise.

5

« L'histoire de Fi » > 00:21:25

Vous avez bien entendu : j'ai dit deux fois. Il m'avait déjà trompée avant.

Ce qui ne signifie pas que nous n'avions jamais été heureux, parce que nous l'avons été, je le jure, pendant des années. Au début, nous étions inséparables, nous n'avons pas connu cette phase où on garde ses distances en attendant d'être sûr. C'était une attirance physique, certes, mais aussi intellectuelle, une véritable fascination pour une autre forme de vie. J'étais discrète en surface mais assurée intérieurement, lui était tapageur en apparence mais dans sa tête, je ne sais pas… perdu, je dirais, peut-être même vide. Je suppose que je voulais le remplir. Lorsque nous nous sommes mariés, j'ai cru que j'avais accompli l'impossible, réussi à me ranger avec un homme qui n'allait jamais se ranger – jusqu'à ce qu'il me rencontre, bien sûr.

OK, c'est vrai, je me suis laissé distraire un moment quand la maison nécessitait mon attention, et après quand il y a eu les enfants ; j'ai lâché la balle des yeux. Mais tout le monde fait pareil à ce stade de sa vie. Trinity Avenue était pleine de balles tombées : on prenait juste l'habitude de les enjamber.

Et puis, il y a quelques années, il a couché avec une collègue lors d'un week-end organisé par son travail pour renforcer la cohésion d'équipe. Il y avait une nuit à l'hôtel, un open bar, une ambiance « Ce qui se passe à Vegas reste à Vegas » : les clichés habituels. J'ai découvert des textos de la collègue en question qui rendaient l'écart impossible à nier, même pour un homme comme Bram, plutôt doué en impro.

Pendant que cette « cohésion d'équipe » avait lieu, j'étais à la maison avec les enfants. Ils étaient jeunes à l'époque, âgés de peut-être quatre et cinq ans, et me donnaient autant de fil à retordre qu'on peut l'imaginer, même sans la pression du travail et de mes autres obligations. C'était une trahison ignoble, certes, mais en même temps familière, classique et, quoi qu'on en dise, il y a un certain réconfort à savoir que d'autres ont ressenti la même peine.

« Ne dis à personne ce qu'il a fait, m'avait conseillé Alison, je me souviens, lorsque je leur avais confié, à Merle et elle, mon intention de lui pardonner. (Ce n'est pas tout à fait le bon mot mais, pour les besoins de l'argumentation, c'est celui que j'emploierai.) Cela changera bien plus l'attitude des gens envers toi que celle qu'ils ont envers lui. »

Un conseil que j'aurais été bien avisée de suivre, car alors même que je faisais part de ma détresse à Polly, j'avais su que c'était une erreur. Naturellement résistante aux charmes de Bram depuis le début, elle tenait désormais la preuve du bien-fondé de son intuition, une preuve dont elle n'était pas disposée à faire abstraction quand bien même je l'étais. Et, exactement comme l'avait prédit Alison, elle avait instinctivement trouvé quelque chose à me reprocher, à moi :

« Tu ne peux pas être attirée par quelqu'un d'aussi manifestement… enfin, tu sais bien, et t'étonner que d'autres ressentent la même attirance.

— D'aussi manifestement quoi ?

— Sexy, Fi. Et instable – tu sais, le genre qui ne tient pas en place.

— Est-ce ainsi que tout le monde le voit ?

— Bien sûr que oui. C'est un parangon. Celui du mauvais garçon. Il aura beau essayer, il ne pourra jamais être complètement réhabilité.

— C'est un ramassis de stéréotypes », avais-je répondu.

Tout comme l'avait été la conversation que j'avais eue avec Bram lui-même.

« Je ne suis pas sûre d'être un jour capable de te refaire confiance, lui avais-je dit.

— Essaie, m'avait-il suppliée. Ça n'arrivera plus jamais, tu dois me croire. »

Essayer, le croire, lui faire confiance : mille fois plus attrayant que l'alternative quand on a ensemble deux jeunes enfants. Et il avait effectivement été fidèle après cela, j'en suis certaine – jusqu'à ce soir de juillet.

Lui avais-je été fidèle de mon côté ? Très amusant. Bien sûr que oui. Je vous renvoie aux deux jeunes enfants mentionnés ci-dessus. Même si j'avais eu l'envie d'avoir une aventure – ce qui n'était pas le cas – eh bien, je n'aurais pas eu le temps.

Et non, Polly n'est pas mariée.

Bram, document Word

Si vous n'en êtes pas déjà informé, vous le serez bientôt : il y avait précédemment eu un autre écart extraconjugal. Je ne m'attarderai pas dessus ici, parce que, comme je l'ai dit, le sexe n'est pas le sujet de cette histoire. Amour et fidélité sont deux choses différentes, quoi qu'en disent les femmes. (Et là encore, pas besoin de nom. C'était une fille au boulot, un coup d'un soir. Elle a quitté la société peu après.)

Pourquoi ai-je trompé la femme que j'aime ? La meilleure explication qui me vienne est que ce n'est pas une addiction ni même une envie irrésistible, mais plutôt le souvenir de la faim après des années de bonne chère. Le sentiment que j'étais meilleur quand j'étais prêt à tout, que mes sens étaient plus affûtés, le plaisir plus intense. Une sorte de nostalgie égomaniaque.

Je n'irai pas plus loin. Je ne doute pas un instant que vous êtes déjà en train de lever les yeux au ciel. Vous allez montrer ce dernier paragraphe à votre collègue et dire : « Cette fois, j'ai tout entendu. »

« L'histoire de Fi » > *00:24:41*

Au fait, ne croyez pas que j'ignore qu'après cette aventure avec la fille au boulot, Polly l'avait surnommé « Bram l'infâme polygame ».

Beau choix de rimes, je dois l'admettre.

Ce dont elle l'a qualifié après l'incident de la cabane des enfants est trop choquant pour être répété à la radio.

Bram, document Word

Lorsque les garçons étaient petits et Fi de mauvaise humeur, nous la surnommions Fi Fai Fo Fum, en référence à la formule de l'ogre qui sent la chair fraîche dans *Jack et le haricot magique*. Avec affection, bien sûr, même si c'est devenu moins affectueux de mon côté une fois que j'ai réalisé que neuf fois sur dix, la chair fraîche qu'elle sentait était la mienne.

6

Vendredi 13 janvier 2017

Londres, 13 heures

Le numéro que vous demandez est indisponible pour le moment.

« Alors, vous avez pu le joindre ? demande Lucy Vaughan.

— Non. »

Il faut que Fi se débarrasse de cette femme avec ses mails frauduleux et ses illusions d'être propriétaire de la maison d'autrui. Vaut-il mieux qu'elle appelle la police tout de suite ? Ou bien qu'elle attende d'avoir trouvé Bram, pour qu'ils affrontent ensemble cette scandaleuse invasion ? Et à présent que tant des meubles des Vaughan sont installés, remplissent-ils les conditions pour profiter des droits des squatteurs ? Sont-ils, techniquement, des occupants ?

Ces questions n'ont pas de réponse. Elles lui semblent aussi irréelles que ce qui se trouve devant ses yeux. L'expérience tout entière est hallucinatoire, elle ne peut faire confiance à ses sens.

Elle essaie à nouveau de joindre Bram. Puis une troisième fois.

Le numéro que vous demandez est indisponible pour le moment.

Elle ne peut même pas lui laisser de message.

« Où est-ce qu'il est, bon sang ? »

Lucy l'observe, son propre téléphone à la main.

« Vous avez deux enfants, n'est-ce pas ? Se peut-il qu'il soit avec eux ?

— Non, ils sont à l'école. »

Comment Lucy sait-elle toutes ces choses à son sujet alors qu'elle-même ne soupçonnait pas seulement son existence il y a quelques minutes ?

Maman, pense-t-elle. Elle va lui demander d'aller récupérer les garçons à la sortie de l'école pour les ramener chez elle. Ils ne peuvent pas revenir ici, ils seraient bouleversés de trouver leurs chambres vidées, leurs précieuses affaires envolées.

Envolées où ? La certitude qu'a cette inconnue d'être propriétaire de la maison est peut-être le fruit de son délire (même si Fiona continue plutôt à se raccrocher à l'idée que tout cela n'est qu'un canular), mais ce qui devrait s'y trouver a clairement, incontestablement disparu. Leurs biens ont été physiquement déplacés.

C'est à cet instant qu'elle lui vient à l'esprit : moins une pensée qu'un déferlement, une explosion d'angoisse prémonitoire qui s'infiltre dans sa conscience sous la forme d'une terreur absolue : si ses possessions peuvent avoir disparu pendant ses deux jours d'absence, peut-il être arrivé la même chose à ses *enfants* ?

« Oh, mon Dieu, s'exclame-t-elle. Oh non, non, je vous en prie… »

Les mains tremblantes, elle fait défiler sa liste de contacts.

« Qu'y a-t-il ? demande Lucy, inquiète. Que s'est-il passé ? Qui appelez-vous ?

— L'école de mes enfants. J'ai besoin de… Oh, Mrs Emery ! Ici Fi Lawson. Mon fils Harry est en CE1 et son frère Leo en CE2.

— Oui, bien sûr, comment allez-vous, Mrs… commence la secrétaire de l'école, mais Fi l'interrompt.

— J'ai besoin que vous alliez vérifier leur présence – de toute urgence.

— Vérifier leur présence ? Je ne suis pas sûre de comprendre.

— Pouvez-vous juste vous assurer qu'ils sont bien là où ils devraient être ? Dans leur classe ou dans la cour, peu importe. C'est vraiment très important. »

Mrs Emery hésite.

« Eh bien, les CE2 sont censés être à la cantine, il me semble…

— Je vous en prie ! » Plus qu'un gémissement : un hurlement, assez strident pour faire tressaillir Lucy. « Peu m'importe où, allez juste vérifier qu'ils y sont ! »

Il y a un silence interloqué, puis :

« Puis-je vous demander de patienter un instant… ? »

Tendant l'oreille, Fi s'efforce de suivre la conversation en arrière-fond entre Mrs Emery et une collègue, dix insoutenables secondes de messes basses, puis la secrétaire reprend le téléphone.

« Je suis désolée, Mrs Lawson, mais je viens finalement d'être informée que vos enfants ne sont pas ici.

— Quoi ? »

Immédiatement, un terrible martèlement commence dans sa poitrine et son estomac menace de se vider.

« Ils ne sont pas à l'école aujourd'hui.

— Où sont-ils, alors ?

— Eh bien, avec leur père, pour autant que nous le sachions. Écoutez, je vais vous passer la directrice… »

Elle tremble à présent, des convulsions en décalage avec le tambourinement de son cœur. Elle est une machine qui a perdu le contrôle de ses fonctions.

« Mrs Lawson ? Sarah Bottomley à l'appareil. Je peux vous assurer que vous n'avez absolument aucun souci à vous faire. » La directrice de l'école primaire d'Alder Rise a une attitude revigorante, où on sent l'assurance de pouvoir maintenir l'ordre en toute circonstance, et juste un soupçon de vexation devant le désordre que suggère Fi à cet instant. « Votre époux a demandé la permission de retirer les garçons de l'école pour la journée, et je la lui ai accordée. Leur absence est totalement autorisée.

— Pourquoi ? s'exclame Fi. Pourquoi les a-t-il retirés de l'école ? Et qu'est-ce qui a bien pu vous faire accepter ?

— Un parent peut demander qu'un élève soit dispensé d'école pour toutes sortes de raisons. Dans le cas qui nous occupe, c'était la difficulté de les récupérer à la fin de la journée, sachant que vous n'étiez ni l'un ni l'autre à Londres aujourd'hui. »

Ni l'un ni l'autre ? Bram était censé être ici, dans cette maison, à deux rues de l'école !

« Non, non, vous vous trompez. J'étais absente, mais Bram travaillait à domicile cette semaine. »

Le domicile qui est toujours rempli des affaires d'une inconnue.

« Se peut-il que vous vous soyez trompée dans les dates ? suggère Mrs Bottomley. Lorsque j'ai parlé avec votre mari il y a quelques jours, il m'a donné l'impression que vous étiez parfaitement au courant de cette requête.

— Je ne savais rien. *Rien*. »

Cette déclaration est suivie d'un gémissement terrifiant, bestial, et c'est seulement lorsque Lucy lui prend le téléphone des mains que Fiona comprend qu'elle est devenue trop ingérable pour être autorisée à continuer.

« Allo ? dit Lucy. Je suis une amie de Mrs Lawson. Bien sûr, oui, laissez-nous faire, nous allons localiser le père des garçons. Je suis sûre qu'il s'agit d'un simple malentendu et que les enfants sont parfaitement en sécurité. Mrs Lawson a eu un petit choc et en est encore toute retournée. Oui, dès que nous les aurons retrouvés, nous vous appellerons. »

L'appel terminé, Fi tente de reprendre son téléphone, mais Lucy résiste.

« Ne vaudrait-il pas mieux que vous me laissiez joindre votre mari à votre place ? demande-t-elle avec douceur.

— Non. Cela ne vous concerne pas, réplique sèchement Fiona. Vous n'avez rien à faire ici ! Rendez-moi mon téléphone et sortez de chez moi !

— Je crois vraiment que vous feriez mieux de vous asseoir et de respirer un grand coup. » La dynamique est celle d'une infirmière et de sa patiente tandis que Lucy lui offre une chaise à la table de la cuisine. « Je vais vous faire du thé.

— Je ne veux pas de thé, bon sang ! »

Son téléphone récupéré, Fi retente de joindre Bram – *Le numéro que vous demandez est indisponible pour le moment* – avant de le poser, retourné, sur la table. Quelque chose d'horrible est en train de se passer, se dit-elle. *Sait*-elle. Intimement. Cette confusion au sujet de la maison, cette femme sans gêne, n'en représentent qu'une partie : il est arrivé quelque chose à Bram et aux enfants. Quelque chose de très grave.

Et à cet instant, son cauchemar éveillé devient quelque chose de tellement terrifiant qu'il n'a plus de nom.

Déjà, il déteste sa chambre. Déteste l'hôtel. Déteste le peu qu'il a pu voir et entendre de cette ville. Un avion arrive en hurlant de l'est, plus assourdissant que les autres, et il se prépare mentalement à ce que les vitres volent en éclats. Peut-être est-ce là ce qui va s'avérer nécessaire, se dit-il, pour réduire l'ampleur de son propre désastre. Quelque chose d'aussi catastrophique – littéralement – qu'une catastrophe aérienne.

Ce n'est pas la première fois aujourd'hui qu'il entretient ce genre de pensées. Lorsque son propre avion a entamé sa descente vers la ville ce matin, l'idée très nette lui est venue que cela n'aurait pas d'importance si le train d'atterrissage se bloquait et que l'appareil finissait en morceaux sur le tarmac, le laissant glisser inerte de ses entrailles béantes. Il n'aurait pas eu d'objection à mourir de cette façon. Ignoblement, compte tenu des deux cents autres passagers qu'il était prêt à emporter avec lui dans la mort, il a même prié pour.

Bien entendu, l'avion a atterri sans incident, et lui seul était crispé d'angoisse. Lui seul implorait des dieux un revirement de fortune qui ne pourrait jamais lui être accordé.

Franchement, il aurait dû se douter que la fuite n'était que la prison sous un autre nom.

7

« L'histoire de Fi » > 00:24:56

La séparation a été étrange au début, cinq semaines d'incertitude couvrant la fin du mois de juillet et l'intégralité du mois d'août. Bien sûr, si j'en avais la possibilité, je les revivrais encore et encore, les apprécierais pour ce qu'elles étaient, un intermède légèrement perturbateur, mais sur le moment, je les ai vécues comme une sombre période à endurer avec patience.

Non, je ne parle pas de l'impact concret de cette séparation. Bien que je travaille dans le centre de Londres, ce qui me faisait quarante-cinq minutes de trajet, parfois le double les mauvais jours, et que les vacances scolaires ajoutent leurs complications habituelles, j'avais des ressources pour y faire face. Ma mère nous aidait, et j'avais des amies dans la rue qui pouvaient garder mes enfants, à charge de revanche.

Non, je veux dire sur le plan émotionnel. Mon objectif était de conserver mon équilibre, ma santé mentale.

Bram dormait chez sa mère à Penge en attendant que je décide de la suite à donner aux événements, les vraies raisons de son absence provisoirement éludées dans les explications fournies aux enfants. « Il est en déplacement pour son travail », disais-je par exemple. « Nous le verrons samedi. » Et lorsque sa visite du samedi arrivait, elle se prolongeait jusqu'après l'heure du coucher des garçons, de sorte qu'ils ne remarquaient pas son départ. Le lendemain matin, j'expliquais qu'il avait dû se lever tôt pour aller au bureau. Cela aidait qu'ils soient trop occupés à se taper dessus avec leurs bols à céréales pour mettre en doute la supercherie, mais tout de même, ce n'était pas une tactique viable à long terme.

Nous avions annulé le séjour familial dans l'Algarve pour rester à Alder Rise, sur lequel toute la ville semblait avoir déferlé. À cause, en partie, d'un article dans la rubrique immobilière du *Standard*, les vitrines d'agences étaient assaillies de couples agglutinés devant les sommes faramineuses qu'il fallait débourser pour un deux-pièces, une maison mitoyenne, une vaste demeure familiale de standing comme celles de Trinity Avenue. Il y en a rarement à vendre, disaient les agents, même si le bruit courait que les Reece, au 95, venaient de faire estimer la leur.

Il était pratiquement impossible de se garer dans la partie haute de la rue, et il m'arrivait souvent d'oublier où j'avais laissé la voiture.

« C'est ce que ça coûte d'avoir une maison évaluée à un tel prix, disait Alison. Il semblerait inconvenant de se plaindre. »

(« Inconvenant » était un mot typique du vocabulaire d'Alison.)

C'est la première à être venue me voir quand j'ai laissé savoir que Bram avait déménagé. Elle est arrivée avec un de ces hortensias à tige raide qui sont si beaux une fois séchés. Ils coûtent une fortune – dans Alder Rise, on ne les trouve que chez les fleuristes de luxe de la Parade.

« Oh, Fi, s'est-elle exclamée en me serrant dans ses bras. Est-ce que tu veux en parler ?

— Tout est dit », ai-je répondu.

Ses yeux bleu-vert se mouillaient lorsqu'elle riait – elle était toujours en train d'essuyer des coulures de mascara – mais il était plus rare de les voir briller de chagrin, comme à cet instant.

« Dis-moi juste une chose, est-ce qu'on doit choisir entre lui et toi ?

— Bien sûr que non.

— Pas de projet de vengeance sophistiqué alors ? Ou même simple ?

— Toutes les histoires n'ont pas besoin d'un élément de vengeance.

— Certes. Mais la plupart en ont un. »

OK, je reconnais qu'il y a eu des moments où j'ai rêvé que Bram rencontre son égale, une femme qui lui en ferait voir de toutes les couleurs – d'une façon, toutefois, qui n'aurait aucun impact sur le bien-être des garçons –, mais je n'ai jamais songé à lui faire subir directement des représailles. Je suppose que j'étais bien placée pour savoir qu'il était son pire ennemi ; il avait des tendances autodestructrices. Si j'attendais suffisamment longtemps, il finirait par se punir lui-même.

« Tu sais, je me rappelle une interview de George Harrison que j'ai vue il y a longtemps, ai-je repris. C'était après que sa femme l'avait quitté pour Eric Clapton et tu te serais attendue à ce qu'il soit vert de rage, mais il était tellement calme et philosophe. Il disait qu'il préférait qu'elle soit avec un ami à lui qu'avec n'importe quel autre type. »

Après un moment de réflexion, elle a répondu :

« Il était probablement défoncé, Fi. »

J'ai lâché la petite exhalaison par le nez qui me tenait lieu de rire en cette période peu amusante.

« Ce que je veux dire, c'est que j'ai renoncé à mes droits sur lui. Et lui aux siens sur moi. Tout ce que je désire à présent, c'est penser d'abord aux enfants et trouver un moyen de vivre en parfaite harmonie. Comme dans cette vieille chanson de Paul McCartney.

— "Ebony and Ivory", tu veux dire ? » Elle a écarquillé les yeux. Elle craignait que je sois possédée par l'esprit d'une épouse modèle des années 1950 ayant une obsession pour les Beatles. « Eh bien, je ne suis pas sûre qu'il existe beaucoup de précédents à cela dans l'histoire des ruptures conjugales, mais si quelqu'un peut y arriver, c'est toi. »

Comme mes parents, Alison avait toujours adoré Bram, semblant comprendre instinctivement qu'en dépit de son problème avec l'alcool et de ses mensonges, de l'épuisant suspense inhérent au fait d'être avec lui, il était foncièrement bon.

« Tu gardes la maison ? m'a-t-elle demandé ensuite.

— Bien sûr.

— Bon. C'est le plus important. »

Il y avait trois branches d'hortensia, une pour chacun des Lawson qui restaient, mais je ne pense pas que cette idée soit venue à Alison lorsqu'elle les avait achetées. Elle en avait pris trois parce que les architectes d'intérieur disaient qu'il fallait toujours arranger les choses par groupes de trois. C'était la règle de l'asymétrie, celle-là même qui faisait que Merle hésitait constamment à avoir un autre enfant. Son duo existant n'était ni assorti ni contrasté. (Il y a toujours le risque d'un troisième, avait dit une fois son mari, Adrian, et j'avais retenu la remarque à cause du ton qu'il avait eu, comme s'il parlait d'une guerre mondiale, de la nécessité de faire appel au programme nucléaire pour défendre ses frontières.)

« Au fait, juste pour info, a dit Alison en partant, c'est toi que j'aurais choisie. »

***

Désolée, mon récit semble-t-il un peu trop teinté d'humour ? N'étais-je pas furieuse contre ce salaud ? Bien sûr que si. Je le méprisais comme on ne peut mépriser que quelqu'un qu'on aime profondément. Mais je ne supportais pas l'idée qu'il me rende faible. Il fallait de la force pour contrôler sa colère, pour la mettre de côté comme je le faisais, et j'étais fière de cette force.

Croyez-moi, cela dit : ce que son infidélité m'inspirait n'était rien comparé à ce que je ressens au sujet de la maison. Là, c'est bien pire. C'est du chagrin.

Bram, document Word

Je ne me rappelle pas grand-chose de cette période intermédiaire. Ça m'a semblé assez douloureux sur le moment, mais en même temps, j'ignorais encore à quel point la souffrance peut devenir noire et invalidante.

Loger chez ma mère n'arrangeait rien. Je me rappelle ses tentatives pour me conseiller, sa confiance aveugle en des enseignements chrétiens qui m'avaient déjà semblé dépassés (pour ne pas dire cinglés) dans mon enfance et étaient désormais, dans le Londres du XXIe siècle, tellement hors de propos qu'ils se rapprochaient du pur galimatias. Disons seulement que je n'avais pas fait preuve d'une sagesse digne de mon homonyme dans l'Ancien Testament et que j'ai refusé d'en parler avec elle – ou qui que ce soit, pour être franc.

Je me souviens avoir pensé que les garçons étaient étonnamment peu affectés par mon absence, au point que c'en était presque vexant. Ils avaient accepté mes offrandes de chips et de bonbons le week-end comme si le mariage de leurs parents n'avait pas implosé, comme si le plaisir d'introduire des Pringles dans leur bouche telles des lettres à la poste éclipsait tout malheur que puisse leur réserver l'univers.

Quant à Fi, ma vue ne semblait pas lui inspirer la moindre once du tourment que j'éprouvais – ni de la colère que je méritais. Nous sommes même allés au parc ensemble, tous les quatre, par un étouffant dimanche d'août.

« Pistache ou caramel au beurre salé ? m'a-t-elle demandé au comptoir des glaces du café, comme si elle jouait le rôle de l'hôtesse bienveillante s'adressant à un petit étranger en séjour linguistique.

— Choisis pour moi », ai-je répondu, et je l'ai vue hausser très légèrement les sourcils.

Tu as déjà choisi, y ai-je lu, *et tu as fait le mauvais choix.*

C'était très étrange. Elle était constituée des mêmes ingrédients qu'avant – cheveux blonds coupés à ras des épaules, yeux d'un brun velouté bordés de longs cils raides, formes attirant le regard masculin, quoique désavouées par leur propriétaire car jugées excessives – mais le goût était différent. C'était comme si elle avait trouvé un moyen d'édulcorer son amertume, de déguiser son aigreur à mon égard.

Nous avons tranquillement traversé la pelouse élimée en direction du terrain de jeux. L'endroit grouillait de visiteurs venus pour la journée, des jeunes de vingt-cinq ou trente ans à moitié nus portant ces lunettes branchées à verres bleus qui allaient mieux aux femmes qu'aux hommes. (À moins que ce soit moi qui ne remarquais que les premières.) Il y avait même la queue pour accéder aux balançoires.

« D'où viennent tous ces gens ? » ai-je demandé.

Cela ne faisait pas si longtemps que j'étais parti d'Alder Rise, tout de même.

« Alison dit que c'est ce que ça coûte d'avoir une maison évaluée à un tel prix », a répondu Fi.

Et elle a réussi, je ne sais comment, à donner une note d'abnégation à ses mots, comme si c'était là le souci le plus éprouvant auquel elle devait faire face. Être millionnaire de l'immobilier.

Et moi alors ? ai-je eu envie de geindre. Je vivais à Penge avec une bigote, et je dormais sur un matelas pneumatique, la tête collée contre un radiateur ! Jusqu'alors, j'avais fait attention à ne pas mettre la pression à Fi ni réclamer quoi que ce soit, mais cette fois, mon mal-être a débordé :

« À propos, il faut qu'on décide ce qu'on va faire de la maison. Je ne peux pas rester éternellement chez ma mère. Si on divorce vraiment, alors il faut qu'on parle de comment on va se partager les biens. »

Et là, il y a eu de l'émotion dans son regard. Une franche alarme.

J'ai continué maladroitement, partagé entre l'envie de lui causer de la peine et l'espoir de la convaincre de me reprendre immédiatement, de me donner la chance de ne plus jamais lui en causer.

« Est-ce que tu as contacté un avocat ? Ou un agent immobilier ? Est-ce que tu attends que je le fasse ?

— Non. »

Deux balançoires venant de se libérer, elle a pris les glaces à moitié entamées des garçons et les a encouragés à profiter de leur tour.

« Fi, ai-je repris, mais elle a levé un des cônes dégoulinants en signe de protestation.

— S'il te plaît. Arrête.

— Mais combien de temps encore… ?

— Une semaine. Accorde-moi encore une semaine et j'aurai des suggestions pour les prochaines étapes. »

« Les prochaines étapes » : du jargon de gestionnaire de projet. Qui seraient : identifier les objectifs, engager les chargés de mission et fixer une échéance.

« D'accord, ai-je répondu.

— Et, Bram ?

— Oui ?

— Bien sûr qu'on divorce "vraiment". Je ne veux pas prendre de décisions précipitées, c'est tout. Je veux ce qu'il y a de mieux pour *eux*. »

Et elle s'est tournée pour regarder fixement les garçons se balancer, comme si c'était quelque nouveau et fascinant sport de spectacle – jusqu'au moment où j'ai compris qu'elle ne supportait tout simplement pas ma vue.

Je me rappelle avoir pensé, en retournant chez ma mère ce soir-là, que ce devait être là ce que ressentait un condamné attendant le résultat de son appel.

Condamné ? J'ignorais à quel point j'étais merveilleusement libre.

« *L'histoire de Fi* » > 00:28:49

Désolée, je me suis un peu emportée – mais ça va mieux. J'ai du mal à contrôler mes émotions en ce moment, comme vous pouvez l'imaginer.

Alors qu'est-ce qui s'est passé ensuite ? C'est entendre Bram évoquer le partage de nos biens qui m'a poussée à agir. Nous avions présenté un front uni le temps d'un après-midi, pour une excursion en famille au parc, et je suppose que je n'aurais pas dû être aussi surprise quand il m'a demandé ce que nous allions faire au sujet de la maison. Ce soir-là, je suis allée à la fenêtre et y suis restée un moment à contempler le magnolia, toujours une source de consolation pour moi. Il avait fleuri tôt cette année et nous nous étions tous extasiés sur sa beauté ; les passants le prenaient en photo avec leur téléphone et les garçons escaladaient les branches du bas pour en caresser les fleurs, tendrement, comme un hamster nouveau-né, en faisant attention à ne pas décrocher le moindre pétale.

Je ne retrouverais jamais ailleurs cette beauté et cette sérénité. Tout le monde savait que le marché de l'immobilier exacerbait les hostilités inhérentes aux séparations et aux divorces ; qu'à Londres et ses alentours, on ne pouvait plus espérer vendre une grande demeure et en obtenir deux petites à la place. Mon travail était raisonnablement payé, mais il aurait fallu que je sois débauchée par une compagnie pétrolière saoudienne pour avoir la moindre chance de racheter sa part de la maison à Bram.

J'ai imaginé, ou du moins essayé d'imaginer, ce que je ressentirais si ces précieux boutons roses devaient s'ouvrir pour quelqu'un d'autre le printemps prochain. Non, c'était inconcevable. Cela me fendrait le cœur avec une violence qu'aucun époux adultère ne pourrait égaler.

Un panneau « À VENDRE » sur notre portail ? Plutôt mourir.

#VictimeFi
@SharonBrodie50 Elle est un peu extrême, non ? Je ne comprends pas comment les gens peuvent être aussi obsédés par leur maison.
@Rogermason @SharonBrodie50 Pour l'argent. Au moins, elle est honnête.

8

« *L'histoire de Fi* » > 00:30:10

Oui, le système de garde que nous avons choisi a joué un rôle déterminant dans le crime, je pense, parce qu'il a donné à Bram l'accès à la fois à la maison et aux documents dont il avait besoin pour la vendre – pas seulement ceux relatifs à notre possession conjointe de celle-ci, mais aussi mes papiers personnels. Non, je n'avais pas pensé à les ranger séparément des siens après notre rupture, même si, évidemment, c'est la première chose que je conseillerais aux autres femmes dans cette position. Gardez votre passeport scotché au corps, même quand vous dormez !

Le terme « ironique » est ridiculement insuffisant pour décrire le fait que la solution que j'avais trouvée était censée me permettre de *conserver* la maison. On appelle ça le *nesting* – du mot *nest*, « nid » – et comme toutes les bonnes idées, j'ai su que c'en était une dès que j'en ai entendu parler. J'ai découvert le concept d'abord dans un article du *Guardian*, puis sur des sites de parentalité ; cet arrangement en provenance des États-Unis a largement dépassé le stade expérimental et gagne chaque jour en popularité. Le principe est que les enfants restent en permanence au domicile familial et que les parents y habitent avec eux à tour de rôle. Ils passent leur « temps libre » dans leurs résidences secondaires respectives ou, dans le cas de budgets plus serrés comme le nôtre, une seule qu'ils partagent. Certains couples arrivent même à se passer d'un deuxième logement, profitant à la place de la chambre d'amis de leurs parents ou du canapé d'un ami.

Pour Bram, la proposition était moins un rameau d'olivier qu'une véritable oliveraie italienne inondée de soleil.

« Pourquoi ? m'a-t-il demandé, n'osant pas croire que j'étais sincère. Pourquoi est-ce que tu me fais ce cadeau ?

— Ce n'est pas pour toi, ai-je répliqué, mais pour les enfants. Je ne veux pas qu'ils perdent leur foyer. Je veux qu'il y ait le moins de changement possible dans leur vie. Tu m'as trahie, ai-je ajouté brutalement, mais tu ne les as pas trahis, eux. »

Bien sûr, Internet m'avait appris que tout le monde n'adhérait pas à cette interprétation : beaucoup de femmes soutenaient qu'en trahissant la mère de ses enfants, un homme trahissait aussi ces derniers, mais je n'étais pas d'accord avec Internet. Mari, père : les rôles étaient liés, mais restaient distincts. *Quelles que soient mes fautes en tant qu'époux, je ne suis pas cette personne en tant que père.* Et c'était vrai. Comme je l'ai dit, il était excellent, reconnu par les autres parents comme celui autour de qui gravitaient les enfants, celui qui construisait forteresses en couvertures et cabanes dans les arbres (et dans le jardin), qui avait inventé la Journée de la balle au prisonnier et les Jeux olympiques lawsoniens, et qui, un dimanche, avait rassemblé les enfants de la rue pour qu'ils l'aident à abattre un arbre mort en tirant sur des cordes, alors que les autres pères faisaient probablement profil bas, le nez dans leur téléphone, évitant de croiser les regards.

« Si vous faites vraiment tout ce qu'il faut pour que ça marche, il n'y a pas mieux pour l'enfant », nous a dit notre conseillère en divorce.

Sauf un mariage heureux, ai-je pensé.

Elle s'appelait Rowan et elle était méticuleuse et courtoise, donnant l'exemple de la délicatesse scrupuleuse que nous allions devoir pratiquer si nous voulions voir fonctionner notre union reconfigurée.

« Le *nesting* offre exactement ce qu'on attendrait d'un nid d'oiseau : solidité, sécurité et continuité pour les poussins. Même avec la meilleure volonté du monde, il peut être perturbant pour eux de faire la navette entre deux domiciles, particulièrement si ces derniers ne sont pas dans le même quartier. Ce système ôte ce bouleversement de l'équation. Dans le meilleur des cas, ils remarqueront à peine que quelque chose a changé. »

Elle nous a expliqué les principes de cette garde alternée – ou plutôt « couvaison alternée », comme elle l'a dit en plaisantant. Nous aurions une période d'essai pendant laquelle je gérerais les jours de semaine et Bram la majorité des week-ends. La passation d'autorité se ferait à 19 heures le vendredi et à midi le dimanche, ce qui nous donnerait à tous les deux du temps le week-end avec les garçons. Il passerait également le mercredi soir pour s'occuper du coucher.

« Ça fonctionne mieux si vous pouvez avoir chacun votre chambre au domicile principal, a-t-elle conseillé. Ça aide à établir des limites. »

J'avais déjà réfléchi à la question, reconnaissante que la taille et l'agencement de la maison se prêtaient si facilement à nos nouveaux objectifs. Il n'y aurait pas besoin de déraciner les garçons ni de faire des modifications coûteuses.

« C'est possible. Nous avons quatre chambres, donc l'un de nous peut utiliser la quatrième, et il y a un bureau au rez-de-chaussée qui peut devenir la nouvelle chambre d'amis.

— Vous avez beaucoup de chance. Certains couples doivent dormir à tour de rôle dans la même chambre. Vous seriez surpris du nombre de négociations que j'ai dû mener pour déterminer qui changerait les draps.

— Tu n'as qu'à garder notre chambre, m'a dit Bram, puisque tu seras là plus de nuits que moi. »

Notre chambre. Redécider qui dormait où était une chose, adapter la façon dont nous parlions de notre foyer, de notre vie, en était une autre.

« Le secret est de considérer les deux logements comme votre chez-vous. Votre maison est votre domicile principal, l'autre endroit, votre résidence secondaire. Aucun de vous n'a plus de droits que l'autre, vous êtes copropriétaires et colocataires. Et surtout, vous êtes co-parents. Égaux. »

Elle nous a montré une application d'agenda qu'elle nous recommandait.

« C'est là que vous notez tout : qui est à la maison, qui est à l'appartement, qui est en déplacement professionnel, qui récupère les enfants à l'école. Activités, invitations chez les copains, fêtes d'anniversaire : chaque élément est identifié par un code couleur. »

Quant aux dispositions financières, elles demandaient peu d'adaptations dans l'immédiat. Bram et moi avions un salaire équivalent et versions le même montant sur notre compte commun, qui nous servait à rembourser notre emprunt et à payer les charges et les dépenses liées aux enfants. Cette somme allait désormais augmenter pour couvrir le loyer d'un deuxième logement dans Alder Rise, très probablement un studio ou une chambre dans une maison en colocation, et nous laisserait peu d'argent de côté. C'est pour cette raison que j'ai suggéré que les autres frais, ceux de deux avocats pour le divorce, soient remis à plus tard, après cette période d'essai.

« C'est une bonne idée, a dit Bram, et il y avait assez d'optimisme brut dans sa voix pour que je lui jette un coup d'œil.

— Tu as bien compris que nous sommes séparés, n'est-ce pas ? ai-je demandé en m'efforçant de garder un ton dépourvu d'aigreur. Ce divorce aura lieu, même si ce n'est pas tout de suite. Il n'y aura pas de retour en arrière en ce qui me concerne.

— Bien sûr », a-t-il répondu.

Rowan nous a regardés, calme et réfléchie.

« Dans certains cas, une rupture franche avec les conditions de logement antérieures est préférable. Le système que vous choisissez va inévitablement impliquer un certain degré d'intrusion dans vos vies privées respectives, parce qu'il n'est pas réaliste d'espérer pouvoir effacer toute trace de votre présence chaque fois que vous quittez un domicile pour l'autre. Êtes-vous certains que c'est ce que vous voulez tous les deux ? Fiona ? »

J'ai inspiré si profondément que j'ai rempli chaque recoin de mes poumons, puis je me suis représenté le visage des garçons, leurs boucles de petits Lawson, et j'ai hoché la tête.

Bram a acquiescé à son tour avec un sérieux auquel il ne m'avait pas habituée.

« OK », a-t-il dit, et son sourire, d'une gaucherie inattendue, m'a rappelé pourquoi je l'avais aimé en premier lieu.

#VictimeFi

@LydiaHilluk Ça fait un peu délire de hippie, cette idée de *nesting*.

@DYeagernews @LydiaHilluk Je pense le contraire : c'est civilisé, adulte. Ça donne l'impression que ça pourrait marcher.

@LydiaHilluk @DYeagernews Oui, enfin, visiblement, ça n'a pas été le cas, hein ?

Bram, document Word

Vous savez, dans « Heaven Knows I'm Miserable Now » des Smith, ce passage qui dit « Caligula aurait rougi » ? Eh bien, ce que Fi suggérait, un *saint* en aurait rougi. Sérieusement, il ne s'écoulait pas un jour sans que je lise quelque nouvel article sur les pères divorcés relégués dans la jungle des colocations, sans la moindre chance d'obtenir un nouveau prêt tant qu'ils remboursaient encore l'ancien. Mais Fi m'épargnait cela ; elle m'épargnait toutes les misères qu'elle était parfaitement en droit de m'infliger. Au lieu de m'exiler, elle me réintégrait ; au lieu de me mettre sur la paille, elle ne changeait rien à notre arrangement financier.

Elle faisait ce que les parents disent toujours qu'ils feront mais ne font jamais, même à moitié : elle pensait d'abord aux enfants.

Nous avons rédigé un accord – non contraignant, mais elle y tenait – et l'avons signé. Bien sûr, c'est de Fi qu'on parle, donc il y avait forcément un élément de thérapie pour aller avec, une invitation à être « à l'écoute de nos émotions ». La conseillère avait une voix basse et feutrée, presque séductrice.

« Y a-t-il quoi que ce soit de non négociable ? nous a-t-elle demandé. Un interdit quelconque ?

— Pas de nouveaux compagnons dans la maison, a immédiatement répondu Fi. Seulement dans l'appartement. Et pas d'excès de vitesse, pas avec les enfants dans la voiture. Il a déjà six points en moins sur son permis. Et pas d'alcool quand on est de garde.

— Quel charmant portrait tu dresses de moi », ai-je plaisanté.

Sa remarque sur ma façon de conduire était justifiée, mais il me semblait que la seule différence entre elle et moi sur le plan de l'alcool était que ce qu'elle buvait avait de plus jolies couleurs. Elle aimait les mojitos vert menthe et les kirs royaux couleur rubis ; les cocktails bizarres à base de gin agrémenté de rhubarbe, de myrtilles ou d'épices de Noël. Elles étaient toutes fans de gin, les femmes de Trinity Avenue.

Elles le sont encore, je suppose.

« Et vous, Bram ? a demandé Rowan. Des conditions ?

— Aucune. Je me range à ce que veut Fi, c'est elle qui mène la barque. »

Et j'étais sincère, « authentique ». Je n'ai même pas fait de blagues sur les gilets de sauvetage.

« C'est vraiment une perle rare, cette Fi », a fait remarquer ma mère lorsque j'ai relayé l'information.

Elle avait toujours été un peu mal à l'aise au contact de Fi et de sa famille, avec leur attachement bourgeois aux mots de remerciement et au théâtre, leurs séjours en Dordogne ; ou du moins, elle aurait pu l'être si Fi ne s'était pas toujours montrée aussi aimable et prévenante avec elle. Mais le fait est qu'elle pensait que je m'en étais bien sorti. J'avais fait un beau mariage et maintenant je faisais un beau divorce.

« Ne va pas gâcher ça aussi, Bram, m'a-t-elle mis en garde, avec dans le regard des traces à la fois de désapprobation et d'indulgence. Tu n'auras peut-être pas d'autre chance. »

L'impression régnante était que le Seigneur avait eu pitié de moi – pour l'instant.

Nous avons décidé que le vendredi 2 septembre marquerait le premier jour de cette nouvelle organisation. C'était le week-end avant la rentrée des classes, ce qui nous a laissé très peu de temps pour trouver notre « résidence secondaire ». (Le terme se présentait ainsi dans ma tête, entre guillemets, comme si c'était quelque chose d'artificiel, un endroit où je ne me sentirais jamais vraiment chez moi.)

Mais la chance était de notre côté, semble-t-il, avec Bram qui ne coupait jamais les ponts, du moins quand il s'agissait de ses relations de comptoir. Il prenait encore un verre de temps en temps avec l'agent immobilier qui nous avait vendu la maison dans Trinity Avenue, et ce dernier avait entendu parler d'un studio à louer dans un immeuble construit quelques années plus tôt dans l'ouest d'Alder Rise, à seulement dix minutes à pied de chez nous en descendant la Parade et en traversant le parc. Acheté dans un but d'investissement locatif, il avait depuis enchaîné les locataires, de toute évidence trop petit pour que les gens souhaitent y rester plus longtemps que la période minimum.

Extérieurement, l'immeuble était plutôt chic. Conçu en écho au bâtiment Art déco de la rue principale, qui avait autrefois hébergé l'école des beaux-arts, il était blanc avec des lignes épurées, des châssis de fenêtres en acier et des balcons courbes. « Baby Deco », l'appelaient les agents immobiliers (dans Alder Rise, même l'architecture faisait l'objet de métaphores familiales).

Bram s'est occupé de tout : il a négocié le loyer, relu et signé le contrat, et même fait une excursion chez IKEA afin d'acheter ce dont nous avions besoin pour la cuisine.

J'ai profité d'une visite que nous avons effectuée ensemble pour lui rappeler ma condition concernant les autres femmes.

« Tu peux faire ce que tu veux ici, mais personne n'entre dans la maison.

— Compris, a-t-il répondu. Je fabriquerai ma méthamphétamine ici aussi, alors ?

— Très drôle. » J'ai soutenu son regard. « Et j'étais sérieuse pour les excès de vitesse aussi. Je ne veux pas de mauvaise surprise. »

L'ai-je imaginée, ou une expression furtive s'est bien affichée l'espace d'un instant sur son visage ? Impossible à dire, même pour un œil aussi expérimenté que le mien, mais quelque chose m'a poussée à insister.

« Je suis sérieuse, Bram. Pas de secrets.

— Pas de secrets », a-t-il répondu.

J'aurais dû demander que ce soit mis par écrit, inclus dans l'accord signé. J'aurais dû le mettre en notification tous les jours – que dis-je, toutes les heures – sur notre nouvelle appli d'agenda partagé : *Pas de secrets.*

Et, oui, malgré tout ce qui est arrivé, je persiste à penser que l'arrangement est excellent – pour les personnes qui ne sont pas mariées à un criminel, du moins.

Bram, document Word

Parfois, je me torture en imaginant comment le *nesting* aurait tourné si j'avais seulement été capable de tenir secrètes mes fautes passées et d'éviter d'en commettre de nouvelles. (« Seulement » !) Je crois que ça aurait marché, sincèrement. En termes de partage du temps et des tâches, le système exploitait vraiment nos points forts respectifs : je gérerais la foire d'empoigne du week-end, le défoulement nécessaire (les mères de Trinity Avenue disaient toujours que les garçons avaient besoin d'exactement la même dose d'exercice qu'un labrador), tandis que Fi veillerait aux besoins scolaires, à la lessive, au régime alimentaire nutritif et équilibré. OK, c'est-à-dire presque tout.

Cela ne signifie pas qu'elle ne savait pas s'amuser avec Leo et Harry. C'était probablement la seule personne à pouvoir calmer le jeu lorsque leur compétitivité atteignait un paroxysme, en leur rappelant qu'ils pouvaient choisir de faire équipe. Par exemple, ils réclamaient des quiz, notamment sur les capitales dans le monde, et juste au moment où ils risquaient d'en venir aux mains à propos de Bucarest, elle tuait la dispute dans l'œuf avec une mauvaise blague. Du genre : « Où est-ce que les Tunisiens achètent leur musique ? Sur iTunis. » Et les garçons se regardaient avec une résignation affectueuse. « Oh, *Maman*. Sois sérieuse, enfin. »

(Elle cherchait les blagues à l'avance, j'imagine.)

Ça me fait mal au cœur de savoir combien elle va regretter cet arrangement, maintenant. Ça va l'anéantir de se rendre compte que le cataclysme n'aurait pas pu frapper sans le cadre organisationnel qu'elle avait elle-même suggéré, sans la confiance qu'elle avait continué à placer en moi en tant que père de famille, que copropriétaire.

Même quand elle ne pouvait plus me l'accorder en tant qu'époux.

9

« L'histoire de Fi » > 00:38:35

Il m'est difficile de préciser quels ont été les premiers indices du subterfuge, puisque évidemment, sur le moment, je ne les ai pas reconnus pour ce qu'ils étaient. La voiture était déjà un problème avant notre séparation, je sais au moins cela.

On était en avril ou en mai quand j'ai découvert les amendes pour excès de vitesse. Peut-être que je me l'imagine avec le recul, mais je me rappelle un sentiment d'incertitude quand nous en avons discuté, l'impression qu'il ne me disait pas tout. Peut-être est-ce pour cela que, plus tard, j'ai évoqué ses excès de vitesse devant la conseillère.

« Bram ? Qu'est-ce que c'est que ça ? »

Je tenais à la main deux enveloppes que j'avais trouvées entre les pages du mode d'emploi de la machine à café lorsque celle-ci avait brusquement cessé de marcher : deux lettres confirmant chacune le retrait de trois points sur son permis. Ses excès de vitesse avaient longtemps été un sujet de dispute entre nous, même si, judiciairement parlant, il s'en sortait en général impunément. S'il conduisait ainsi, ce n'était pas tant qu'il s'estimait au-dessus des lois, mais plutôt qu'il avait identifié leur transgression comme un des principaux plaisirs dans la vie.

« Six points ? Je croyais que tu avais fait ce stage de sensibilisation à la vitesse il y a quelque temps ?

— Je l'ai fait, a-t-il répondu prudemment.

— Alors pourquoi est-ce qu'ils t'ont retiré des points ?

— Parce qu'il s'agit de PV différents. Le stage, c'était pour le premier. »

J'ai froncé les sourcils, essayant de comprendre la situation.

« Donc il y en a eu *trois* en tout ? Un stage, et ensuite deux fois trois points ?

— Ouaip. Le stage n'est autorisé qu'une fois tous les trois ans. »

C'est bien dommage, me suis-je dit, vu qu'il n'avait visiblement rien retenu du premier.

« Où sont les PV originaux ? Dans le bureau ?

— Pourquoi ?

— J'ai juste envie de connaître les détails, c'est tout. »

Alors que je me dirigeais vers le meuble où nous rangions nos documents, il m'a coupé la route.

« Attends, je vais te les chercher. »

Avec une suprême réticence, il m'a tendu les avis de contravention, un de la police du Surrey et l'autre de celle de Londres. L'incident dans le Surrey avait manifestement eu lieu lors d'un déplacement professionnel : quinze kilomètres-heure au-dessus des cent dix autorisés sur une route nationale, ce qui n'était pas sans rappeler la première infraction, dix-huit mois plus tôt, qu'il avait justifiée par le fait qu'il « était en retard et ne regardait pas le compteur ». Celle de Londres était plus dérangeante : soixante-neuf kilomètres-heure dans une zone limitée à trente, sur une route entre Crystal Palace et Alder Rise. Avec une telle limite de vitesse, c'était presque certainement un quartier résidentiel comme Trinity Avenue, et soixante-neuf kilomètres-heure était largement suffisant pour tuer un piéton, un enfant comme les nôtres.

Puis j'ai avisé les dates : l'une remontait à un an et demi, l'autre à neuf mois.

« Pourquoi est-ce que je n'en entends parler que maintenant ? » Question idiote : parce que j'étais tombée dessus par hasard. À l'évidence, il pensait avoir dissimulé toute la correspondance. « Ça ne te laisse plus que six points sur ton permis, n'est-ce pas ? Donc encore deux erreurs seulement et...

— Je sais compter, Fi, m'a-t-il interrompue avec agacement. Allez, quoi, il y a des millions de gens qui ont des points en moins, y compris la plupart de nos voisins dans cette rue. Pourquoi crois-tu que tout à coup, ils chopent un nombre record de contrevenants ? C'est purement une pompe à fric pour les autorités.

— C'est purement un moyen de dissuasion, ai-je répliqué, destiné à sauver des vies. Est-ce que tu as prévenu l'assurance ?

— Bien sûr que oui. Sérieusement, il n'y a pas de quoi en faire un drame. »

Pas pour lui.

« Pour celui-là, à Londres, tu n'avais pas les enfants avec toi dans la voiture, hein ?

— Non, j'étais tout seul. » Vexé cette fois, il est passé de la défensive à l'offensive en cinq secondes. « Décevant, n'est-ce pas ? J'ai vraiment raté une occasion, hein ?

— Ne transforme pas cette discussion en une critique à *mon* encontre ! »

Même à l'époque, j'ai reconnu dans cet échange une parfaite illustration de ce qui n'allait pas dans notre couple. Pas ses méfaits en eux-mêmes – inutile de dire que celui-ci paraît dérisoire à côté de ceux qui allaient suivre – mais le rôle qu'il m'attribuait si facilement après coup. Flic, prof, rabat-joie, balance. Femme rancunière.

Victime.

« Tu ferais mieux de me laisser conduire à partir de maintenant, ai-je repris. Histoire de réduire au minimum le risque de récidive. »

Et zut, voilà que je parlais comme si j'étais son contrôleur judiciaire.

« Fais-toi plaisir », a-t-il répondu d'une voix maussade.

Plus tard, quand je suis retournée au classeur à tiroirs, j'ai découvert que celui consacré à la voiture était vide.

Bram, document Word

Comme je l'ai déjà dit, l'adultère était un peu une fausse piste. Ce qui s'est avéré bien plus destructeur à long terme, ce sont les excès de vitesse, dont j'aurais préféré ne pas l'informer – pour être franc, c'était plus facile d'éviter les récriminations. C'est le revers de la médaille chez les bonnes citoyennes comme Fi : elles ont du mal à faire preuve d'indulgence envers leur mari.

Je pensais avoir dissimulé tout indice compromettant (à ma connaissance, elle n'avait jamais regardé dans le tiroir « Voiture ») et j'ai donc été pris de court lorsqu'elle est arrivée en brandissant les lettres, exigeant de savoir si j'avais eu les garçons avec moi (pour info, non, dans aucun des deux cas).

« Je ne prendrais jamais le risque de faire du mal à nos enfants, lui ai-je dit. Tu sais sûrement cela, quand même ?

— Alors pourquoi le prendre avec les enfants des autres ? » a-t-elle rétorqué.

Et elle m'a regardé avec un dégoût qui aurait dû m'avertir qu'une séparation était imminente, avec ou sans mes frasques à venir dans la cabane des garçons.

« Enfin, au moins je sais la vérité, maintenant », a-t-elle ajouté.

Mais elle se trompait. Elle n'en savait pas la moitié. La vérité était que lorsqu'elle a découvert ces deux excès de vitesse, il y en avait déjà eu deux de plus, deux autres trios de points retirés et, avec la dernière infraction, une comparution devant le tribunal.

La vérité était que j'avais été condamné à mille livres d'amende et à une suspension de permis d'un an, qui devait se terminer en février 2017.

Bien sûr, à présent qu'elle avait trouvé une partie des preuves, rien ne l'empêchait de vérifier ce que je lui avais raconté en appelant l'assurance pour voir si notre prime avait augmenté, même si j'avais veillé à faire en sorte que notre police soit établie à mon nom, et protégée par un mot de passe. Et malgré cela, je craignais qu'elle n'épluche les relevés de banque et ne remarque que la prime avait en réalité baissé, au lieu d'augmenter, puisqu'elle était désormais la seule conductrice de notre Audi.

La seule conductrice *nommée*.

« L'histoire de Fi » > 00:42:52

Je sais que certains auditeurs trouveront peut-être que j'ai été trop dure avec lui au sujet des excès de vitesse, et il est vrai qu'un autre père de l'école avait lui aussi perdu six points, et beaucoup d'autres, trois. Même Merle avait été arrêtée pour avoir grillé un feu rouge dans Herne Hill, avant que le policier la laisse aller avec un avertissement. Il y avait dans notre groupe une certaine tendance à voir dans ce genre de méfait quelque chose dont on pouvait être fier, comme s'il s'agissait de crimes sans victimes.

Mais bien sûr.

Je ne prétends pas être un parangon de vertu moi-même, mais honnêtement, je ne crois pas avoir déjà dépassé la limite de vitesse, du moins pas de plus d'un kilomètre ou deux. Je veux dire : on doit se frayer un chemin entre les piétons et les cyclistes, on a des enfants sous notre garde ; il y a des feux et des passages cloutés toutes les deux minutes, et la plupart des gens possèdent un régulateur de vitesse ; quand la situation est-elle désespérée au point d'ignorer tout cela ? Et dix, vingt, même trente kilomètres-heure changent-ils vraiment quelque chose à votre heure d'arrivée ? Valent-ils vraiment le coup de risquer des conséquences catastrophiques ?

Mais je suppose que la plupart des conducteurs en excès de vitesse ne pensent pas aux conséquences.

Ils laissent ça aux autres.

Bram, document Word

Non, la décision catastrophique n'a pas été de dissimuler l'interdiction. Ça a été de ne pas la respecter. Vous avez bien lu, je le reconnais officiellement : j'ai bravé la décision de justice qui m'avait retiré le permis, et continué à conduire.

Si je n'avais pas fait cela, je ne serais pas dans cette situation maintenant.

Bien sûr, au début, je m'étais dit que ce serait juste pour un trajet. C'était un samedi après-midi, quelques semaines après ma comparution au tribunal, et Fi en avait après moi parce que j'avais une gueule de bois particulièrement carabinée alors que j'aurais dû être frais et dispos pour les tâches d'entretien du week-end. Elle voulait absolument que je porte les déchets verts au centre de recyclage et – en adéquation avec la loi de Murphy – pour la première fois depuis des mois, elle avait trouvé à se garer juste devant chez nous, donc je ne pouvais pas simplement traîner les sacs hors de sa vue et les jeter discrètement dans la poubelle de quelqu'un d'autre.

Elle m'a même accompagné jusqu'à la voiture, en continuant d'allonger ma liste d'instructions.

« En rentrant, tu n'as qu'à aller vite fait chez Sainsbury's prendre des pastilles pour le lave-vaisselle et du lait. Oh, j'avais oublié ! Leo a besoin d'un pro-tège-dents pour l'EPS lundi. Ils commencent le hockey. Est-ce que tu peux passer par ce magasin de sport sur l'A205 ? »

Sous son regard insistant, je suis monté dans le véhicule que la loi m'avait interdit d'utiliser, j'ai tourné la clé dans le contact et j'ai descendu Trinity Avenue jusqu'au croisement avec la Parade. Guidé plus par l'habitude que par une pensée consciente, je suis allé au centre de recyclage, puis chez Sainsbury's, puis au magasin de sport. J'ai retenu mon souffle plusieurs fois mais à aucun moment le ciel ne m'est tombé sur la tête.

Alors j'ai continué à prendre la voiture. Juste pour les trajets indispensables, je le précise : les corvées fami-liales inévitables ou les visites professionnelles chez des clients impossibles à atteindre par les transports en commun. Je n'avais pas été aussi timide au volant depuis que j'avais dix-sept ans et que j'apprenais à conduire avec la Fiesta de mon voisin. Limites de vitesse : scrupuleuse-ment observées. Feux rouges : rigoureusement respectés.

Pas un pare-chocs qui déborde sur la place de devant, pas un feu de détresse allumé, pas un cycliste injurié.

Une fois, en regardant dans le rétroviseur, j'ai vu qu'il y avait une voiture de patrouille derrière moi et j'ai failli faire une syncope. J'ai envisagé de me ranger, de simplement me garer dans une allée privée en attendant que la voie soit libre, mais au feu suivant, les flics ont mis leur clignotant à gauche tandis que j'allais tout droit, et j'ai été content d'avoir gardé mon sang-froid.

Lorsque le système du *nesting* a été suggéré, j'ai su que je ne pouvais tout simplement pas arrêter. « Comment est-ce qu'on va s'en sortir si tu ne conduis pas ? aurait demandé Fi. Tu sais comment ça se passe, le week-end, avec la piscine, les invitations chez les copains et les visites aux grands-parents. Peut-être qu'on ferait mieux d'oublier cette idée. »

Non, je n'avais pas d'autre choix que de la jouer au culot en attendant la fin de l'interdiction.

C'est comme ça que raisonnent les criminels, je m'en rends compte maintenant. Nous nous disons que ce sont les autres qui nous ont mis le dos au mur et que nous ne faisons que réagir, coopérer, survivre.

Et nous sommes tellement convaincants que nous y croyons.

10

Vendredi 13 janvier 2017

Londres, 13 h 30

Meurtres. Agressions. Viols. Le kidnapping de nos enfants. Ce sont là de *vrais* crimes.

Qui a dit cela ? Alison ou Kirsty, peut-être. En tout cas, Fi se rappelle les rires qui ont suivi.

Lucy lui touche le bras, avec prudence, comme si elle s'attendait à ce que Fi se relève brusquement et jette sa chaise par la fenêtre.

« Il faut que vous arrêtiez de pleurer. Je sais que c'est terrifiant, mais nous devons garder notre calme et commencer à contacter toute personne susceptible de vous aider. Y a-t-il qui que ce soit d'autre avec qui votre mari aurait pu faire des projets ? Ou à qui il aurait pu demander de s'occuper de vos garçons ? Quelqu'un de la famille, une baby-sitter ? »

Maman. Mais bien sûr, elle s'apprêtait à l'appeler quand elle a contacté l'école ! Elle reprend vivement son téléphone, sélectionne le numéro et se met à parler dès qu'elle entend décrocher, sans laisser à sa mère le temps de dire bonjour.

« Maman, Dieu merci ! C'est moi.

— Fi ? Tu pleures ? Quel est…

81

— Bram a retiré les enfants de l'école et son téléphone ne marche pas. Est-ce qu'ils sont avec toi ?

— Bram a quoi ? Non, ils ne sont pas avec moi, bien sûr que non, voyons. » Une autre voix douce et raisonnable, comme celle de Lucy, comme celle de Sarah Bottomley. « Je croyais que tu étais partie en week-end avec ton nouvel amoureux ?

— Je suis rentrée plus tôt que prévu. Bram a disparu et emmené les enfants.

— Ne sois pas bête, pourquoi ferait-il une chose pareille ? As-tu appelé Tina ? Elle sait peut-être où ils sont. »

La mère de Bram. Elle travaille encore à plein temps mais est toujours disposée à modifier son emploi du temps pour donner un coup de main si on la prévient suffisamment à l'avance. Il a parlé à l'école « il y a quelques jours » ; quoi qu'il soit en train de faire avec les garçons, c'était planifié, et il y a plus de chances qu'il ait impliqué sa propre mère que celle de Fi.

Elle raccroche brutalement et joint Tina sur son portable, sanglotant là encore dans le téléphone dès l'instant où l'appel passe.

« Tina ? Avez-vous la moindre idée d'où se trouve Bram ?

— Fi ? C'est vous ? Oui, il est à la maison aujourd'hui. Je croyais que c'était entendu avec vous. Il y a un problème ? »

Il y a un problème ? Le désarroi que provoque son évidente ignorance est brutal. *Vous ne servez à rien*, a envie de hurler Fi, *vous êtes tous plus inutiles les uns que les autres !* Au prix d'un effort herculéen, elle parvient à raffermir sa voix. Elle ne veut pas que Lucy intervienne de nouveau pour parler en son nom.

« Il n'est pas à la maison, Tina. J'y suis, moi.

— Vous êtes déjà rentrée de votre séjour ? Pourquoi ?

— Peu importe pourquoi, j'ai besoin de trouver Bram de toute urgence, alors si vous avez la moindre idée d'où il peut être, vous devez absolument me le dire. » Perdant la bataille, elle recommence à sangloter, voit la grimace d'empathie de Lucy. « Il a retiré les garçons de l'école et je ne sais pas où ils sont et il y a une…

— Fi, taisez-vous deux secondes, l'interrompt Tina. Ils sont ici. Les garçons sont ici.

— Pardon ? »

A-t-elle bien entendu, malgré le bruit que font les déménageurs de l'autre côté de la porte, malgré le rugissement de sa propre peur ?

« Ils sont là, avec moi, en train de regarder la télé. J'étais censée vous appeler plus tard seulement pour voir où vous souhaitez que je vous les ramène demain matin.

— Oh, Dieu merci. Ils dorment chez vous ce soir ? Est-ce là ce qu'a prévu Bram ?

— Oui, si ça vous convient ?

— Bien sûr, oui, merci. »

Du coin de l'œil, elle voit Lucy détendre ses épaules, soulagée. Ça ne va pas être ce genre d'histoire, donc, la pire qui soit, on peut revenir à celle-ci, celle qui concerne la maison. La préparation du thé peut enfin commencer.

Fi s'essuie les yeux avec un morceau de l'essuie-tout de Lucy. En dépit de son soulagement, elle reste crispée d'angoisse.

« Pourquoi est-ce qu'ils ne sont pas à l'école, Tina ? Ils vont bien ?

— Très bien. C'est juste que Bram a estimé plus simple qu'ils n'y aillent pas aujourd'hui. Et je doute qu'il soit très loin, alors à votre place, je repartirais de la maison avant qu'il vous voie. »

Mais de quoi est-ce qu'elle parle ?

« Tina, écoutez-moi, s'il vous plaît : il se passe quelque chose de grave ici. La maison est complètement vide, Bram est injoignable et il y a une femme qui dit… »

Fi s'interrompt, incapable de répéter ce qu'elle lui a dit, tant cela semble absurde : *qui dit avoir acheté ma maison.*

« Je sais déjà tout ça. » Tina fait preuve d'une patience exagérée, un signe d'impatience chez elle. « C'est censé être une surprise, Fi.

— Comment ça, une surprise ? Vous voulez bien me dire ce qui se passe, enfin ?

— Le rafraîchissement. N'est-ce pas évident ? Pauvre Bram, il sera déçu que vous soyez arrivée avant que ce soit terminé. Peut-être que vous devriez retourner à l'appartement, et demander aux peintres de ne pas dire que vous êtes passée ? Ou sinon, vous êtes la bienvenue ici. Voulez-vous que je dise aux garçons que vous êtes de retour plus tôt que prévu ?

— Non, non, ne faites pas cela. » Il lui faut endiguer ce flot d'interrogations – encore d'autres questions auxquelles elle n'a pas de réponse – et essayer de réfléchir. « Faites ce que vous aviez prévu. Merci. Je vous rappelle plus tard. Embrassez les garçons pour moi. »

Elle raccroche.

« Elle dit que vous êtes ici pour repeindre, apprend-elle à Lucy. Il n'y a pas d'autre explication au fait que toutes nos affaires aient été enlevées. Où les avez-vous mises ? Pourquoi refusez-vous de me le dire ? »

Abandonnant sa bouilloire, Lucy vient s'asseoir à côté d'elle. Ses gestes et sa respiration sont doux, comme si elle essayait de rendre sa présence aussi tolérable que possible.

« Je ne suis pas en train de repeindre, Fi, je pense que vous le voyez bien. Je suis en train d'emménager. De ce que je sais, votre famille et vous avez déménagé hier. J'ai cru comprendre que vous aviez quitté la ville, est-ce bien ça ?

— Oui, je ne devrais pas être déjà de retour, mais j'avais besoin de mon ordinateur portable. » Le son qui lui échappe est censé être un rire mais c'est un croassement rauque qui lui parvient aux oreilles. « Je vous demanderais bien où il est, mais à quoi bon. »

Lucy se contente de sourire, douce et encourageante.

« Écoutez, vos enfants sont en sécurité, c'est l'essentiel, n'est-ce pas ? Prenons juste un moment pour respirer et réfléchir à l'endroit où votre mari pourrait se trouver. Que dites-vous d'appeler à son travail pour voir ?

— Oui. »

Fi la regarde, cette inconnue dans sa cuisine qui guide désormais ses pensées et ses actes, et elle se dit : *Quel est le lien, Bram ? Pourquoi as-tu menti à Tina ? À moi ? Où es-tu passé ?*

Alors qu'elle reprend une fois de plus son téléphone, ses mains tremblent.

Qu'est-ce que tu as fait ?

Genève, 14 h 30

Il ne peut pas rester dans cette chambre une seconde de plus, ou il va finir par se jeter sur la fenêtre verrouillée – encore et encore jusqu'à s'écrouler, inconscient. Il va sortir, trouver un bar, boire une bière. Demain, il bougera. Il ne va pas prendre le risque de rester plus d'une nuit ici. Il ira à la gare, consultera le tableau des départs et choisira une destination. Traversera les Alpes pour aller en France, comme il pensait le faire, à Grenoble ou à Lyon.

Bien, se dit-il, *un plan*. Ou du moins, quelque chose de mieux que ce flou, cette incertitude suffocante.

Alors qu'il empoche son portefeuille, il sent la légèreté de son autre poche, l'absence de contrepoids, le vide laissé par ce qu'il y a toujours mis, du plus loin qu'il se souvienne : ses clés de maison.

11

« L'histoire de Fi » > 00:43:57

Je n'ai pas beaucoup parlé des garçons, je sais. Je suppose que j'espérais pouvoir les protéger de tout ça. Le truc, c'est que je ne les ai même pas encore mis au courant pour la maison. Mon dernier mensonge en date est qu'après toute la pluie qu'on a eue, elle est inondée, mais je ne peux pas espérer leur servir ce genre d'excuses encore longtemps, surtout une fois que ce podcast sera mis en ligne et que les gens auront commencé à parler. À l'école primaire aussi, le bouche-à-oreille fonctionne, soigneusement entretenu par les parents lorsqu'ils attendent devant le portail, que j'évite depuis la disparition de Bram. (C'est ma mère qui amène et va chercher les enfants.) J'évite Alder Rise de manière générale.

Ils s'appellent Leo et Harry et ont dix-huit mois d'écart. Leo vient de fêter ses neuf ans et Harry en aura huit en juillet. Ils ont tous les deux la tignasse brune et la bouche pâle et douce de Bram, et nous pensons tous qu'ils hériteront aussi de sa grande taille. Né si peu de temps après Leo, Harry marche sur ses traces alors qu'elles sont encore fraîches. Sa prof de CE1 était celle de Leo l'année dernière ; au cours de natation, il est entré dans le groupe des Dauphins le trimestre où son frère l'a quitté pour celui des Raies Manta. Sur le papier, ils semblent suivre un chemin identique.

Mais de caractère, ils sont complètement différents.

Harry est intrépide. Il regarde les adultes dans les yeux et sa voix est une corne de brume qui fonctionne toujours au volume maximum. C'est pour lui une question de principe de ne jamais rechercher la consolation. Qu'il se blesse, en glissant sur les marches mouillées ou en tombant du magnolia, et il cherchera la sortie à travers ses larmes, esquivant avec détermination les bras tendus, les offres de réconfort.

Leo est celui qui pleure, qui veut des câlins, qui cherche à faire plaisir. Inévitable, donc, que je pense parfois avoir un lien plus fort avec lui. Par ailleurs, il avait des allergies assez sérieuses quand il était bébé, ce qui a conduit à quelques visites aux urgences avant que le bon médicament lui soit prescrit. Nous gardons encore ce dernier à portée de main, au cas où il referait une crise.

J'ai discuté de nos nouvelles conditions de vie avec lui alors que nous vidions le lave-vaisselle ensemble. Harry s'était adjugé la tâche de mettre la table, mais le lave-vaisselle était le domaine de Leo.

« Qu'est-ce que tu penses de notre nouveau système ? lui ai-je demandé.

— Ça va.

— Tu comprends comment ça va marcher ?

— Hmm, je crois, oui.

— Les choses ne vont pas être si différentes. Nous allons tous continuer à vivre ici, c'est juste que Papa et moi viendrons chacun notre tour. »

À quel point était-il important de voir ses parents ensemble ? Si nous n'avions pas annoncé la chose de façon à moitié officielle comme nous l'avions fait, combien de temps se serait-il écoulé avant que les garçons remarquent d'eux-mêmes que nous n'étions jamais au même endroit au même moment ? Il était possible qu'il leur ait fallu un certain temps.

« Est-ce que tu as des questions à me poser ? »

Je l'ai vu réfléchir, les yeux fixés sur les derniers couverts propres qu'il avait dans les mains. Il n'était pas le questionneur, Harry l'était. Leo était l'accepteur.

« Alors ? ai-je insisté. Est-ce qu'il y a quelque chose, n'importe quoi, qui ne te semble pas clair ? »

Je pouvais voir ses efforts pour trouver un sujet alors qu'il contemplait sa poignée de couteaux et de fourchettes. Peut-être voulait-il seulement me faire plaisir. Je ne savais pas s'il me voyait comme une victime à soutenir ou une instigatrice à qui en vouloir. Ni l'un ni l'autre, peut-être.

Enfin, son visage s'est éclairé.

« Pourquoi est-ce qu'on a autant de cuillères ? » a-t-il fait.

Il a été si content lorsque j'ai éclaté de rire.

Oh, Leo. Mon Leo. Je prie pour qu'il ne garde pas des séquelles à vie de tout cela, mais j'ai du mal à imaginer comment il pourrait en être autrement.

Bram, document Word

Harry, pauvre petit père, a pleuré toutes les larmes de son corps lorsque je lui ai expliqué le nouveau système, et pourtant il ne pleure jamais. C'est le stoïcien de la famille.

« Est-ce que vous êtes encore mariés, Maman et toi ?

— Oui, absolument. Pour l'instant.

« — Alors pourquoi vous ne voulez pas être à la maison en même temps ?

— C'est un processus de paix, mon vieux. On sera à la maison en même temps, en fait, mais pas assez longtemps pour se disputer, c'est tout. Parce que les disputes, ce n'est pas vraiment agréable pour qui que ce soit, surtout Leo et toi.

— Est-ce qu'on continuera à aller en vacances ensemble ?

— Probablement pas pendant un moment. On n'aura pas autant d'argent à y mettre.

— Maman a dit qu'on pourra quand même aller chez Theo dans le Kent à la Toussaint. On y va toujours.

— Eh ben voilà. »

Theo était le fils de Rog et Alison. Il était inévitable, je suppose, que l'équipe de Fi, les femmes, les mères, se rassemble, serre les rangs autour d'elle.

« Est-ce que tu vas avoir une nouvelle femme ? a demandé Harry. Est-ce qu'elle va s'installer à la maison aussi ?

— Certainement pas, ai-je répondu. C'est Maman, ma femme. On ne va pas divorcer. »

J'aurais dû ajouter « tout de suite » à haute voix, au lieu de me contenter de le murmurer alors qu'il avait déjà détourné les yeux. C'était une mauvaise idée de lui donner de l'espoir, mais je n'ai pas pu m'en empêcher, parce que je soupçonnais déjà que c'était mon espoir à moi aussi.

Ce qui, si c'est vrai, vous poussera peut-être à me demander pourquoi, alors, j'ai détruit mon mariage. Je suppose que c'est parce que je ne savais pas à quel point j'y tenais avant de le détruire. Je suppose que je devais être animé d'une pulsion de mort.

D'où la lettre de suicide.

12

« L'histoire de Fi » > *00:46:21*

Bref, revenons-en au *nesting*.

Le premier passage de relais du vendredi s'est fait de façon si informelle que c'en a été presque décevant, d'autant que l'événement majeur de la soirée a semblé être, pour ainsi dire, que Bram revenait vivre à la maison. Comme si nous nous réconcilions, au lieu de nous séparer. La vue de ses vêtements posés sur le fauteuil vichy dans la chambre d'amis n'était pas sans rappeler les fois où il avait dormi là après une soirée arrosée, ne voulant pas me déranger par ses ronflements.

« Est-ce qu'on peut camper dans la cabane cette nuit ? » a demandé Harry.

C'était leur nouvelle façon préférée de marquer une occasion spéciale (ils allumaient parfois un feu de camp) et j'ai vu le coup d'œil furtif que Bram me jetait.

« C'est un peu mouillé dehors », ai-je répondu.

Il pleuvait depuis des jours et les puisards avaient fini par déborder, la pelouse, par devenir spongieuse. De petits torrents dévalaient le toboggan pour aller former des flaques à son pied et, lorsque les garçons enlevaient leurs chaussures après avoir joué dehors, leurs chaussettes faisaient entendre un bruit de succion sur le sol de la cuisine.

« Peut-être qu'on peut monter une tente à l'intérieur ? » a suggéré Bram.

Et mon départ est passé inaperçu dans le débordement d'enthousiasme que ces mots ont provoqué. Mais c'était le but de ce système, n'est-ce pas ? Que les garçons remarquent à peine qui était là et qui ne l'était pas. Que la continuité soit assurée.

J'ai lentement traversé le parc pour gagner Baby Deco. Au crépuscule, avec ses fenêtres illuminées, le bâtiment était attrayant, semblable à un gâteau blanc et or sur le ciel poudré de rose. Mais lorsque je suis entrée dans le hall, j'ai trouvé l'endroit beaucoup plus petit et plus fade que dans mon souvenir. L'ascenseur était minuscule, le couloir étroit, et j'avais l'étrange impression d'être une intruse, de m'être introduite là sans permission ni raison valable. Il régnait une odeur chimique de peinture fraîchement séchée, bien loin du parfum de tennis boueuses et de bolognaise réchauffée de Trinity Avenue.

Quant au studio lui-même, il était si petit qu'il ressemblait plus à une chambre d'hôtel qu'à un appartement. On pouvait voir tout ce qu'il contenait sans avoir à tourner la tête : lit (en 120 seulement), table basse, étagère, deux étroits petits fauteuils. Pas de table à manger, seulement un petit bar de cuisine équipé de la paire de tabourets premier prix que Bram avait achetée chez IKEA.

L'eau de la douche était froide et, au fil des heures, le ronronnement du frigo est devenu un ronflement de réacteur, mais je n'ai pas appelé Bram pour savoir ce que je pouvais y faire. Sauf en cas d'urgence, nous nous étions mis d'accord sur un seul texto par soir, une fois les garçons couchés. Rien de plus.

Au moins, je n'ai pas eu de problème pour faire fonctionner la télé – c'était une ancienne à nous, dont le petit écran était adapté à l'espace exigu. Avec un vieil épisode de *Modern Family* pour me distraire et un bol de raviolis sur les genoux, j'ai laissé le malaise que j'avais ressenti plus tôt se réduire à l'apathie temporaire qui vous prend quand vous logez dans un de ces appartements d'entreprise.

« Il va vous falloir un moment pour vous habituer, nous avait prévenus Rowan. Vous allez vous demander ce que vous fabriquez tout seuls, comment vous allez bien pouvoir passer une journée là-bas sans avoir les enfants après qui courir. Laissez-vous guider par vos émotions. Ne soyez pas trop durs avec vous-mêmes si vous trouvez la situation étrange. Ce que vous ressentez est naturel. »

Était-ce l'impression qu'avait eue Bram les quelques nuits précédentes, sans parler du mois qu'il avait passé banni chez sa mère ? D'être un animal séparé de sa meute, un pilote en solitaire obligé de tourner en rond en attendant de pouvoir atterrir ?

J'ai ajouté mes produits de toilette aux quelques-uns déjà réunis dans la salle de douche, utilisant l'étagère qu'il avait laissée vide. Comme convenu, il avait mis son linge de lit dans la machine à laver et, comme convenu, je l'ai mis à sécher sur le petit étendoir dans la cuisine.

Oui, bien sûr que je me suis demandé si cela allait être difficile de coexister de cette façon, de séparer scrupuleusement tous ces éléments de la vie quotidienne que nous avions si longtemps partagés. (Nous avions chacun notre placard de cuisine attitré pour les provisions, comme des étudiants !) Il y avait des moments où ça me semblait mesquin, en dessous de nous d'une certaine manière, et d'autres où cela m'inspirait une profonde tristesse. Mais ce premier soir, je ne me suis pas autorisée à y penser. Et je ne me suis certainement pas autorisée à pleurer. Je me suis simplement lavé les dents et le visage, mise en pyjama et occupée tranquillement comme si j'étais dans une chambre d'hôtel. Quand je me suis couchée, je me suis endormie immédiatement, bien que je me sois attendue à ne pas fermer l'œil de la nuit.

Le lendemain, j'ai eu une conversation vidéo avec les garçons pendant un moment de trêve entre leur cours de natation et l'anniversaire, organisé dans une ferme pédagogique, auquel ils étaient invités. Ils se chamaillaient pour déterminer qui des deux avait choisi le premier le lama comme animal préféré, parce qu'il était hors la loi pour eux d'avoir le même. Ce deuxième soir, je suis allée dîner chez mes parents à Kingston puis me suis convaincue qu'il était trop tard pour rentrer à Alder Rise par le train, et qu'au lieu de payer un taxi, je ferais mieux de rester dormir.

Si vous m'aviez dit que quelques mois plus tard je retournerais vivre chez mes parents de façon semi-permanente, je vous aurais répondu que vous aviez perdu la tête.

Bram, document Word

Je me suis surpris moi-même en aimant l'appartement dès le début, et pas simplement parce qu'il me permettait de m'enfuir de chez ma mère. Peut-être était-ce le fait de savoir que je serais bientôt de retour à la maison pour mon tour de garde, mais je ne m'y sentais pas seul. J'appréciais son accueil silencieux, le fait qu'il n'exige rien de moi. À ma connaissance, l'adresse n'en avait été communiquée à personne hormis les compagnies de gaz, d'électricité, etc., et c'était une sensation agréable, en 2016, que d'être injoignable, en retrait du monde.

Un sentiment renforcé par le fait que la voiture était restée dans Trinity Avenue et que je pouvais chasser de mes pensées cet élément précis du foirage de ma vie.

J'étais décidé à me tenir à carreau désormais, prêt à filer droit – où que Fi me dise d'aller. OK, peut-être que plus tard, quand ma vie a vraiment tourné à l'enfer, je me suis bercé de l'illusion que nous allions nous remettre ensemble, qu'elle allait me sauver de mes démons, une bonne fois pour toutes, mais pour le moment, je tirais plaisir du simple fait que l'appartement était quelque chose qui n'appartenait qu'à nous. Bien que ce soit l'espace même qui rendait possible notre séparation, j'appréciais que nous soyons les deux seules personnes à en respirer l'air. Au début, du moins, j'avais l'impression que c'était un endroit que nous étions les seuls à connaître.

« L'histoire de Fi » > *00:51:18*

La maison avait des fenêtres à guillotine centenaires, avec de magnifiques imperfections en forme de gouttes dans le verre d'origine. L'appartement, du double vitrage dernier cri qui, je crois me rappeler, était autonettoyant – non que j'aie jamais pensé à regarder.

La maison avait des moulures, des rosaces au plafond et du carrelage à motif géométrique alternant le beige, le rouille et un superbe bleu cobalt. L'appartement, des plinthes bas de gamme et ce revêtement de sol stratifié qui prend une teinte orange à la lumière artificielle.

La maison avait de hautes portes-fenêtres donnant sur une terrasse en pierre équipée de chaises longues en teck patiné et d'érables palmés en pot. L'appartement avait un balcon surplombant une route d'accès au parc, très fréquentée et peu appréciée des habitants du quartier à cause de ses embouteillages continuels.

Mais rien de cela n'avait d'importance. La situation ne prêtait pas à une comparaison directe, il s'agissait de lieux différents destinés à des usages différents.

Une place pour chacun et chacun à sa place, comme avait dit Alison.

***

Le deuxième vendredi, j'ai invité Polly à venir me tenir compagnie. J'étais allée à Milton Keynes pour une réunion et j'avais passé tout le trajet du retour, fait de pannes de signalisation et de retards, à rêver de mon premier verre de prosecco (c'était l'élixir de la communauté des femmes de Trinity Avenue ; certaines d'entre nous ont pleuré quand les journaux ont annoncé le risque d'une pénurie).

« Je ne comprends pas, a-t-elle dit quand nous nous sommes retrouvées devant l'immeuble. Comment est-ce que vous faites pour vous payer un appart ici en plus de tout ce que vous coûte la maison ?

— Eh bien, comme tu le sais, étant incroyablement vieux, on n'a pas un énorme emprunt à rembourser. Du moins par rapport aux délirantes normes actuelles. »

Le sentiment d'injustice qu'inspirait autrefois à ma sœur le fait que j'aie acheté une maison à l'époque où les prix étaient encore du domaine de la réalité avait été apaisé lorsque nos parents l'avaient aidée à payer les arrhes pour son appartement à Guildford, mais une petite récrimination ressurgissait encore de temps à autre.

Alors que l'ascenseur nous déposait au deuxième étage, la pensée m'est venue qu'il n'y avait pas de caméra de surveillance dedans. Que se passait-il si on se retrouvait coincé ? Qui répondait quand on utilisait le bouton d'appel d'urgence ? Il n'y avait pas de gardien ni de concierge dans l'immeuble, et je n'avais encore véritablement rencontré aucun de mes voisins. Ceux que j'avais croisés étaient de jeunes actifs que la perspective d'interagir avec une vieille quadragénaire comme moi n'intéressait guère.

J'ai ouvert notre porte avec la même appréhension que j'avais ressentie le week-end précédent, et j'ai laissé Polly entrer la première, d'un pas décidé.

« C'est mignon comme tout, Fi. Attends, tu as même un balcon ?

— Oui, mais il n'a pas de soleil et la route est tellement bruyante ! Bram pense qu'il y a eu un programme de logements à prix abordables et qu'il s'agit d'un des appartements concernés. »

Elle a éclaté d'un rire plein de mépris.

« Donc ils le louent à un couple qui peut déjà se payer une énorme baraque dans Trinity Avenue ? Hmm. La politique du logement social dans toute sa splendeur.

— Peut-être que Bram ne leur a pas révélé cela », ai-je reconnu.

C'était une conséquence de la décision de faire les choses différemment à laquelle je ne m'étais pas attendue : on ne savait pas trop si on essayait de vanter les mérites du système choisi, ou de s'en excuser.

Le temps que je nous serve à boire, elle avait terminé d'explorer le reste de l'appartement, et nous nous sommes installées dans les deux petits fauteuils raides comme si nous étions sur le point de répondre à une interview filmée. Le revêtement, d'un gris pluie insipide, était rêche au toucher.

« Alors, comment est-ce qu'il prend les choses ? a demandé Polly.

— Plutôt bien. En fait, je dirais qu'il est presque, je ne sais pas…

— Quoi ?

— Eh bien, presque soumis.

— *Soumis ?* Bram ? » Elle a lâché un bref éclat de rire. « Non, tu dois te tromper. Ce doit être le bon jumeau dont il ne t'a jamais parlé. Ils ont échangé leurs identités. Le vrai Bram est en train de faire la fête sur une plage à Goa. Ou au moins, il est au pub.

— Je sais que ça paraît fou, mais c'est vrai. Lorsqu'il est venu à la maison mercredi, il avait l'air, je ne sais pas, *reconnaissant*. Je crois qu'il a vraiment conscience de la chance qu'il a.

— J'espère bien ! s'est-elle exclamée. Même lui doit se rendre compte qu'il s'en est fallu de peu qu'il perde tout. Et avec n'importe quelle autre femme, ce serait arrivé. »

Même maintenant que je m'étais séparée de lui, même maintenant qu'un tissu cicatriciel m'endurcissait le cœur, j'étais jugée trop gentille avec lui. (Comme il était facile d'imaginer Polly en train de dire à ses amies : « Tenez-vous bien : elle l'a enfin fichu à la porte… de sa chambre ! »)

« Le problème, Fi, c'est que c'est bien beau en théorie, cette idée de "nid", d'un progressisme très à la mode et tout et tout, mais est-ce que tu peux vraiment compter sur lui pour faire sa part ? Tous les vendredis et samedis, seul avec les enfants ? Tu n'aurais aucune peine à en obtenir la garde exclusive, n'est-ce pas ? Tu pourrais rester dans la maison sept jours sur sept et il pourrait être ici. Pourquoi lui faire une fleur comme ça?

— Parce qu'il est le centre du monde pour les garçons – par bien des aspects, c'est un meilleur parent que moi. Il les fait rire, hurler et courir partout comme des petits fous.

— Et c'est ça, être un bon parent? Je crois que je préfère le genre barbant, qui les fait se tenir tranquilles – oh, et qui les protège des conséquences de l'adultère. »

J'ai souri.

« Eh bien, ils ont un de chaque. Et celle qui est barbante veut qu'ils puissent rester chez eux et dormir dans leur lit toutes les nuits, plutôt que sur un lit de camp quelque part dans un endroit comme celui-ci. Elle veut qu'ils aient ce qu'ils ont toujours eu : des parties de foot dans le jardin avec leur père, des séances de bricolage pour construire une niche au chien qu'ils n'auront probablement jamais…

— Hmm. »

L'intérêt que pouvait montrer Polly pour le bien-être de ses neveux avait ses limites. En couple avec son petit ami actuel depuis un an seulement et sans enfants pour l'instant, elle se disait sûrement qu'elle n'aurait jamais la bêtise de se retrouver dans ma situation.

« Comment ça se passe si Bram ou toi commencez à sortir avec quelqu'un d'autre?

— Rien ne l'interdit, bien sûr, mais il est convenu qu'aucun tiers ne sera invité à la maison.

— "Aucun tiers"? » Elle a haussé un sourcil. « Ce n'est pas le nom qu'on leur donne sur Tinder.

— Eh bien, quel que soit le nom qu'on leur donne, je suis trop vieille pour le découvrir, alors ça ne va pas être un problème.

— Tu as à peine quarante ans passés, Fi.

— J'ai l'impression d'en avoir cent bien sonnés.

— C'est ce que ça fait d'être mariée à Bram. À lui, ça ne lui posera aucun souci d'amener des femmes ici.

— Et ça ne me posera aucun souci que ça ne lui en pose aucun », ai-je affirmé.

Ma sœur a réfléchi à son verdict, qui, une fois rendu, ne s'est avéré être en ma faveur que par hasard.

« Je dois admettre que c'est vraiment la solution parfaite. Tu as les meilleurs soirs ici : vendredi et samedi. Les soirs pour adultes. Tu peux avoir une vie privée et ce sans la moindre interférence de sa part ou de celle des enfants. De *qui que ce soit*. »

J'ai éclaté de rire.

« Qu'est-ce que je viens de dire ? Il n'y aura pas de vie privée.

— Peut-être pas au début. Je te donne un mois. »

C'est Polly tout craché : elle est toujours tellement sûre de savoir à l'avance ce qui va se passer. Elle croit avoir déjà tout vu.

Mais même elle reconnaît maintenant qu'elle n'aurait jamais pu prédire *ça*.

#VictimeFi
@LorraineGB71 Il va se passer quelque chose d'absolument horrible dans cet appartement.
@KatyEVBrown @LorraineGB71 Il y a une raison pour laquelle personne n'y reste plus de six mois… [lance la musique angoissante]

13

Bram, document Word

Bien, le décor est planté. Mensonges, infidélité, pieuses intentions concernant le *nesting*, vous avez compris : j'étais déjà un abruti fini avant même qu'on en vienne à la cerise sur le gâteau. À la tragédie qui n'aurait jamais dû arriver. À la tombe que je me suis creusée tout seul.

(Réflexion faite, ce n'est peut-être pas la meilleure métaphore.)

C'était le troisième vendredi de notre nouveau système de garde, et j'avais un séminaire d'entreprise dans un relais-château près de Gatwick. J'étais deuxième sur le programme des présentations, avec un autre directeur commercial, Tim, qui avait écrit le rapport tout seul, ce qui m'arrangeait bien. L'endroit était compliqué à atteindre, avec une correspondance à Clapham Junction et un taxi à prendre après, et lorsque j'ai raté le premier train à Alder Rise, même avant que l'écran affiche « Retardé » pour le suivant, j'ai calculé que je n'allais pas arriver à l'heure. En rade sur le quai bondé, je n'ai pas pu m'empêcher de penser à l'Audi garée à une minute de là dans Trinity Avenue, surtout lorsque l'appli agenda m'a révélé qu'aucune activité n'était prévue après l'école qui puisse en nécessiter l'usage. Et surtout, Fi n'était pas à la maison, comme c'était normalement le cas le vendredi, parce qu'elle était partie tôt à un salon des antiquaires à Richmond avec Alison, dont elles avaient pris la Volvo, ce qui signifiait que je pouvais passer en coup de vent récupérer les clés de la voiture sans risquer de tomber sur elle.

Alors je suis ressorti vite fait de la gare et j'ai gagné la maison en passant par-derrière, devant l'école et le long de Wyndham Gardens. J'ai envisagé d'envoyer un texto à Fi pour la prévenir que j'entrais dans la propriété sans accord préalable, mais je n'avais pas les trente secondes qu'il m'aurait fallu pour l'écrire.

Heureusement que je ne l'ai pas fait. Un message annonçant mon intention de prendre la voiture ce jour-là aurait pu signer mon arrêt de mort.

En n'excédant les limites de vitesse que lorsque j'étais certain qu'il n'y avait pas de caméras, et avec la fin de l'heure de pointe qui jouait contre moi, j'ai atteint ma destination avec seulement quelques minutes d'avance ; j'ai aidé Tim à présenter le galimatias qu'il avait pondu, puis j'ai enduré l'ennui démoralisant d'une journée entière d'exercices stratégiques de renforcement d'équipe.

(Atelier vannerie. Je viens juste de me rappeler. Après le déjeuner – au cours duquel je me suis retenu et n'ai bu que deux verres de vin – on a fait un atelier vannerie. Enfin merde, quoi.)

Maintenant, passons directement au trajet du retour. J'étais non seulement épuisé mais aussi nerveux, moitié parce qu'il fallait que je ramène la voiture et moitié parce que je m'étais fait alpaguer par la nouvelle DRH, prénommée Saskia. Cela faisait plusieurs semaines qu'elle me harcelait de mails à propos du renouvellement de nos contrats suite à notre fusion avec une entreprise concurrente plus tôt dans l'année, des contrats qui nécessitaient entre autres de divulguer toute condamnation pour infraction routière. (Ai-je mentionné le fait que je n'avais pas encore déclaré le retrait de mon permis de conduire au travail ? Même à ce stade, les bourdes s'accumulaient déjà.) J'avais laissé traîner aussi longtemps que j'avais pu, évité son regard pendant les activités de la journée, mais juste au moment où je m'apprêtais à quitter les lieux, elle s'était matérialisée à côté de moi.

« Tous les autres membres du service commercial m'ont renvoyé leur contrat, m'avait-elle dit. Il ne me manque plus que le vôtre. Est-ce que vous pouvez veiller à me l'apporter lundi ? »

Elle était jeune et jolie, le savait, et je ne sais pourquoi, cela n'avait fait qu'ajouter à mon agitation.

« Sinon, je peux vous le réimprimer et vous trouver un endroit tranquille pour le relire pendant les heures de bureau, avait-elle proposé.

— OK, avais-je répondu. Pas de problème. »

Et j'avais traîné pour qu'elle ne me voie pas me rendre à ma voiture, que j'avais garée sur un parking différent de celui qui nous était attribué, juste au cas où ma suspension de permis serait découverte et que quelqu'un comme Saskia se rappellerait m'avoir vu prendre le volant.

Je ne peux pas continuer comme ça, me suis-je dit. Toutes ces précautions « juste au cas où ». *Il faut que je le dise aux gens. À Fi.* J'étais à peu près certain qu'elle serait aussi scandalisée par le fait que j'aie menti que par le retrait de permis lui-même, alors peut-être pouvais-je présenter celui-ci comme quelque chose de tout nouveau ? Une suspension de six mois qui avait commencé en août, quand nous ne nous parlions pas? Quel était le pire qu'elle puisse faire?

Eh bien, elle pouvait décider de renoncer au système du nid, garder Trinity Avenue et les enfants pour elle et me reléguer au studio sept jours sur sept. Et c'était peut-être même trop espérer. Une fois que le besoin d'économiser aurait perdu son attrait, je devrais dégager de là aussi, et je ne serais plus qu'un énième pauvre type obligé de dormir chez ses potes ou ses parents. Penge. Les plats de mon enfance. La religion omniprésente.

Maintenant, bien sûr, je vois quelle chance j'aurais eue si j'avais pu m'en tenir à ces conséquences. J'aurais pu négocier avec Fi. Même à bout, ce n'était pas un monstre. Par ailleurs, le droit de visite des pères était protégé par la loi, et de bien pires ordures que moi avaient le droit de voir régulièrement leurs enfants.

Enfin bref, je rentrais chez moi, évitant les artères principales, comme j'avais appris à le faire depuis que je roulais « illicitement », pour emprunter les voies parallèles qui n'étaient pas surveillées, de longues rues résidentielles comme Silver Road à Thornton Heath, sur laquelle je circulais d'ailleurs lorsque je me suis retrouvé coincé derrière une Toyota blanche qui avançait à deux à l'heure.

J'ai commencé à lui faire des appels de phares pour qu'il accélère. *Est-ce que vous pouvez veiller à me l'apporter lundi?* étais-je en train de penser, en me renfrognant au souvenir de la voix de Saskia, grave et sirupeuse comme si les ressources humaines relevaient de la psychothérapie et non de la bureaucratie, lorsque j'ai perdu patience et déboîté pour doubler. Je n'aurais pas dû – évidemment que je n'aurais pas dû – mais si j'étais le genre de personne qui faisait régulièrement preuve de retenue, je n'aurais pas été d'aussi mauvaise

humeur à la base ; je n'aurais pas été en train de me tor-
turer les méninges pour trouver ce que j'allais pouvoir
dire à Saskia ou à Fi ; je n'aurais pas perdu le droit de
conduire ; je n'aurais pas été au volant illégalement. Je
n'aurais pas été séparé de ma femme. Mais voici quel
genre de personne j'étais : le genre qui passe son temps
à s'apitoyer sur lui-même, qui est bouffé par le désir
irrépressible, mesquin, éphémère, de prendre le dessus
sur un inconnu.

Lui aussi, à l'évidence, parce que juste au moment où
je commençais à me rabattre devant lui, il a accéléré,
me forçant à redresser et à interrompre ma manœuvre
de dépassement. Pendant une seconde ou deux, nous
avons roulé côte à côte en nous ignorant, nos voitures
à deux doigts l'une de l'autre. Je pouvais sentir qu'il
me regardait d'un air hargneux en m'injuriant, et j'ai
affiché un rictus de mépris avant de lui jeter un coup
d'œil. C'était exactement le genre de mec que j'avais
imaginé : la mâchoire crispée, le regard dur, solide et
massif comme une arme. Et pas hargneux, mais carrément en rage. La poussée d'adrénaline que j'ai eue en
me trouvant confronté à sa fureur était tellement forte
que toute ma raison s'est retrouvée emportée par son
flot ; alors que je réappuyais sur l'accélérateur dans
une deuxième tentative pour le doubler, j'ai senti toute
la peur et l'impuissance de ces derniers mois s'évacuer
d'un coup.

Puis j'ai vu la voiture qui arrivait en face de moi et
j'ai changé d'avis et freiné, prêt à capituler, m'attendant
à réintégrer ma place derrière la Toyota et à endurer la
vue d'un doigt d'honneur levé en signe de victoire à
la prochaine intersection. Mais ce n'est pas comme ça
que les choses se sont passées. À ma grande confusion,
il a lui aussi freiné, m'empêchant de me glisser derrière lui, et nous avons continué à avancer côte à côte,

aussi parallèles que si nos véhicules étaient attachés. Pour chaque kilomètre-heure que je perdais, il faisait de même – nous allions à cinquante, quarante, trente – et pourtant la voiture en face ne semblait pas ralentir : une petite Fiat 500 innocente au nez mutin, conduite par un automobiliste qui avait décidé de compter sur nous pour régler cette affaire à temps ou alors n'était pas complètement concentré, jusqu'au moment où, soudain, le temps a manqué. L'un de nous deux devait sortir de la voie ou bien nous allions nous heurter de plein fouet. À la toute dernière seconde, la Fiat a brutalement dévié, semblant accélérer au lieu de freiner, et a quitté la route en crissant pour aller percuter une voiture garée sur une place de parking en bordure du trottoir. La force de l'impact a propulsé cette dernière contre la façade de la maison voisine. Le bruit a été épouvantable, évoquant moins un choc qu'une presse à ferraille, assourdissant même à travers les vitres fermées ; Dieu sait ce que ça a dû donner de dehors. Alors seulement j'ai pu réintégrer la bonne voie, n'osant pas regarder par-dessus mon épaule pour constater l'étendue des dégâts avant de m'être arrêté. Un peu plus loin devant moi, la Toyota attendait, au point mort, et je pouvais voir le mec avec son téléphone à la main ; en train d'appeler les secours, ai-je supposé. Puis, sous mes yeux incrédules, ses feux stop se sont éteints et la voiture est repartie en rugissant.

Je suis resté assis là, pétrifié et nauséeux, les oreilles emplies d'une version éperdue et stridente de ma propre voix qui implorait :

Ressaisis-toi. Tourne-toi.

Recule. Sors de ta voiture, putain, et fais quelque chose.

Au moins, appelle les secours !

Allez !

Les mains tremblantes, j'ai cherché mon téléphone dans mes poches, sur le tableau de bord, dans le vide-poches de la portière, rempli de gobelets à café et de morceaux de jouet en plastique. Il était sur la banquette arrière, peut-être. J'avais toujours le pied gauche sur la pédale de frein et ma jambe avait commencé à être agitée de spasmes. J'ai tiré le frein à main et entrepris de me retourner pour tâtonner derrière moi, mais ma ceinture s'est bloquée.

C'est alors que je me suis rappelé qui j'étais. J'étais un homme à qui on avait retiré son permis, qui roulait sans assurance, en violation de la loi, et probablement avec un taux d'alcool dans le sang supérieur à la limite autorisée. Un homme qui avait des antécédents de condamnations au pénal (nous y viendrons). Ce qui venait de se passer relevait indéniablement de la conduite dangereuse, sans même encore évoquer la question des dommages corporels ou matériels. Je ne pouvais pas y couper, c'était la prison qui m'attendait. La honte. La captivité. La violence. La perte de Leo et Harry. La fin de tout.

Respire. Réfléchis. La route devant moi était déserte, les trottoirs aussi. La Toyota avait disparu depuis longtemps. Maintenant au bord de l'évanouissement, à peine capable d'une pensée consciente, j'ai desserré le frein à main, appuyé sur l'accélérateur et repris ma route.

Miraculeusement, j'ai pu faire les cinquante mètres qui me séparaient de l'intersection suivante sans croiser personne. La seule voiture en mouvement que j'ai vue était dans mon rétroviseur, son conducteur s'étant manifestement arrêté pour aider en arrivant à hauteur de l'accident, comme tout citoyen normalement constitué l'aurait fait.

En jetant un autre coup d'œil derrière moi avant de tourner à gauche, je m'attendais à découvrir de la fumée ou quelque autre indice de carnage, mais je n'ai rien vu. Juste les mêmes toits, le même ciel.

« *L'histoire de Fi* » > *00:57:22*

Le troisième vendredi, je me suis arrangée pour passer la nuit chez des amis à Brighton. Même si je ne suivais pas une stratégie officielle, j'évitais une fois de plus de rester seule dans l'appartement – et ce, malgré la fatigue d'une journée à brocanter avec Alison, sans parler du coût préoccupant de tous ces vagabondages.

Lorsque Bram est arrivé à la maison pour le passage de relais de 19 heures, il était sombre, et j'ai supposé que lui aussi avait encore du mal à se faire au nouveau régime, qu'il essayait comme moi d'accoler les bords irréguliers de la théorie et de la pratique.

« Il faut du temps pour s'y habituer, hein ? ai-je fait.

— Hein ?

— À ça. Le nouveau "nous". »

Avant qu'il ait pu répondre, les enfants sont descendus en courant de leur chambre, d'abord Harry puis Leo, qui a voulu dépasser son bruyant et présomptueux petit frère mais a mal évalué la distance, ce qui les a fait arriver en un enchevêtrement de coudes pointus.

« Papa, on se couche tard, hein ? Hein ?

— Tais-toi, Harry, a dit sèchement Leo.

— Non, toi, tais-toi.

— C'est moi qui l'ai dit en premier. Mais on se couche tard, hein ? »

Il était clairement établi que les soirs de garde de Bram étaient consacrés à l'amusement, après l'austérité des veilles de jour d'école, *mes* soirs. C'était une

108

conséquence inévitable du découpage que nous avions choisi, m'avait prévenue Rowan, et je devais me rappeler que ce n'était pas un concours de popularité. Bram et moi étions frères d'armes, pas rivaux. Séparés mais encore partenaires.

« Pas trop tard non plus, leur ai-je dit. Mais c'est Papa qui décide, c'est lui le responsable ce soir. Ça va, Bram ? »

J'avais remarqué sa pâleur, caractéristique des gueules de bois carabinées.

« Oui. Tu sais comment c'est, ces exercices de cohésion d'équipe : à la fin de la journée, tu as juste perdu le goût de vivre. »

J'ai hoché la tête, ma compassion retombant. Je n'avais pas su qu'il avait un séminaire d'entreprise, mais s'il était assez bête pour se prendre une cuite la veille au soir, à quoi est-ce qu'il s'attendait ? En plus, un des avantages de notre séparation était que je n'avais plus le devoir de l'écouter se plaindre de son boulot (ni lui du mien, soyons honnêtes). Tant que nous assurions tous les deux notre contribution financière et que nous respections les conditions générales, nous étions dispensés de cette obligation.

« Tu as des choses à me dire au sujet de l'appartement ?

— Non. » Il s'est concentré. « Le problème d'eau chaude semble s'être enfin résolu. Et il y a du lait au frigo, il devrait être encore bon demain matin.

— Merci, mais je n'y serai pas avant demain midi. Je vais à Brighton ce soir. »

Il a eu l'air vaguement alarmé.

« Tu prends la voiture ?

— Non, j'ai supposé que tu en aurais besoin pour la piscine demain, et Leo a un goûter d'anniversaire à Dulwich, rappelle-toi. Je vais prendre le train. »

Bien qu'il ne m'ait rien demandé, j'ai ajouté :

« Je suis invitée chez Jane et Simon. »

C'était sur l'appli agenda si cela l'intéressait, me suis-je dit.

« Dites au revoir à Maman, ai-je conclu en essayant d'inciter Harry et Leo à venir m'embrasser, mais ils ont esquivé mon étreinte.

— T'as pas le droit de rester, c'est interdit aux filles », a lancé Harry avec une cruauté enjouée.

#VictimeFi

@IngridF2015 Il a visiblement un problème d'alcool; pauvre #VictimeFi, obligée de subir ça.

@NJBurton @IngridF2015 Ou alors c'est juste un mec normal et elle, une sainte nitouche moralisatrice?

@IngridF2015 @NJBurton Pardon?!!! C'est la victime dans cette affaire. #VictimeFi, tu piges?

Bram, document Word

Assis ce soir-là devant un dessin animé japonais avec les garçons, je me suis retenu d'attraper mon téléphone ou mon portable pour voir s'il y avait quelque chose sur l'accident dans la presse, ce qui m'a imposé l'attente insoutenable du bulletin télévisé de 22 heures. Où il n'y avait rien. Osais-je espérer que cela signifiait que la collision n'avait causé aucune blessure grave, encore moins mortelle? Osais-je me représenter une silhouette sortant en titubant de derrière le volant, secouée mais indemne? Quelqu'un dont l'attention au cours de l'incident avait été retenue par la Toyota qui bloquait la route de façon irresponsable et non par l'Audi qui avait imprudemment entrepris de la doubler. Après tout, ce n'avait été l'affaire que de quelques secondes, un laps de temps trop court et trop terrifiant pour qu'aucun de nous ait retenu le moindre détail.

Et pourtant, moi, j'en avais retenu.

J'avais retenu la marque, le modèle et même l'année d'immatriculation – 2013 – de la voiture accidentée.

J'avais retenu le fait qu'à l'avant, il n'y avait pas une silhouette mais deux.

Un adulte et un enfant.

14

Bram, document Word

Ce week-end-là a sans conteste été le plus éprouvant de ma vie d'adulte : j'étais captif de mes propres pensées, incapable de réfléchir à quoi que ce soit d'autre que l'accident. Le samedi matin, j'ai emmené Leo et Harry à leur cours de natation en bus, résistant à leurs réclamations d'y être conduits en voiture en prétextant que je ne trouvais pas les clés. J'allais m'en tirer comme ça pour cette fois, mais je ne pourrais pas éviter ce moyen de transport indéfiniment sans qu'ils finissent par en faire la remarque à Fi. Je me suis demandé, dans un demi-délire, si je pouvais feindre une maladie qui m'interdisait de prendre le volant : l'épilepsie, peut-être, ou un problème de vue quelconque.

Par chance (la chance : voilà un concept relatif), la bibliothèque en face de la piscine était ouverte et, après le cours, j'ai pu lâcher les garçons à une séance de lecture ouverte à tous pendant que j'utilisais un des ordinateurs publics. Il ne m'a pas fallu longtemps pour trouver ce que je cherchais.

GRAVE ACCIDENT DE LA ROUTE :
MÈRE ET FILLE DANS UN ÉTAT CRITIQUE

Deux victimes d'une collision survenue hier dans Silver Road à Thornton Heath luttent actuellement contre la mort au service de soins intensifs de l'hôpital de Croydon. L'unité d'enquête sur les collisions graves invite toute personne présente dans les environs entre 17 h 45 et 18 h 30, susceptible d'avoir des informations, à se présenter à la police.

La propriétaire de la Peugeot garée qu'a percutée la Fiat des victimes est sortie de chez elle à temps pour voir une voiture de couleur sombre – peut-être une Volkswagen ou une Audi – disparaître au tournant, mais était trop loin pour identifier le modèle ou lire le numéro d'immatriculation. Son propre véhicule a été complètement détruit dans l'accident. « Mais ce n'est rien par rapport à ce que vit cette pauvre famille », nous a confié Lisa Singh, médecin généraliste, qui avait déjà demandé, sans succès, qu'on installe des radars sur Silver Road. « Le matin à l'heure de pointe, tout le monde prend cette route pour un raccourci », a-t-elle ajouté.

Un porte-parole de la police londonienne a déclaré : « Le véhicule de couleur sombre ne s'est pas arrêté sur le lieu de la collision et nous travaillons actuellement à l'identifier et à le localiser. »

Ma première pensée : *une Volkswagen ou une Audi de couleur sombre.* On m'avait vu et j'étais bon pour la prison. Ma vie était finie. Il m'a fallu faire un effort surhumain pour cacher mon envie de hurler de terreur, pour me raisonner en me rappelant qu'il n'y avait pas eu d'identification formelle, mais seulement approximative. Combien de centaines de milliers de Volkswagen et d'Audi foncées y avait-il sur les routes britanniques ? Le noir était, je le savais, l'une des couleurs les plus populaires.

Ensuite (et, j'ai honte de le dire, seulement ensuite) : *luttent contre la mort.* Qu'est-ce que ça voulait dire ? Je priais pour que ce soit le fruit de l'exagération habituelle des journalistes de presse locale, et que la réalité se rapproche davantage de graves contusions et d'une ou deux côtes cassées.

Retour à la rage que la Toyota n'ait pas été mentionnée – mais, en fait, n'était-ce pas également une bonne nouvelle ? Si cet autre type devait être appréhendé, il serait capable d'identifier non seulement le modèle de ma voiture mais aussi mon visage. Il valait bien mieux qu'il reste dans l'ombre.

Puis : et les caméras de surveillance ? OK, cool, il n'y en avait pas dans Silver Road mais, à en croire les médias, il y en avait pratiquement à chaque coin de rue et nous étions sous la surveillance constante des autorités, sans compter celle, moins systématique, de nos pairs. Après avoir fui la scène de l'accident, j'avais zigzagué au gré des rues résidentielles pendant encore un moment avant de regagner Alder Rise, et j'étais à peu près certain de n'être passé devant aucun magasin ou bâtiment public susceptible d'être équipé de caméras. Mais y en avait-il sur les abribus ? Qu'en était-il des résidences privées ? Et la police avait-elle accès aux images satellite ?

Non, c'était ridicule. J'étais parano.

Puis j'ai pensé à la police scientifique. Se pouvait-il qu'il y ait sur ma voiture quelque chose, de petits éclats de peinture ou de poussière en provenance de la Fiat accidentée, qui puisse m'incriminer ? Si j'amenais ma voiture à une station de lavage, cela serait-il vu comme un signe de culpabilité ? Les stations de lavage étaient-elles sous vidéosurveillance ? Probablement, oui.

Et si je la passais moi-même à l'eau, les voisins s'en souviendraient, relèveraient même le caractère inhabituel de la chose. (« Eh bien, certains hommes dans le quartier lavent leur voiture le week-end, mais lui c'était la première fois. ») Les inspecteurs recherchaient les anomalies, n'est-ce pas ? Les ruptures dans la routine quotidienne.

Tout cela en l'espace de quelques minutes. Je voyais bien qu'il allait m'être terriblement facile de perdre la tête.

« L'histoire de Fi » > *01:00:14*

Je me rappelle très bien le dimanche de ce week-end-là, mais pour des raisons qui n'ont rien à voir avec Bram. Étant rentrée de Brighton le samedi soir et m'étant mise directement au lit avec un livre, j'ai réussi – pour la première fois depuis des années – à me lever assez tôt pour le cours de gym Pilates donné le matin à la salle de sport derrière la Parade. En entrant, armée de mon sac et de ma bouteille d'eau, je me suis fait l'effet d'une actrice jouant le rôle d'une femme sans enfants, maîtresse de sa destinée. Je me suis imaginée en train d'évoquer le cours devant mes collègues plus jeunes, le lundi ; des filles comme Clara, dont le sourire s'était parfois effacé en m'écoutant raconter mon emploi du temps du week-end avec les garçons.

En sortant, j'ai vu une silhouette familière à travers la paroi vitrée qui séparait l'accueil d'un des studios de fitness : Merle. Un cours de yoga commençait et, arrivée un peu en retard, elle balayait la pièce du regard à la recherche d'un espace où dérouler son tapis. Je l'avais toujours considérée comme la femme la plus sûre d'elle que je connaisse et pourtant, à cet instant, elle paraissait si… si *démunie*.

Il n'y avait pas si longtemps, nous avions pris plaisir à nous moquer des yogis et autres mordues de fitness d'Alder Rise. N'avaient-elles rien de mieux à faire, nous étions-nous étonnées ; les suffragettes s'étaient-elles souciées le moins du monde de leur *tonus musculaire* ?

Et maintenant, nous étions là. Finalement pas si résistantes que ça au syndrome du manque d'assurance chez la quadragénaire.

Oui, c'est probablement là ma grande révélation de cette période : *on vieillit, que ça nous plaise ou non !*

Franchement, tu parles d'une attitude nombriliste.

Bram, document Word

Lorsque Fi est rentrée le dimanche à midi pour assurer la relève avec les garçons, c'est à peine si je lui ai dit deux mots avant d'aller droit à la gare prendre le train pour Croydon. Là, j'ai trouvé un cybercafé miteux et à moitié oublié dans une rue commerçante et je me suis rapidement informé des détails supplémentaires publiés dans la matinée concernant l'état des deux occupantes de la Fiat.

C'était bien pire que ce que j'avais espéré : elles souffraient toutes deux de traumatismes crâniens, thoraciques et pelviens, et l'une d'elle, croyait-on, avait également été victime d'un arrêt cardiaque. Ni l'une ni l'autre, à en croire la presse, n'avait encore repris conscience.

Leur identité n'avait pas été révélée, ce dont j'étais reconnaissant. Ne connaître ni leur nom ni leur visage les déshumanisait en quelque sorte dans ma tête, faisait d'elles moins des victimes en chair et en os que des symboles d'une injustice plus généralisée. Quant au responsable de l'accident, rien de plus n'avait été découvert à son sujet, et il – c'était systématiquement « il » qui était employé, jamais « il ou elle » – n'avait « toujours pas été appréhendé ».

J'ai cherché l'adresse de l'hôpital – pas loin de la gare de West Croydon – et m'y suis rendu sans très bien savoir pourquoi. (Pour envoyer des ondes positives à travers les murs ? Pour demander anonymement pardon ?) Mais en approchant de l'entrée principale, j'ai repéré les caméras de surveillance près des portes et j'ai immédiatement tourné les talons.

À la place, j'ai pris le bus qui desservait Silver Road en allant vers le nord, tirant une sombre satisfaction du fait de trouver une place près de la fenêtre sur le côté droit, pour examiner le lieu de l'accident. La Fiat et la Peugeot avaient toutes deux été enlevées, mais un ruban de police interdisait encore l'accès à l'allée. Le portail avait été complètement détruit, le massif écrasé, et des panneaux de bois remplaçaient deux des vitres du bow-window à l'avant de la maison, probablement pulvérisées par l'impact. Un placard de la police était visible à côté : « APPEL À TÉMOINS. UNE GRAVE COLLISION A EU LIEU ICI VENDREDI 16/09 ENTRE 18 HEURES ET 18 H 15 », avec un numéro de téléphone à appeler en cas d'information à donner.

Il était 18 h 05, ai-je pensé. J'avais noté l'heure sur mon tableau de bord en fuyant les lieux.

À côté du massif était posée une collection de bouquets, pour la plupart encore dans leur emballage de supermarché. On pouvait voir que chacun d'eux avait été disposé avec soin.

15

Vendredi 13 janvier 2017

Londres, 13 h 45

Deux jours de congé, est en train d'expliquer Neil, le patron de Bram. Ce n'était pas idéal, si tôt après le Nouvel An, mais pour être franc, Bram n'est plus le même depuis que… eh bien, depuis que ses problèmes conjugaux ont commencé. Enfin bref, ils ne l'ont pas vu depuis mercredi en milieu d'après-midi, et ne l'attendent pas avant lundi.

« Je croyais qu'il aidait sa mère à mettre des affaires au garde-meuble ? » ajoute-t-il, parlant d'une voix claire et forte dans son portable.

Derrière, elle entend le brouhaha rieur d'un restaurant ou d'un bar à l'heure du déjeuner.

« Non, il n'est pas avec elle, c'est certain », répond Fi.

Elle ne lui parle pas de l'excuse que Bram a servie à Tina comme quoi il repeignait la maison. L'idée du garde-meuble ne peut pas être une coïncidence, cela dit : si ce ne sont pas les affaires de sa mère, alors ce sont sûrement les leurs ?

« Attends, dit Neil avant de siffler longuement à voix basse. Il n'est pas allé s'inscrire en cure de désintox, si ?

— Bien sûr que non ! »

Même dans sa stupeur, elle est déconcertée par cette suggestion.

« Ouf, parce que ça, ça durerait nettement plus longtemps que quelques jours. Il va refaire surface, Fi. Tu sais comment il est, tu le connais. »

Mais si, justement, elle ne sait pas comment il est? se demande-t-elle en raccrochant. Si elle ne le connaît plus?

« Ils ne l'ont pas vu non plus », annonce-t-elle à Lucy Vaughan, qui est retournée à sa bouilloire dans un effort renouvelé pour la civiliser avec du thé.

À l'altération subtile de l'attitude de son hôtesse depuis qu'elle a appelé l'école, Fi peut voir qu'elle craint d'avoir affaire à quelqu'un qui n'a pas toute sa tête. Pas amnésique, mais *psychotique*. Elle évite de la contredire, la gère du mieux qu'elle peut en attendant l'arrivée des renforts sous la forme de son mari, en route avec le deuxième camion. Elle regrette sûrement d'avoir dit aux déménageurs qu'ils pouvaient aller prendre un café dans la Parade en attendant.

En fait, Fi se contrôle mieux à présent. Elle s'en rend compte parce qu'elle commence à remarquer des détails, comme le fait que Lucy Vaughan a une bouilloire chromée alors que la sienne est noire, des mugs blancs alors que les siens sont vert sauge, une table à plateau de chêne au lieu de celle en acier de style industriel qu'Alison l'a aidée à choisir. Des objets qui, comme le reste de sa réalité de Trinity Avenue, se sont tous volatilisés.

« Quand avez-vous vu Bram, de vos yeux, pour la dernière fois? demande Lucy en versant de l'eau brûlante dans les tasses avant de jeter les sachets de thé essorés dans un sac plastique Sainsbury's, sa poubelle de fortune pendant le déménagement.

— Dimanche, répond Fi. Mais je lui ai parlé au téléphone hier et mercredi. »

Le gouffre qu'il y a entre les arrangements innocents de ces derniers jours et les mystères indéfinissables d'aujourd'hui lui semble déjà infranchissable.

Si Bram est parti du travail après le déjeuner mercredi, c'est pour aller récupérer les enfants à l'école et permettre à Fi de commencer plus tôt son escapade de trois jours, qui devait également comprendre un retour tranquille ce soir et une nuit dans l'appartement. Elle n'était pas censée relever Bram auprès des garçons avant le samedi matin, une entorse à leur système d'alternance habituel, mais le service devait reprendre normalement la semaine suivante. Si elle n'avait pas eu besoin de revenir en vitesse récupérer son portable, ou si elle l'avait laissé à l'appartement plutôt qu'ici, elle n'aurait pas su que les garçons étaient chez leur grand-mère ; elle n'aurait pas su que les Vaughan étaient chez elle. Pas encore. Elle aurait été en état de grâce.

Lucy sort une brique de lait d'un carton et en ajoute un nuage dans chaque tasse.

« Voilà, enfin. » Elle tend la sienne à Fi avec une expression qui suggère qu'elle sait prendre le risque de se la voir jetée à la figure. « Ne vous inquiétez pas, je suis sûre qu'il va bientôt vous rappeler et que nous résoudrons ce malentendu. »

Elle persiste à utiliser ce mot – *malentendu* – comme s'il s'agissait d'une absurde méprise, comme lorsque la commande de Merle chez Biscuiteers a été livrée chez Alison et que les enfants Osborne l'ont mangée sans lire le mot qui l'accompagnait. Aisément élucidé, rapidement pardonné.

Fi détourne les yeux de Lucy pour regarder fixement le jardin derrière elle. Celui-ci, au moins, est exactement tel qu'elle l'a laissé ; chaque plante se dresse loyalement à sa place. Le filet de foot. La balançoire. Le toboggan menant du toit de la cabane au bout de pelouse élimée devant.

« J'avais l'intention de démolir cette cabane à grands coups de masse, dit-elle, lorsque les enfants seraient devenus trop grands pour y jouer. »

Lucy essaie de cacher son air horrifié, humecte ses lèvres sèches. Comme pour prévenir toute autre pulsion de violence, elle tente une nouvelle suggestion utile :

« Peut-être devrions-nous rappeler l'école pour leur dire que les garçons ont été retrouvés ? Vous leur avez probablement fait une frayeur.

— Oh oui, je ferais mieux… »

Tirée en sursaut de sa rêverie et ne trouvant pas son téléphone immédiatement, Fi entreprend de vider son sac à main sur la table avant de se souvenir qu'il est dans sa poche. Ayant rappelé l'école, elle tombe sur la boîte vocale et laisse à Mrs Emery un message d'excuse confus.

En raccrochant, elle voit que Lucy a les yeux rivés sur les objets sortis de son sac, plus précisément une mince boîte de médicaments qui dépasse de l'ouverture. Son expression est celle de quelqu'un qui vient de voir ses pires craintes confirmées.

« Ce n'est pas à moi, lui dit Fi avant de tout ranger précipitamment, gardant son téléphone devant elle.

— D'accord. » Une lueur de pitié traverse le regard de Lucy, suivie d'une méfiance redoublée. Peut-être soupçonne-t-elle Fi d'un trouble de la personnalité, d'avoir d'une façon ou d'une autre usurpé le nom de l'ancienne propriétaire et de s'être présentée ici dans un état dissociatif. « Je ne veux pas être indiscrète, mais est-ce que vous venez de commencer le traitement ? Le médecin vous a-t-il prévenue des effets secondaires ?

Peut-être des pertes de mémoire à court terme ou quelque chose comme…

— Je viens de vous dire que ce n'est pas à moi ! »

Fi sent une grimace lui tordre le visage, et fait un effort pour le décrisper. Elle ne contrôle pas plus la façon dont s'expriment ses émotions qu'elle n'arrive à les anticiper.

Lucy hoche la tête.

« Désolée, je me suis trompée. Oh ! » Au son de la sonnette, le soulagement envahit son visage et elle se lève d'un bond, presque joyeuse. « Ils sont là ! »

Elle se précipite à la porte et bientôt Fi entend deux autres voix, une d'homme, appartenant à un des déménageurs ou peut-être au mari de Lucy, et l'autre qu'elle identifie immédiatement comme celle de Merle.

Merle ! Elle était à la fenêtre, en train de regarder. Elle a dû attendre jusqu'à l'arrivée du deuxième camion, puis décider qu'elle ne pouvait pas s'abstenir d'intervenir plus longtemps. Elle sera du côté de Fi, n'est-ce pas ? Verra les choses de son point de vue, saura que c'est Lucy qui délire, pas elle.

Lucy revient la première, avec un regain d'aplomb :

« Bien, maintenant que David est là, je vous propose d'essayer de joindre nos notaires respectifs. »

Avant que Fi puisse protester qu'elle n'en a pas, parce qu'elle *n'a pas vendu sa maison*, Merle fait irruption, poussant pratiquement Lucy contre le plan de travail pour prendre le commandement.

« Est-ce que tu as invité ces gens à s'installer chez toi, Fi ? »

Bouillante d'indignation, son haut écarlate ondulant autour d'elle, elle est comme un gourou à l'énergie magique, transformatrice.

« Non, répond Fi avec un élan d'impétuosité, absolument pas. Je ne sais pas qui ils sont ni pourquoi leurs affaires sont ici. Tout cela est entièrement contre mon gré. »

Alors que Lucy commence à protester, Merle la fait taire d'une main levée à quelques centimètres de son nez.

« Dans ce cas, il s'agit ici d'occupation illégale et de harcèlement. (Il y a des années, Merle travaillait au bureau du logement, ce qu'il est toujours bon de se rappeler.) Et je vais le signaler à la police ! »

Genève, 14 h 45

Il a faim, mais il lui faut une minute ou deux pour reconnaître la sensation, parce qu'elle est dénuée de toute hâte ou envie de manger. C'est simplement une variation de la nouvelle constante : angoisse brute. Chagrin. Deuil.

Mais il faut manger, même si ça va effectivement vous rappeler toutes les fois où vous avez servi des saucisses à des garçons affamés, où vous leur avez fait avaler des brocolis à grand renfort de cajoleries tout en convenant secrètement que c'était la nourriture du diable. Ou peut-être que ça vous rappellera un visage en face de vous à La Mouette, le meilleur restaurant d'Alder Rise, à l'époque où ce visage vous souriait encore, où la femme à qui appartenait le sourire croyait encore en vous. Voulait connaître votre histoire, défendre vos faiblesses. L'époque où vous viviez tous ensemble dans la maison qu'adorait la femme, et où les garçons avaient tous deux été ramenés de la maternité.

Arrête, se dit-il. *Tu n'as pas le droit d'être sentimental. Ou de pleurer sur ton sort.*

Il ressort du bar, le premier qu'il a trouvé en quittant l'hôtel, et suit les indications pour atteindre le restaurant le plus proche. Il se retrouve à traverser tout un immeuble en ascenseur et cela le fait penser à Saskia, à Neil et au mail de démission qui leur sera envoyé automatiquement lundi matin à 9 heures. Avec la demande que ses derniers salaires soient versés à Fi – pour ce que ça vaut.

Le restaurant, au dernier étage, a des fenêtres qui donnent sur l'aéroport et, de sa table, il a une vue imprenable sur les avions qui atterrissent, touchant le sol comme des jouets contrôlés par quelque enfant capricieux. Tout le monde autour de lui a l'air apathique de ceux qui sont en transit : arrivés trop tôt pour s'enregistrer ou trop fatigués après leur vol pour faire quoi que ce soit de leur journée. Autant déjeuner.

Il commande quelque chose avec des pommes de terre et du fromage. Un plat de montagne suisse. Le verre de vin rouge n'a pas plus d'effet sur son anxiété que la bière, mais au moins l'acte de le boire est familier. Il suppose qu'il devrait remercier le sort pour chaque minute de ce temps en sursis, pour le fait que tout ne se soit pas terminé au service d'immigration de l'aéroport lorsqu'il a passé le contrôle des passeports. D'une façon ou d'une autre, son imitation du Bram d'autrefois, habitué des vacances en famille et des voyages d'affaires occasionnels, a convaincu à la fois l'agent humain et la caméra thermique qui balayait les arrivants à la recherche de signes de fièvre et d'infection (mais pas, comme il le craignait, de culpabilité) et on l'a laissé passer.

C'est fou, mais même après avoir récupéré ses bagages, avoir passé la douane et s'être fondu dans la masse, il s'attendait encore à ce que quelqu'un l'approche et le prie de bien vouloir le suivre.

À ce qu'on lui demande si le nom sur son passeport était vraiment le sien.

16

« L'histoire de Fi » > 01:01:36

Ai-je envisagé d'autres théories pour expliquer la disparition de Bram ? Croyez-moi, j'ai tout envisagé. Même la police admet que son absence prolongée est peut-être due à des circonstances indépendantes de la fraude sur la maison, qu'il n'a peut-être pas eu l'occasion de prendre la fuite. Il est possible qu'il ait été tué lors d'une rixe et qu'on ait caché son corps, ou qu'il ait bu comme un trou et soit tombé à l'eau – on ne survivrait pas cinq minutes dans la Tamise par les températures qu'il faisait en janvier. On parle d'un homme au tempérament explosif, là ; on parle d'un alcoolique.

Je sais que c'est horrible de dire ça, mais lorsque la police me demande comment était Bram, *vraiment*, ce qui faisait de lui ce qu'il était, la première chose qui me vient à l'esprit est l'alcool. Je ne me rappelle pas un seul jour où il n'ait pas bu. Remarquez, ça ne faisait pas de lui une exception dans Trinity Avenue. Je connaissais des hommes – et des femmes – qui ouvraient une bouteille de vin dès leur retour du travail et en une heure l'avaient vidée. Avant, je me disais que c'était par pur hasard que l'objet de leur addiction se trouvait être de ceux qui sont socialement acceptables, mais après, j'ai réalisé que c'est justement parce qu'il était socialement acceptable que c'était l'objet de leur addiction.

(Je dis « leur », mais j'entends « notre » : ce n'est pas comme si je ne buvais jamais d'alcool moi-même.)

Une des petites excentricités de Bram était qu'il n'aimait pas le citron vert ; il affirmait en plaisantant qu'il s'agissait d'une allergie et que c'était de là que Leo tenait les siennes, mais en réalité, cela datait d'une biture épique à la tequila quand il était étudiant. Il se moquait de la bière sans alcool, des cocktails « virgin », de *Dry January*, cette campagne de santé publique mettant au défi de ne pas boire de tout le mois de janvier ; il se moquait de tout ce qui ne contenait pas d'alcool.

Je me rends compte que je parle au passé, ce que je ne devrais pas faire. Mais vous voyez pourquoi je suis tellement sûre que, s'il est effectivement mort, il n'était pas à jeun lorsque c'est arrivé ?

***

Je sais maintenant que le mois de septembre a été une période importante pour Bram et ses infractions, mais personnellement, à cette époque, la seule criminalité dont je me souciais était la vague d'incidents qui avait brusquement déferlé sur Trinity Avenue.

Pour commencer, en rentrant de vacances, un des locataires de l'immeuble au coin de Wyndham Gardens avait trouvé son appartement saccagé par les gens qui l'avaient loué en son absence via un site du genre Airbnb. Bien qu'avidement intéressés par l'affaire, nous étions tous convenus qu'il n'aurait probablement pas dû le sous-louer en premier lieu.

Peu après, Matt et Kirsty Roper avaient eu droit à une compassion plus marquée lorsqu'ils s'étaient fait cambrioler en plein jour. Kirsty était l'une des nôtres, son malheur, quelque chose que nous pouvions imaginer nous arriver : un portillon laissé déverrouillé pendant que la famille faisait un saut rapide à la jardinerie, l'alarme éteinte (ils ne devaient être absents que vingt minutes), un Stonehenge d'ordinateurs portables et autres appareils électroniques laissés bien en vue sur la table de la cuisine, un épagneul dont les voisins avaient appris à ignorer les aboiements – une combinaison d'éléments responsable d'une tempête qui aurait pu s'abattre sur n'importe lequel d'entre nous.

« La police pense qu'il devait observer la maison, nous avait dit Kirsty. D'une certaine façon, c'est ce qu'il y a de plus perturbant dans cette affaire. »

Fascinés par l'épisode, son fils Ben, celui de Merle, Robbie, et mon Leo avaient formé un club de détectives, qui se retrouvaient dans notre cabane pour formuler des hypothèses. Je leur y avais apporté biscuits et jus de fruits sans jamais leur faire remarquer que leur lieu de rendez-vous avait lui-même été le théâtre d'un crime, si l'on peut dire.

L'arrestation des coupables n'avait jamais été annoncée et, bientôt, Kirsty nous avait rapporté que la police avait décidé de ne pas enquêter sur l'affaire.

« Ils n'ont pas assez d'effectifs pour ça. Ils doivent donner la priorité aux vrais crimes.

— Le cambriolage n'est pas considéré comme un crime ? m'étais-je étonnée.

— Tu sais ce qu'elle veut dire, avait répondu Alison. Meurtres. Agressions. Viols. Le kidnapping de nos enfants. Le genre de choses dont on parle dans *Crimewatch* ou *La Victime*. »

Même si je savais en effet ce qu'elle voulait dire, l'entrée par effraction me semblait personnellement une violation très perturbante. L'idée que des criminels explorent ma maison à pas de loup, touchent aux affaires des garçons, voient comment nous partagions notre vie (ou non, dans le cas de Bram et moi, avec nos chambres séparées) : ce n'était pas tant une intrusion dans la vie privée que dans l'âme même.

Bram, document Word

Si je peux seulement éviter de me faire virer, ai-je pensé le lundi matin alors que je prenais l'ascenseur pour me rendre au service des ressources humaines, en songeant qu'en ce qui me concernait il pouvait monter aussi haut qu'il voulait, que je resterais volontiers dans cette petite boîte à miroir pendant des heures, des jours, à jamais perdu entre deux endroits, deux problèmes. *Si je peux seulement réussir à cacher tout cela à Fi. Si ces pauvres gens dans la voiture s'en sortent et que la police clôt l'enquête par manque d'indices, je ne fauterai plus jamais. Je deviendrai missionnaire, je ferai vœu de chasteté, je...*

« Bram ? » a fait Saskia.

J'ai sursauté. Sans m'en rendre compte, j'étais sorti de l'ascenseur, avais remonté le couloir et étais arrivé devant son bureau.

« Vous vouliez me voir ? » m'a-t-elle suggéré avec une impassibilité impressionnante.

Elle se demandait peut-être si j'étais simple d'esprit, employé là pour satisfaire un quota de minorités.

« Oui, pardon. J'ai votre contrat, ai-je répondu.

— C'est *votre* contrat, mais merci. »

En le prenant, elle m'a adressé un petit sourire, guindé mais content.

Je me suis éclairci la voix, m'apprêtant à ressortir le discours que j'avais préparé.

« Comme vous le voyez, il y a des détails personnels que j'ai révélés, et je voulais en parler avec vous en personne. Est-ce qu'on peut… ?

— Bien sûr. »

Avec une curiosité que ne masquait pas tout à fait son professionnalisme, elle m'a fait sortir du bureau en open space pour me conduire dans une salle de réunion voisine, et a discrètement fermé la porte. Nous nous sommes assis l'un en face de l'autre, mon contrat et son bloc-notes posés entre nous sur la table.

« Je vous écoute.

— Eh bien, c'est au sujet des condamnations pour infraction routière… Le truc, c'est que j'ai reçu une interdiction de conduire. »

Reçu : ça ne semblait pas le mot adéquat. On recevait une récompense ou des louanges, quelque chose de désirable, alors que dans le cas présent, l'information était tellement indésirable que la personne à qui je l'annonçais se sentait obligée de prendre des notes.

« Je vois. Eh bien, étant donné votre rôle de commercial, ça risque d'être problématique. De quand date-t-elle ?

— De février.

— Février ? Ça fait sept mois !

— Je sais, et je suis vraiment désolé de ne pas l'avoir déclaré immédiatement. Pour être tout à fait honnête, je ne l'ai même pas encore annoncé à ma femme. Depuis tout ce temps, je lui cache que je ne peux pas conduire. » Peut-être était-ce le soulagement d'avouer, ou simplement les dimensions intimes de la pièce, le réconfort de sa chaleur corporelle, mais j'ai commencé à en dire plus que je n'en avais eu l'intention. « Il y a eu une fois, c'était horrible. Elle était à la fenêtre et s'attendait à me voir partir quelque part avec la voiture, alors j'ai ouvert la portière, me suis installé au volant et suis resté là à feindre de bidouiller le chauffage jusqu'à ce qu'elle s'en aille. Puis je suis ressorti pour aller prendre le bus. »

En fait, ce n'était pas le pire aveu que je puisse faire : c'était le genre d'anecdote qu'on pouvait se rappeler si on se voyait demander de témoigner à un procès. (« Aviez-vous connaissance du fait que Mr Lawson avait continué à conduire ? – Non. Mais je sais qu'il faisait croire que si à sa femme. »)

J'ai dégluti.

« J'étais comme un de ces types qui se sont fait licencier mais continuent de mettre leur costume-cravate et de sortir de chez eux chaque matin pour aller au travail. »

Cet ajout était plus regrettable : il risquait de donner des idées à Saskia.

« Oh. »

Elle a cligné des yeux et j'ai vu que ses cils étaient alourdis de mascara. Il m'a fallu un moment pour les lire parce que j'avais la tête ailleurs, mais les signes étaient là : ces yeux généreusement maquillés, ce chemisier moulant avec un pendentif indiquant le chemin du décolleté caché et, dépassant de sous la table, ces talons deux centimètres trop hauts pour être confortables. Rien d'inconvenant, mais un message de défi à qui voulait l'entendre : *Quoique professionnelle, je reste une femme. Célibataire.*

« Mon ex-femme, devrais-je dire, ai-je repris, plus sûr de moi. Non qu'il y ait la moindre raison de vous en informer, mais nous nous sommes séparés. Ç'a été un peu le cauchemar et je suppose… Je suppose que je n'avais pas besoin de lui donner un truc de plus à me reprocher. »

C'était vraiment déloyal de ma part de laisser entendre que Fi en avait injustement après moi, alors qu'en réalité elle s'était montrée bien plus généreuse que n'importe quelle épouse trompée à ma connaissance, mais il fallait ce qu'il fallait et j'ai été soulagé de voir que Saskia me regardait avec un début de compassion.

« On dirait que vous vous êtes mis légèrement dans le pétrin. Je vais devoir vérifier dans le dossier, mais vous n'avez pas de voiture de fonction, n'est-ce pas ?

— Non, j'utilise la mienne. »

C'était là le seul rayon de soleil dans mon ciel orageux : lorsque j'étais entré dans l'entreprise, j'avais choisi de renoncer aux avantages habituels du statut de commercial, préférant recevoir l'équivalent en argent. L'Audi était déclarée au nom de Fi et moi, à notre adresse de Trinity Avenue ; si la police venait me voir, elle n'aurait pas besoin d'impliquer mes employeurs.

« J'utilisais, me suis-je repris. Bien entendu, je n'ai déclaré aucuns frais d'essence depuis février. »

J'avais payé mes pleins de ma poche, en espèces, pour que Fi ne s'étonne pas de les voir débités sur notre compte commun.

« Comment est-ce que vous vous débrouillez pour aller à vos rendez-vous ? Vous pouvez vous faire rembourser vos trajets en train et en taxi, vous savez, si Neil les a autorisés. À moins qu'il vous ait trouvé un chauffeur ? »

Je n'ai pas répondu et elle a réprimé une grimace.

« Vous l'avez prévenu, Bram, n'est-ce pas ?

— Non. Vous êtes la première personne à qui je le dis. »

Je me suis senti le faire, lui lancer ce regard qui signifiait : *Vous êtes la première parce que vous êtes différente*. J'ai laissé le moment se prolonger, avant de jeter un très bref coup d'œil au pendentif sur son sternum. Adopter une attitude qui frisait le harcèlement sexuel, vis-à-vis d'une DRH en plus, relevait de la folie pour la plupart de gens, mais cela faisait longtemps que je ne jouais plus dans la même cour que la plupart des gens.

« Il faut que vous lui en parliez, a-t-elle fini par dire. Souhaitez-vous que je sois présente ?

— Non, ça va aller. Il n'est pas là aujourd'hui, alors je le ferai demain. »

Ayant terminé d'écrire, elle a soigneusement replacé son stylo sur son bloc-notes.

« C'est à lui de décider si cela aura un impact sur votre avenir dans cette entreprise. Normalement, un permis de conduire valide est nécessaire pour les postes commerciaux.

— Je sais », ai-je soupiré. Un autre regard, plus appuyé que le premier. « Mais je suis soulagé d'avoir tout avoué. »

Je persistais à utiliser cette formule, à l'oral comme en pensée. Je commençais à en sentir l'hypocrisie.

« L'histoire de Fi » > 01:05:34

Quelques jours seulement s'étaient écoulés depuis le cambriolage des Roper lorsqu'une autre résidente de Trinity Avenue, une femme d'un certain âge récemment devenue veuve, a été victime d'une escroquerie assez inquiétante. Merle a immédiatement téléphoné pour demander qu'un membre de la police de proximité vienne nous parler – et de mon côté, j'ai appelé Bram au travail.

« Tu as entendu ce qui est arrivé à Carys ?

— Qui ?

— Tu sais, la dame qui habite au 65 ? Qui donne des leçons de piano ? Elle était en train de commander une nouvelle carte bancaire par téléphone et des escrocs ont intercepté son appel. Ils l'ont rappelée et ont réussi à lui faire énoncer son code, puis ils ont envoyé un coursier chez elle pour récupérer son ancienne carte. Le temps qu'elle se rende compte de quelque chose, ils avaient presque vidé son compte. Plusieurs milliers de livres, apparemment. »

Il s'est écoulé quelques secondes avant qu'il réponde.

« Les banques n'envoient jamais de coursiers récupérer les anciennes cartes.

— Nous, on le sait, oui. Mais ça montre bien à quel point ils ont dû être convaincants. Alison dit que même les coursiers ne savent pas qu'ils participent à une arnaque : ils ont juste été engagés pour une course normale. La pauvre Carys était dans tous ses états. J'ai déjà appelé Papa et Maman pour les prévenir, tu devrais faire pareil avec ta mère. »

Encore une pause, puis :

« Pourquoi ? »

Il commençait à m'agacer.

« Parce que ces escrocs s'en prennent visiblement aux personnes âgées ! Tu sais, elles sont moins méfiantes que nous, elles n'osent pas autant contester un changement de procédure.

— Je vois. »

J'ai froncé les sourcils.

« Ça n'a pas l'air de beaucoup t'intéresser, Bram. Mais je crois que nous devons tous faire preuve d'extrême vigilance si des criminels opèrent dans Alder Rise. »

Il a poussé un soupir de lassitude.

« Allons, Fi. Carys a juste été un peu crédule. Tout le monde sait qu'il ne faut jamais donner son code confidentiel ou son mot de passe par téléphone. Ne nous emballons pas. »

J'ai senti une bouffée d'indignation m'envahir. Bien qu'il n'ait jamais eu le sens de la communauté (sauf lorsqu'il s'agissait de partager un verre), j'avais toujours été certaine que Bram respectait mes efforts, mais il montrait envers les malheurs de la pauvre Carys un dédain désinvolte, presque arrogant.

« Ce genre de méfait est en hausse, apparemment. La police nous a laissé une brochure.

— La police est passée ? »

Il avait un ton presque alarmé.

« Non, je l'ai trouvée sur le paillasson. Toutes les formes d'escroqueries qui existent en ce moment y sont expliquées, comment elles fonctionnent, comment on peut s'en protéger.

— Ça m'a plus l'air d'un catalogue qu'autre chose. Si on ne savait pas comment arnaquer nos voisins avant, maintenant on le saura.

— Bram ! » Cela faisait longtemps qu'il n'avait pas fait de l'obstruction ainsi. Depuis notre nouvel arrangement, il avait été, comme je l'avais dit à Polly, obligeant et docile. « Comment est-ce que tu peux tourner tout ça à la plaisanterie ? Les victimes sont nos voisins, des gens ordinaires qui travaillent dur, comme toi et moi.

— Désolé, je suis un peu distrait, je suis sur le point d'avoir un entretien avec Neil. Bien sûr qu'il faut qu'on soit vigilants. Si ça se trouve, on est à la merci d'un réseau criminel ukrainien. Ou nigérian. Je ne sais pas de quoi est constituée la pègre de nos jours. »

J'en avais assez entendu. Moi aussi, j'avais du travail.

« Bref, si je t'appelle, c'est parce qu'il y a une réunion prévue avec un membre de la police de proximité demain à 20 heures et je me demandais si tu pourrais rester un peu plus tard avec les garçons pendant que j'y vais ?

— Pas de problème. »

J'ai raccroché. Il était préoccupé, c'était évident, et j'ai supposé qu'il se passait quelque chose dans sa vie privée. Peut-être me suis-je même dit que j'allais jeter un coup d'œil dans l'appartement le vendredi suivant, juste comme ça, pour voir si je trouvais des signes d'habitation féminine. Je n'allais certainement pas lui poser la question directement, parce que de ce côté m'attendaient les eaux dangereuses des complications sentimentales, peut-être même la tentation de me laisser de nouveau emporter par le courant.

Oui, bien sûr que je regrette de ne pas lui avoir demandé. De ne pas avoir *exigé* de savoir.

#VictimeFi
@val_shilling Argh, je ne vais rien réussir à faire aujourd'hui, c'est ça ?

Bram, document Word

« Bon sang, Bram, a aboyé Neil, comment est-ce que tu t'es démerdé ? »

J'ai rectifié ma position, affichant la mine de chien battu à laquelle il s'attendait, au lieu de la grimace hagarde que j'avais vue reflétée dans la paroi de verre de son bureau quelques instants plus tôt.

« Est-ce que c'était dans une de ces nouvelles zones à trente kilomètres-heure ? Je croyais qu'on ne pouvait pas encore y être verbalisé ?

— Non, c'était en dehors de la ville, essentiellement.

— "Essentiellement" ? Ça sent le contrevenant en série. »

Sa réaction frisait l'admiration, ce qui m'a rappelé quelque chose qu'avait dit l'instructrice à mon stage de sensibilisation à la vitesse : « Seriez-vous aussi enclins à avouer à vos amis que vous avez été arrêté pour conduite en état d'ivresse, plutôt que pour excès de vitesse ? Non ? Pourtant l'un est aussi dangereux que l'autre. » Et elle avait cherché mon regard, spécifiquement.

« Alors comment c'est, de ne pas prendre le volant ? a-t-il repris.

— On s'y habitue – ça fait déjà un moment. Je suis vraiment désolé de ne pas te l'avoir dit plus tôt, mon vieux. Ce que j'ai besoin de savoir, c'est si ça va poser problème ? Au niveau du boulot ?

— Techniquement, oui, un gros problème. Mais puisque c'est toi... » Aussi inconvenant que Saskia s'était montrée professionnelle, il a éclaté de rire. « Espèce d'andouille. On va demander à un des stagiaires de faire le chauffeur pour toi, c'est tout. Jusqu'à quand ?

— Mi-février. Ce serait super, Neil, merci. Juste les jours où les trajets d'un rendez-vous à l'autre sont un peu compliqués. Ça ne me dérange pas de prendre le train pour venir le matin et rentrer le soir.

— Tu plaisantes, pas vrai ? Je ne monterais dans un de ces trains de banlieue pour rien au monde. Je préférerais encore y aller en rollers.

— C'est un cauchemar, ai-je admis. Ils sont systématiquement retardés. La semaine dernière, j'ai failli manquer le début de la conférence. »

Encore un élément de planté, mais ce n'était pas la peine que je m'embête parce qu'il était trop occupé à chantonner « Breaking the Law » pour remarquer. Je n'avais jamais été aussi reconnaissant d'avoir un tel guignol comme supérieur immédiat. Il ne restait pas assez de David Brent dans le monde du travail.

« Cinq points si tu arrives à me donner le nom du groupe, m'a-t-il défié.

— AC/DC ?

— Judas Priest. » Content de sa victoire, il m'a demandé : « Qu'est-ce que Fi Fai Fo Fum en a dit, alors ? Du retrait de ton permis ? »

Il l'avait rencontrée à plusieurs occasions : fêtes du boulot, dîners avec sa femme, Rebecca, apéro d'anniversaire au Two Brewers. Une fois, alors que Fi était un peu stressée, elle nous avait surpris en train de fumer et m'avait crié dessus comme si elle avait affaire à quelque délinquant juvénile. J'avais vu la honte qui s'était peinte sur le visage de Neil, avant de se transformer en hilarité.

« Je ne lui en ai pas encore parlé », ai-je répondu.

Il a émis un sifflement.

« Eh bien, bonne chance pour quand tu le feras. J'imagine que ça va avoir des conséquences sur votre nouveau système de poulailler, non ?

— De nid, pas de poulailler.

— Pardon. Ça t'a un peu rogné les ailes, j'imagine. » Il a ricané, jamais tant amusé que par lui-même. « Elles vont repousser. Tu sais qu'elle a contacté Rebecca ? Elle resserre les rangs de la sororité. Elle lui a envoyé un lien vers ce podcast dont elle lui avait parlé, et maintenant elles twittent ensemble en l'écoutant. Comment il s'appelle, déjà ?

— *La Victime ?*

— C'est ça. »

La Victime était une émission à sensation bas de gamme pour laquelle Fi et sa clique avaient développé une obsession. Dans chaque épisode, une nouvelle victime – invariablement une femme – faisait le compte rendu sans fard de quelque terrible injustice, forte de la certitude qu'elle n'affronterait aucune argumentation de la partie adverse, aucune enquête journalistique, rien qui puisse contredire sa version des faits. À la place, les auditeurs étaient invités à tirer leurs propres conclusions. « Ça aurait pu m'arriver », expliquait Fi pour se justifier. (Elle aimait écouter le podcast en repassant les uniformes scolaires des garçons.)

« Ça dure des plombes, a continué Neil. Juste une femme qui casse du sucre sur le dos d'un homme. Jamais d'une autre femme, pas vrai ? Et si c'est des mensonges, juste un défouloir ? Ça n'en fait pas de la diffamation ?

— Hmm, ouais », ai-je répondu.

Je ne l'écoutais plus vraiment. Pourquoi n'y avait-il pas d'infos supplémentaires sur mes propres victimes ? Combien de temps une personne pouvait-elle rester inconsciente avant que ses chances de guérison s'envolent complètement ? Était-il moins désastreux pour moi que la mère et l'enfant meurent, éliminant tout risque qu'elles m'identifient, ou bien qu'elles se rétablissent et réduisent la gravité des charges retenues contre moi si j'étais, justement, identifié ? (À supposer que le conducteur de la Toyota n'ait pas témoigné de son côté – et, s'il ne l'avait pas déjà fait, c'était sûrement qu'il avait décidé de s'abstenir.)

Oubliez ce que je viens de dire, je sais l'impression que ça donne. Je voulais qu'elles survivent, évidemment que je voulais qu'elles survivent. Si je pensais que ma vie était d'une manière ou d'une autre plus précieuse que la leur, je ne serais pas en train d'écrire ces lignes ; je serais quelque part au bout du monde, à l'abri des lois d'extradition.

Perdu dans quelque contrée sauvage où seuls les damnés prennent leurs plaisirs.

« L'histoire de Fi » > *01:09:04*

À ma grande surprise, en rentrant de la réunion de quartier chez Merle le mercredi soir, j'ai trouvé Bram dans le jardin devant la maison, sous le magnolia dégoulinant. Il y avait une grosse flaque de pluie sur les pavés et il semblait ne pas se rendre compte qu'il avait un pied dedans.

« Qu'est-ce que tu fais là dans le noir ? Tu es à l'affût des cambrioleurs ? Je ne crois pas qu'on soit en danger avec une agente de police encore sur les lieux à deux portes d'ici. »

J'ai remarqué qu'il était en train de fumer, ce qui a répondu à ma question.

« La réunion s'est bien passée ? m'a-t-il demandé.

— Oui, très bien. Ils nous ont donné des stylos spéciaux de la police scientifique, avec de l'encre invisible, pour marquer tous nos objets de valeur, comme ça si on nous les vole et qu'ils sont retrouvés, la police pourra nous les rendre. Je vais demander aux garçons de s'en occuper, ça va leur plaire. Et on va avoir de nouveaux panneaux qui disent "ATTENTION CRIMINELS : CECI EST UN QUARTIER SOUS PROTECTION POLICIÈRE", ou quelque chose comme ça.

— Bonne idée, a-t-il répondu d'un ton mécanique.

— Je ne savais pas que tu avais recommencé à fumer. »

Il n'a pas répondu, et c'était son droit : il ne relevait plus de ma juridiction désormais, et de toute façon il était sorti pour le faire. Les enfants étaient à l'étage, dans leur lit, les poumons saufs.

« Merci d'être resté plus longtemps. Tu reviens à l'intérieur ?

— Non, je vais juste finir cette clope et m'en aller. »

Il a sursauté en entendant Merle et d'autres voisins sortir de la maison pour prendre congé de l'agente de police devant le portail.

« Tu as l'air un peu mal à l'aise, ai-je remarqué. Tu n'as pas la conscience tranquille ? » Il a cherché mon regard et j'ai gardé une expression dénuée de défi. « Je parle de tes démêlés d'adolescence avec la justice. De quoi d'autre ? »

Une émotion que je n'ai pas eu le temps de reconnaître est passée sur son visage.

« Oh. Bien sûr. »

C'était sournois de ma part de mentionner cela, une condamnation pour possession de cannabis qui datait de presque trente ans. Il avait eu la malchance d'avoir tout juste fêté ses dix-huit ans et de pouvoir être jugé comme un adulte.

Il a détourné les yeux et écrasé son mégot avant de le pousser d'un coup de pied au plus profond de la flaque, comme s'il voulait en faire disparaître toute trace. Bien sûr, j'y ai vu le symbole d'un désir d'effacer de bien plus grands péchés qu'une cigarette fumée en douce.

« OK, je m'en vais », a-t-il dit.

Il avait vraiment l'air malheureux.

Ne fléchis pas, me suis-je dit. *Rappelle-toi la cabane des enfants. Lui n'a pas pris le temps de réfléchir à la peine que ça allait te causer, n'est-ce pas ?*

J'ai remarqué qu'il avait tourné à gauche après avoir passé le portail, au lieu de prendre à droite, ce qui l'aurait amené plus rapidement à la Parade et au parc, mais aussi sur les pas de l'agente de police ; mais je ne me suis pas attardée sur ses raisons.

17

« L'histoire de Fi » > 01:11:33

Les femmes de Trinity Avenue étaient-elles des maniaques du contrôle ? Est-ce une question sérieuse ? Juste parce que nous avions resserré les rangs en tant que communauté pour lutter contre la criminalité ?

Non, non, je sais que vous ne vouliez pas m'offenser. Laissez-moi répondre à votre question de cette façon : si une maniaque du contrôle se lève tous les matins pour habiller et nourrir ses enfants (ainsi qu'elle-même, si elle est vraiment en forme), les emmener à l'école puis aller immédiatement à la gare s'entasser dans un train de banlieue qui l'amène à Victoria, où elle prendra le métro pour le West End ; si, après avoir travaillé toute la journée, elle rentre chez elle pour s'attaquer directement au rituel de la lecture, du bain et du coucher des enfants (parfois sans avoir eu le temps d'enlever son manteau pour la première partie), avant d'enchaîner sans transition avec la préparation du dîner et, simultanément, le vidage et le remplissage du lave-vaisselle, ses mails ouverts sur l'iPad posé sur le plan de travail ou, de temps en temps, une amie installée au comptoir avec un verre de vin parce que c'est tellement difficile autrement de trouver le temps de prendre des nouvelles, même si elle s'inscrit vaillamment aux clubs de lecture, aux associations de riverains et, oui, aux réunions avec la police de proximité ; si elle consacre la fin de sa soirée à préparer le déjeuner que les enfants emporteront le lendemain, à trier les déchets à recycler, à lancer une lessive et à faire les courses en ligne ou commander les cadeaux d'anniversaire ou l'objet, quel qu'il soit, qu'il faut trouver ou remplacer ce jour-là ; si elle se couche en pensant que son plus grand exploit de la journée a été de ne pas crier sur ses enfants, de ne pas s'être pris le bec avec ses collègues, de ne pas avoir divorcé de son mari…

Si c'est ça être une maniaque du contrôle, alors oui, j'en étais une.

Bram, document Word

Avec Rog Osborne, on disait souvent pour plaisanter que c'était comme les Pink Ladies et les T-Birds de *Grease* dans Trinity Avenue : tout était réparti en fonction du sexe. (Les enfants allaient avec les femmes, bien sûr, à moins que cela arrange les Pink Ladies qu'il en soit autrement.)

Fi était Sandy jusqu'au bout des ongles, blonde, innocente et travailleuse. Guidée par une moralité un peu vieux jeu mais adorable. Jamais dépassée par ses responsabilités. Dans le rôle de Danny, j'avais déçu ses attentes bien avant qu'on se sépare, bien avant que j'aie ma propre scène de course automobile et que je nous expédie tous au purgatoire.

Ce n'est pas que j'aie menti à Polly : je n'avais vraiment pas l'intention de me lancer dans une nouvelle relation. Chat échaudé, autre chose à penser, etc. Mais les intentions sont un peu plus fluctuantes qu'on pourrait le croire, ai-je découvert, et même s'il était vrai que je n'avais pas le cœur à affronter la jungle des sites de rencontres en ligne, j'avais quand même encore un cœur – et d'autres organes.

J'ai rencontré Toby à l'ancienne, dans un bar, celui de notre restaurant local, La Mouette, où Alison et moi fêtions ma nouvelle disponibilité du vendredi soir au détriment de la sienne. Nous avions l'une comme l'autre été surprises de découvrir que l'endroit était devenu tellement plus animé depuis notre dernière visite qu'il nécessitait désormais la présence d'un videur.

Ni moi ni l'homme à côté de moi au comptoir ne parvenions à attirer l'attention du barman.

« J'ai travaillé quelque temps dans un bar lorsque j'étais plus jeune, m'a-t-il dit, et je me demande si je devrais leur proposer mon aide.

— Si vous étiez une femme de plus de quarante ans, vous auriez l'habitude d'attendre. »

Ce n'était pas une réplique destinée à séduire, mais il a souri comme pour acquiescer.

« C'est la folie ici. »

C'était un brun ténébreux aux yeux gris, au style sans prétention, plus jeune que moi d'environ le même nombre d'années que Bram était plus vieux (impossible de ne pas établir de comparaisons, malgré ma résolution de les éviter) et il m'a fait l'effet de quelqu'un qui n'avait pas peur d'être direct quand c'était nécessaire.

« C'est déjà mieux qu'au Two Brewers, ai-je répondu avant d'ajouter, en voyant son air incertain : Le pub à l'autre bout de la Parade. Vous n'habitez pas dans le coin, donc ?

— Non, Alder Rise est un peu trop huppé pour moi.

— Huppé ? À vous entendre, on croirait que c'est Beverly Hills ou un truc comme ça. »

Le papotage était tellement conditionné chez moi que j'ai failli continuer comme si je ne l'avais pas entendu dire qu'il n'était pas du quartier : « Vu le prix qu'atteignent les maisons maintenant, ça pourrait aussi bien être Beverly Hills. N'est-ce pas *affreux* de se retrouver soudain tous millionnaires, comme ça ? Mais c'est une cage dorée, les gens ne comprennent pas ça. Et puis voilà qu'il y a toute cette criminalité. Vous croyez que cela va avoir un impact sur le prix des maisons ? »

Mais je me suis retenue à temps et, de toute façon, il avait totalement sauté le sujet de l'immobilier pour me demander :

« Vous êtes là avec votre mari ?

— Non. Nous sommes en train de divorcer, ai-je répondu d'un ton faussement désinvolte qui laissait entendre : "Il faut bien que je m'y habitue." Vous ?

— J'ai donné. Quelques années déjà. »

Jusque-là, un échange télégraphique. Mais le regard dont il m'enveloppait était intense et sans compromis. (Était-ce ainsi que Bram regardait les autres femmes désormais ? Ou peut-être même avant… ? *Ça suffit.*)

« Où est-il maintenant ? m'a-t-il demandé. Votre ex ?

— Toujours dans le coin. Nous partageons une maison, en fait. Nous avons deux enfants.

— Donc vous êtes séparés mais vous vivez ensemble ? Comment est-ce que ça marche ? »

J'ai haussé les épaules.

« C'est un arrangement inhabituel. Je ne rentrerai pas dans les détails.

— Non, ça m'intéresse.

— Vous n'avez pas besoin de dire ça. Les enfants des autres, y a-t-il un sujet moins intéressant ? Oh, deux mojitos, s'il vous plaît ! »

Lorsque je me suis retournée vers lui, mon nouvel ami avait sorti son téléphone.

« Pourquoi est-ce que je ne vous appellerais pas un de ces quatre. »

Ce n'était pas une question. Et, dans un sens, c'est ce qui a fait naître le brusque frisson de désir qui m'a parcourue : son assurance.

Je lui ai donné mon numéro, avant d'ajouter :

« Fi.

— Toby. »

Ça s'est fait naturellement, sans gêne, et c'est pour ça que je n'ai pas résisté.

Lorsque je suis revenue à notre table avec nos boissons, Alison était en train de rire.

« Eh bien, le moins qu'on puisse dire, c'est que tes goûts n'ont pas changé.

— On a seulement parlé, Al.

— Mais il a pris ton numéro !

— Je ne peux ni confirmer ni démentir. Et tu te trompes complètement à propos de mes goûts. Ce type est un mec sans complications et facile à vivre.

— C'est le cas de n'importe qui quand tu ne lui as parlé que deux minutes. Bram aussi probablement, au début.

— Bram n'a jamais été sans complications. D'ailleurs, il était un peu bizarre l'autre soir. Est-ce que tu l'as beaucoup vu les jours où il était à la maison ?

— Non. » Elle a grimacé. « Tu sais comment c'est, le week-end. »

Ce genre de commentaire me coupait toujours dans mon élan : je n'étais plus chez moi le week-end, du moins pas avant le dimanche après-midi, parce que nous avions choisi de faire les choses différemment des autres gens. Et certes, nos amis nous soutenaient, mais il y avait aussi un élément de spectacle dans notre dynamique, comme s'ils nous observaient de leurs fauteuils d'orchestre, et que la foi en nous qu'ils affichaient était purement provisoire.

« Il a du mal à se faire à votre nouvelle organisation ? a-t-elle suggéré, confirmant mes soupçons.

— Je ne pense pas que c'était ça. Je ne sais pas ce que c'était. »

Nous nous sommes regardées et j'ai deviné ce qui allait suivre.

« Au fait, on n'a pas vraiment parlé de comment ça allait se goupiller. »

Je l'ai regardée remuer son cocktail avec sa paille ; j'espérais que Bram n'était pas en train de boire à la maison alors qu'il avait la charge des enfants.

Arrête de penser à lui !

« Par exemple, est-ce que je peux vous inviter tous les deux au même truc ? Enfin, je ne serais pas aussi indélicate, a-t-elle ajouté précipitamment, mais les choses auxquelles je vous ai déjà invités tous les deux ?

— Alison. Je te l'ai déjà dit, tu n'as pas besoin de choisir ton camp. Tu peux inviter qui tu veux à ce que tu veux, et je serai absolument courtoise avec tout le monde.

— Je suis désolée, mais personne ne peut être aussi magnanime.

— Je ne suis pas magnanime, je fais juste de mon mieux pour contrôler l'impact que les événements ont sur moi. S'il faut que j'apporte des ajustements à ma vie, je refuse que ce soit quelqu'un d'autre qui en décide. »

J'ai laissé mes yeux se reposer sur Toby, toujours seul au comptoir mais désormais en possession d'un verre. Peut-être avait-il rendez-vous pour dîner et était-il en avance – c'était elle qui avait choisi le restaurant, alors, puisqu'il était nouveau à Alder Rise. Une femme rencontrée en ligne, sûrement. Comme s'il sentait le poids de mon regard, il a lentement pivoté pour observer autour de lui, avant de reporter son attention sur son verre sans m'avoir vue.

Bram, document Word

La première fois que j'ai vu Wendy, j'étais au marché des producteurs locaux avec les enfants, un dimanche matin. C'était neuf jours après l'accident de Silver Road, et mes fréquentes recherches en ligne au cybercafé, ainsi que dans les divers journaux locaux trouvés dans le train, ne m'avaient fourni aucune information supplémentaire au sujet des victimes. Je continuais de fonctionner en état d'agitation extrême ; j'inspectais les étals de fromages, de miels et de hamburgers au sanglier comme si je n'avais jamais vu un tel spectacle auparavant, comme si on m'avait privé de mon statut de petit-bourgeois. De citoyen.

Elle ne m'a pas plu ce jour-là. J'étais dans un autre état d'esprit (celui du père de famille qui essaie d'avoir un comportement normal, de se sentir normal, tout en cherchant du coin de l'œil la voiture de patrouille au bord du trottoir), mais j'ai quand même remarqué qu'elle m'avait remarqué. Fi avait l'habitude de dire qu'une grosse part de l'attirance tenait simplement au fait de se rendre compte que l'autre personne s'intéresse à nous, qu'au fond nous n'évoluions guère au-delà de l'adolescence, flattés que nous étions par la première tête qui se tournait sur notre passage. En d'autres termes, nous sommes prêts à prendre quiconque veut bien de nous. C'est vrai, bien sûr. Cette femme était intéressée et si elle avait capté mon regard deux semaines plus tôt, je lui aurais peut-être rendu son intérêt.

Quand, après dix minutes de queue pour acheter du fudge artisanal confectionné avec du sucre pétillant, j'ai de nouveau regardé dans sa direction, elle avait disparu. Après cela il n'a plus été question que de qui avait eu la plus violente explosion en bouche, et s'il fallait en garder un morceau pour Rocky, le chien des Osborne, ou si cela serait considéré comme de la cruauté envers les animaux, et si c'était le cas, cela ne voulait-il pas dire que c'était aussi de la cruauté envers les humains, parce que Mrs Carver, l'institutrice de CE1, avait dit que les humains étaient des animaux aussi, et peut-être qu'ils devraient appeler la police pour faire arrêter Papa.

« Il faut appeler le 999, a dit Harry.

— Non, 101 quand ce n'est pas une urgence, l'a repris Leo, sur un ton de supériorité morale qu'il employait souvent avec son frère.

— Mais c'en est une, d'urgence. Quelqu'un pourrait *mourir étouffé* ! » Et il s'est mis à scander, assez fort pour qu'on nous regarde : « Papa va aller en pri-son, Papa va aller en pri-son ! »

— Arrête, ne dis pas des trucs pareils », ai-je répondu en réussissant à peu près à donner l'impression que je trouvais la chose amusante, quand en réalité j'avais envie de me pencher au-dessus de la poubelle la plus proche pour vomir mon petit déjeuner.

D'une certaine façon, peu m'importait que Toby m'appelle ou non. Le sentiment que cela me plairait de coucher avec lui me suffisait, un sentiment qui n'était égalé que par l'euphorie de savoir que j'étais libre de choisir de le faire ou non. Je n'avais plus à aimer Bram, à le chérir et à lui être fidèle jusqu'à ce que la mort nous sépare.

D'après Polly, en épousant Bram, je m'étais pour ainsi dire enfermée. J'avais été victime d'une forme de syndrome de Stockholm.

Mais j'étais une femme libre désormais – ou du moins, c'est ce que je pensais.

#VictimeFi
@Tracey_Harrisuk Syndrome de Stockholm, LOL !
@crimeaddict @Tracey_Harrisuk Si elle est encore légalement mariée, elle n'est pas libre #jedisçajedisrien

Bram, document Word

Le mardi a vu revenir mon rendez-vous quasi hebdomadaire avec Rog Osborne au Two Brewers, et j'y suis allé directement de la gare, même si nous ne devions nous y retrouver qu'une heure plus tard. Il commençait à devenir évident que je gérais mieux le poids écrasant de la culpabilité et de l'incertitude quand j'évitais de rester seul et que je passais mes heures d'oisiveté avec un verre à la main.

Rog a réussi à boire environ la moitié du nombre de pintes que j'ai vidées avant de déclarer forfait au motif qu'il commençait à se faire vieux et/ou qu'il était sous la coupe de sa femme, et il était juste en train de terminer sa dernière lorsqu'en jetant un coup d'œil derrière lui, je l'ai revue : la femme du marché de producteurs locaux. Comme je l'ai dit, j'avais pas mal bu, et une idée a commencé à germer dans ma tête : j'avais l'appartement pour moi et, bon sang, cela faisait onze jours que l'horreur était arrivée et ç'avait été tellement dur de rester égal à moi-même au travail et avec les enfants, et même ici avec Rog, et je suppose que je pensais avoir droit à quelque chose pour me changer les idées. (Même moi, je n'utiliserais pas le terme de « récompense ».)

Elle portait un jean slim et un haut rose extrêmement moulant. On pouvait voir la forme de son soutien-gorge en dessous, la façon dont l'élastique lui rentrait dans la peau, et des taches sombres sous ses aisselles : il faisait moite pour une fin septembre, on se serait plutôt cru à la fin de l'été. Son eye-liner avait coulé et son rouge à lèvres peut-être aussi. Même au repos, sa bouche ne se fermait pas complètement.

« Quoi ? ai-je demandé en voyant Rog me regarder.

— Je n'ai rien dit, mon pote. » Il m'a fait un clin d'œil. « Et par là, j'entends que je ne dirai rien à Alison.

— Tu peux lui dire ce que tu veux. Je suis libre de faire comme il me plaît.

— Vraiment ?

— Oui. Nous avons tous les deux le droit de fréquenter d'autres personnes, c'est entendu entre nous. Pas à la maison, c'est tout.

— Ce qui te laisse, quoi, cinq nuits par semaine pour aller draguer ?

— Tu crois que c'est aussi facile que ça ? »

Une salve de rires en provenance d'un groupe de femmes assises à une table près de la fenêtre m'a évité de poursuivre. Celle sur laquelle j'avais des vues n'en faisait pas partie : elle était plus jeune, entre trente et trente-cinq ans.

« Oh, s'est rappelé Rog, Alison m'a dit que le cercle de lecture des mères se retrouvait ici. Pas le leur, un club rival. Elles pourraient quand même cantonner ce genre de choses à la cuisine.

— M'en parle pas. Il n'y a donc plus rien de sacré ? »

C'était le numéro favori de notre groupe de maris (et bientôt ex-maris) émasculés : celui du faux machiste à l'ancienne. Dans le même ordre d'esprit, lorsque Rog s'est levé pour partir et que j'ai dit que j'allais rester en prendre un dernier pour la route, il s'est contenté de me sourire comme si c'était les années 1950 et qu'on ne changeait pas un homme.

J'ai traversé le bar et, sans lui demander, ai commandé pour la fille un autre verre du vin blanc qu'elle était en train de boire. Ai cherché son regard et l'ai soutenu, avec audace mais respect. Douze ans de dévotion conjugale (ces deux écarts mis à part) et c'était comme si j'étais redevenu un célibataire d'à peine trente ans passés. Peut-être que c'était aussi facile que ça, finalement – tant que je ne pensais pas à l'horreur, bien sûr.

Elle m'a dit qu'elle s'appelait Wendy et qu'elle vivait à Beckenham, qu'elle était venue à Alder Rise ce soir-là pour aider une amie à repeindre la cuisine de son nouvel appartement dans Engleby Close.

« Et elle n'est pas sortie ce soir ?

— Si, mais elle est rentrée. La journée a été fatigante.

— Mais vous n'êtes pas trop fatiguée, pour votre part ?

— Pas encore. » Elle ne faisait aucun effort pour cacher son désir, se serrant tout contre moi pour me parler. « C'étaient vos fils, l'autre jour au marché ?

— Oui. Leo et Harry, une vraie paire de chenapans.

— Je les ai trouvés mignons. »

Elle avait un accent du sud de Londres et un timbre rugueux qui avait du charme.

« Vous avez des enfants ? » lui ai-je demandé.

Elle a légèrement reculé.

« Non. »

Je me suis abstenu de toute réaction. De toute façon, elle était aussi impatiente que moi de passer aux choses sérieuses et, après une demi-heure de conversation, nous sommes partis. Dans la rue, elle a glissé son bras sous le mien, le premier contact physique entre nous. Ça a été un soulagement de constater que même dans ma situation, je réagissais comme un homme normal.

Il n'y avait pas de lune cette nuit-là, je me rappelle.

En arrivant à hauteur de Trinity Avenue, elle a tiré sur mon bras comme pour tourner.

« Pourquoi est-ce que tu vas par là ? ai-je demandé.

— Je croyais que tu avais dit que c'était ta rue ?

— Non, j'habite dans l'immeuble de l'autre côté du parc. Le blanc.

— Ah, d'accord. » Elle s'est rapprochée de moi pour coller ses lèvres à mon oreille. « Je vous laisse montrer le chemin, monsieur.

— On va passer par le parc – si tu n'as pas peur que je te t'agresse. »

Fi aurait répliqué que je devrais faire très attention à éviter ce genre de blague de nos jours, mais Wendy n'a rien dit. La pensée m'est venue, très nettement, que j'étais libre désormais de choisir des femmes différentes, qu'elles n'avaient pas besoin d'être du genre de celles qui habitaient Alder Rise, avec leur sensibilité de post-féministes instruites et sûres de leurs droits. Évidemment, c'était trop espérer qu'elles soient pré-féministes. (Blague.) Cela m'a inspiré une bouffée d'optimisme, d'abord généralisé puis réduit à l'instinct que j'avais peut-être réussi à me tirer impunément de ce truc l'autre jour. En l'espace de quelques heures, j'étais passé de « l'horreur » à « ma situation » puis à

« ce truc l'autre jour », et je pouvais remercier les deux dernières pintes pour cela. Et Wendy.

« Sympa, l'immeuble, a-t-elle dit lorsque nous sommes arrivés à Baby Deco.

— Ne t'attends pas à grand-chose, ai-je répliqué. C'est juste un studio en location. Un peu comme la loge du concierge.

— Waouh, tu vends du rêve, là. »

La porte s'était à peine refermée derrière nous que nous nous sommes jetés l'un sur l'autre, nous embrassant avec une énergie inattendue, et qu'elle s'est mise à me déshabiller en haletant ce qu'elle voulait que je lui fasse, et la pensée peu galante m'a traversé l'esprit que moins une femme était séduisante, plus elle tendait à être douée pour jouer les dévergondées, ce qui avait l'effet escompté sur moi, vraiment, et j'ai pensé juste à temps à écarter de mon champ de vision le roman que Fi avait laissé sur la table de chevet et que, la veille au soir encore, j'avais feuilleté en l'imaginant en train de lire les mêmes phrases et de froncer les sourcils. L'idée que j'avais fait cela m'était insupportable maintenant.

Oui, j'aurais dû ramener une fille ici depuis longtemps.

« Il y a quelque chose qui te tracasse ? a murmuré Wendy.

— Pourquoi ?

— Tu as l'air un peu distrait.

— Désolé. Laisse-moi te montrer à quel point je suis concentré. »

Elle a ri. Je voyais bien qu'elle était contente de ma repartie (si on pouvait lui donner ce nom), qu'elle voulait faire de ce moment quelque chose de mémorable, et j'ai joué le jeu parce que je ne pouvais pas vraiment annoncer que ce que je voulais, pour ma part, était quelque chose de complètement oubliable.

18

« *L'histoire de Fi* » > *01:19:13*

Le mercredi matin, Alison m'a envoyé un texto qu'elle ne devait pas avoir écrit à la légère : Est-ce que je te dis si j'apprends quelque chose au sujet de Bram ?

Quel genre de chose ?

Extraconjugal.

J'ai répondu immédiatement.

Tu me le dis.

Tu es sûre ?

Oui.

OK. Il a ramené quelqu'un chez lui hier soir, du moins c'est ce que pense Rog. Une femme rencontrée au pub.

J'ai attendu la morsure du couteau plongé dans mon cœur, mais elle n'est pas venue, ou du moins la lame a heurté une côte et ricoché.

Intéressant.

Ne lui en parle pas, sinon il saura d'où vient l'info.

J'ai pensé à l'homme de La Mouette.

Tu ne dirais pas à R qui je ramène, moi, n'est-ce pas ?

Certainement pas. Je ne suis pas une agente double.

T'as pas intérêt, Mata Hari.

C'était une agente triple, en fait, ou du moins c'est ce qu'affirment les Français.

À force de voir Alison essuyer le nez morveux d'un enfant ou mettre des gouttes antibiotiques dans les oreilles d'un chien, il m'aurait été facile d'oublier son intelligence. Ses masters d'histoire obtenus à Durham, ses trois jours la semaine de conférences à l'université.

Dis-moi si tu préfères ne pas savoir ce genre de choses.

Non, je veux savoir. Merci.

C'était une bonne amie, Alison. La meilleure. Quand je pense à la situation où je me trouve maintenant, je vois bien que je n'aurais jamais pu survivre sans elle. Ou Merle.

Bram, document Word

Le lendemain matin, nous avons refait l'amour puis Wendy s'est rapidement rhabillée avant d'accepter un café. Elle l'a bu debout, son téléphone dans l'autre main – j'ai supposé qu'elle regardait les horaires de train. Cela m'a encouragé à espérer qu'elle allait partir avant moi, m'évitant ainsi la gêne d'avoir à traverser Alder Rise avec elle, ou même de tomber sur Fi à la gare. Nous prenions le train sur des quais opposés et je pouvais imaginer sa tête de l'autre côté des rails en voyant cette femme rire doucement à mon oreille et me faire des mamours, rendant évidente la nature de notre relation.

Je me suis rappelé que j'étais un homme libre, comme je l'avais déclaré à Rog.

Libre tant que je ne pensais pas au truc (c'était toujours « le truc », ce n'était pas redevenu « l'horreur »). Et alors que je m'installais au comptoir de la cuisine à côté de Wendy, une idée m'a traversé l'esprit, si simple que je ne savais pas comment elle ne m'était pas venue plus tôt : *N'y pense pas, c'est tout.* Moins du déni que du refoulement. Une amnésie sélective.

« Tu as l'air bien content tout à coup, a fait remarquer Wendy d'un ton amusé, avant d'ajouter avec une nonchalance étudiée : Tu ne t'en doutes absolument pas, hein ?

— De quoi ?

— Que je t'ai vu.

— Quoi, au marché ? Bien sûr que si, je sais. On en a parlé hier soir, tu ne te souviens pas ? Comme quoi nos yeux se sont croisés au-dessus des œufs à l'écossaise faits maison. »

Je me suis émerveillé de ma propre jovialité.

« Pas là-bas, a-t-elle répondu en m'observant. Dans Silver Road. »

Mon sang s'est brusquement glacé, comme si j'avais été jeté par-dessus bord dans l'Atlantique en décembre.

« Pardon ?

— Dans Silver Road. » Au-dessus de sa tasse, son regard était narquois, assuré. « J'ai vu l'accident, Bram.

— Quel accident ? »

Il était miraculeux que je sois encore intelligible, quand mes organes internes étaient en état de syncope.

« Allez, arrête ton char. Elles sont encore en soins intensifs, je suis sûre que tu as suivi les informations et que tu as entendu parler de l'enquête de police. » Puis, du même ton léger, si léger qu'il en était terrifiant : « En fait, il y avait un inspecteur à l'hôpital quand j'y suis passée, mais je ne crois pas qu'elles étaient en état d'être interrogées. Sous assistance respiratoire, l'une comme l'autre. »

Elle a ajouté ce détail avec une grimace peinée dont l'hypocrisie était impossible à rater. Elle frisait la jubilation.

Long à me ressaisir, j'ai eu l'air stupide en demandant :

« Je croyais que tu m'avais dit vivre à Beckenham ?

— J'y vis. J'étais chez ma cousine. Elle habite à peu
près au milieu de Silver Road. La fenêtre de son salon
donne direct sur la rue, alors j'étais aux premières
loges. »

J'ai senti comme des piranhas se battre dans mes
profondeurs glacées ; il m'a fallu faire un énorme effort
pour ne pas me plier en deux.

« Et tu as cru assister à un accident, c'est ça ? »

Elle a eu un petit rire.

« J'aime bien ta formulation. OK, j'ai "cru" entendre
un énorme bruit d'accélération, j'ai regardé par la
fenêtre et j'ai "cru" voir deux voitures faire la course,
puis une Fiat percuter une voiture garée et s'écraser
contre une maison. Puis j'ai "cru" te voir t'éloigner
au volant d'une Audi. Une A3 noire. Je n'ai pas réussi
à lire toute la plaque d'immatriculation mais j'ai
retenu les deux ou trois premières lettres. » Elle s'est
déplacée pour me regarder de côté. « Tu es vraiment
pas mal, Bram. Je suis à peu près sûre que je serais
capable de reconnaître ton profil si on me demandait
de t'identifier. »

Le silence est retombé entre nous pendant que je
luttais pour entendre mes pensées par-dessus le martèlement de mon cœur.

« Il n'y a pas moyen qu'à la distance que tu décris, tu
aies pu voir quelqu'un assez bien pour le reconnaître »,
ai-je fini par répondre.

Mais elle me tenait bel et bien à sa merci. M'avait-
elle suivi jusque chez moi ce soir-là ? Puis dévisagé
alors que je sortais de la voiture et gagnais précipitamment ma porte ? Avait-elle pris des photos de moi,
comme un de ces tarés qui harcèlent l'objet de leur

obsession ? À l'évidence, notre rencontre au pub n'avait pas été une coïncidence. L'amie d'Engleby Close qu'elle avait mentionnée existait-elle seulement ?

« Cette cousine qui habite dans Silver Road, est-ce qu'elle a vu l'accident aussi ?

— Non, elle était dans une autre pièce. T'inquiète, je ne lui ai pas dit que je t'avais vu. »

T'inquiète ?

« Qu'est-ce que tu faisais à l'hôpital ?

— J'étais intéressée, c'est tout. Tu sais ce que c'est, on se sent irrésistiblement attiré. »

Comme je l'avais été.

« Est-ce que… Est-ce que tu as parlé à l'inspecteur que tu as vu ? »

Si c'était le cas, le fait qu'on ne m'ait pas encore arrêté tenait peut-être à celui que la voiture était déclarée à l'adresse de Trinity Avenue. La police était peut-être venue à la maison à un moment où personne ne s'y trouvait. Je me suis très nettement vu prendre la fuite, quitter l'appartement de ce pas pour me rendre à l'aéroport.

Lorsqu'elle a secoué la tête, je me suis très légèrement détendu et j'ai fait appel à la bravade du Bram d'autrefois.

« Eh bien, Wendy, on dirait qu'on est coupables de la même chose, alors. Ni toi ni moi n'avons signalé quelque chose alors que nous savons que nous aurions probablement dû le faire. »

Ses traits se sont brusquement durcis.

« Oh, je ne crois pas qu'on soit coupables de la même chose du tout, Bram. Ce n'est pas *ma* conduite dangereuse qui a envoyé deux personnes à l'hôpital, sous assistance respiratoire. »

Ses mots se sont abattus sur moi avec la brutalité d'un éboulement, et pourtant elle restait d'un calme impressionnant, anormal même. Si elle me croyait vraiment capable d'un pareil déchaînement de violence, pourquoi n'avait-elle pas peur que je l'attaque à cet instant ? *Elle doit avoir envoyé l'adresse à quelqu'un par texto*, me suis-je dit.

J'ai pris conscience d'une rage folle et grandissante en train de supplanter ma peur, d'une hausse périlleuse de ma température corporelle.

« Puisque tu sembles tellement au fait de ce qui s'est passé, pourquoi est-ce que tu ne t'en prends pas à l'autre conducteur, le connard qui a vraiment causé l'accident ?

— Oh, arrête. C'est toi qui étais sur la mauvaise voie.

— Seulement parce qu'il n'a pas voulu me laisser réintégrer la bonne ! Si la Fiat n'était pas sortie de la route, nous nous serions percutés de plein fouet et nous serions tous morts.

— Tu n'aurais pas dû essayer de le doubler. Tu étais en excès de vitesse lorsque tu l'as fait, ça tu ne peux pas le nier. »

Je n'ai pas répondu.

« Donc c'est bien toi qui as causé l'accident ? Allons, Bram, j'étais là.

— Bien sûr que c'est moi, putain. Je te l'ai dit, je n'ai rien pu faire ! À cause de lui ! »

C'était un aveu et je me suis hâté de le cacher sous un déploiement d'agressivité.

« J'aimerais savoir pourquoi tu ne vas pas le trouver lui et lui sauter dessus avec ces conneries dix minutes après être sortie de son lit !

— Peut-être que je vais le faire », m'a-t-elle aimablement répondu avant de poser son mug vide dans l'évier.

Je vais le faire, avait-elle dit, pas *je l'ai déjà fait*. C'était bien beau de soutenir que le mec à la Toyota était aussi en faute que moi, mais c'était ma voiture qui avait été partiellement identifiée dans les journaux.

Il était clair qu'elle me préparait à quelque opération de chantage.

Elle m'a contourné pour attraper la veste en jean bon marché qu'elle avait jetée sur un fauteuil la veille au soir. Je me suis rappelé la succion douloureuse que sa bouche avait exercée sur la mienne.

« Enfin bref, je me disais qu'on pourrait faire affaire », a-t-elle dit.

Comme je m'y attendais.

« Eh bien, je suis désolé de te décevoir, Wendy, mais je n'ai pas le fric pour ça. Sérieux, je suis fauché. Je peux te montrer mon dernier relevé de banque, si tu veux. »

Elle a secoué la tête, un sourire sévère aux lèvres.

« Allons, tu as cette grosse baraque dans Trinity Avenue. »

Je me suis rappelé la façon dont elle avait essayé de m'entraîner dans cette direction la veille au soir. Oui, elle m'avait sûrement suivi le soir de l'accident. Je ne m'étais pas posé de questions sur le moment ; ma seule préoccupation était de l'amener dans mon lit. Croyant qu'elle était exactement la partenaire qu'il me fallait pour la nuit, sans complication ni engagement.

Elle a continué sans se démonter.

« Tu peux également te payer cet appartement. Ça fait deux propriétés dans ce quartier rupin. Tu as visiblement du fric.

— Mais non, je t'assure. Je suis en plein divorce. »

Techniquement faux – pour l'instant – mais qu'est-ce que ça pouvait faire ?

« Même. »

Brusquement, elle a posé ses doigts chauds sur mon poignet et j'ai fait un bond en arrière.

« Ne me touche pas !

— Hé, ne réagis pas comme ça. » Elle a retiré sa main et l'a glissée dans ses cheveux, puis portée à ses lèvres, comme si elle avait tout son temps pour me passer mes petites manies. « Puisqu'on va être amenés à se fréquenter pendant un moment, autant en profiter pour se faire plaisir. J'ai vraiment passé un bon moment cette nuit. Je croyais que toi aussi. »

Je n'ai pas su quoi répondre. Si son objectif depuis le début avait été de m'extorquer de l'argent, je ne voyais pas pourquoi elle s'était sentie obligée de coucher avec moi. Elle n'avait pas besoin de me séduire pour me faire chanter, elle aurait pu me transmettre son lâche message au pub.

« Je veux que tu sortes d'ici, Wendy. Si c'est seulement ton vrai nom ?

— Waouh, tu es vraiment parano.

— Comment s'appelle l'entreprise pour laquelle tu travailles ? Tu m'as dit que c'était une société de nettoyage commercial ? De quel service fais-tu partie ?

— Pourquoi ? a-t-elle demandé avec un rire. Tu vas aller te plaindre à mon supérieur ? »

Elle savait très bien que je ne pouvais me plaindre à personne. Je ne pouvais souffler mot à qui que ce soit de ce sordide petit épisode.

« Tu vas aller lui dire que je n'ai pas signalé un crime ? a-t-elle continué de me narguer. Peut-être que je n'avais pas réalisé la gravité de l'accident avant de lire les journaux ? Peut-être que c'est seulement en te voyant au pub hier soir que je me suis rappelé le mec qui avait pris la fuite après avoir percuté une autre voiture ?

— Ce n'est pas ce qui s'est passé, ai-je lâché sèchement.

— C'est tout comme.

162

— Non, c'était un accident, rien de plus. »

Rien de plus. Les mots m'ont surprise autant qu'elle et il y a eu un silence, un moment de franchise, peut-être même de honte, partagée.

« Qui que tu sois, ai-je repris, et quoi que tu penses, à tort, avoir vu, tu te trompes d'homme. Je te prie de ne jamais me recontacter. »

Toute l'assurance puisée ou exprimée dans ce petit discours plein de mordant a été de courte durée, car le regard qu'elle m'a adressé en partant débordait de regret exagéré.

« Désolée, Bram, tu ne t'en sortiras pas si facilement. »

19

« L'histoire de Fi » > 01:20:33

Est-ce qu'entendre parler de sa liaison avec une nou-velle femme m'a donné la nostalgie de ce que j'avais moi-même vécu avec lui au début ?

Pardonnez-moi, mais je préfère ne pas penser à cela maintenant : l'« avant ». Avant les garçons, avant la maison, avant notre vie dans Alder Rise. Ce moment qu'on décrit comme « tomber amoureux », même si personne ne *tombe* vraiment, n'est-ce pas ? En réalité, la moitié d'entre nous cherche, tente, se hisse le long de la pente ; l'autre moitié reste simplement immobile et se laisse faire.

Je dis cela, réaliste que je suis, mais c'est alors qu'une image remonte à la surface avant que j'aie pu l'en empêcher, une image qui défie le cynisme et me persuade que nous étions les exceptions à cette règle : lui et moi dans un bar bondé du West End – notre pre-mier rendez-vous –, trop captivés l'un par l'autre pour laisser vagabonder nos yeux sur les centaines d'autres visages autour de nous ; ou encore, une vue aérienne d'une voiture filant à travers les champs vert émeraude de la campagne anglaise – nos premières vacances ensemble –, trop vite et en même temps jamais assez.

Vous n'avez pas besoin de souligner l'ironie de cette dernière révélation. Le fait que c'était la vitesse, l'excitation de cette ruée à corps perdu, qui m'a rendue accro. L'impression de deux vies entrant en collision.

Une autre image encore me revient du début, plus douloureuse : la silhouette d'une femme faisant la roue sur une plage de Californie, ses longs cheveux touchant le sable. Une jeune épouse, mariée moins d'un an après l'avoir rencontré, se redressant pour trouver son mari en train de déboutonner sa chemise, les yeux fixés sur l'océan, comme s'il avait l'intention de nager vers le large, en laissant ses vœux derrière lui sur le rivage, avec ses vêtements.

Folie, franchement, d'avoir jamais imaginé qu'une femme et des enfants pourraient représenter autre chose que des chaînes pour un homme tel que Bram.

Bram, document Word

Cet après-midi, j'ai failli le faire. J'ai failli passer à l'acte, alors que j'ai à peine commencé mon histoire et que je me suis engagé à la raconter en entier avant. Mais on oublie la capacité de la musique à prendre les gens en embuscade ici, parce que les stations de radio adorent être nostalgiques et qu'il y a toujours le risque qu'une vieille chanson réveille des souvenirs qu'on aurait préféré laisser dormir. « Notre chanson » quand il n'y a plus de « nous ». Et ils diffusaient « Big Sur », un tube lorsque j'ai commencé à sortir avec Fi. Peut-être qu'ils l'ont jouée à notre mariage, je ne me rappelle pas, mais nous avons passé notre lune de miel en Californie et nous sommes allés à Big Sur voir la fameuse côte de nos propres yeux. En écoutant la chanson, je me suis vu si clairement au bord de la falaise, avec le Pacifique en dessous, monstrueux et hurlant, prêt à noyer encore et encore les souffrances de mon passé. Et je me suis dit, puisqu'au bout du compte rien n'a de sens, pourquoi me donner la peine de laisser mon témoignage derrière moi? Pourquoi ne pas retourner dans ma minable petite chambre et mettre dès maintenant fin à mes jours, laisser ma version des événements mourir avec moi? Assis là, j'ai senti mes orteils se crisper dans mes chaussures; j'ai senti mon poids se porter vers la pointe de mes pieds.

Saute, Bram.

20

Vendredi 13 janvier 2017

Londres, 14 heures

David, le mari de Lucy Vaughan, est un homme robuste à la peau claire, d'environ quarante ans, aux qualités de leader, aux airs de *propriétaire*, évidents dès l'instant où il entre dans la maison. À peine a-t-il réussi à dissuader Merle de contacter la police qu'il entreprend de passer les appels dont selon lui, c'est évident, Lucy aurait dû se charger dès qu'il est devenu clair que des allégations de désastre juridique – et potentiellement financier – avaient été prononcées. Si cela l'énerve que ni son notaire ni son agent immobilier ne soient immédiatement disponibles, il ne le montre pas. Les collègues de l'un et l'autre avancent la théorie de l'« étrange malentendu », nous informe-t-il, et promettent qu'on le rappellera au plus vite.

« Eh bien, nous nous rencontrons dans d'étranges circonstances », dit-il à Fi.

Il parle d'un ton assuré, mais la considère avec perplexité, presque circonspection.

« En effet », répond-elle sans sourire.

C'est remarquable combien la présence de Merle lui a redonné confiance.

« Mrs Lawson s'est un peu calmée, dit Lucy à son mari, comme pour excuser l'impolitesse de Fi. Elle a eu une frayeur parce que ses enfants n'étaient pas là où elle les croyait, mais nous venons d'apprendre qu'ils vont bien. »

C'est l'hypothèse de travail, donc : l'interprétation des événements par Fi est en faute, non les événements eux-mêmes. Elle peine à se rappeler les arrangements faits, elle se laisse facilement embrouiller. Comme cela a été prouvé pour les garçons, il en sera de même pour la maison – et Bram n'est pas là pour la soutenir.

Mais Merle l'est.

« Bram aurait dû dire à Fi qu'il laissait les enfants sécher l'école, dit-elle. N'importe quelle mère aurait perdu la tête en découvrant qu'ils n'y étaient pas. » Elle dévisage Lucy d'un œil sévère, comme si elle devrait franchement avoir honte. « Je suppose que vous n'avez pas d'enfants ?

— Pas encore, répond Lucy.

— Alors vous allez devoir me croire sur parole, il n'y a rien de plus terrifiant que l'idée qu'ils aient disparu. Maintenant, je suis sûre que Fi vous est reconnaissante de l'aide que vous lui avez apportée pour les retrouver, mais nous semblons avoir un autre mystère sur les bras, n'est-ce pas ? » Elle rayonne d'intensité, plus charismatique que jamais, et Lucy la regarde fixement, captivée. « Vous comprenez, bien entendu, que Fi conteste cette revendication au sujet de la maison, et souhaiterait vous voir partir. Je vous suggère de le faire le temps que nous mettions la main sur Bram et sur tous les documents qui prouvent que Fi et lui en sont les propriétaires, puis nous pourrons fixer un rendez-vous pour en discuter dans les règles, peut-être lundi au cabinet de votre notaire ? Quant à vos…

— Attendez une minute, l'interrompt sèchement David, brisant son emprise. Il n'est pas question que nous nous en allions. Cette maison nous a été vendue de façon parfaitement régulière.

— Je pense que vous allez découvrir que non, réplique Merle.

— Et pourtant, nous avons reçu toutes les confirmations que la vente s'était achevée ce matin. »

Il brandit son téléphone et commence à chercher les mails concernés, tout comme Lucy l'a fait plus tôt.

« Ce doit être des faux, répond Merle – tout comme Fi l'a fait plus tôt. Ne cliquez sur aucun lien, hein ? Ça pourrait déclencher un cheval de Troie.

— Un cheval de Troie ? Mais de quoi est-ce que vous parlez ? Regardez… »

Prenant le téléphone que lui tend David, Merle examine l'écran avec scepticisme avant de le passer à Fi. Bien que deux des messages soient ceux de Bennett, Stafford & Co que Lucy lui a déjà montrés, un troisième est d'un autre notaire, Graham Jenson chez Dixon Boyle & Co à Crystal Palace, qui confirme avoir reçu les fonds du compte client d'Emma Gilchrist. Il date du 13 janvier et a été envoyé juste avant 11 heures.

« Dixon Boyle est le cabinet de notaires des Lawson », dit David à Merle, et une sensation brûlante commence à se répandre dans la poitrine de Fi.

Merle, toutefois, reste calme.

« Des "Lawson", entre guillemets, le reprend-elle. Et je ne vois aucune preuve du transfert de l'acte de propriété. »

Son attitude est professionnelle, comme si la discussion était enregistrée pour des raisons officielles et que toute affirmation de David qu'elle ne conteste pas sera notée dans le procès-verbal comme un fait établi.

« Tout est fait par voie électronique, répond-il. Peut-être devriez-vous consulter votre compte en banque pour nous aider à y voir plus clair ? suggère-t-il à Fi.

— Si elle ne sait rien de cette vente, il est peu probable qu'elle ait reçu l'argent, fait remarquer Merle, d'un ton à la limite du mépris.

— Certes, mais juste au cas où. Nous saurions que la transaction a effectivement eu lieu, même si elle a… »

Il s'interrompt sans terminer sa phrase.

Même si elle a oublié, voulait-il dire. Cette amnésie chronique dont elle souffre. Mais lorsqu'elle trouvera un versement exceptionnellement colossal à côté des sommes débitées pour payer billets de train, provisions et chaussures d'école, elle se dira : *Ah oui, c'est vrai, j'ai vendu le foyer de mes enfants.*

Un iPad est sorti, le site de sa banque trouvé, et, au prix d'un énorme effort, elle se rappelle son identifiant client et son code confidentiel. Enfin, avec la présence pressante de David derrière elle, elle s'authentifie.

« Est-ce qu'il y est ?

— Non. »

Il n'y a rien ni sur son compte personnel, ni sur celui qu'elle partage avec Bram.

« Il a un compte personnel aussi, n'est-ce pas ? insiste David.

— Oui, mais je n'en connais pas le mot de passe. Et quand j'essaie de l'appeler, ça me dit que son numéro est indisponible. »

Merle tente une fois de plus de prendre le contrôle de la situation.

« Comme je le dis depuis que je suis arrivée, il faut demander à la police de venir. Si Bram est injoignable, c'est sûrement que quelque chose ne va pas.

— Il y a toutes sortes de raisons pour qu'un téléphone ne marche pas.

— Oui. » Merle regarde tour à tour les Vaughan et Fi. « Mais puisque Mrs Lawson ne sait rien de tout ceci, ne pensez-vous pas qu'il soit possible que Mr Lawson n'en sache pas davantage ? Peut-être qu'il s'est fait voler son identité par des truands, Fi. Peut-être qu'il avait découvert quelque chose sur eux et qu'ils se sont, je ne sais pas, vengés.

— Des truands ? répète Fi, prise d'un nouveau saisissement, encore plus violent. Vengés ?

— Oui, ils l'ont peut-être enlevé ou quelque chose comme ça. Peut-être qu'il se savait en danger et que c'est pour ça qu'il s'est arrangé pour que les garçons soient chez sa mère en ton absence ? Peut-être qu'il a déjà contacté la police et que tu es sous leur protection sans le savoir ?

— Tout cela me paraît un peu mélodramatique, intervient David. Il n'est pas si facile de se faire passer pour quelqu'un d'autre dans le but de vendre sa propriété. Il faut avoir passeports, actes de naissance, titre de propriété en bonne et due forme. Les fonds de cette taille font l'objet de contrôles pour vérifier qu'il n'y a pas blanchiment d'argent. C'est une vraie course d'obstacles. Je le sais, parce qu'on vient de le faire.

— Il n'empêche, je ne vois pas de meilleure explication, réplique Merle. Et vous ? »

Le silence retombe dans la pièce ; c'est comme s'ils retenaient collectivement leur souffle. David, pas encore prêt à dire l'indicible, jette un coup d'œil à sa femme. Fi sent son visage se crisper dans l'effort qu'elle fait pour ne pas pleurer.

« Si vous avez raison, c'est horrible, finit par dire Lucy.

— Ça l'est », répond Merle. Elle se tourne vers Fi, l'air de dire que si les Vaughan ont une contribution intéressante à apporter, seule celle de son amie compte vraiment. « Si tu veux mon avis, Fi, il faut qu'on signale une usurpation d'identité. »

Fi hoche la tête.

« Également, le fait que Bram a disparu. Et qu'il est en danger. »

Genève, 15 heures

En sortant du restaurant, sans que le vin ait rien fait pour calmer le bouillonnement de nervosité dans ses entrailles, il est perturbé de voir un homme arrêté près des ascenseurs, la tête penchée et le regardant approcher avec un air interrogateur. Il a la trentaine, la mine hautaine et les joues rugueuses, porte un costume gris foncé et des chaussures bien cirées. Un homme en voyage d'affaires – ou bien un policier en civil ? Un citoyen responsable qui a vu un avis de recherche d'Interpol, contenant la photo de Bram ?

Celui-ci envisage de se précipiter vers la porte de l'escalier, mais résiste. *Non, calme-toi, fais comme si de rien n'était.* Un avis de recherche d'Interpol ? Il y a instinct de conservation et folie des grandeurs. Un peu comme dans la carrière commerciale qu'il vient de quitter, sa survie est une question d'abus de confiance, et la confiance dont il doit le plus abuser est la sienne.

Malgré tout, lorsque l'ascenseur fonctionne normalement, sans qu'un mot soit échangé entre ses occupants, et que Bram arrive sans encombre au rez-de-chaussée, le soulagement qui l'envahit est féroce.

Et lorsqu'il entre vite fait dans une pharmacie avant de regagner l'hôtel, explorant les rayons à la recherche d'une bonne paire de ciseaux, il regarde par-dessus son épaule plus d'une fois avant de faire son choix et de payer.

21

Bram, document Word

Dans les vingt-quatre heures qui ont suivi, je n'ai eu aucune nouvelle de Wendy et je me suis demandé si j'avais imaginé ce qu'elle avait dit. Ce que moi, j'avais dit. Peut-être était-elle partie avant que je me réveille et avais-je eu cette conversation dans la kitchenette avec une apparition – Dieu sait qu'entre Macbeth et moi, plus d'un homme avait été rendu tellement fou par la culpabilité qu'il avait donné une voix à sa conscience et avait cru y voir son châtiment.

Mieux encore, peut-être ne l'avais-je jamais rencontrée ; elle n'existait pas ! Mais non, là, je prenais vraiment mes rêves pour des réalités. Au matin, j'avais trouvé un texto de Rog demandant : La nuit a été bonne ?, accompagné de l'émoji clin d'œil sous-entendant « petit veinard ». Il avait sûrement raconté à Alison que j'étais en chasse. Elle l'avait sans nul doute répété à Fi. Mais Fi était le cadet de mes soucis, pour une fois.

Il ne s'est rien passé, ai-je répondu. Sans émoji.

J'ai soigneusement évité la voiture – j'en étais arrivé au point où je ne pouvais même plus la regarder – et alors que je prenais le train pour aller au travail et en revenir, j'ai passé mon temps à me traiter de tous les noms pour ne pas être resté sur le quai le matin de la conférence en acceptant d'être en retard à cause du train. Qu'auraient été une arrivée tardive, une absence injustifiée même, voire la perte de mon emploi, comparés à l'enfer que je vivais à présent ?

Et puis, le vendredi soir, j'ai reçu un texto d'elle. J'ignorais lui avoir donné mon numéro, mais à l'évidence, elle l'avait. Il lui avait probablement été facile de l'obtenir en appelant mon bureau, supposais-je, ou même en fouinant pendant que je dormais. Le message consistait en un lien vers un article dans un journal en ligne de Croydon :

RÉCOMPENSE OFFERTE DANS LE CADRE DE L'ACCIDENT DE SILVER ROAD

Une récompense de dix mille livres pour toute information a été offerte par l'époux de la femme de quarante-deux ans qui se remet lentement de ses blessures suite à la collision survenue vendredi 16 septembre dans Silver Road. Leur fille de dix ans a elle aussi été grièvement blessée dans l'accident.

La police n'a toujours pas réussi à identifier l'autre personne impliquée dans la collision et apprécierait tout témoignage de la part des automobilistes et piétons présents dans les parages au moment de l'accident, vers 18 heures.

Un porte-parole de la famille des victimes a déclaré : « Deux personnes innocentes souffrent de blessures terribles suite à un acte de lâcheté insensible, et nous ferons tout ce qui est en notre pouvoir pour aider la police à retrouver ce criminel. »

Une récompense de dix mille livres, Seigneur. C'était ma tête mise à prix.

À moins que – prends une bière, une clope, et *réfléchis* –, peut-être, l'annonce d'une récompense soit un développement favorable ? Ne risquait-elle pas d'attirer témoins peu fiables et charlatans qui, les uns comme les autres, feraient perdre son temps à la police ?

Alors que je relisais l'article en m'arrêtant sur chaque phrase pour y chercher un sens nouveau, j'ai senti mon estomac se nouer brutalement. Ce n'était pas l'argent – une somme sur laquelle Wendy s'attendait clairement à me voir enchérir pour obtenir son silence – mais deux petits mots enfouis dans le premier paragraphe : « se remet ».

Apparemment, la conductrice de la Fiat avait repris conscience et ses jours n'étaient plus menacés. Apparemment, elle était désormais en état d'être interrogée par la police.

Je n'ai pas répondu à Wendy. Je ne l'aurais pas fait même si je n'avais pas perdu l'usage de mes mains, prises d'un tremblement incontrôlable.

« L'histoire de Fi » > 01:21:40

Je dirais qu'il ne s'est probablement écoulé que quelques jours avant que le type de La Mouette me contacte, pour m'inviter à aller boire un verre avec lui le vendredi suivant. J'ai suggéré un bar dans Balham, à distance raisonnable pour lui comme pour moi, mais assez loin de chez moi pour éviter que les commères du quartier ne répandent l'information. Non que Bram se soit inquiété de cette possibilité, lui qui était allé ouvertement draguer dans le pub le plus fréquenté d'Alder Rise, mais j'avais plus de principes que ça.

J'ai trouvé étonnamment facile de remonter en selle. Toby était naturellement de si bonne compagnie. Je lui ai parlé de mon boulot dans le domaine des accessoires de maison, et lui du sien en tant qu'analyste de données pour un groupe de réflexion engagé par le ministère des Transports.

« Ce n'est pas une étude des gens qui sont systématiquement en excès de vitesse, par hasard ? ai-je demandé en riant. Parce que si c'est le cas, tu devrais peut-être interroger mon ex-mari. Il a eu trois PV ces dix-huit derniers mois. »

Toby m'a souri de toutes ses dents.

« Ce qui nous intéresse est justement l'inverse : pourquoi la vitesse moyenne d'un trajet par le centre de Londres a ralenti de façon si spectaculaire. Tu sais qu'elle approche des treize kilomètres-heure ? Tout le monde s'accorde à dire que le péage urbain n'est plus efficace, alors nous travaillons avec une grosse société de conseil en ingénierie pour mettre en place une nouvelle stratégie.

— C'est à cause de toutes les camionnettes blanches, je suppose ? »

Je savais par mon travail que les gens s'attendaient à être livrés le jour même ou le lendemain, même pour les articles les plus petits et les moins chers.

« En partie. » Il m'a décrit la surveillance des véhicules de transport et des taxis menée par son équipe, avant de s'excuser de m'ennuyer avec tout cela. « Je me dis parfois qu'il devrait être interdit par la loi de parler de son travail. »

J'ai levé mon verre de vin.

« Je trinque à ça. » Il était vrai que je n'étais pas là pour parler de nos angoisses professionnelles respectives. Pour parler de nos *vies*. L'attirance était purement physique, et la conversation intéressante juste un agréable bonus. « Dis-moi simplement une chose : je ne suis pas sous surveillance, moi, n'est-ce pas ?

— Non, a-t-il répondu. Pas le genre auquel tu penses, en tout cas. »

Nous avons couché ensemble le soir même. Mon appartement était plus près que le sien, donc nous l'avons naturellement choisi. Par ailleurs, je ne suis pas complètement irresponsable, je ne suivrais pas un parfait inconnu chez lui.

« Je t'apprécie vraiment beaucoup, Fi, m'a-t-il dit avant de partir. On devrait remettre ça un jour.

— OK », ai-je répondu. Bien sûr, je simplifie, mais ça a vraiment été aussi peu compliqué que ça. « Je t'appellerai », ai-je ajouté.

Parce qu'il n'était pas question que je reprenne le rôle passif de mes vingt ans. C'était moi qui allais prendre le volant de cette relation, si relation il devait y avoir, et c'était moi qui allais décider de cela aussi. Ce qui trahissait immédiatement mon âge, comme me l'a fait remarquer Polly lors de notre conversation téléphonique suivante.

« Se faire désirer n'est plus un concept qui existe. Tout le monde est *facile*, maintenant.

— Quel est le protocole, dans ce cas ? ai-je demandé.

— Le protocole, c'est qu'il n'y a pas de protocole. Il faut que tu te mettes dans le crâne que ce n'est plus comme quand Bram et toi sortiez ensemble. C'était le temps de l'innocence. Les gens avaient des interactions différentes.

— Bien sûr, ai-je répliqué, parce que les télécommunications n'existaient pas à l'époque, nous n'avions que sémaphores et messagers à cheval.

— Mais c'est vrai pourtant, elles n'existaient pas – du moins pas celles qui t'apprennent quelque chose d'utile. Au fait, à ta place, je ne parlerais pas à Bram de ton expert en embouteillages. S'il te croit intéressée par quelqu'un d'autre, il se remettra à te courir après.

— C'est trop tard pour ça. »

Et j'ai abrégé la conversation. Il n'y avait rien à gagner à critiquer Bram une fois de plus. C'était le père de mes enfants et, comme le voulait le cliché, je le respecterais toujours pour cela.

J'allais aussi devoir m'assurer qu'il était bien à la hauteur de la tâche. En rentrant de la gare quelques soirs plus tôt, je l'avais vu debout, seul, près du portail fermé du parc, une volute de fumée bleue s'élevant de la cigarette qu'il tenait le long de sa cuisse, et j'avais été sincèrement inquiétée par ce que je voyais. Ce n'était pas le fait qu'il fume, c'était la solitude, et la façon dont il se tenait : vulnérable, recroquevillé, comme pris au piège par la marée montante.

Le cœur a une mémoire comme tous les autres muscles et, je dois l'admettre, le mien s'est serré en le voyant ainsi.

J'ai téléphoné à Alison.

« Tu veux bien me rendre un petit service ? Passe chez nous ce week-end, si tu as le temps. Propose à Bram et aux enfants de t'accompagner quelque part ou fais-toi juste inviter pour un thé. Essaie de savoir si tout va bien dans sa vie – je ne veux pas dire avec cette femme dont tu m'as parlé, mais en général. Il a l'air un peu déprimé. J'ai besoin de savoir qu'il est de bonne humeur pour les garçons, mais je ne suis pas sûre d'être encore capable d'en juger.

— Compte sur moi », a-t-elle répondu.

#VictimeFi
@natashaBwriter Son problème, c'est qu'elle est trop passive-agressive avec son ex – demander à la copine de se renseigner pour elle !
@jesswhitehall68 @natashaBwriter Pas sûre de faire confiance à cette Alison, en plus.

@richiechambers @jesswhitehall68 @natashaBwriter Le beau Toby peut-il faire quelque chose au sujet du nouveau système de circulation à Elephant & Castle, par pitié ? #dangereux

22

Bram, document Word

Ce samedi après-midi-là, on a sonné à la porte et, en arrivant dans l'entrée, j'ai vu à travers le vitrail deux hautes silhouettes aux vêtements sombres. *Ça y est*, me suis-je dit, et la décharge de peur qui m'a traversé a été d'une telle violence que j'ai perdu l'équilibre au moment où je tendais la main pour ouvrir, m'écrasant lourdement contre le chambranle. Je n'étais pas prêt à expliquer, à comprendre, à expier. J'avais perdu tous mes moyens.

« Bram, enfin, tu verrais la tête que tu fais ! Qui est-ce que tu attendais ? Un tueur de la mafia ? » Alison et Roger ont éclaté de rire. « On se demandait si ça vous dirait, aux garçons et toi, de venir avec nous au concours canin dans le parc. »

Tétanisé par le soulagement, j'ai mis du temps à répondre.

« Ah oui, c'est vrai ; c'est aujourd'hui ?

— Oui. Rocky se présente dans la catégorie du Plus Beau Toutou. Venez, il ne faut pas rater ça ! »

Par le passé, la perspective de regarder le labrador arthritique des Osborne faire le tour de la piste d'un pas incertain avant de regagner, sans s'être distingué, les bras d'une volée de gamins hurlants ne m'aurait pas vraiment branché, mais là, j'ai accepté avec reconnaissance et j'ai dit à Leo et Harry de mettre leur veste et leurs chaussures. La police se présentait-elle seulement chez les gens le week-end ? Eh bien, si elle le faisait, je serais absent, en train de m'accorder un jour de plus, une nuit de plus, avec mes enfants.

Dans la rue, j'ai dû détourner le visage et faire un effort conscient pour réajuster mon attitude avant d'interagir avec mes compagnons. À côté de leur insouciance, de leur joie simple à aller voir des *chiens*, j'étais un martien.

« Tout va bien de ton côté ? m'a demandé Alison alors que nous marchions côte à côte, tandis que les enfants prenaient de l'avance en gambadant. Tu as l'air un peu stressé.

— Ça va. Je m'inquiète juste un peu pour le boulot.

— Alors n'y pense plus. C'est le week-end – et les plus jolies chiennes d'Alder Rise nous attendent. »

Une affluence digne d'un festival de rock nous attendait aussi. Un acteur connu venait d'emménager dans le quartier, m'a expliqué Alison, et était l'un des juges. Rog avait eu l'occasion de parler avec lui chez le vétérinaire, et elle espérait désormais être amenée à le fréquenter. Je n'ai pas réussi à le voir dans la cohue, mais par contre, toutes les personnes que j'avais rencontrées dans ma vie semblaient être présentes : la population entière de Trinity Avenue, des visages familiers aperçus à l'école des garçons, au pub, et même sur le quai de la gare. Il faisait de nouveau une chaleur inhabituelle pour la saison, et il régnait dans l'air un mélange écœurant d'haleine canine et de friture, en provenance d'une baraque à churros installée là pour l'occasion. Sur la piste, des chiots étaient en train de défiler, guidés par leur maître, et alors que la marée humaine s'avançait pour mieux voir, je suis resté légèrement en arrière, la main de Harry dans la mienne, comme si j'avais développé une phobie de la foule. Le besoin de boire s'est manifesté en moi avec la même acuité douloureuse qu'une crise d'appendicite.

« Bonjour, Bram », ai-je entendu dire derrière moi.

Je n'ai pas reconnu la voix. M'attendant à trouver un autre visage familier du coin, je me suis préparé psychologiquement aux taquineries et accolades requises d'un père du quartier, et pourtant, alors même que je me retournais, mon corps a réagi différemment. Peau, muscles, organes internes : ils se sont tous contractés comme pour se protéger d'une attaque violente.

C'était lui. Le mec à la Toyota. Sur le moment, je ne l'avais vu que de profil, et très brièvement, mais il n'y avait aucun doute, je reconnaissais l'ossature anguleuse de son visage, son nez proéminent et ses oreilles collées au crâne, ses cheveux coupés ras. Ses yeux étaient d'une couleur indéterminée et pourtant il y avait dans son regard une énergie avide, presque rapace.

« Comment connaissez-vous mon nom ? » lui ai-je demandé.

Il a avancé la lèvre inférieure, l'équivalent facial du haussement d'épaules.

« J'ai appris que tu avais reçu la visite d'une amie commune ?

— Quoi ?

— Tu m'as bien entendu.

— Papa ? Je ne vois rien. »

Criant pour se faire entendre par-dessus les vociférations du présentateur, Harry réclamait que nous nous rapprochions de la piste. J'avais perdu Leo de vue.

« Attendez… d'accord ? »

J'ai levé l'index à l'adresse de Tête de Mort – une minute – et poussé Harry plus près des Osborne. Vérifiant que Leo était à proximité, j'ai demandé à Alison de garder un œil sur eux pendant cinq minutes.

« Par ici. »

Lui faisant contourner le bord clairsemé de la foule, je l'ai conduit vers le bâtiment du café, pour m'arrêter derrière, près des portes des toilettes.

En voyant le panneau « MESSIEURS », il a affiché une moue dédaigneuse.

« Tu veux jouer à touche-pipi, Bram ? Je n'aurais pas cru que c'était ton genre. »

Il était aussi détestable que je l'avais imaginé, et j'avais prié pour ne jamais avoir à le découvrir.

« Qu'est-ce que vous faites ici ? ai-je demandé. Comment m'avez-vous trouvé ? »

Il a haussé les épaules, impatienté par mes questions.

« Je parlais de ta visiteuse. Mardi soir, c'était ?

— Si vous parlez de Wendy, alors oui, nos chemins se sont croisés. »

Tu ne t'en doutes absolument pas, hein ?

Allez, arrête ton char...

« Elle t'a dit qu'elle avait vu ce qui s'était passé ? »

Il y avait une note de délectation dans sa voix. Il savourait cette confrontation, le sadique ; la sensation de pouvoir due au fait de m'intercepter sur mon terrain, là où je croyais être en sécurité. Comment avait-il su que je vivais dans Alder Rise ? Probablement par Wendy. Avait-il fait le guet dans ma rue, ou bien avait-il simplement suivi la foule en arrivant à la gare ?

Je lui ai jeté un regard noir.

« À l'évidence, et puisqu'elle ne peut pas nous avoir suivis tous les deux ce soir-là, elle avait dû noter nos plaques d'immatriculation. Ne me demandez pas comment elle s'est débrouillée pour obtenir nos coordonnées à partir de ça, parce que je n'en ai aucune idée.

— Relativement facile quand on est prêt à y mettre le fric, a-t-il répliqué avec dédain. On peut acheter ce genre d'information en ligne.

— Vraiment ?

— Oui. Tu n'as jamais entendu parler du dark web, Bram ? J'aurais cru que ça pourrait t'être assez utile en cette période difficile. »

Les pleurs d'un bébé ont commencé à se faire entendre, se réverbérant sur l'arrière des maisons qui donnaient sur Alder Rise Road, croissant en volume avec cette impériosité tellement disproportionnée par rapport à son corps minuscule. Harry avait été comme ça, enflant de fureur lorsque Fi ou moi n'apparaissions pas assez vite à ses côtés.

« À l'évidence, elle veut de l'argent, ai-je repris en parlant à voix basse alors qu'un client du café passait devant nous en nous regardant. Plus de dix mille livres, je crois. » C'était une somme absurde, maintenant que je la formulais tout haut. Cette situation ne pouvait pas être réelle. « Je lui ai dit où elle pouvait aller se faire voir et je vous conseille de faire de même. »

J'avais conscience de parler d'une voix de plus en plus rude, en prononçant moins distinctement mes consonnes, comme en réponse à ses manières grossières.

Que ce soit le contenu ou la formulation qui ne l'impressionnaient pas, il m'a écouté d'un air ouvertement moqueur.

« Oh, je ne crois pas, non. En fait, j'ai choisi une approche plus collaborative.

— Qu'est-ce que vous voulez dire par là ?

— Elle ne va pas te laisser tranquille, Bram, et plus vite tu accepteras cela, mieux ce sera. Il faut se serrer les coudes, c'est dans notre intérêt. »

J'ai senti une veine se mettre à battre dans mon cou.

« Je ne serrerai les coudes avec personne. Vous pouvez faire ce que vous voulez pour l'empêcher d'aller voir la police, mais je ne m'en mêlerai pas.

— Je ne suis pas sûr que les choses soient aussi simples. » Il y a eu une pause, un claquement de dents, un regard acerbe. Des applaudissements nous sont parvenus de la piste puis se sont calmés, et dans le silence qui a suivi, il a repris : « On est au courant pour ton permis.

— Quoi ?

— Ta suspension de permis. Tu n'en étais qu'au septième d'une suspension de douze mois ce jour-là, n'est-ce pas ? Un peu trop pressé de reprendre le volant, hein ?

— Mais comment… ? » Je suis resté estomaqué, incapable de finir ma phrase. Comment pouvait-il bien savoir ça ? Travaillait-il au service des permis de conduire ? Ou dans la police ? Ou bien était-ce comme il me l'avait dit, qu'on pouvait trouver n'importe quoi en ligne si on était prêt à payer ? « Laissez tomber. Je n'ai pas envie d'en discuter. Il faut que j'y retourne. »

Cette fois, il a levé les yeux au ciel.

« Tu sais quoi ? Je n'ai pas le temps pour ce petit numéro de déni. Il faut que tu reviennes un peu sur terre et que tu admettes la merde dans laquelle tu te trouves. » Alors que l'annonce d'un gagnant et une explosion d'acclamations fendait l'air, il a plongé la main dans sa poche pour en sortir un téléphone. « Lorsque tu seras seul, jettes-y un coup d'œil et contacte-moi. N'utilise pas ton portable habituel, d'accord ?

— Non. Je ne regarderai pas. »

Mais tenter de refuser l'appareil qu'il me tendait, un vieux Samsung taché, s'est avéré difficile sans en venir aux mains et attirer l'attention sur nous, alors j'ai fini par le mettre dans ma poche, en lui jetant un regard noir.

« Ne le fous pas à la poubelle, m'a-t-il prévenu, lisant dans mes pensées. Ce qu'il y a là-dessus, je te garantis que tu vas vouloir le voir.

— Je dois y aller », ai-je répliqué en essayant de le contourner.

Il s'est écarté.

« Bien sûr. Tu ferais mieux de retourner auprès de tes enfants. On ne sait jamais quel genre d'ordure peut traîner dans les parages. »

« L'histoire de Fi » > *01:25:19*

Lorsque Alison m'a téléphoné, elle n'avait pas grand-chose à me rapporter dans son évaluation de la santé mentale de Bram.

« Il était un peu taciturne, mais rien de louche. Ah, il a disparu pendant un moment au début, mais c'était la cohue, des chiens et des enfants partout, alors il nous avait peut-être juste perdus de vue. »

J'ai froncé les sourcils.

« Disparu ? »

Impossible de ne pas avoir un flash-back de la maison vide, de la bouteille de vin ouverte, des fenêtres embuées de la cabane des enfants.

« Il n'y a pas de quoi t'inquiéter. Leo et Harry étaient avec moi pendant tout le temps qu'il a été parti. »

J'ai haussé les sourcils et imaginé Alison en train de faire de même : il n'y avait pas un père dans Alder Rise qui irait décliner l'offre par une femme de garder un œil sur ses enfants pendant qu'il consultait ses mails ou regardait simplement dans le vide. Une fois, Merle avait dit : « Pourquoi les hommes trouvent-ils si facile d'accepter de l'aide, et les femmes ont-elles tant de peine à le faire ? Il faut inverser la donne. »

J'étais bien d'accord.

« Combien de temps est-ce qu'il a été parti ? ai-je demandé.

— Je ne sais pas. Vingt minutes, peut-être ? Les chiots avaient fini de passer et c'était la catégorie des Meilleurs Tours. Tous des colleys, évidemment. Je commençais à me dire qu'il devait être rentré chez vous, mais il est réapparu à ce moment-là et a payé des churros à tous les enfants, ce qui est sympa de sa part.

— Il est probablement passé au pub boire une pinte en vitesse, ai-je fait d'un ton désapprobateur. Est-ce qu'il sentait l'alcool ? Oh, ne réponds pas à ça, ça ne me regarde pas. Je suis désolée, Al, je ne veux pas me servir de toi comme d'un détective privé.

— N'hésite pas. Ça m'amuse.

— Comment est-ce que Rocky s'en est sorti ? Il concourait encore dans la catégorie de la Queue la plus frétillante ?

— Non, celle du Plus Beau Toutou. Et, je n'en reviens pas, je ne t'ai même pas annoncé la grande nouvelle : il est arrivé troisième ! C'était la dernière catégorie de la journée et c'est notre nouvelle célébrité locale qui lui a remis la cocarde !

— Bien joué, Rocky. Félicitations !

— Sérieux, je crois que c'est ce qu'il est arrivé de plus excitant dans cette maison de toute l'année. Ce soir, c'est champagne, et peut-être même des relations conjugales. »

Oubliant Bram, j'ai éclaté de rire.

Ah, rire, mon vieil ami ; comme tu me manques.

J'ai attendu que les garçons soient couchés avant d'allumer le téléphone. D'un modèle auquel je n'étais pas habitué, il avait manifestement quelques années et, bien qu'il soit complètement chargé, il a fallu une éternité pour que sa séquence d'accueil se termine et que l'écran principal s'affiche.

Un texto solitaire m'y attendait, envoyé d'un numéro que je ne connaissais pas ni n'étais en mesure d'associer à un nom, et dedans se trouvait un lien vers un article de journal :

DURCISSEMENT DES SANCTIONS
POUR LES CONDUCTEURS DISQUALIFIÉS

Les automobilistes qui continuent de rouler malgré un retrait de permis et blessent ou tuent quelqu'un dans une collision risqueront désormais des peines bien plus longues que par le passé, suite à des années de campagnes d'associations de victimes dans le but de combler un vide juridique.

Si un conducteur disqualifié cause des blessures graves, il ou elle risquera quatre ans de prison, alors qu'il aurait pu précédemment s'en tirer avec une simple amende ; la peine pour avoir causé une mort est quant à elle passée de deux à dix ans.

« Les conducteurs privés de permis ne devraient pas être sur nos routes, et ce pour de bonnes raisons, a déclaré hier le secrétaire d'État à la Justice. Ceux qui choisissent de braver une interdiction décidée par un tribunal et qui, par la suite, viennent à détruire des vies innocentes doivent être confrontés à de sérieuses conséquences pour l'impact terrible de leurs actions. »

Mon cœur battait à tout rompre dans ma poitrine, mes poumons soudain incapables de s'emplir me faisaient mal. Juste au moment où je terminais de lire, une photo est arrivée. C'était mon Audi noire, et mon visage flou derrière le pare-brise. La plaque d'immatriculation n'était pas tout à fait lisible même en zoomant au maximum, mais à l'évidence suffisamment déchiffrable sur l'appareil, quel qu'il soit, qu'avait utilisé Wendy. Avec l'avantage d'un logiciel de traitement d'image, la police scientifique n'aurait aucune peine à l'identifier, ainsi que l'endroit où elle avait été photographiée. Ce qui ne souffrait aucun doute, c'était le moment où le cliché avait été pris : la date et l'heure étaient indiqués sur l'image.

Il n'y avait là rien de bien surprenant, maintenant que la preuve m'en était présentée. Comme le reste du monde, Wendy avait eu son téléphone à la main, prête à immortaliser toute chose intéressante. Et ce qu'elle avait immortalisé, elle l'avait partagé avec Tête de Mort.

Bien que le bon sens me souffle de ne pas réagir, comme je m'en étais abstenu lorsqu'elle m'avait écrit, quelque mécanisme de survie – ou pulsion suicidaire ? – a poussé mes doigts à répondre :

> Avez-vous montré ceci à qui que ce soit d'autre ?
>
> Pourquoi est-ce que je ferais ça ? On est potes, Bram.
>
> Non. Je ne connais même pas votre nom.
>
> J'ai cru que tu n'allais jamais demander. Mike.
>
> Mike comment ?

Pas de réponse.

> Eh bien, Mike, tu peux supposer qu'elle a aussi une photo de ta Toyota. Immatriculée en 2009, c'est ça ?

Ça va le calmer, me suis-je dit, jusqu'à ce que je reçoive son texto suivant :

> Puisque tu en parles, la Toyota n'est plus en ma possession. On me l'a volée.

La nausée a commencé à me monter dans l'œsophage.

Quand ça?

Devine, Bram.

Quatre ans, ai-je pensé. Et ce n'était que le début – ce salaud n'en savait même pas la moitié.

Mais la police, elle, saurait certainement.

Fi viendrait-elle me rendre visite avec les garçons? Me laisserait-elle les revoir un jour?

Quatre ans! Je ne pourrais pas survivre quatre *jours*.

23

Avant que je vous parle de la voiture, il faut que vous compreniez une chose. C'est qu'aucun de ces éléments ne semblait lié. La malchance frappe tout le temps ; ce n'est pas pour autant qu'il faut imaginer que quelque chose de pire est à l'œuvre – cela ferait de vous un de ces cinglés conspirationnistes, ou tout simplement un égocentrique. Aussi, lorsque Bram m'a dit que la voiture avait été volée, j'ai juste cru que la voiture avait été volée.

C'est moi qui ai remarqué sa disparition. C'était le mardi après le week-end du concours canin et je venais de rentrer du travail. Il fallait que j'aille chercher Harry chez un ami à l'autre bout d'Alder Rise, mais je ne trouvais l'Audi nulle part dans Trinity Avenue. J'ai téléphoné à Bram, qui était lui aussi sur le chemin du retour et dont le train s'apprêtait à arriver à la gare d'Alder Rise.

« Tu t'es servi de la voiture depuis ce week-end ? Où l'as-tu garée ?

— Ça fait une éternité que je n'ai pas conduit. Quand l'as-tu utilisée pour la dernière fois ? »

J'ai réfléchi.

« Je suis allée faire le plein chez Sainsbury's dimanche après-midi, puis je me suis garée près de la grand-rue.

— Alors c'est là qu'elle doit être.

— Elle n'y est plus. J'ai fait deux fois le tour et je ne la vois pas.

— Attends, je vais venir t'aider à chercher, m'a proposé Bram.

— Non, ne t'inquiète pas. » Je préférais éviter qu'on se voie en dehors des heures convenues. « Je vais emprunter celle de Maman, elle est ici avec Leo. Je chercherai mieux quand j'aurai plus de temps. »

Mais il m'a prise de vitesse, me rappelant une heure plus tard pour me dire :

« Tu as raison, la voiture n'est nulle part dans Trinity Avenue ni dans aucune des rues habituelles.

— Pourtant, je suis sûre de m'être garée en haut au coin, juste au détour de chez le fleuriste.

— Alors je pense qu'on nous l'a volée.

— Sérieusement ? Comment est-ce possible sans la clé ? »

À la réunion de quartier chez Merle, l'agente de proximité nous avait prévenus de la facilité avec laquelle les voleurs pouvaient s'emparer des voitures sans clé, mais la nôtre était assez vieille pour qu'une clé traditionnelle soit nécessaire afin de mettre le contact.

« Je ne sais pas, a répondu Bram. Je vais demander à la police. Tu as les deux jeux ? »

Je suis allée vérifier.

« Il n'y en a qu'un dans le vide-poches.

— Et l'autre ? Tu veux bien regarder dans ton sac ? »

J'ai fouillé dans mon sac à main, ma sacoche d'ordinateur et les poches de tous les manteaux où elles auraient pu être, mais je ne les ai pas trouvées.

« OK, a dit Bram. Je vais dire qu'on les a égarées.

— De toutes les voitures qu'il y a dans cette rue, il a fallu que ce soit la nôtre! Pourquoi est-ce qu'ils n'ont pas pris le Range Rover tout neuf des Young? Tu as besoin que je t'aide avec la police?

— Non, je vais me débrouiller. Je me charge aussi de faire la déclaration à l'assurance, je te dirai quand ils nous auront envoyé un véhicule de remplacement.

— Merci. »

Je n'allais certainement pas lui disputer cette tâche on ne peut plus fastidieuse. Malgré la nature coopérative de notre organisation, je continuais à tenir mentalement le compte de qui faisait quoi, et puisque la voiture était une des rares responsabilités exclusives de Bram, je n'allais certainement pas l'en décharger.

Quelle idiote j'ai été.

La voiture de remplacement fournie par la compagnie d'assurances est arrivée le jeudi matin. J'ai un peu râlé quand il est apparu que les papiers devaient être signés par Bram puisque la police était à son nom, mais finalement nous avons réussi à le rattraper avant qu'il arrive à la gare et ça n'a pas été si grave.

Bram, document Word

Plusieurs jours ont passé sans que j'aie d'autres nouvelles de mon persécuteur, ou *mes* persécuteurs – ayant décidé de s'associer avec Mike, Wendy lui avait vraisemblablement laissé le contrôle de leur opération de chantage. Mais je savais déjà que ce n'était pas la peine de retenir mon souffle.

Quant au téléphone qu'il m'avait donné, je le traitais comme une grenade. Quand j'étais à la maison, je le conservais dans un tiroir fermé du meuble-classeur, et à l'appartement, je le coinçais derrière une pile de boîtes de conserve dans un des placards de la cuisine, comme si je m'attendais à tout moment à une descente armée. Comme si un simple système de verrouillage ou une barrière de lentilles en conserve pouvaient me sauver.

Lorsque le message suivant est arrivé, tôt le jeudi matin, je m'attendais totalement à ce qu'il m'annonce un nouveau montant : soit plus bas parce qu'ils avaient compris que je n'avais vraiment pas d'argent, soit plus haut parce que c'était ce qui arrivait dans les films quand une première offre n'était pas traitée avec respect.

À la place, j'ai trouvé un autre lien, cette fois vers le site d'un tabloïd national :

Jette un œil à ça…

L'article n'avait rien à voir avec les infractions routières ou l'accident de Silver Road, mais parlait d'un couple de l'ouest de Londres dont la maison avait été vendue à leur insu par des escrocs, la mafia russe ou quelque chose de ce genre : une arnaque complexe incluant une usurpation d'identité et un notaire d'une négligence criminelle. Sur la photo jointe, un homme et une femme d'une soixantaine d'années posaient devant une maison de ville victorienne, avec la légende : « Les Morris n'ont pu conserver la propriété qu'ils aimaient tant que parce que le cadastre a senti qu'il y avait anguille sous roche. »

Mike devait avoir fait en sorte de recevoir des notifications lorsque j'ouvrais ses messages, parce que le suivant, de façon très prévenante, est arrivé quinze minutes après que j'ai lu le premier.

Intéressant, tu ne crois pas ?

Pas particulièrement. Et je ne vois pas le rapport.

Retrouve-moi au Swan à 18 h 30 et j'éclairerai ta lanterne.

« J'éclairerai ta lanterne » : quel connard prétentieux. Le Swan était le pub le plus proche de mon bureau. Je n'aurais pas dû être aussi surpris d'apprendre qu'il savait où je travaillais, vu qu'il semblait par ailleurs tout connaître de moi.

***

Toute la journée, je me suis fait et refait la promesse que je n'irais pas. J'ai même demandé à Nick du service numérique s'il prenait le train de 18 h 35, où nous nous étions retrouvés plusieurs fois ces derniers temps. Il m'a répondu que oui. (J'avais commencé à faire cela : établir un réseau d'informateurs destiné à attester mon usage des transports publics. Un peu tard, je sais.) Puis, à 18 h 20, aussi inévitablement que le soleil se couche, je lui ai servi une excuse par texto et ai pris la direction du pub.

J'ai commandé un Coca. J'aurais préféré une pinte, mais il était hors de question que je fasse la moindre concession à la camaraderie masculine. Le jour où je prendrais un verre avec Mike serait celui où je sortirais de l'hôpital suite à une lobotomie. C'était déroutant combien ma haine pour lui était profonde, riche et complexe, comme s'il y avait eu toute une vie d'hostilités entre nous, et non quelques semaines seulement.

Mon Coca, servi à température ambiante, était assez sucré pour m'arracher une grimace.

« Tu as lu l'article ? »

Mike venait d'apparaître à côté de moi. Pas de salutations cette fois, comme si je ne valais pas les quelques secondes supplémentaires que cela allait lui coûter. Il avait les yeux bouffis de ceux qui ont trop bu la veille (je savais de quoi je parlais) et les joues vilainement irritées par le rasoir. Il était impossible de déterminer d'après sa tenue – un jean et une chemise grise complètement quelconque – s'il avait passé la journée dans un bureau ou chez lui, par terre, à cuver sa cuite.

« Je l'ai survolé, ai-je répondu.

— Bram, mon pote, je suis vraiment désolé d'entendre que tu ne l'as pas pris plus au sérieux que cela. »

Je commençais déjà à m'habituer au personnage qu'il s'était créé, dont l'une des dimensions consistait apparemment à exprimer sa consternation devant mes insuffisances, comme si j'étais un apprenti qu'il avait engagé à l'encontre de ce que lui soufflait son instinct et qui, tiens donc, s'avérait ne pas être à la hauteur.

« Personne ne pourrait prendre cela au sérieux, ai-je répliqué, la terreur et la haine m'empêchant, devinais-je, de déduire ce que j'étais censé déduire. C'est juste des conneries de journal à sensation. Pour alimenter les peurs des propriétaires. En fais-tu partie, Mike ? Où habites-tu ? Je ne crois pas que tu me l'aies dit. »

Il n'a pas répondu à mes questions, bien sûr, prenant un moment pour demander une pinte au barman, avec une politesse qui confinait à l'obséquiosité.

« Ça arrive plus souvent que tu ne le crois, a-t-il dit en se retournant vers moi. Avec tous ces services juridiques en ligne pas chers, il n'y a presque plus d'interactions face à face lors de l'achat d'une maison. Certaines choses passent entre les mailles du filet.

— Oh, arrête. Ça arrive une fois tous les trente-six du mois, sinon ça ne ferait pas un fait divers. Ces gens sont des criminels de profession. »

Encore une fois, il a complètement ignoré ce que je disais.

« Combien vaut ta maison, Bram ?

— Quoi ? Aucune idée. »

J'ai gardé un ton et un regard dénués de toute émotion, déterminé à ne rien lui donner.

« Deux millions, tu dirais ? Deux millions et demi ?

— Je viens de te dire que je ne sais pas. Elle ne m'appartient même pas.

— Te fous pas de moi, je sais que si. Tu en es propriétaire à cinquante-cinquante avec ta femme, Fiona Claire Lawson. Née le 18 janvier 1974. »

Cela, vraisemblablement, avait été déterminé par les mêmes moyens que le reste de ses informations.

« Ma future ex-femme, l'ai-je repris. Nous sommes en train de divorcer et c'est elle qui récupère la maison dans le règlement de divorce. C'est déjà convenu. »

Il a laissé régner un long silence. Me croyait-il ?

« On ferait mieux de se dépêcher, alors », a-t-il fini par répondre avec entrain.

Même si je m'y étais attendu, ses mots m'ont coupé le souffle, et le mépris audible dans ma réaction a été pure bravade.

« Se dépêcher de faire quoi, connard ? »

Il n'a pas relevé l'insulte.

« De vendre la maison, bien sûr. Combien de temps avant que le divorce soit prononcé ?

— Ça ne te regarde pas. Rien de tout ça ne te regarde. Et si tu crois que je vais vendre ma maison, tu délires complètement. »

J'avais haussé le ton, attirant des coups d'œil dans notre direction, et il a laissé l'énergie se dissiper avant de reprendre la parole.

« Combien est-ce qu'il te reste à payer sur ton emprunt, Bram ? »

Je lui ai jeté un regard noir.

« Quoi, tu n'as pas trouvé cette info tout seul ?

— Je pourrais, mais ce serait tellement plus productif si tu te contentais de me le dire. Disons un demi-million. Plus ? Non. Moins ? Plus près de quatre cent mille livres ? Bien. Donc si la baraque vaut deux millions, ça laisse largement plus d'un million et demi de bénéfices après déduction des frais. Il y a une maison à vendre dans ta rue en ce moment, tu le savais ? »

Je l'ignorais. Mais Fi devait être au courant, bien sûr.

« Deux millions quatre, qu'ils en demandent. Sacrée somme. À quelques portes de chez vous, d'ailleurs. Ils n'ont pas votre joli petit arbre devant, mais ça reste une maison familiale très attrayante. Grande véranda. Robinetterie chromée dans la salle de bains principale. Mignonne petite cave qui pourrait être convertie en bureau. Elle leur sert de buanderie pour l'instant. »

Je l'ai regardé, bouche bée.

« Tu veux dire que tu es entré ?

— N'importe qui peut prendre rendez-vous pour visiter une maison qui est en vente, Bram. Les agents immobiliers sont les derniers des égalitaristes, hein ? »

Sa posture pompeuse, sa mine fière chaque fois qu'il sortait un mot de plus de trois syllabes, m'étaient insupportables. Quant à l'idée qu'il soit tranquillement passé devant notre portail – notre « joli petit arbre » – et qu'il ait poussé celui d'un de nos voisins pour entrer dans une maison comme la nôtre, probablement avec des enfants comme les nôtres, elle faisait bouillonner une fureur sans précédent au plus profond de moi. Avait-il arrangé cette visite samedi dernier, pour ensuite me suivre jusqu'au parc ? Je me suis penché vers lui, fulminant.

« Ne t'approche pas de ma famille, tu entends ?

— Du calme, a-t-il répliqué en levant une main pacificatrice entre nous. Personne n'a rien dit au sujet de ta famille. »

Pour l'instant : c'était le sous-entendu.

« Écoute, ai-je grondé, ce que tu n'as pas l'air de comprendre, c'est que le prix de ces maisons ne veut rien dire. C'est de l'argent de Monopoly. Ce sont juste des demeures.

— Des demeures de valeur. Rien de plus simple que de vendre et d'emménager quelque part moins cher. À votre âge, et avec deux salaires corrects, vous pourrez repartir de zéro.

— On n'est plus ensemble, est-ce que tu entends un seul mot de ce que je te dis ? » J'ai lâché mon verre avant qu'il ne vole en éclats dans ma main. « De quelle lamentable illusion tu te berces, exactement ? Tu t'imagines que tu vas faire comme ces criminels et me voler ma maison sans que je puisse rien dire ?

— Enfin, il comprend. »

C'était ridicule : il ne s'attendait quand même pas à ce que je le prenne au sérieux. Il vivait dans son rêve, était détraqué.

« Tu l'as dit toi-même, je n'en suis propriétaire que conjointement. Comment est-ce que tu vas faire pour contourner ce problème, hein ? À moins que tu aies aussi des photos compromettantes de ma femme ? J'aimerais bien voir ça, parce qu'elle est complètement, absolument irréprochable.

— Super, alors elle ne soupçonnera jamais qu'il se trame quelque chose.

— Sauf quand tu lui demanderas de signer une pile de contrats », ai-je répliqué avec dédain.

Il a inspiré, prenant un moment pour choisir ses mots, et c'est là que j'ai compris. Dans un autre contexte, j'aurais été content de la rapidité de ma déduction, mais là, j'ai seulement été pris de nausée.

« Wendy. »

Il a eu un sourire narquois.

« De ce que j'ai vu de ta femme sur les réseaux sociaux, elles ne sont pas si différentes physiquement. On dirait bien que tu as un type de prédilection, pas vrai, mon pote ? Un peu cliché, la blonde pulpeuse, si tu veux mon avis. »

Les muscles de ma gorge et de mon estomac se sont convulsés comme si j'avais le mal de mer.

« Il ne suffit pas juste d'avoir la tête de l'emploi. Tu parles de fraude grave. De vol. Tu parles de la possibilité de finir tes jours en prison. Sérieusement, vous êtes aussi crétins l'un que l'autre si vous pensez que ça va marcher. »

Des crétins qui avaient développé une relation d'amitié et de confiance avec une rapidité miraculeuse...

Quelque chose dans son expression – un air de dissimulation, de suffisance – m'a inspiré une autre soudaine déduction : Wendy avait parlé de m'identifier de profil, et pourtant la photo qu'elle m'avait envoyée n'avait pas été prise de côté. Elle avait été prise de face, et à une certaine distance. Par lui, non par elle.

Mon pouls s'est mis à palpiter follement.

« Elle n'a rien vu ce jour-là, n'est-ce pas ? C'est toi qui as pris cette photo. Je t'ai vu sur le moment, ton téléphone à la main ; je me souviens maintenant. J'ai cru que tu appelais les secours. Pourquoi est-ce que tu as fait ça ? Je ne comprends pas. Tu ne me connaissais ni d'Ève ni d'Adam. »

Il a haussé les épaules.

« J'assurais juste mes arrières au cas où tu déciderais d'aller raconter des choses à mon sujet. »

Mais je ne l'avais pas fait. À la place, j'avais fui, sans jamais m'imaginer qu'il pourrait enquêter sur moi et décider qu'il avait gagné le gros lot.

« Wendy n'était même pas là, n'est-ce pas ? Elle a inventé toute cette histoire comme quoi elle avait été à la fenêtre. Tu lui as dit exactement ce qu'il fallait qu'elle me dise.

— Regarde-toi : un vrai Sherlock ! »

J'avais le visage empourpré de rage, je pouvais sentir la chaleur battre sous ma peau.

« Vous êtes de mèche, tous les deux. Et ce depuis le début.

— Non, non, tous les trois, Bram, avec toi, a-t-il répliqué comme s'il m'incluait généreusement dans une aubaine.

— Qui c'est ? Ta femme ? Ta copine ? Elle a couché avec moi, tu le savais, ça ? »

Son expression est devenue désagréablement salace.

« Ce que font deux adultes consentants dans l'intimité de leur domicile ne me concerne pas. Elle avait probablement envie de s'envoyer en l'air, et s'est dit qu'elle avait des chances de trouver ce qu'elle cherchait dans les lieux de perdition d'Alder Rise. »

Elle devait m'avoir suivi de la gare jusqu'au pub. Mais quelles étaient ses raisons, enfin ?

« Pourquoi est-ce qu'elle a pris cette peine ? ai-je demandé. Pourquoi est-ce que tu ne m'as pas juste approché directement toi-même ? Pourquoi l'avoir envoyée en reconnaissance ? »

Il a eu un petit rire.

« En reconnaissance, j'aime ça. Pour répondre à ta question, on a pensé qu'elle aurait plus de chances de réussir à te mettre dans le bon état d'esprit. Comme je te l'ai dit, on voit ça comme un plan à trois, passe-moi le jeu de mots. »

Là encore, quelque chose de furtivement narquois dans son expression a été une indication aussi claire que les mots qu'il avait employés : *te mettre dans le bon état d'esprit...*

Wendy devait avoir enregistré notre conversation au sujet de l'accident.

Je me suis rappelé mes aveux (« Si la Fiat n'était pas sortie de la route, nous nous serions percutés de plein fouet et nous serions tous morts. – Donc c'est bien toi qui as causé l'accident ? – Bien sûr que c'est moi, putain ! ») et j'ai senti le peu de sang-froid qui me restait m'échapper. Était-il en train d'enregistrer cette conversation-ci ?

« Vous êtes aussi dérangés l'un que l'autre, ai-je lâché avec une grimace hargneuse. Ne vous approchez plus de moi, est-ce compris ? Trouvez une autre maison à voler. Je prendrai plaisir à suivre votre procès dans le *Daily Mail*. »

Et sur ces mots, j'ai jeté par terre le téléphone qu'il m'avait donné et l'ai écrasé d'un grand coup de pied. Alors que les autres clients du pub fronçaient les sourcils, peu enclins à tolérer une querelle si tôt dans la soirée, Mike a eu le culot de prendre un air amusé.

« Attention, Bram. Tu ne veux pas être vu en train de te livrer à des actes de violence insensée, n'est-ce pas ? Si la police commence à fouiner, c'est le genre de chose que les gens tendent à se rappeler, tu vois ce que je veux dire ? » Il s'est tourné vers le barman pour lui dire : « Mon pote Bram vient de recevoir de mauvaises nouvelles. Je vais nettoyer, ne vous inquiétez pas. »

J'ai ramassé les morceaux moi-même ; il ne m'avait pas échappé qu'il avait employé mon nom, d'une voix très forte.

« Va te faire foutre, *Mike*, ai-je craché.

— Je ne disparaîtrai pas comme ça », a-t-il répliqué en levant son verre pour me saluer alors que je sortais.

Et je savais qu'il était sérieux. Alors même que je jetais les éclats de plastique dans une poubelle publique, alors même que je glissais la carte SIM par la grille d'une bouche d'égout voisine, sans cesser de grommeler de colère, je savais que cela ne changerait rien.

Je savais qu'il reviendrait.

24

« L'histoire de Fi » > 01:31:00

Même lorsqu'un enquêteur est passé à la maison poser des questions sur la voiture, je ne me suis doutée de rien. Vous savez comment c'est : on se focalise sur le désagrément immédiat de ce genre de visite. On suppose que tout le monde a droit au même service rapide : c'était le vendredi de la semaine même où elle avait été volée.

« C'est mon mari qu'il vous faut, ai-je répondu à la porte. C'est lui qui a fait la déclaration initiale. »

L'homme a hoché la tête, nonchalant mais poli.

« J'aimerais quand même éclaircir deux ou trois points avec vous, si je peux.

— Bien sûr. Vous avez fait remarquablement vite. Est-ce que vous travaillez avec Yvonne Edwards, par hasard ? C'est l'agente de la police de proximité qui est venue nous parler de la criminalité dans le quartier. Elle nous a beaucoup aidés.

— Non, je fais partie de l'unité d'enquête sur les collisions graves, basée à Catford. »

Je l'ai regardé avec confusion. Il n'était pas en uniforme et c'était un service de police dont je n'avais

204

jamais entendu parler; alors que je le faisais entrer, je me suis réprimandée de ne pas avoir regardé sa pièce d'identité de plus près. J'avais lu un article dans le journal sur d'innocents habitants d'un village du Leicestershire qui s'étaient fait embobiner et dévaliser par un imposteur en costume de policier. Alors que nous nous installions au salon, j'ai repéré le chemin à prendre si je devais m'enfuir.

« Donc vous avez signalé la disparition de votre véhicule mardi, mais votre époux n'a pas été en mesure de dire quand vous l'aviez vu pour la dernière fois. Se peut-il que cela remonte à plusieurs jours avant ? Peut-être même des semaines ?

— Des semaines ? ai-je répété, surprise. Non, je m'en suis servie dimanche. Je l'ai garé près de l'intersection avec la Parade vers 16 heures et ni lui ni moi ne l'avons vu depuis.

— Dimanche dernier, donc, le 2 octobre ?

— Oui.

— Et vous rappelez-vous qui le conduisait le vendredi 16 septembre ? »

Je l'ai regardé d'un air ahuri.

« Non, pas comme ça. Pourquoi ?

— Avez-vous un agenda ou un calendrier qui pourraient vous aider à vous en souvenir ? »

Il était venu au bon endroit : j'ai recoupé les informations de mon agenda professionnel, du calendrier de la cuisine et de l'appli consacrée au « nid ».

« Vendredi 16 septembre, nous y voilà. Aucun de nous ne s'est servi de la voiture, alors elle a dû rester garée dans la rue toute la journée. Bram avait une réunion commerciale hors de Londres et j'ai passé la plus grande partie de la journée à une foire des antiquaires à Richmond avec une amie.

— Ni lui ni vous ne l'avez prise pour vous rendre à ces événements ?

— Non. Enfin, c'est mon amie qui m'y a emmenée avec sa voiture. Bram a pris le train pour aller à sa réunion. »

Il a marqué un temps et son attention s'est légèrement durcie.

« Vous l'avez vu se rendre à la gare ?

— Non, pas personnellement. Nous ne vivons plus ensemble. Nous sommes séparés. Il était à l'appartement. » Je lui ai donné l'adresse de ce dernier et lui ai décrit où il se trouvait par rapport à la maison et à la gare. « Mais je sais qu'il part bien avant 8 heures et lorsque je suis rentrée après avoir amené les enfants à l'école, la voiture était là, j'en suis certaine. Je m'en souviens parce que mon amie et moi avons hésité à la prendre plutôt que la sienne. Je lui ai montré l'espace qu'il y avait dans le coffre et nous avons décidé de prendre sa Volvo, comme prévu.

— À quelle heure êtes-vous partie à cette foire ?

— Vers 8 h 15. Nous avions déposé nos enfants au service de petit déjeuner offert par l'école pour pouvoir partir tôt. » Ne sachant trop qui j'étais si empressée d'aider, lui ou Bram, j'ai ajouté : « Si vous avez besoin de vérifier que Bram a pris le train, vous pouvez toujours regarder les enregistrements de sécurité de la gare. Ils ont des caméras, j'en suis certaine. »

Il a esquissé un sourire, ce qui a eu pour effet de creuser un trou dans sa joue gauche. Un enquêteur à fossette.

« Je vois que vous connaissez vos séries policières, Mrs Lawson », a-t-il fait.

J'ai souri.

« Pardon. C'est vrai que j'ai une prédilection pour les drames policiers.

— Donc vous êtes partie à 8 h 15 et vous êtes rentrée quand ?

— À temps pour récupérer les enfants à l'école. 15 h 30. »

Je lui ai décrit mon emploi du temps probable entre ce moment et celui où j'avais passé le relais à Bram, à 19 heures, bien que les détails précis de notre vie domestique refusent de me revenir.

« Pâtes ou saucisses, je crains de ne pas pouvoir vous le dire, ai-je conclu avec ironie.

— Est-ce que quelqu'un est passé vous voir ? »

Pour attester que j'avais vraiment été là, voulait-il dire. J'ai fait un effort de remémoration.

« Je crois que mon amie Kirsty est passée. Oui, c'est ça, nos enfants avaient chacun rapporté les affaires de sport de l'autre par erreur, alors nous avons procédé à un échange. Je me rappelle que j'ai dû laisser le gril sans surveillance pour aller ouvrir la porte. C'était des saucisses, donc. »

Deuxième apparition de la fossette.

« Et plus tard, lorsque votre mari est arrivé ? Se peut-il que vous vous soyez servie de votre voiture ?

— Non, je suis allée à Brighton pour la nuit et j'ai pris le train. Je sais que j'ai utilisé la voiture le dimanche, par contre, parce que j'ai emmené les enfants déjeuner chez mes parents à Kingston.

— Week-end chargé.

— Oui. » J'ai levé les yeux pour le regarder, essayant de déchiffrer son expression. « Pourquoi est-ce que vous me posez toutes ces questions ? Que s'est-il passé ce vendredi-là ?

— Il y a eu une collision dans le quartier de Thornton Heath, sur laquelle nous enquêtons. Vous en avez peut-être entendu parler dans les journaux locaux.

« — Je ne crois pas, ai-je admis. Mais j'ai utilisé la voiture plusieurs fois depuis, donc elle ne peut pas avoir été impliquée dans un accident. Oh, attendez, est-ce à cause des clés qui ont disparu ?

— Quelles clés ? a-t-il demandé avec un léger regain d'énergie. Des clés de maison ?

— Non, de voiture. Nous n'avons retrouvé qu'un seul jeu – je croyais que Bram l'avait mentionné dans sa déclaration ? C'est parfois un peu chaotique ici. On se relaie auprès des enfants, voyez-vous. On n'est jamais dans la maison au même moment. »

J'ai répondu à son air surpris par une brève explication prosélytique du *nesting*.

« Bref, donc pour en revenir aux clés de voiture, se peut-il que ce deuxième jeu ait disparu depuis longtemps ?

— Peut-être. Je suppose. » Une pensée m'est brusquement venue. « Vous ne croyez pas que quelqu'un ait pu entrer par effraction et les voler ? Nous avons eu un cambriolage dans la rue, récemment. »

L'agente avait mentionné cette vogue à la réunion, me rappelais-je. Alison avait évoqué l'idée qu'on devrait toujours laisser ses clés de voiture bien en vue, tout contre-intuitif que ce soit, pour éviter que des cambrioleurs mettent la maison à sac en cherchant une clé cachée, mais l'agente nous avait déconseillé de les laisser à un endroit visible d'une fenêtre.

« Avez-vous remarqué le moindre signe d'effraction ? m'a demandé l'enquêteur.

— Non, ai-je reconnu. Mais je sais que les voleurs font parfois passer des fils de fer et des crochets par la fente à courrier, n'est-ce pas ?

— C'est exact. » Il a marqué un temps. « Ou alors, vous avez peut-être simplement perdu vos clés. »

J'ai reconnu que c'était plus probable et il m'a demandé si j'avais remarqué des éraflures ou d'autres marques sur la voiture ces dernières semaines.

« Non, rien de nouveau. Il y avait des traces sur les pneus à force de frotter contre le trottoir, vous savez, en se garant, mais elles y sont depuis des lustres. »

Dès qu'il est parti, j'ai tapé « accident de voiture Thornton Heath » dans Google, en ajoutant le filtre Actualités. Et j'ai trouvé : une collision dans Silver Road le vendredi 16 vers 18 heures. Une Volkswagen ou une Audi de couleur sombre avait été vue près du lieu de l'accident.

Me rappelant le nom de l'inspecteur, j'ai découvert qu'il appartenait bien à l'unité d'enquête sur les collisions graves, qui opérait dans tout le sud-est de Londres et ses banlieues. Ils devaient rendre visite à tous les propriétaires de Volkswagen ou d'Audi de couleur sombre déclarées volées dans le secteur, même celles disparues après l'incident, comme la nôtre. Ça me semblait une façon inefficace d'enquêter, mais qu'est-ce que j'en savais ?

Ne répondez pas à ça.

#VictimeFi

@crime_addict Où est la voiture, alors ? Le mari est impliqué dans l'accident, peut-être ?

@rachelb72 @crime_addict Sûrement, c'est pour ça qu'il a fait un Lord Lucan.

@crime_addict @rachelb72 Pourquoi pas de dégâts, alors ? Il l'a fait réparer ?

@rachelb72 @crime_addict Peut-être que lorsqu'ils la retrouveront enfin, ils découvriront son corps en décomposition dans le coffre…

Au passage de relais du vendredi, Fi m'a dit :

« Tu savais que la police a cru que l'un de nous avait peut-être été impliqué dans un accident à Thornton Heath il y a quelques semaines ? »

Je suis resté pétrifié une demi-seconde, mais j'ai donné le change.

« Ah bon ? Quand est-ce qu'ils t'ont dit ça ?

— Un inspecteur est passé ce matin. Évidemment, j'ai vérifié dans notre agenda et je lui ai dit que ni toi ni moi n'avions utilisé la voiture ce jour-là, mais je suppose qu'ils doivent procéder par élimination, n'est-ce pas ?

— Oui. »

J'ai dégluti.

« Je me suis demandé s'il était possible que quelqu'un nous ait volé les clés avant de prendre la voiture, a-t-elle continué d'un ton pensif. Mais la police m'a dit que c'était peu probable étant donné qu'il n'y avait pas de traces d'effraction. Il n'empêche, on aurait dû être plus prudents, Bram. »

Bien que pris de court par ce développement, j'ai vu quelle chance j'avais que ce soit elle, sincèrement dans l'ignorance, qui ait répondu aux questions de la police. Mes propres réponses auraient-elles paru aussi naturelles, aussi candides ? Comme elle serait horrifiée si je lui révélais la vérité au sujet de l'Audi. Si je lui disais que j'avais sérieusement songé à trouver un bout de canal – ou même de Tamise – mal éclairé, et à desserrer le frein à main pour la laisser tomber dans l'eau, avant de décider qu'il valait mieux l'abandonner bien en vue quelque part où sa présence passerait inaperçue.

Contrairement aux déclarations que j'avais faites respectivement à l'assurance, à la police et à Fi, j'avais en effet vu – et conduit – notre voiture pour la dernière fois le dimanche soir. Je l'avais laissée dans une rue de Streatham sans restrictions de stationnement, et j'avais jeté les clés dans la bouche d'égout la plus proche. Avec un peu de chance, la batterie se viderait et elle resterait là pendant des mois.

« Je doute qu'on sache un jour ce qui s'est passé, ai-je soupiré. Mais je ne crois vraiment pas qu'on devrait s'en vouloir. On est encore en train de se faire à un mode de vie complètement différent. Comment est-ce qu'on est censés savoir où sont les clés de la voiture à tout moment de la journée ?

— Tu as raison. »

La façon dont elle me regardait, reconnaissante de ma solidarité, du front commun que nous opposions à cette dernière contrariété, ne m'a pas seulement flatté, elle m'a aussi calmé.

« On est plutôt sensibles aux questions de sécurité, de manière générale, ai-je ajouté. Surtout après ce qui est arrivé aux Roper. Et à cette pauvre vieille Carys. »

Elle a eu l'air contente que je me souvienne de Carys.

J'ai réfléchi au problème de ma suspension de permis : si l'agent de police auquel elle avait parlé avait su quelque chose à ce sujet, il n'avait manifestement pas jugé bon de le révéler. Elle devait avoir très vite expliqué que nous étions séparés, et il avait préféré faire preuve de diplomatie.

« Dis à la police de m'appeler s'ils ont la moindre autre question », ai-je conclu.

J'étais déjà en train de formuler les réponses que je servirais dans le cas, justement, d'une visite complémentaire. « Le 16 ? Oh, c'était le jour du séminaire. J'étais dans un hôtel près de Gatwick, il faudrait que je regarde pour retrouver le nom. – Avez-vous pris la voiture pour y aller ? – Non, le train. Lequel était retardé, maintenant que j'y pense. J'ai failli arriver en retard pour la première séance. » Ils n'iraient quand même pas jusqu'à vérifier les images des caméras de surveillance de la gare ? Si c'était le cas, le quai était vite devenu bondé ce matin-là, et il était possible que je ne sois pas aisément identifiable, ce qui était regrettable. D'un autre côté, lorsque j'en étais reparti, j'avais également été entouré d'une foule – noyé dedans, avec un peu de chance.

Mais s'ils vérifiaient à l'autre bout du trajet ? Il n'y aurait pas d'image de moi en train de traverser précipitamment une seule des gares de la ligne de Gatwick. « Où êtes-vous descendu du train, Mr Lawson ? » me demanderaient-ils. Il fallait que je google la gare, me suis-je dit, que je repère les sorties. Ou bien était-il plus naturel d'être vague – qui se rappelait ce genre de détail ? Et qu'en était-il des caméras de surveillance de l'hôtel ? Et de celles près du lieu de l'accident ? Avaient-elles relevé le passage de l'Audi ? La police possédait un système de reconnaissance automatique des plaques d'immatriculation, n'est-ce pas ?... Oh, Seigneur, la technologie pouvait-elle être appliquée rétroactivement ?

J'ai pris conscience que je n'arrêtais pas de cligner des paupières, un tic difficile à contrôler.

« Tu as un problème avec tes yeux, Bram ? m'a demandé Fi.

— Ça va, c'est juste une poussière. » J'ai repris mon sang-froid. « Tu sais… Non, ce n'est peut-être pas le bon moment…

— Pour quoi ? Dis-moi.

— C'est juste une suggestion, mais je lisais un article dans le *Guardian* sur les familles qui décident de se passer de voiture et je me suis demandé si c'était quelque chose qu'on pourrait faire, peut-être. Demander aux garçons de s'impliquer dans le projet, faire appel à l'écoguerrier qui sommeille en eux ? »

Elle a eu l'air aussi surprise que l'aurait été tout être conscient d'entendre Bram Lawson, amateur de *Top Gear* et pas vraiment soucieux de son empreinte carbone, parler de cette façon.

« Tu es sérieux ? m'a-t-elle demandé. Tu as toujours eu une voiture. Je n'arrive pas à t'imaginer sans.

— On devrait tous essayer de nouvelles choses une fois de temps en temps », ai-je répondu.

25

« L'histoire de Fi » > 01:36:31

Toby m'a recontactée le samedi matin, par texto :
> Laisse-moi deviner, tu m'as googlé et tu as découvert que je n'existe pas ? Tu te dis que je dois être un tueur en série avec une identité d'emprunt ?

J'ai souri.
> Je n'en suis pas encore là.
> Je suis juste réfractaire aux réseaux sociaux. Tu as déjà de la chance d'avoir ce texto.
> Tu as de la chance que j'y réponde.

S'est ensuivi un silence confortable, pendant lequel j'ai pris de plus en plus conscience du battement de mon cœur. Ce n'était pas une coïncidence qu'il ait attendu le week-end pour me recontacter. Je lui avais fait part de mon mode de vie inhabituel, du fait que c'était le moment où j'étais à l'appartement.
> Dispo ce soir ? ai-je demandé avant qu'il le fasse.
> À ton service, a-t-il répondu.

Tout déterminé que je sois à éliminer Mike de mes pensées, j'ai vu mes efforts une fois de plus déjoués lorsque, le lundi suivant notre rencontre au Swan, un téléphone de remplacement, un Sony cette fois, a été remis en personne à mon travail. Il y avait un chargeur avec, mais pas de carton, pas d'enveloppe, pas de mot.

« Le mec a dit qu'il venait de te voir quitter le pub en l'oubliant à charger, m'a dit Nerina, la réceptionniste. Il a dû te suivre jusqu'ici. C'est sympa de sa part, hein ? Ça me fait toujours chaud au cœur, une bonne action, pas toi ?

— Moi aussi », ai-je acquiescé.

Ce que je n'apprécie pas, c'est les psychotiques qui me harcèlent, ai-je songé. (Accessoirement, un autre grief : sympa de sa part de donner l'impression que j'avais été au pub un lundi midi, et non à mon rendez-vous, marqué dans mon agenda et dûment honoré, avec une clinique locale pour blessés légers.) J'ai pris l'appareil à contrecœur et, comme en réponse à mon contact, l'arrivée d'un message a éclairé l'écran :

> Oh, on dirait que quelqu'un commence à retrouver la mémoire...

J'ai lu l'article là où j'étais, à l'accueil, mon sac d'échantillons à mes pieds :

L'AGRESSIVITÉ AU VOLANT RESPONSABLE
DE L'ACCIDENT DE SILVER ROAD,
DIT LA VICTIME

L'une des victimes de la collision de Silver Road le 16 septembre dernier a raconté à la police que celle-ci avait été causée par une manœuvre de dépassement imprudente qui était peut-être le résultat d'un accès d'agressivité au volant.

« De ce que se remémore la victime, une citadine noire était en train d'accélérer follement pour dépasser un troisième véhicule, lequel roulait bien en dessous de la limite de vitesse, et a mal calculé le temps nécessaire à sa manœuvre, faisant sortir sa Fiat de la route et les exposant, sa fille et elle, à de graves blessures dans la collision qui en a résulté », nous a rapporté l'inspectrice Joanne McGowan.

Jusqu'à présent, la victime avait été trop souffrante pour donner à la police sa version des événements. Sa fille est toujours en soins intensifs à l'hôpital de Croydon, son pronostic vital demeure engagé et elle aurait subi de multiples interventions chirurgicales.

« Nous aimerions beaucoup parler au conducteur de ce troisième véhicule, qui serait une berline blanche, afin d'essayer d'établir ensemble l'identité de l'automobiliste en excès de vitesse », a poursuivi McGowan.

Le témoignage de la victime confirme celui de la propriétaire de la maison percutée par la Fiat, qui avait vu une Volkswagen ou une Audi noire quitter Silver Road peu après la collision.

Le mari de la victime a offert une récompense de dix mille livres pour toute information qui permettrait de faire avancer l'enquête.

J'ai juré à voix basse, ignorant le regard curieux de Nerina. Ça défiait l'entendement : la police aurait aussi bien pu répéter ce que lui soufflait Mike, tant elle servait bien sa cause. Ce connard ne m'avait pas laissé le doubler, c'était cela qui avait causé l'accident, mais non, dans le compte rendu officiel, j'étais imprudent et lui irréprochable. Et quelle était la probabilité que la marque de sa voiture n'ait pas été reconnue, quand la mienne l'avait été ? Une berline blanche ; c'était vraiment tout ce qu'elle avait remarqué ?

Une fois de plus, je me suis consolé par la pensée qu'il était dans mon intérêt qu'il échappe à l'attention de la police ; avec les preuves qu'il avait rassemblées contre moi, il aurait été encore plus dangereux dans leur salle d'interrogatoire qu'il ne l'était pour l'instant en me faisant chanter. Bien plus grave était le fait que la voiture décrite n'était plus de couleur sombre, mais résolument noire – et qu'il s'agissait d'une citadine.

Un avis ? m'a-t-il relancé.

Je n'ai pas répondu immédiatement. Il me restait assez de temps avant de partir en début d'après-midi chez un client du Surrey pour trouver dans le coin une boutique anonyme où acheter un mobile à carte prépayée. Je savais désormais que tout appareil fourni par Mike était potentiellement équipé d'une arme invisible qui pourrait être utilisée contre moi. Je m'en débarrasserais plus tard à l'appartement.

Je lui ai envoyé un texto de la voiture, alors que j'étais en route pour aller voir mon client. Dans une semaine chargée de rendez-vous à l'extérieur, un nouveau stagiaire s'était vu confier la tâche de me servir de chauffeur, ce qui était moins commode pour moi que ça aurait pu l'être, parce qu'il me suivait également aux rendez-vous eux-mêmes, me forçant à atteindre un niveau de professionnalisme que j'étais à peu près sûr de ne jamais reproduire de ma vie. (Qu'est-ce que ça pouvait me faire qu'un hôpital ou une clinique renouvelle sa commande de colliers cervicaux ? la double ou au contraire l'annule ? J'étais en train de sombrer, là.)

Je vais peut-être réussir à te trouver du fric.

Bram ? C'est toi ?

Oui.

Je préférerais que tu utilises le téléphone que je t'ai laissé.

Oui, eh bien, je préfère utiliser celui-là.

J'ai pris un plaisir mesquin à le défier ainsi, et savouré le silence qui a suivi.

« Vous n'avez pas d'iPhone ? » m'a demandé Rich, le stagiaire qui était au volant, en remarquant mon portable prépayé bon marché de marque discutable.

Il était jeune et n'avait pas repéré mon craquage imminent, seulement mon téléphone ringard.

« Si, pour le travail. Celui-ci est pour mon deuxième boulot au MI5 », ai-je répliqué.

Cela défiait la raison que je sois désormais en possession de trois téléphones portables, tel un trafiquant de drogue ou un polygame.

« Ouais, bien sûr », a fait Rich avec un rire, et j'ai résisté à l'envie soudaine de lui faire un sermon sur la nécessité de chérir sa vie et tous ceux qui s'y trouvaient, et d'éviter les erreurs que j'avais faites moi-même parce que s'il me suivait sur cette voie, ce n'était rien de moins que l'enfer sur terre qui l'attendait.

Mike était de retour :

Quel fric ? Pas intéressé par de la mitraille.

Pas de la mitraille. Quinze mille, plus que la récompense.

Cinquante pour cent en plus : cela suffirait sûrement à le satisfaire ?

Faut qu'on parle. Je serai dans Trinity Avenue ce soir.

Non ! Je n'arrête pas de te le dire, je vis dans un studio en location.

J'ai ajouté l'adresse de ce dernier, une courtoisie dont j'aurais pu me passer étant donné qu'il semblait déjà connaître jusqu'au dernier détail de ma situation.

J'y serai à 20 heures. T'as pas intérêt à ce que ce soit une arnaque.

Et il a fini la conversation sur ces mots. Sans la moindre trace d'ironie.

***

Le rendez-vous client a été une véritable torture. D'un bout à l'autre de ma présentation des nouveaux produits, mon cerveau a ruminé les mêmes bouts de phrase : *pronostic vital demeure engagé... multiples interventions chirurgicales... l'identité de l'automobiliste en excès de vitesse...* Le client, doté d'une intelligence émotionnelle légèrement plus développée que le stagiaire, a remarqué que je n'étais pas dans mon assiette.

« Ça va, Bram ? Tu es dans la lune aujourd'hui. »

Réalisant que je me mordais les ongles avec une agitation simiesque, j'ai laissé retomber ma main.

« Pardon, non, ça va. Juste un peu préoccupé.

— Ah, oui, j'ai entendu parler de tes soucis conjugaux. Ça arrive même aux meilleurs, mon pote. »

Il m'avait raconté précédemment que sa femme l'avait quitté pour s'installer avec un collègue à elle, le reléguant à une vie de célibataire faite de plats préparés, de Netflix et de pornographie.

« Pour qui est-ce qu'elle t'a plaqué ? m'a-t-il demandé, gentiment.

— Personne, ai-je répondu. Il n'y avait personne d'autre en jeu. »

Clément, il m'a accordé le bénéfice du doute. Il nous voyait comme des âmes sœurs, unies par le même malheur – l'abandon de nos femmes.

Il n'avait pas la moindre idée de ce que je vivais.

26

Bram, document Word

Je n'ai aucune honte à admettre que j'ai entretenu le fantasme de lui briser le crâne dès qu'il passerait la porte. De lui glisser un couteau entre les côtes et de le regarder s'écrouler comme une marionnette sans fils. Mais après, quoi ? Quand on y réfléchit, quand on s'essaie à la préméditation, on se rend vite compte qu'il n'y a pas vraiment de méthode infaillible, de meurtre parfait ; pas avec les caméras de surveillance qu'il y a partout, les téléphones qui trahissent nos moindres mouvements, sans parler de l'ADN et de la police scientifique.

Non, bien sûr que je n'allais pas le tuer, le connard. Mon seul espoir de le voir disparaître était de le payer – lui et cette salope vénale de Wendy, où qu'elle soit passée.

J'ai attendu son arrivée au balcon. L'un après l'autre, les véhicules d'Alder Rise venaient s'arrêter au feu sur le côté est du parc : mères à la chevelure blond cendré ramenant leurs enfants d'un entraînement sportif ou d'un cours de musique tardifs, employés de super-marchés en ligne effectuant leurs dernières livraisons de la journée, avocats et sauvignon blanc. J'ai senti le chagrin me prendre littéralement aux tripes. Je souffrais de l'absence de Fi et des garçons comme on souffre de perdre un sens, la vue ou le toucher. Je souffrais de ne pas pouvoir *conduire*. Prendre le volant avait été, je m'en rendais compte à cet instant, une véritable passion. J'avais proposé de déposer des gens, je m'étais porté volontaire pour telle ou telle corvée, j'avais sillonné la ville pour amener les enfants ici et là. Installant les sièges auto qui rendaient Fi perplexe, serrant les ceintures, ébouriffant les cheveux des garçons avant de claquer leur portière et de me glisser derrière le volant. Je m'y étais senti si détendu, si maître de la situation – sauf quand un autre automobiliste ou un motard ou un piéton m'énervaient, mais ça n'avait rien d'extraordinaire à Londres, n'est-ce pas ? Tous les conducteurs avaient leurs moments de folie.

Sauf que le mien avait eu des conséquences terribles. Des conséquences qui étaient sur le point d'empirer.

Une Toyota blanche et poussiéreuse s'est arrêtée et s'est garée à reculons sur la seule place de parking disponible aux alentours. Les portières conducteur et passager se sont ouvertes simultanément et j'ai regardé Mike et Wendy en sortir. Il est resté immobile à fixer l'immeuble, à me fixer, moi – j'ai résisté à l'envie instinctive de reculer dans l'ombre, mais je n'ai montré aucun signe que je l'avais vu – pendant qu'elle consultait son téléphone, puis ils se sont approchés ensemble de la porte principale.

Je les ai attendus dans le couloir, déjà bouillant de rage.

« À quoi est-ce que vous jouez, putain ! » ai-je craché dès qu'ils sont sortis de l'ascenseur, et l'hostilité brutale de ma remarque m'a attiré un regard interloqué de ma voisine, qui sortait de son appartement.

(Encore la loi de Murphy à l'œuvre : première fois que je voyais quelqu'un d'autre à mon étage, et c'était quand j'étais en compagnie de ces deux-là.)

Mike a eu le culot de paraître blessé.

« Quoi ? Tu savais que je venais, alors où est le problème ? Ça ne te dérange pas que j'aie amené Wendy, quand même ? Je me suis dit que vous aimeriez renouer. »

Les poussant à l'intérieur, j'ai refermé la porte.

« Je parle de la voiture ! La Toyota. Je croyais que tu avais dit t'en être débarrassé ? »

Mike a froncé les sourcils.

« Pourquoi est-ce que j'aurais fait ça ?

— Tu m'as dit qu'on te l'avait volée ! »

Trente secondes qu'il était là, et déjà j'étais sur la défensive, employant pour m'exprimer les exclamations furieuses que je m'étais justement promis d'éviter.

Wendy, qui jusque-là n'avait pas ouvert la bouche, est intervenue pour dire sur le ton de la conversation :

« Si j'étais la police et que quelqu'un affirmait avoir vu une Toyota sur le lieu d'un crime, la première sur laquelle j'irais me renseigner serait celle qui vient d'être déclarée volée. Je me dirais : *Hum, sacrée coïncidence.* »

Et elle m'a regardé avec de grands yeux.

« Tu n'es pas allé te débarrasser de l'Audi, quand même, si ? a fait Mike avec une inquiétude peu convaincante. Ce serait une erreur. »

Maintenant qu'il le disait, c'était évident. Je m'étais laissé manipuler. J'avais réagi à son texto sur le vol de sa Toyota exactement comme il l'espérait, incriminant mon propre véhicule sans y prendre garde et lui donnant encore davantage prise sur moi pour me faire chanter. Mon A3 aurait été une aiguille dans la botte de foin des Volkswagen et des Audi si je n'avais pas attiré l'attention de la police dessus en signalant sa disparition. Combien d'autres avaient été volées au cours du dernier mois ? Même en étendant la recherche à tout le sud-est de Londres, il ne pouvait y en avoir plus de, quoi, dix, vingt ? Assez peu pour que chaque propriétaire soit sérieusement pris en considération, même avant d'avoir affiné sur les citadines. Même avant d'avoir fait un recoupement entre la liste desdits propriétaires et la base de données des condamnations pour infraction routière...

J'étais vraiment un crétin. À ce train-là, j'allais finir en prison et jeter moi-même la clé.

« Cela dit, a continué Mike sur un ton plaisant, même l'autre conductrice n'a pas mentionné de Toyota, donc c'est un sujet de pure spéculation. » Il s'est tu pour savourer l'expression, avant de jeter un coup d'œil autour de lui d'un air aimable. « Pas mal ce petit studio, hein, mon pote ? Compact. Ça vaut pas la maison principale, bien sûr, mais nécessité fait loi. C'est ce qui arrive quand ta femme découvre que tu as été un vilain garçon, hein ? »

Quoi ? Comment pouvait-il savoir ça ? Pure conjecture, ai-je supposé, fondée sur ma situation présente et sur mon empressement à coucher avec Wendy.

« Tu ne sais rien de ma femme, ai-je répliqué d'un ton acerbe. Tu n'es jamais entré chez moi et tu n'y entreras jamais. »

Il a eu un sourire narquois.

« Quelqu'un s'est levé du pied gauche ce matin, hein ? Tu as passé une sale nuit ? Je ne te demanderai pas en compagnie de qui.

— Pas moi, hélas », a fait Wendy avec un sourire horriblement minaudier.

Sans y être invités, ils se sont installés dans les deux fauteuils et ont tourné la tête vers moi de façon parfaitement symétrique et synchrone, comme s'ils étaient actionnés par un seul cerveau. Les stores étaient fermés, et la lumière de la lampe créait une terrible intimité entre nous trois.

« Tu ne vas pas nous offrir un verre, alors ? a fait Mike.

— Je n'ai rien à vous proposer, ai-je répliqué en me perchant du bout des fesses sur un tabouret de bar, trop agité pour m'asseoir vraiment.

— Pas vraiment un homme d'intérieur, hein ? a dit Mike à Wendy.

— Il avait plein de choses à boire la dernière fois, a-t-elle répondu comme si la différence la rendait perplexe.

— Je veux bien le croire. »

Je les haïssais. Je voulais les enfermer dans leur Toyota et placer une bombe dessous.

« Alors, c'est quoi votre relation ? ai-je demandé brutalement. Il est évident que vous vous connaissiez avant tout ceci.

— C'est sans importance, a-t-il répondu, son ton aimable en décalage avec mes sorties belliqueuses. Alors, parle-nous de cet argent. Tu as retrouvé un compte dont tu avais oublié l'existence, peut-être ?

— C'est l'argent de l'assurance pour la voiture. Mais il va peut-être se passer une semaine ou deux avant qu'ils ne déboursent la somme – ils veulent d'abord s'assurer que la voiture a vraiment été volée. »

Il m'est soudain venu à l'esprit que l'enquêteur de l'assurance s'était peut-être adressé à l'unité d'enquête sur les collisions, ce qui à son tour pouvait avoir servi à rappeler à la police un véhicule qu'ils avaient pratiquement oublié suite à cette conversation préliminaire avec Fi. Ce n'était qu'une question de temps, sûrement, avant qu'ils reviennent, cette fois pour m'interroger, moi. C'était moi qui avais signalé sa disparition, après tout, même si Fi avait déclaré avoir été la dernière à le conduire. Au matin, peut-être ? Ils devaient désormais connaître l'existence de notre résidence secondaire ; ils allaient peut-être débarquer avant mon départ au travail, m'escorter jusqu'à une voiture de patrouille devant toutes les mères qui passaient en voiture, amenant leurs enfants à l'école... Qui appellerais-je ? Fi ? Ma mère ? Pourquoi n'avais-je pas pensé à me trouver un avocat ?

« J'avais compris que tu avais déjà l'argent à disposition, a dit Mike en fronçant les sourcils. Quinze mille livres ne suffiront pas, au fait. Vingt, ce serait mieux, et je te suggère de les trouver vite fait parce qu'on en a besoin pour les nouveaux documents. »

Je suis redevenu attentif.

« Quels documents ? »

Il a adopté un air exagérément serviable qui, je le savais désormais, était sa marque de fabrique, comme s'il répondait obligeamment à un touriste âgé lui demandant son chemin.

« Eh bien, pour commencer, on va avoir besoin de nouveaux passeports, et il faut compter cinq mille la bête, minimum, pour le genre qui te permet de passer les frontières. Et puis il va nous falloir de l'aide pour ouvrir le compte en banque, probablement au Moyen-Orient, quelque part comme Dubai, loin des tentacules du fisc britannique. »

J'ai bondi de mon tabouret.

« Quoi ? Qui a besoin d'un nouveau passeport, putain ? Qui a besoin de passer les frontières ?

— Eh bien, toi, pour commencer. Lorsque la vente sera finalisée, ton ex ne va pas se laisser faire comme ça, si ? Elle va péter un câble. Elle va vouloir appeler les flics, découvrir ce qui est arrivé à sa part du magot, et il y a de fortes chances pour qu'ils appellent la police aux frontières, peut-être même Interpol. Tu ne pourras pas utiliser ton propre passeport pour voyager, et un faux passeport ne se fabrique pas comme ça, par magie, du jour au lendemain. C'est une œuvre d'art, Bram. »

Je suis resté effaré. *Lorsque la vente sera finalisée ? Interpol ?* La révélation que la somme que je lui avais proposée n'avait pas assouvi son appétit démentiel est entrée dans ma tête par ma bouche entrouverte, telle une énorme blatte venant obstruer mes voies respiratoires. Enfin, j'ai réussi à répondre d'une voix rauque :

« Allons, Mike, oublie la maison, c'est du délire. Je vais essayer de te trouver vingt mille livres. Prends-les et passe à autre chose. C'est une belle somme. »

Il est resté impassible.

« Ce n'est pas du délire, c'est un plan, et il est temps de le mettre à exécution. La première chose qu'il faut que tu fasses, c'est nous laisser voir la photo de passeport de Mrs Lawson, pour que Wendy puisse se relooker un peu. »

À ces mots, Wendy a affecté un air modeste, comme si on venait de lui annoncer une promotion.

« Prends juste une photo de la page concernée la prochaine fois que tu es chez toi, tu veux, et transfère-la sur le nouveau téléphone. Et aussi une photo de sa signature, s'il te plaît.

— Attends une minute, qu'est-ce que tu veux dire exactement par "se relooker" ?

— Elle va jouer le rôle de Fiona Lawson, bien entendu. Je te l'ai déjà expliqué l'autre jour. Suis un peu. »

J'ai ri, d'un rire de possédé qui ne reflétait pas ma certitude qu'il fallait mettre un terme à tout cela *immédiatement*.

« Écoute, cette affaire est déjà allée bien trop loin. » Je me suis levé d'un bond. « Tu ne me laisses pas d'autre choix que d'aller voir la police. J'aurais dû le faire dès le début.

— Pourquoi tu ne l'as pas fait ? » Il s'est levé à son tour, a fait un pas vers moi. À la lumière du plafonnier, l'ossature de son visage était cadavérique. « Vas-y, explique-nous, on est fascinés. Ce n'est pas juste à cause de ta suspension de permis, n'est-ce pas ? Un charmeur comme toi, tu serais probablement capable de persuader un juge de s'en tenir à la peine minimale.

— Je ne vois pas du tout de quoi tu parles », ai-je répondu avec une appréhension renouvelée.

Il a affiché une expression de surprise factice.

« Ta condamnation pour voies de fait, bien sûr. Tu ne peux pas avoir oublié ça. »

J'ai senti un froid soudain s'abattre sur moi, comme une crête de glace s'écroulant sur mes épaules.

« Une peine avec sursis, n'est-ce pas ? Il y a quoi, quatre ans ? En échange d'avoir plaidé coupable, j'imagine. Sacré casier que tu as là, Bram, mon pote. Si tu veux mon avis, aller voir la police est la dernière chose que tu devrais faire. Est-ce que ton patron est au courant, au fait ? Et ta femme ? »

Je n'ai rien répondu.

Il a sifflé.

« Dis donc, ça en fait des secrets que tu gardes, Bram. Mais tu ne peux pas empêcher la police de les découvrir, pas vrai ? Et tout ça comptera comme autant de preuves de mauvaise moralité, le moment venu. »

Le moment venu ?

Le sang ronflait dans mes tempes.

« Dégagez, ai-je dit. Le deal est mort. Pas d'argent, rien. »

Mike n'a pas répondu, se contentant de regarder Wendy qui a sorti son téléphone et commencé à taper un numéro. Je suis resté sans rien faire, impuissant, alors qu'elle activait le haut-parleur et posait l'appareil sur la table basse entre eux.

Une voix s'est fait entendre :

« Hôpital de Croydon ?

— Service des soins intensifs, s'il vous plaît, a dit Wendy d'un ton grave.

— Qu'est-ce que tu fous ? ai-je chuchoté d'un ton furieux en m'avançant brusquement. Pourquoi est-ce que tu appelles l'hôpital ? »

Les yeux fixés sur moi d'un air absent, elle a continué à parler d'une voix forte au-dessus du téléphone.

« Oh, bonjour. J'appelle au sujet de la petite Ellie Rutherford, la victime de l'accident de Silver Road. Comment va-t-elle ?

— Arrête ! » me suis-je exclamé, le souffle coupé.

J'avais le cœur qui battait à tout rompre.

« Mais tu viens de dire que tu voulais arrêter les frais, m'a murmuré Mike à l'oreille, comme s'il était sincèrement perplexe de me voir protester.

— Quoi ? a fait Wendy, couvrant sa voix. Non, non, je ne suis pas de la famille, juste une particulière qui s'inquiète pour elle. Je crois avoir été témoin de l'accident, voyez-vous, et je ne suis pas sûre de savoir à qui je dois parler.

— Est-ce que je peux prendre votre nom ? a demandé l'employée de l'hôpital. Et un numéro auquel vous contacter, s'il vous plaît.

— Pardon, vous pouvez répéter ? » Prenant son téléphone, Wendy a couvert le micro de sa main et m'a demandé, d'un ton faussement déchiré : « Elle veut que je laisse un nom et un numéro de téléphone à passer à la police. Je le fais ? C'est toi qui décides.

— Non ! » Je suis tombé à genoux. « Raccroche, s'il te plaît ! »

Deux paires d'yeux sont restées fixées sur moi jusqu'à ce qu'enfin, Wendy regarde Mike pour avoir son signal.

Elle a retiré sa main.

« Pas de nom. Merci de lui transmettre tous mes vœux de rétablissement. »

Et elle a mis fin à l'appel.

« C'est ignoble, ai-je dit, peinant à respirer. Prétendre que tu as des informations et après… »

Ma voix s'est brisée.

« Oh, regarde-le, a dit Wendy à Mike. Je suis sûre que Karen Rutherford serait touchée.

— Comment est-ce que vous connaissez leur nom ? Il n'a pas été publié. »

Indépendamment du stress que m'avait causé ce dernier stratagème, la révélation du nom des victimes était quelque chose dont je me serais bien passé : Karen et Ellie, ç'aurait pu être une mère et sa fille à la porte de l'école de mes fils. J'aurais aimé pouvoir les oublier.

« Voies non officielles, mon pote », a répondu Mike.

Les mêmes qui lui avaient permis de découvrir mon patrimoine financier, ma condamnation pour voies de fait et que savais-je d'autre.

« Bram, je crois qu'il faut que tu comprennes combien tout cela est sérieux, a-t-il continué, adoptant soudain une attitude bienveillante, paternelle. Comme je te l'ai dit, nous sommes prêts à lancer le processus, et il y a plein de choses à faire en attendant l'argent de l'assurance.

— Oui, j'ai entendu. L'acte démentiel et qui ne risque pas du tout de remonter jusqu'à vous, de voler une maison en vous faisant passer pour ma femme et moi.

— Oh, personne n'aura besoin de t'incarner, toi, a-t-il répliqué avec un petit rire. Même si j'avais le talent d'acteur nécessaire, je ne pourrais jamais espérer égaler ton physique d'idole de cinéma – sur le déclin. Non, tu peux jouer ton propre rôle.

— Il faut savoir, ai-je sèchement répliqué. Tu viens de me dire que je vais avoir besoin d'un nouveau passeport. C'est l'un ou l'autre.

— Eh bien, tu seras toi-même pour la transaction, mais une fois cela fait, comme je te l'ai dit, tu risques d'avoir quelques explications à donner et tu auras probablement envie de continuer ta vie avec une belle identité toute neuve.

— Plutôt mourir.

— Intéressant, que tu aies choisi ces mots. Tant que c'est toi qui meurs et pas la petite Ellie. J'ai entendu dire que sa vie ne tient plus qu'à un fil, la pauvre petite ; elle n'arrête pas de se choper de nouvelles infections. »

Je l'ai dévisagé avec stupeur.

« Tu es un monstre. »

Il a haussé une épaule avec désinvolture, le regard froid.

« Non, juste un pragmatique. Il faut que tu comprennes que tu ne pourras pas récupérer la photo ou l'enregistrement tant que la vente de la maison ne sera pas conclue. Et en attendant, il y a toujours un risque que la victime se souvienne d'autre chose, surtout si notre Wendy l'appelle. »

Alors que je défaillais face à cette confirmation que l'intéressée avait effectivement enregistré notre discussion au lendemain de nos ébats, il a continué sur sa lancée :

« Donc tu vois, le temps presse vraiment. Plus on travaillera vite, plus vite tu pourras t'échapper. D'après ce que j'ai compris, si on met la maison sur le marché maintenant, on devrait pouvoir conclure la vente en moins de trois mois.

— Trois mois ? » J'ai eu un rire sinistre. « Je serai arrêté bien avant ça, avec ou sans l'intervention de ton acolyte.

— J'y viens. Si la police passe effectivement te voir, tant que tu coopères gentiment, je t'aiderai à fournir un alibi pour le soir de l'accident. On a engagé la conversation au Half Moon à Clapham Junction, qu'est-ce que tu dis de ça ? Je suppose qu'il faut que ce soit dans une gare, hein ? Vu que tu n'es pas censé prendre la route. »

J'ai senti l'envie de le frapper me démanger le poing droit, ai lutté pour le retenir le long de ma cuisse.

« Va te faire foutre, avec ton alibi, et dégage d'ici. Je ne te le dirai pas deux fois. »

Pour la première fois, l'agacement a commencé à transparaître dans son attitude.

« Tu sais quoi ? Je commence à me lasser de toutes ces crises de colère pour un oui ou pour un non. Ne va pas casser un autre téléphone, d'accord ? Sinon, on sera obligés de te contacter à ton travail. Ou mieux encore, de laisser un message à ton patron. Neil Weeks, c'est ça ? J'imagine qu'il serait extrêmement intéressé d'apprendre dans quoi tu t'es fourré. Je ne serais pas surpris qu'il soit déjà un peu atterré par tes résultats dernièrement. Tes chiffres de vente sont en baisse ce trimestre, n'est-ce pas ? » Il a laissé tomber sa main sur mon épaule, l'agrippant durement de ses doigts osseux. « Alors ce que je te suggère, c'est de réfléchir sérieusement. Je sais que tu parviendras à la bonne décision. »

Wendy a été plus lente à se lever, prenant un moment pour parcourir la pièce des yeux. Son regard s'est arrêté sur le lit et, le remarquant, Mike a dit :

« Je peux partir devant, si vous voulez un peu de temps tout seuls ? »

Un souvenir fugitif de peau nue et de gémissements, de noms qu'elle m'avait exhorté à lui murmurer à l'oreille. De cuisses écartées puis cramponnées.

« Non merci, ai-je répondu.

231

— Dommage, a fait Wendy juste à côté de moi, laissant ses doigts effleurer mon bras avant de suivre Mike hors de l'appartement.

— N'oublie pas les vingt mille livres, Bram », a lancé celui-ci par-dessus son épaule.

Je les ai regardés partir comme je les avais regardés arriver. À en juger par l'aisance qui régnait entre eux, j'étais sûr qu'ils se connaissaient depuis des années. Faisais-je partie d'une longue liste de victimes ou bien était-ce la première fois qu'ils s'essayaient à l'escroquerie ? Une chose était sûre, dans le cas présent, c'était l'occasion qui avait fait le larron. Au début, sur le lieu de l'accident, Mike avait pris la photo pour se protéger puis, une fois renseigné sur ma situation financière, il avait envoyé Wendy au Two Brewers pour obtenir tout aveu que j'aurais la stupidité de faire. Si elle avait envie de coucher avec moi pour y arriver, c'était elle que ça regardait. Pour eux, le sexe était sans valeur, facile à donner et facile à prendre. Ce qui valait quelque chose, c'était ce qu'on pouvait posséder. Une maison dans Trinity Avenue. Une possibilité d'arnaque qui ne se présentait qu'une fois dans une vie.

Mais c'était un plan dangereux à tout point de vue. Que savaient-ils en matière de faux passeports et de comptes bancaires à Dubai ? Comment avaient-ils compté couvrir leurs dépenses avant que je fasse une bourde de plus et leur propose de l'argent ? C'étaient des amateurs. Des imbéciles.

Le fait qu'ils semblent avoir toujours trois longueurs d'avance sur moi signifiait seulement que j'étais encore moins intelligent qu'eux.

Sérieusement, j'aurais juste dû me jeter du balcon à ce moment-là.

27

Vendredi 13 janvier 2017

Londres, 14 h 30

« La police est en chemin », annonce Merle, et Fi se tait, consacrant toute son énergie à ne pas trembler. Elle n'est plus en position d'autorité dans la cuisine où elle a préparé et mangé des milliers de repas avec sa famille et ses amis, mais elle préfère que le nouveau maître en soit Merle plutôt que l'un ou l'autre des Vaughan.

La perspective de l'arrivée des autorités n'a pas empêché David de continuer à mener son enquête personnelle, et il met fin à un appel aux notaires des Lawson en secouant la tête d'un air incrédule.

« L'homme à qui nous avons besoin de parler a éteint son téléphone parce qu'il est à un rendez-vous à l'hôpital. Il sera de retour cet après-midi. »

Merle hausse un sourcil.

« Espérons qu'il est en train de se faire opérer des yeux. Non, du *cerveau*. »

Les notaires injoignables sont en train de devenir non seulement les maillons manquants, mais aussi les boucs émissaires du groupe.

« Bref, on dirait bien qu'on se retrouve avec une affaire de fraude sur les bras, continue Merle. Ça va tuer Bram. Il n'est pas aussi fort que toi, Fi.

— Attendez une minute », dit David. Il ne tolérera pas cette tendance de Merle à parler comme si la position légitime par défaut était celle de Fi. « Si vous êtes tellement sûre que votre mari ne sait rien de tout cela, alors qui était l'homme que nous avons rencontré ? Celui qui se trouvait ici avec l'agent immobilier ? Je suis sûr qu'il nous a été présenté comme le propriétaire. Si c'était un imposteur, où était le vrai Mr Lawson ? Ligoté dans la cabane des enfants ?

— Quoi ? dit Fi en sursautant.

— À quoi est-ce qu'il ressemble, votre mari ? Je suis sérieux, vous avez une photo de lui sur votre téléphone ?

— Attendez deux secondes ! intervient Merle, prévenant toute coopération irréfléchie de la part de Fi. Dites-nous plutôt, vous, à quoi ressemble l'homme que vous avez rencontré. »

La confiance ne règne pas vraiment dans cette pièce ; la seule chose qu'ils ont en commun est l'objet de leurs revendications.

« Il était bel homme, entre quarante-cinq et cinquante ans, environ un mètre quatre-vingt-dix, les cheveux bruns bouclés tirant sur le gris, répond Lucy. Assez agité, ai-je pensé – vous savez, ne tenant pas en place. Il est sorti fumer une cigarette, n'est-ce pas, David ? Il avait une façon assez intense de vous regarder. »

Fi la dévisage, envahie d'un froid soudain. Son impression tape en plein dans le mille (les femmes ont tendance à remarquer les détails de l'apparence de Bram), mais comment en est-elle venue à se la former ?

« Ça lui ressemble », concède Merle.

La peau hérissée d'une appréhension nouvelle, Fi cherche dans les photos de son téléphone ; elle en a encore une ou deux de Bram avec les enfants.

« Oui, c'est bien lui, aucun doute, confirment les Vaughan.

— Je ne comprends pas, enchaîne Lucy à l'adresse de David, à moitié en aparté. Tu crois que son mari l'a escroquée ?

— Bram ne ferait rien d'aussi monstrueux, assure Merle avec la plus profonde conviction. N'est-ce pas, Fi ? »

Mais le choc a emporté celle-ci dans un nouveau raz-de-marée, la rendant incapable de suivre la discussion avec un esprit rationnel.

« Quand exactement l'avez-vous rencontré ? demande Merle aux Vaughan.

— À l'occasion d'une des visites, répond David. Mais il n'a été présent que cette fois-là. Les deux fois suivantes, l'agent était tout seul. Donc oui, seulement à l'occasion de la journée portes ouvertes.

— *Portes ouvertes ?* »

Ces deux mots font se hérisser les poils sur les bras de Fi. Un souvenir ; un lien établi de *son* côté, dans *son* expérience, entre l'innocence du passé et la trahison du présent.

Lucy se tourne vers elle, la mémoire retrouvée.

« C'est bien cela ! Vous étiez absente de Londres, nous a-t-il dit. Je me souviens maintenant. À la façon dont il en a parlé, j'ai supposé que vous étiez toujours mariés. »

Nous le sommes encore, songe Fi. Quelles que soient les profondeurs où a sombré Bram, légalement, financièrement, elle est dans le même bateau et condamnée à le suivre.

Merle, cependant, s'agrippe encore à la proue.

235

« Je suis désolée, mais il est impensable qu'une journée portes ouvertes ait été organisée ici sans que je le remarque. J'habite à deux maisons d'ici.

— Et pourtant, il y en a eu une, réplique David avec exaspération. C'était un samedi en octobre.

— Le 29 », ajoute Lucy.

La date a une valeur sentimentale pour elle, Fi s'en rend bien compte. C'est le jour où elle a vu la maison de ses rêves, celle où elle s'imaginait finir ses jours, pour la première fois.

Croisant le regard de Merle, elle remarque le doute qui commence à s'immiscer dans l'esprit de son amie.

« Le week-end dans le Kent, lui dit-elle. À la Toussaint. » Les yeux une fois de plus embués de larmes, elle se retourne vers David, dont les traits se brouillent. « Donc vous êtes en train de me dire que Bram est impliqué dans cette affaire ? Qu'il a activement essayé de vendre ma maison ?

— Pas essayé, vendu, réplique David. Auquel cas, il y a peu de chances qu'il ait été enlevé, n'est-ce pas ? Il est probablement parti de son plein gré. »

Alors que Fi enfouit son visage en pleurs dans ses mains et que Merle caresse doucement ses épaules courbées, on sonne à la porte.

« Voyons ce qu'en pense la police », déclare Merle.

Genève, 15 h 30

Dans la salle de bains de sa chambre d'hôtel, il lance du Nick Cave sur son téléphone et entreprend de se couper les cheveux. Les boucles tombent en paquets, seul le brun visible sur la porcelaine blanche, le gris imperceptible. L'éclairage, la musique, son angoisse : ensemble, ils créent une ambiance artificielle, presque cérémonielle, comme s'il était un acteur jouant le rôle d'un hors-la-loi et que c'était là la scène où il doit modifier son apparence, devenir quelqu'un d'autre. Il est Jesse James, peut-être, ou un autre grand braqueur de trains.

Non, Samson, se dit-il. C'est un point de référence plus édifiant. Un homme doté d'une force surhumaine. Les garçons adoraient les contes de la bible pour enfants que leur avait offerte Mamie Tina. Harry, en particulier, se délectait de la violence de l'histoire de Samson : le lion déchiré en deux, les portes arrachées de leurs gonds à mains nues, l'armée entière vaincue à lui tout seul (Bram se rappelle avoir dû reformuler après une perplexité initiale due au fait qu'ils avaient compris « vingt culs »).

Il a brièvement, éperdument hésité, mais n'a donné aucune indication de son départ à sa mère. S'il n'a peut-être pas foi en Dieu lui-même, il en a dans le fait que celle de sa mère la soutiendra. Et Fi ne coupera pas les ponts, elle défend scrupuleusement les droits des grands-parents. Il est plus probable au contraire qu'elles resserreront les rangs une fois que la police aura révélé l'étendue de ses crimes ; elles prépareront leur assaut contre l'ennemi commun.

Tout ce qu'il espère, c'est qu'elles modéreront leurs dénonciations en présence de Leo et Harry, qu'ils se souviendront de lui sous son meilleur jour – quel qu'ait été ce dernier.

Il ramasse les cheveux coupés avec ses doigts et les transfère dans la cuvette des toilettes avant de tirer la chasse. Lorsqu'il recule et se regarde dans le miroir, il est alarmé. Son apparence a changé, mais ce n'est pas l'effet qu'il recherchait : il fait plus jeune, son visage est plus saisissant, la peur dans son regard est plus franche et mémorable. Il repense une fois de plus à l'homme à côté des ascenseurs au restaurant, et sait désormais qu'il doit se fier à son instinct, que c'est la seule chose à laquelle il peut encore se fier. Quelqu'un – si ce n'est cet homme, un autre – est à Genève, le surveille, attend le bon moment pour… quoi ? Le ramener de force auprès de Mike ? L'arrêter ? Le tuer ?

Aussitôt, le besoin irrépressible de bouger s'empare de lui ; il remet dans son sac à dos les quelques objets qu'il en avait extraits et sort de sa chambre.

La réceptionniste, qui vient de commencer sa journée, n'a aucun moyen de savoir que son apparence a changé et ne fait aucune remarque sur son départ prématuré, car il a payé la chambre en espèces et à l'arrivée.

Alors qu'il sort de l'hôtel, il essaie de ne pas penser à la fin de Samson, la façon dont il a fait s'effondrer le temple, entraînant non seulement sa propre mort mais aussi celle de toutes les autres personnes qui s'y trouvaient.

28

Bram, document Word

Commencez-vous à voir combien la situation semblait épouvantable sur le papier ? Combien je me sentais pris au piège, combien j'étais terrorisé ? L'aveu – enregistré – de ma culpabilité dans l'accident de Silver Road, la suspension de permis, la peine avec sursis pour voies de fait, sans parler de la condamnation pour possession de drogue… Cette dernière était de l'histoire ancienne, mais qu'est-ce que ça pouvait faire ? Comme l'avait dit Mike, tout compterait le moment venu.

Et tout jouerait contre moi.

Ma seule défense est que ce sont mes uniques crimes en quarante-huit ans d'existence, et que je crois qu'il y a très peu de gens qui n'ont jamais commis une variation d'au moins un de ces crimes, même parmi les policiers eux-mêmes. Sérieusement, n'avez-vous jamais dépassé les limites de vitesse ? N'avez-vous jamais essayé une drogue ou cherché des noises à quelqu'un à la sortie d'un pub ? Je ne vous demande pas si vous vous êtes fait prendre en train de commettre un de ces délits. Je vous demande juste si vous l'avez commis.

Eh bien, moi, je me suis fait prendre pour chacun d'entre eux. Ce qui voulait dire qu'il n'y aurait pas un avocat dans tout le pays assez convaincant pour plaider que l'accident de Silver Road était une erreur qui ne se reproduirait pas. Pas alors que mon casier judiciaire prouvait que j'étais quelqu'un qui se trouvait toujours au mauvais endroit au mauvais moment. En train de faire ce qu'il ne fallait pas.

OK, la bagarre au pub avait été assez sérieuse. Ce n'était pas moi qui l'avais commencée, mais je l'avais assurément terminée : le mec s'était retrouvé à l'hôpital, et en incapacité de travail pour plusieurs semaines. J'avais eu de la chance de ne recevoir qu'une peine avec sursis et d'avoir, miraculeusement, réussi à cacher à Fi les poursuites dont je faisais l'objet. Je ne rentrerai pas dans les détails logistiques labyrinthiques qui avaient permis cela. (Les travaux en cours dans la maison avaient aidé et aussi le fait que, les garçons n'ayant pas encore commencé l'école, elle se soit installée temporairement chez ses parents avec eux, me laissant livré à moi-même.) Et je n'expliquerai pas non plus ce que j'avais imaginé arriver si mon remords n'avait pas convaincu la cour et que j'avais été condamné. (« Fi ? Je t'appelle d'un téléphone en prison. Il faut que je te dise quelque chose… »)

« En échange d'avoir plaidé coupable, j'imagine ? » avait dit Mike ce soir-là à l'appartement, avec un regard voyeuriste, comme s'il était capable de scruter l'intérieur de mon âme et de mesurer ma souffrance. Et son instinct ne l'avait pas trompé, je dois le lui accorder. J'aurais plaidé coupable de choses bien plus graves si cela m'avait permis d'échapper à l'incarcération. Je ne dirai pas que la prison fait l'objet d'une phobie chez moi, parce que ce serait rendre ma peur irrationnelle, toute dans ma tête.

Alors qu'elle est très rationnelle, très réelle. Tellement réelle que j'aurais fait n'importe quoi, sacrifié n'importe qui, pour l'éviter.

« *L'histoire de Fi* » > *01:37:11*

J'espère vraiment que je ne donne pas l'impression d'avoir laissé une nouvelle relation me distraire de ce qui, avec le recul, se passait juste sous mon nez, mais je suis sûre que vous comprendrez que c'était effectivement une période excitante. Nous savons tous que les débuts sont le meilleur moment : qui reprocherait à une femme de les savourer ? Surtout une femme qui, après la débâcle de son mariage, n'a pas le cœur pour autre chose que des débuts.

Mais même les débuts se sont accompagnés d'une certaine étrangeté. C'était peut-être le troisième week-end qu'on sortait ensemble, et le premier où Toby avait passé la nuit à l'appartement, lorsque j'ai eu une réaction de panique instinctive complètement inattendue. Me réveillant pour le découvrir à côté de moi dans le lit, je me suis retrouvée piégée dans l'intervalle de temps qu'il m'a fallu pour le reconnaître, reconnaître le lit lui-même, les quatre murs autour de nous. *Pourquoi ne suis-je pas chez moi avec ma famille ?* me suis-je demandé. *Qu'est-ce que c'est que cette situation sordide ?* Et même lorsque mon cerveau a rattrapé son retard, je suis restée convaincue que je ne pouvais plus coucher avec Toby. Pas là, avec les vêtements de Bram dans l'armoire, son gel à raser dans la salle de bains, la trace de sa respiration encore dans l'air. C'était presque comme s'il était dans la pièce avec nous, en train de nous regarder.

Toby a commencé à se réveiller à ce moment-là, et je suis sortie discrètement du lit pour aller faire du café.

Bien sûr, le temps que nous soyons tous les deux prêts et que je le raccompagne à la gare en passant par le parc, j'étais redevenue moi-même et il ne s'est rendu compte de rien.

« Alors quoi, les enfants ne jouent plus avec les marrons de nos jours ? a-t-il demandé. Ou bien ils sont trop occupés à rester chez eux pour se harceler mutuellement sur les réseaux sociaux et s'automutiler ?

— Pas tous, ai-je répondu en riant. Certains s'aventurent encore dans le monde réel une fois de temps en temps. » Mais alors que les fruits hérissés de piquants tombaient en roulant en travers de notre chemin, aucun enfant ne s'est précipité pour les ramasser. C'était probablement le plus beau jour du mois, en plus : le feu de l'automne n'avait pas encore laissé place aux cendres. Leo et Harry auraient dû être là. « Peut-être qu'il y a un cours de soutien général en maths dont je n'ai pas entendu parler. Mais je vais traîner les deux miens ici cet après-midi. Jeux en plein air obligatoires.

— Bien dit. »

Toby avait deux enfants presque adultes, Charlie et Jess, qu'il voyait toutes les deux ou trois semaines ; les relations avec l'ex étaient tendues et elle avait déménagé dans les Midlands pour se rapprocher de ses parents.

« Tu devais être à peine plus qu'un adolescent toi-même quand tu les as eus », ai-je remarqué. Il avait entre trente-cinq et quarante ans, presque dix de moins que Bram. « Je n'arrive pas à imaginer garder le silence sur Leo et Harry comme tu le gardes sur les tiens. » Je me suis entendue et me suis excusée en riant. « Je me suis mal exprimée. Je voulais dire que je suis impressionnée par la façon dont tu as réussi à lâcher prise. »

Toby a regardé attentivement le chemin devant nous.

« Ce n'est pas parce que je n'en parle pas que je ne pense pas à eux, a-t-il doucement répondu.

— Je sais, bien sûr. Je ne voulais pas sous-entendre que tu n'es pas un père fantastique.

— Ça, je ne sais pas, a-t-il répliqué en souriant. On fait du mieux qu'on peut, pas vrai?

— Certes. »

Je me rappelle avoir pensé : *Bram se battrait davantage que ça pour continuer à faire partie de la vie de ses enfants.* Puis : *Arrête de comparer!*

(« La comparaison est voleuse de joie » : c'était l'une des citations préférées de Merle. Et c'était tellement vrai.)

Enfin bref, c'est à ce moment-là que je les ai vus, Bram et les garçons. Sous un vieux marronnier près du portail donnant sur Alder Rise Road. Les enfants avaient les cheveux mouillés – ils sortaient de la piscine et Bram avait tendance à oublier les bonnets – et les joues rouges. Le vent soufflait et il s'est brusquement abattu une grêle de projectiles verts, arrachant à Harry des cris d'enthousiasme alors qu'il tendait les mains pour essayer d'en attraper un. Leo, toujours prudent, s'est écarté mais Bram l'a rattrapé pour le ramener dans la ligne de feu et, malgré ses hurlements de protestation, son visage s'est illuminé d'excitation.

Ils ne m'ont pas vue et je ne les ai pas montrés à Toby – qui de toute façon était en train de s'éloigner lentement devant moi, les yeux fixés sur son téléphone ; j'ai préféré garder cette vision pour moi.

J'y repense encore, parfois, au spectacle qu'ils offraient tous les trois et au sentiment que cela m'avait inspiré de les observer de l'autre bout du parc : une étrange mélancolie que je n'avais su m'expliquer sur le moment, même si maintenant je pense qu'elle était directement liée à ce que j'avais ressenti plus tôt en me réveillant. C'est le jour où j'ai renoncé à quelque ultime espoir subconscient et secret que Bram et moi puissions nous réconcilier.

#VictimeFi
@SarahTMellor Cette femme est encore amoureuse de son ex #çacrèvelesyeux
@ash_buckley @SarahTMellor N'oubliez pas qu'elle a dit au début qu'elle avait envie de le tuer.

Bram, document Word

Il y a un samedi matin d'octobre, où j'ai emmené les garçons au parc, auquel je pense souvent maintenant. Ç'a probablement été la dernière fois, prétraitement, où j'ai eu la capacité de me vider temporairement l'esprit et de vivre dans l'instant. Avant, je détestais cette expression, « vivre dans l'instant » ; je la trouvais un peu trop new age pour moi, mais elle décrit assez bien le sentiment. C'était comme si je n'avais ni passé ni avenir, mais avais été transplanté dans ce coin d'Alder Rise avec deux hilarants petits garçons pour attraper des marrons au vol alors qu'ils tombaient. Je leur ai parlé du panneau « Attention, chute de marrons » que quelqu'un avait fixé à un arbre quelques années plus tôt, et Leo a dit : « Tu trouves pas que ce serait drôle si la personne qui a mis le panneau s'était pris un marron sur la tête à ce moment-là ? » tandis que Harry ajoutait : « Oui, et qu'il en était *mort*. »

Oh, on a bien ri jusqu'à ce qu'on rentre à la maison, qu'ils enfilent chacun leur marron préféré sur une ficelle et qu'au bout de quelques secondes, Harry ait touché Leo à l'œil et que celui-ci soit obligé d'appuyer un paquet de petits pois surgelé contre son visage pendant que je leur faisais jurer de ne rien dire à Maman, parce que Fi était exactement le genre de personne qui aurait pensé qu'un panneau pour avertir de la chute de marrons était une bonne idée.

Je n'ai pas arrêté de m'excuser auprès d'eux, je m'en souviens, et ils m'ont systématiquement répondu « C'est pas ta faute, Papa », en partie parce qu'ils se tenaient toujours pour mutuellement responsables de leurs malheurs, c'était leur réglage par défaut, et en partie parce qu'ils ne savaient pas de quoi je m'excusais vraiment.

Peut-être que moi non plus, pas réellement. Pas avant le lendemain matin.

***

Je peux indiquer le moment exact où le dernier doigt par lequel je m'agrippais à la paroi rocheuse a lâché, causant une perte d'altitude si extrême que j'ai failli m'évanouir : à 10 h 30 le dimanche 16 octobre, alors que j'étais assis à la table de la cuisine en train de jouer au Monopoly Pokémon avec les garçons tout en parcourant les actualités locales sur mon téléphone à carte prépayée.

POLICE RECHERCHE MEURTRIER
SUITE À L'HORRIBLE ACCIDENT IMPLIQUANT
UNE MÈRE ET SA FILLE

La jeune victime d'une collision qu'on soupçonne d'être due à un comportement agressif au volant, survenue le mois dernier dans Thornton Heath, est décédée à l'hôpital des suites de ses blessures. Ellie Rutherford, dix ans, assise côté passager dans la Fiat 500 de sa mère au moment de l'accident, le 16 septembre au soir, a perdu son combat hier après de multiples interventions chirurgicales.

Karen Rutherford est toujours soignée à l'hôpital de Croydon, où elle se remet lentement de ses propres blessures. Ni elle ni son époux n'ont souhaité faire de commentaires.

Un porte-parole de la police a déclaré : « C'est une nouvelle incroyablement triste et nous aimerions assurer à la famille d'Ellie que nous faisons tout ce qui est en notre pouvoir pour trouver le contrevenant et le traduire en justice. Nous sommes particulièrement intéressés par ce que pourrait nous révéler une femme qui a contacté l'hôpital de Croydon pour dire qu'elle avait été témoin de l'accident. Nous souhaitons souligner le fait que toute information dont elle pourrait nous faire part sera traitée avec la plus stricte confidentialité. »

Des fleurs ont été déposées en hommage au domicile de la famille ainsi que sur le lieu de la collision dans Silver Road.

Ces mots resteront gravés dans mon âme aussi longtemps que je respirerai. Une enfant n'était plus gravement blessée, mais morte. *Une enfant était morte...*

« Pose ce téléphone, Papa, a dit Leo, imitant Fi. Il faut que tu te concentres sur la partie. »

Une enfant était morte !

« Papa ? Est-ce qu'on achète Nidoqueen ? a demandé Harry.

— Je te laisse décider, ai-je répondu d'une voix qui même à moi m'a semblé spectrale. Est-ce qu'on a assez d'argent ?

— Elle est *vraiment* chère, l'a asticoté Leo. Trois cent cinquante pokédollars. Tu es sûr de savoir compter jusque-là ?

— Bien sûr que oui ! »

Alors que Harry commençait à compter les billets n'importe comment, fidèle à lui-même, j'ai senti mon impatience grandir et craint la rage que je risquais de laisser exploser : je me suis imaginé en train de renverser la table, de rugir comme un monstre, de passer à travers les vitres en les fracassant. Cela m'a effrayé : la violence que je ressentais à l'égard de Mike, de Wendy, de moi-même, pouvait se révéler aux deux personnes que je souhaitais le plus passionnément protéger.

Une enfant était morte. Le chef d'accusation allait passer de blessures graves à homicide involontaire, ou conduite dangereuse ayant entraîné la mort – je n'avais aucune idée de l'intitulé exact, je savais seulement que j'allais être jugé coupable.

Pas quatre ans de prison, mais dix. Peut-être plus.

« Accordez-moi une minute, les garçons, vous voulez bien, pendant que je vais aux toilettes ? Leo, aide Harry à compter son argent, d'accord ?

— Mais il est pas dans mon équipe, a-t-il protesté.

— Fais-le, c'est tout ! » ai-je hurlé.

Aussi contraires qu'ils soient, la stupeur qui s'est affichée sur leur visage était identique lorsque je suis sorti de la pièce en courant pour aller vomir dans les toilettes.

« *L'histoire de Fi* » > 01:41:20

À mon retour dans Trinity Avenue ce dimanche, Harry a été le premier que j'ai vu en entrant. Bien que désormais habitué aux allées et venues de ses parents séparés, il venait toujours dans l'entrée annoncer les gros titres.

« Leo s'est fait mal à l'œil !

— Ah bon ? Comment ?

« — Complètement par accident, c'était pas ma faute. Et on a fini de marquer toutes nos affaires avec le stylo spécial de la police !

— Bravo ! Vous avez fait tous les téléphones, les iPad, etc. ?

— Oui, tous. Oh, et Papa est encore en train de vomir, s'est-il rappelé en voyant Bram sortir des toilettes.

— Ah oui ? » *Encore ?* « Ça va, Bram ?

— Ça va. Juste une petite intoxication alimentaire. Tu as passé un bon week-end, Fi ?

— Oui. Je… Je l'ai passé avec un ami. »

Nous nous sommes regardés droit dans les yeux et j'ai été surprise de rougir. La réaction de Bram a été pour le moins étrange : un côté de son visage s'est mis à se convulser, comme s'il recevait les coups d'un adversaire invisible. Il offrait, en fait, l'apparence exacte qu'une ex-femme plus vengeresse que moi aurait rêvé de lui voir : celle d'un être anéanti, à sa merci.

Ç'a été loin d'être aussi satisfaisant – en théorie, car je n'étais pas ce genre de femme – que j'aurais pu m'y attendre.

« Laisse-moi aller voir l'œil de Leo », ai-je ajouté.

29

Bram, document Word

J'avais préparé ma stratégie avant même que l'inévitable provocation arrive le lundi matin :

Je suppose que tu as vu les dernières nouvelles? La donne a changé.

Si j'étais vraiment parano, j'aurais cru que Mike avait fait en sorte que la pauvre enfant meure pour servir ses propres intérêts. Je ne supportais pas l'idée de le revoir, alors je lui ai téléphoné.

« Content d'avoir de tes nouvelles, Bram, a-t-il répondu. Tu es enfin revenu de tes erreurs, c'est cela ?

— J'ai eu ton texto, ai-je répondu froidement. Ta compassion est étourdissante. »

Il a ricané.

« La compassion, c'est pas mon truc, tu devrais le savoir maintenant.

— Tu es un sociopathe. »

Il a soupiré.

« Est-ce qu'on doit vraiment se livrer au même numéro chaque fois ? Est-ce vraiment pour ça que tu m'appelles ? »

Je me suis repris.

« Je t'appelle parce que j'ai une proposition à te faire.

— Ah oui ? Dans ce cas, on devrait…

— Non, je n'ai aucune intention de te revoir. Je vais te le dire maintenant, au téléphone. C'est à prendre ou à laisser. »

Son petit rire méprisant m'a donné envie d'aller le trouver, où qu'il soit, pour lui balancer mon téléphone à la figure.

« OK, vas-y, je t'écoute. »

J'ai inspiré à pleins poumons, assez pour dire ce que j'avais à dire sans m'interrompre :

« Tu fais ce que tu as à faire. Si tu es assez fou pour me voler des passeports, ou quoi que ce soit d'autre, je ne t'arrêterai pas. Mais je refuse d'y être mêlé. C'est toi qui commets le délit, et si par miracle tu réussis, tu fais ce que tu veux avec l'argent, tu vas où tu veux. Quoi qu'il arrive, je ferai comme si je ne savais rien. Je ne t'aurai jamais rencontré, je n'aurai jamais entendu ton nom. »

Me voler des passeports… je ne t'arrêterai pas : la proposition était là, enfouie dans la tirade, et je savais qu'il la dénicherait immédiatement. Prends ce que tu veux chez moi, ne me demande pas de participer activement au complot, c'est tout.

Dans les vingt-quatre heures qui s'étaient écoulées depuis que j'avais appris la mort de la petite Ellie Rutherford, ce scénario – tout absurde, stupide et pernicieux qu'il soit – s'était imposé comme une alternative comparativement désirable. J'en serais la victime, tout comme Fi. Nous perdrions la maison, mais nous la perdrions ensemble, je serais là pour elle et elle pour moi. Ce serait peut-être la naissance – la renaissance – d'une belle histoire. Je m'imaginais en train de la consoler, de lui dire que nous allions surmonter cette épreuve ensemble, que les biens matériels n'étaient

rien comparés à la santé, la famille, l'amour. Cela prendrait des années, mais je commencerais à oublier cette
pauvre enfant et la famille qu'elle laissait derrière elle.
Je trouverais peut-être même un moyen d'expier.

« C'est tout ? » a demandé Mike.

Une autre grande inspiration et j'ai continué précipitamment :

« En échange, j'aurai besoin de la photo de l'incident
et de l'enregistrement, quel qu'il soit, qu'a fait Wendy.
J'aurai besoin de votre parole qu'il ne reste rien qui
puisse m'incriminer, ou permettre d'établir un lien
entre nous. »

Alors même que je disais ces mots, j'ai compris
combien une telle promesse aurait peu de valeur :
Wendy et lui étaient des maîtres chanteurs, bien sûr
qu'ils en garderaient des copies, au su ou à l'insu l'un
de l'autre. Une nouvelle vague d'angoisse a suivi : il y
avait aussi un texto que j'avais oublié. Celui que j'avais
reçu de Wendy après notre nuit ensemble, avec le lien
vers l'article au sujet de la récompense, avant que Mike
entre en jeu, m'avait été envoyé sur mon téléphone
« officiel », celui enregistré à mon nom et fourni par
mon employeur. Je l'avais supprimé, bien sûr, mais
les messages et les dossiers ne pouvaient-ils pas être
récupérés par la police après leur suppression ? Même
si ces imbéciles pensaient sincèrement avoir rempli leur
part du contrat, même si Mike me fournissait un alibi
convaincant pour le cas où je serais arrêté, serais-je
trahi par la technologie ?

Ayant ressenti une émotion proche de l'euphorie
pendant que j'échafaudais cette solution, j'étais désormais en train de tomber en chute libre, avec un long
hurlement de l'âme, parce qu'elle ne tenait pas debout.

« Hmm. » La voix de Mike s'est infiltrée dans mon
oreille, poisseuse et toxique. « Je ne crois vraiment pas

que tu sois en position d'exiger quoi que ce soit, Bram, même si tu as réussi à te convaincre que ce que tu suggères est une véritable proposition.

— Mais je ne vois pas pourquoi vous avez besoin de moi, ai-je geint, déjà réduit à l'état d'enfant suppliant. Vous pouvez vous débrouiller sans moi.

— Oh, mais justement, non. Je croyais qu'on avait établi ça la dernière fois : tu es intrinsèquement inimitable. » Un silence pendant qu'il appréciait la richesse de son propre vocabulaire. « Alors tu sais quoi, c'est moi qui vais te faire une proposition : arrête les conneries et on gardera ça entre adultes. »

J'ai dégluti. J'avais la gorge à vif à force de vomir plusieurs fois par jour – chaque fois que j'essayais d'avaler quelque chose, en gros.

« Qu'est-ce que ça veut dire exactement ?

— Ça veut dire qu'on n'aura pas à mêler les enfants à ça. Qu'est-ce que tu en dis ?

— Quoi ?! »

Un nœud s'est formé dans mon estomac.

« Leo et Harry, c'est ça ? Amateurs de chiens, je suppose. »

Bien sûr, il les avait vus au concours canin, ne serait-ce que fugitivement. L'idée qu'il avait été assez près d'eux pour les toucher m'a fait monter la bile à la bouche.

« Je suis sûr que tu aimerais qu'il ne leur arrive rien, n'est-ce pas, Bram ? Moi aussi, et, comme je te l'ai dit, c'est la proposition que je te fais.

— Ce n'est pas une proposition, c'est une menace, et tu le sais.

— Interprète-la comme tu veux, j'essaie juste d'être sympa. Maintenant, laisse-moi te rappeler ce que tu vas faire en premier.

— Non, j'ai besoin de savoir…

252

— Ferme ta gueule, maintenant, Bram, OK ? Je veux ces clichés de la photo et de la signature sur le passeport de ta femme d'ici la fin de la journée, compris ? Et s'ils n'arrivent pas, les preuves de ta présence dans Silver Road seront entre les mains de la police à 9 heures demain matin. J'estime que tu seras arrêté avant midi, qu'est-ce que tu en penses ? Et pendant que tu croupiras dans une cellule au poste de police, ces deux petits garçons n'auront que leur mère pour les protéger. Espérons qu'elle soit à la hauteur de la tâche, hein ? »

Et sur ces mots, il a raccroché, me laissant jurer dans le vide que s'il mentionnait encore une seule fois Fi et les enfants, je le tuerais.

« L'histoire de Fi » > 01:42:33

Lorsque Bram a demandé s'il pouvait passer le lundi soir récupérer des documents dont il avait besoin pour la déclaration à l'assurance auto, je lui ai rappelé que le classeur était vide.

« Tu as pris tous les papiers il y a des mois.

— Je sais, mais je ne retrouve pas l'attestation de bonus de quand j'ai changé de police l'année dernière. Je dois l'avoir rangée avec les papiers d'assurance de la maison. Ça ne me prendra même pas une minute de la retrouver. »

Lorsqu'il est ressorti du bureau, je lui ai demandé :

« Quand est-ce que tu crois qu'ils vont nous rembourser ? » Cela faisait désormais deux semaines que nous avions déclaré le vol de l'Audi, et celle-ci n'avait toujours pas été retrouvée. Je n'avais eu aucune nouvelle de l'agent de police qui était venu à la maison. « Est-ce que c'est comme les personnes disparues, il faut laisser passer un temps déterminé avant de pouvoir les déclarer mortes ? »

Il a eu l'air si soudainement, si inexplicablement triste que j'ai tendu la main pour la poser sur son bras. D'ordinaire, j'évitais soigneusement tout contact physique avec lui, mais le geste avait été instinctif, presque maternel.

« Je sais que tu adorais cette voiture. Leo a de la peine aussi. Mais on va en acheter une autre ou, comme tu l'as suggéré, on va essayer de se débrouiller sans pendant quelque temps. On pourrait utiliser l'argent de l'assurance pour autre chose ? Tu sais que je veux faire repeindre la maison. On n'a pas rafraîchi l'étage depuis des années. » Je me suis tue avant d'ajouter : « Quoi qu'il arrive, une chose est sûre, j'aurai besoin de garder la voiture de location pour le séjour dans le Kent. »

C'était un long week-end dans la maison de vacances d'Alison sur la côte, une tradition de la Toussaint pour les mères et les enfants qui en était désormais à sa cinquième édition.

« Je ne pensais pas que tu irais cette année, a fait Bram.

— Pourquoi ça ? »

Il a visiblement lutté pour maîtriser sa réaction avant de dire enfin :

« Je ne sais pas, Fi. C'est entièrement ta décision. »

Eh bien, non, ce n'était pas totalement vrai. Le *nesting* reposait sur le compromis, et j'avais autant besoin de sa coopération que lui de la mienne.

« Quand on sera partis, tu devrais décider tout seul où tu veux passer ton temps, lui ai-je dit. Je ne sais pas si tu préfères dormir à la maison ou à l'appartement ? On n'a pas évoqué ça avec Rowan, si ? » Il ne se rappelait clairement pas qui était Rowan alors j'ai précisé :

« Notre conseillère en divorce. Est-ce que tu iras au rugby avec Rog et les autres le samedi ? »

Traditionnellement, les maris profitaient du même week-end pour aller voir un match à Twickenham ou, quand les dates ne correspondaient pas, du foot à Crystal Palace. Les autres années, Bram avait toujours été au cœur de l'action, menant la tournée des bars, censurant le compte rendu de leurs exploits. (J'obtenais généralement les détails plus hauts en couleur de Merle ou d'Alison.)

« Je vais probablement dormir à la maison, a-t-il dit, fidèle à sa nouvelle habitude de converser avec un décalage d'une demi-minute. Je vais peut-être inviter des amis du travail. Quelques collègues et leurs femmes.

— Bonne idée, tu as l'air un peu stressé ces temps-ci. » J'ai songé à la dernière fois que je l'avais vu, au spasme incontrôlable qui avait agité son visage. « Et j'ai conscience que ça va te faire manquer deux nuits avec les garçons, mais tu peux les récupérer en semaine, si tu veux ? Quand est-ce que ça t'arrangerait ? »

Il m'a regardé d'un air tellement sombre, à ce moment-là, qu'il aurait aussi bien pu être un homme auquel on venait de diagnostiquer une maladie incurable.

« Le plus tôt sera le mieux. »

Bram, document Word

Son passeport était exactement à sa place, avec ceux du reste de la famille dans le meuble à tiroirs, où ils se trouvaient, avais-je dans l'idée, depuis que nous étions rentrés de nos dernières vacances en famille. Une semaine à Pâques sur les chaudes plages volcaniques de Lanzarote ; ç'aurait aussi bien pu être un voyage en sous-marin au fond de la fosse des Mariannes, tant ça me semblait relever du fantastique à présent.

Le tiroir portait la mention « Documents confidentiels » et, si j'avais encore eu de l'humour, j'aurais fait remarquer à Fi l'utilité d'une telle indication pour le tsunami de criminels qui s'était abattu sur Alder Rise. Mais je ne l'ai pas fait, doté seulement de la certitude nauséeuse et totalement dénuée d'humour que j'étais le pire criminel d'entre tous.

L'ennemi de l'intérieur.

**

J'ai envoyé les photos à Mike avant l'échéance et il m'a immédiatement répondu :

> Voilà qui est mieux, Bram. Ta prochaine tâche est d'appeler cet agent immobilier et de prendre un rendez-vous pour faire estimer la maison.

Il a ajouté les coordonnées de la division des ventes privées d'une succursale de Challoner's Property à Battersea.

> Est-ce qu'ils sont aussi de mèche avec toi ?

> NON. Toi, moi, Wendy. PERSONNE D'AUTRE. Compris ?

> Oui.

L'idée qu'une personne normale, un tiers, se retrouve mêlé à cette folie m'a donné la nausée. Et si l'agent commençait à me soupçonner et revenait à la maison un jour où Fi était là pour vérifier ?

Juste au moment où j'allais éteindre mon téléphone, un dernier texto est apparu :

> Ne merde pas sur ce coup-là ou tu sais qui en paiera le prix.

30

Bram, document Word

Aie l'air naturel. Normal. Reste toi-même.

J'ai ouvert la porte, en souriant comme si j'avais affaire à un nouveau client.

« Bonjour. Vous devez être Rav ?

— Challoner's Property. Vous avez une magnifique maison, Bram.

— Oui. C'est vrai. Entrez, pour la voir comme il se doit. »

Mike avait fait des recherches et découvert que cette agence de Battersea était l'un des principaux relais pour les gens qui n'avaient pas les moyens d'acheter dans les quartiers plus centraux où ils avaient vécu jusqu'alors et qui étaient ouverts à l'idée de migrer vers ceux qui leur étaient adjacents, comme Alder Rise.

J'avais fixé l'estimation au mercredi matin car notre calendrier commun montrait que Fi partait tôt ce jour-là pour un salon professionnel à Birmingham et que je pourrais assez facilement prétendre travailler de chez moi. L'idée que des voisins puissent mentionner ma présence à Fi ne m'inquiétait pas : la plupart de ceux qui nous connaissaient assez bien pour être au courant des modalités de notre entente de garde étaient au travail, et même s'il y en avait une (ce serait forcément « une ») qui par hasard se trouvait chez elle, il y avait peu de chances qu'elle sache que je n'avais pas l'accord de Fi pour être là ou que mon invité était un agent immobilier.

Il n'empêche, m'introduire dans la maison m'avait fait l'effet de la violation que c'était bel et bien, même avant que je procède à une rapide inspection des lieux pour ramasser les vêtements qui traînaient par terre et enlever – sur les ordres de Mike – toutes les photos de Fi. Au moins, il n'avait pas exigé que j'insère des clichés de Wendy à la place ou, pire, qu'elle soit présente à mes côtés pour ce rendez-vous. « Tu n'as pas besoin d'aide, tu vas te débrouiller », avait-il dit, magnanime, le sous-entendu étant : sinon, je serai le premier à le savoir.

Si Rav a remarqué quelque chose de mon humeur sombre pendant la visite, ça a seulement été pour l'interpréter comme une réticence d'un ordre plus conventionnel.

« À quel point êtes-vous certains de vouloir vendre, votre femme et vous ?

— Oh, sûrs et certains. Et aussi vite que possible, c'est pour cela que nous voulons la mettre à un prix réaliste. Et nous souhaitons rester extrêmement discrets, d'où notre décision de passer par votre service de ventes privées. Nous ne voulons pas que les voisins sachent que nous vendons, donc il ne doit pas y avoir de détails dans votre vitrine ou sur Internet. Et nous ne pouvons pas recevoir de visiteurs les soirs de semaine, non plus. Les garçons se couchent tôt les veilles d'école.

— Compris », a répondu Rav en notant cette dernière exigence sans se départir de son attitude serviable et prévenante. Manifestement, il avait déjà eu affaire à vendeurs plus difficiles. « Je vous suggère une journée portes ouvertes. Comme ça, tout le monde vient visiter d'un seul coup. Toute personne qui aurait besoin d'une visite supplémentaire pourra ensuite se présenter à un moment qui vous convient, ou peut-être pendant que vous serez au travail ? »

Je lui ai dit que le jour qui nous arrangeait le mieux était samedi en huit : le 29 octobre.

« C'est le dernier week-end des vacances scolaires, a-t-il répondu. Ce n'est pas idéal, certains de mes candidats seront en train de rentrer de vacances et ne pourront pas venir. »

Cela avait été un choc pour moi d'entendre Fi commencer à parler de s'organiser pour ce week-end-là, comme si le reste du monde avait un avenir à anticiper joyeusement, alors que moi, je vivais – respirais – au jour le jour, avec pour seule émotion vis-à-vis du lendemain une douloureuse appréhension. Mais du point de vue d'un escroc, cela tombait très bien : la moitié de nos voisins seraient partis en vacances ou dans leur famille, y compris celles qui seraient avec Fi chez Alison, dans le Kent.

Certes, leurs maris resteraient à la maison mais, d'après mon expérience, les hommes ne remarquaient pas grand-chose.

« Il n'y a pas d'autre jour qui marche pour nous, ai-je insisté.

— Alors c'est celui pour lequel nous opterons. Ce ne sont pas les gens intéressés qui vont manquer. Beaucoup ont des enfants plus jeunes, qui n'ont pas encore commencé l'école, alors les vacances scolaires ne seront pas un problème. C'est le secteur de rattachement à Alder Rise Primary qui les attire, bien sûr.

— Bien sûr », ai-je acquiescé.

Je n'ai pas pensé à mes propres fils et à la possibilité qu'ils ne puissent pas rester dans leur excellente école publique avec les cochons d'Inde de compagnie et l'assistante pédagogique dont les yeux se mouillaient de larmes lorsque les élèves de sa classe chantaient pour leurs parents au concert de fin d'année. Je n'ai pas pensé à eux alors que je parlais pourcentages de commission et que je signais l'accord qu'il a immédiatement dégainé. Je me suis dit que le système judiciaire, l'ordre public, la moralité, quelque chose, interviendrait pour couper court à la folie dans laquelle je me retrouvais plongé. Pour empêcher Mike de me maintenir la tête sous l'eau jusqu'à ce que mes poumons éclatent.

« Dès que je serai de retour au bureau, je commencerai à appeler mes candidats », m'a promis Rav.

« Mes candidats », ne cessait-il de les appeler. Des candidats à notre vie.

Après son départ, j'ai replacé les vêtements par terre dans les chambres et les photos dans leurs cadres respectifs.

***

Lorsque je suis arrivé au travail peu avant l'heure du déjeuner, Mike traînait devant l'immeuble.

« Combien ? m'a-t-il demandé.

— On s'est mis d'accord sur deux millions deux.

— Moins cher que le voisin, bon boulot. Accepte toute offre au-dessus de deux millions.

— Oui chef. »

Il n'a pas bougé. Une de mes collègues est passée, un sac repas de la sandwicherie voisine à la main.

« Salut, Bram ! » m'a-t-elle lancé.

Super. Elle connaissait mon nom, même si j'avais oublié le sien. Et elle m'avait vu avec Mike. Bien qu'il porte un bonnet noir rabattu sur les sourcils, ses traits anguleux et sa carrure d'armoire à glace étaient faciles à reconnaître. (« Oui, c'est bien l'homme que j'ai vu en compagnie de Bram. Ils avaient l'air un peu louches tous les deux, pour être honnête. »)

« Écoute, Mike, il faut que tu t'en ailles. On ne peut pas être vus ensemble comme ça. Est-ce que tu peux me contacter de la façon habituelle, la prochaine fois ? »

Il m'a adressé un long regard qui disait *Ce n'est pas toi qui donnes les ordres, c'est moi.*

« Garde un œil sur ce que fait cet agent, d'accord ? a-t-il fini par dire. Et il nous faut l'argent de la voiture d'ici la semaine prochaine – j'ai rendez-vous avec un mec.

— Quel mec ?

— Fais-moi confiance, vaut mieux pas que tu saches. »

Lui faire confiance ? Bien sûr.

« Si le chèque n'est pas arrivé d'ici là, il faudra que tu trouves un autre moyen de te procurer le fric », a-t-il ajouté. Il est resté immobile, les mains dans les poches, affichant une décontraction exaspérante. « Toujours pas de nouvelles de la police ?

— Non. Pas depuis qu'ils ont parlé à ma femme.

— Tu peux dire son nom, Bram. Fiona. Fi, c'est comme ça que tu l'appelles ?

— Je peux dire son nom, oui, mais je préférerais que tu ne le fasses pas.

— Oh, bon, dans ce cas », a-t-il répliqué d'un ton railleur.

Je n'ai pas réagi.

« Écoute, au sujet de l'alibi que tu as évoqué ?

— Oui. Half Moon, Clapham Junction.

— J'aurais besoin de ton nom de famille et d'un numéro, juste au cas où.

— Contente-toi de mentionner Mike. Je suis tout le temps fourré là-bas, le personnel saura leur indiquer où me trouver. On n'est pas potes, on n'a pas échangé nos numéros de téléphone ou un autre truc d'homo, on a juste engagé la conversation, passé la soirée à picoler. »

Il avait raison de se méfier, mais c'était rageant de continuer à me voir refuser son nom complet. Mes recherches en ligne pour tenter de découvrir leur identité, à lui et Wendy, avaient donné des résultats risibles : essayez donc de googler « Mike South London ». Et de toutes les sociétés de nettoyage commercial que j'avais trouvées à Beckenham et ses alentours, aucune ne comptait de Wendy parmi son personnel permanent.

« Pas la soirée, il fallait que je sois de retour dans Alder Rise à 19 heures pour les garçons.

— D'accord. On a pris deux pintes entre 17 h 30 et 18 h 30, qu'est-ce que tu dis de ça ? On a parlé football. Rien de trop personnel. On ne peut pas attendre de toi que tu te rappelles les détails. Je connais un des barmans là-bas ; pour quelques livres, il attestera qu'on était là.

— À propos d'argent, si vraiment on fait ça, une fois que ce sera fini, quelle sera ma part ? »

Il a éclaté de rire, lâchant des volutes de fumée dans l'air froid.

« Je me demandais quand tu allais poser cette question.

— Eh bien, alors, réponds-moi. »

Il a rapproché son visage du mien, fixant sur moi un regard torve.

« Ta part, c'est ta liberté, mon pote. Dix ans, je pense que tu prendrais ; minimum. Et on sait tous qu'il n'y a rien de pire qu'être un tueur d'enfants en prison.

Imagine dix ans à te faire tabasser, enculer et Dieu sait quoi d'autre, un quinqua comme toi enfermé avec un psychopathe de vingt ans. Ou bien est-ce qu'ils sont trois par cellule, de nos jours ? Tu me diras. »

J'ai retenu mon souffle, le cœur battant la chamade.

« J'ai l'impression que j'ai touché un point sensible, m'a-t-il nargué. Imagine tous les points sensibles qu'ils toucheront en prison, hein ? Ils feront la queue à l'entrée de ta cellule. »

J'ai commencé à reculer, comme si j'avais affaire au prince des Ténèbres lui-même.

« T'inquiète pas pour le fric, m'a-t-il lancé. On t'enverra un petit quelque chose quand ce sera fini. Appelons ça une prime d'intermédiaire. »

« L'histoire de Fi » > *01:46:26*

Non, je n'avais pas présenté Toby à Bram. Je ne l'avais présenté à personne. Je ne souhaitais pas faire la tournée des dîners d'amis de Trinity Avenue pour l'exhiber et lui, de son côté, n'était pas intéressé par les structures sociales d'Alder Rise.

« Pourquoi est-ce qu'il ne t'invite jamais chez lui ? m'a demandé Polly.

— D'après ce que j'ai cru comprendre, il pense que ce n'est pas un endroit par lequel je serais impressionnée, ai-je répondu. Il a réduit son train de vie après son divorce, donc j'imagine que le logement est assez modeste.

— Ce n'est pas qu'il est encore marié, hein ?

— Non, mais si c'était le cas, je ne pourrais pas vraiment lui en vouloir, vu que je le suis encore moi aussi.

— Tu es séparée, c'est différent, m'a-t-elle reprise. Est-ce qu'Alison l'a rencontré ?

— Non, personne. Ce n'est pas une relation sérieuse, Polly.

— Mais quand même, ne pas savoir où il vit ? Peut-être que tu devrais demander à sa femme », a-t-elle fait d'un ton moqueur.

Ce ne serait pas la dernière fois qu'elle avançait la théorie de l'homme marié – et, en toute justice, les infidélités de Bram lui donnaient de bonnes raisons de douter de ma capacité de jugement – mais j'ai choisi de ne pas écouter le tintement de la sonnette d'alarme. Je ne voulais pas passer mon temps à lui chercher des défauts ou à me préparer au pire. Peut-être que ce genre d'attitude n'a pas sa place dans notre monde cynique, mais je ne vais pas m'excuser d'essayer.

De toute façon, j'étais débordée au travail, les vacances scolaires approchaient désormais à grands pas, et avec elles notre week-end dans le Kent, qui demandait une certaine planification. Après nos vacances d'été annulées, Harry était tellement excité de partir qu'il n'a presque pas réussi à dormir de toute la semaine qui précédait. Cela n'a pas aidé qu'une nuit, un hélicoptère de police tourne au-dessus d'Alder Rise pendant des heures. C'est South London ; ça arrive parfois.

« Il n'y a pas de quoi s'inquiéter, l'ai-je rassuré lorsqu'il est venu se coucher dans mon lit. C'est juste la police qui est en train d'attraper des criminels.

— Comment est-ce qu'elle fait pour les attraper dans le noir ? »

Je lui ai parlé d'un article que j'avais lu au sujet des caméras thermiques embarquées sur les hélicoptères de police. On se croyait à l'abri dans sa cachette sous les buissons, mais on apparaît en blanc brillant sur les écrans au-dessus.

« C'est exactement comme ton stylo de la police scientifique. Ils utilisent une lumière spéciale pour voir ce qu'on ne voit pas.

— Ils sont plus malins que les méchants, a-t-il répondu.

— Bien plus. »

Aussi ironique que cela puisse paraître, alors qu'allongée dans mon lit, j'écoutais le staccato incessant de ces pales en rotation, j'ai sincèrement pensé que ce devait être vraiment horrible d'être un criminel en fuite avec toutes ces technologies du XXIe siècle contre soi. Une fois que la police était sur vos traces, vous n'aviez plus nulle part où vous cacher. Je me suis même dit, brièvement : *Pauvre gars.*

Enfin, je supposais que c'était un homme.

Bram, document Word

Il y a un article – et un seul – que je n'ai pas eu besoin de retenir mot pour mot, parce que j'en ai gardé une copie imprimée. Vous la trouverez parmi les maigres effets que j'aurai laissés derrière moi dans la chambre d'hôtel.

LES PARENTS PLEURENT
LEUR « RAYON DE SOLEIL »

Les obsèques de la tragique victime de la collision de Silver Road, Ellie Rutherford, ont été célébrées ce jour en l'église St Luke, à Norwood, en présence de la mère de l'enfant de dix ans, autorisée à sortir de l'hôpital pour dire adieu à sa fille bien-aimée.

Beaucoup de personnes présentes portaient du jaune, la couleur préférée d'Ellie, et une composition florale blanc et jaune avait été placée sur son cercueil. Tim Rutherford, qui a pris la parole pendant le service, a décrit sa fille comme « notre rayon de soleil », une enfant qui aimait chanter et écrire des histoires, et qui était fière d'avoir été élue déléguée de sa classe pour sa dernière année d'école primaire. « Dix ans, c'est assez vieux pour qu'on ait pu voir la merveilleuse adulte qu'elle serait devenue », a-t-il conclu.

Ellie est décédée il y a une semaine des suites d'un accident survenu en septembre, lorsque la voiture de sa mère a fait une sortie de route à cause d'un véhicule en excès de vitesse. Alors que famille et associations de victimes de la route réclamaient une augmentation des effectifs affectés à l'enquête de police, l'oncle de la fillette, Justin Rutherford, a dit : « On aurait quand même pu penser qu'ils auraient un suspect en garde à vue, depuis le temps. Toute la famille est désespérée de savoir que ce criminel roule toujours, mettant la vie d'autres enfants en danger. »

L'inspecteur Gavin Reynolds a quant à lui déclaré : « Le travail de la police consiste souvent en un minutieux processus d'élimination, mais nous sommes certains que nous allons finir par trouver le conducteur fautif et découvrir exactement ce qui a causé cette collision mortelle. Nos pensées vont à la famille d'Ellie aujourd'hui. »

Au moment où j'écris ces lignes, je ne peux que supposer que les Rutherford connaissent désormais mon nom. Lorsque vous les lirez, ils le sauront certainement. Je ne peux qu'imaginer qu'ils espèrent que j'irai brûler en enfer.

31

« L'histoire de Fi » > 01:49:06

Nous étions quatre pour le week-end de la Toussaint
– Alison, Merle, Kirsty et moi –, chacune accompa-
gnées de deux enfants, donc douze en tout. Lorsque
je suis arrivée le jeudi après-midi, alors que la lumière
déclinait déjà, déposant sur la Manche un voile argenté,
Leo et Harry n'ont même pas pris la peine d'enlever
leur manteau avant de se fondre en hurlant dans la
marée d'enfants et de chiens qui avait envahi le vaste
jardin jouxtant les sables. Ils allaient passer le plus
gros de leur temps dehors, même si nous n'allions pas
jusqu'à les autoriser à dormir sous la tente : les vents
côtiers pouvaient être mordants la nuit.

J'ai trouvé les autres mamans assises au salon, une
bouteille de vin ouverte devant le feu. Bien que ce
soit la cinquième année que nous nous retrouvions
là, c'était la première depuis ma rupture, et je pouvais
entendre dans la pièce l'écho de la promesse qu'elles
s'étaient faite d'éviter le sujet. Ça m'allait, ai-je décidé.
Les seules histoires d'horreur racontées ce week-end
seraient sur le thème d'Halloween.

« Salut, tout le monde ! »

J'ai montré mon offrande : du gin artisanal acheté au marché des petits producteurs.

Alison s'est levée d'un bond pour m'accueillir en me serrant dans ses bras.

« Oh, mon Dieu, c'est carrément du gin de contrebande, ça, on va finir aveugles. À vos verres, les filles !

— Je m'en occupe, est intervenue Merle en me prenant la bouteille des mains et en se dirigeant vers la cuisine.

— Tu trembles, m'a dit Alison. Assieds-toi sur le canapé, c'est la place la plus près du feu. On a confié la responsabilité des enfants à Daisy. Onze ans, c'est assez vieux pour signaler un meurtre, hein ? »

J'ai ri. Ça n'a été que trop facile de me mettre à mon aise dans la pièce à l'éclairage tamisé, avec ses vieux murs de pierre qui retenaient les éléments à la porte et le gin tonic distribué par Merle qui étouffait toute tension amenée avec nous du monde réel.

« S'il vous plaît, est-ce qu'on peut éviter de parler dossiers d'inscription au collège ce week-end ? » a fait Kirsty. Une injonction, pas une demande. « Sinon, je vais exploser.

— Aucune objection de mon côté, a répondu Alison. Si ça ne tenait qu'à moi, les enfants resteraient à l'école primaire leur vie entière et il ne leur viendrait jamais à l'esprit que nous n'avons pas toujours raison sur tous les sujets.

— C'est l'avantage d'avoir des garçons, ai-je répliqué. De ce que je comprends, ils ne se départent jamais de cette conviction.

— Oh, et aussi les prix de l'immobilier, a ajouté Merle. Est-ce qu'on peut éviter d'en parler ? J'ai atteint mon point de saturation. »

Alison a écarquillé les yeux exagérément.

« Ça, ça va être plus difficile, mais on peut certainement essayer. Mais d'abord, est-ce que je peux
juste demander si quelqu'un d'autre a entendu parler
de la maison dans Alder Rise qui vient de dépasser le
plafond des trois millions ?

— Trois millions ? Sérieux ? »

Un frisson de plaisir familier nous a traversées :
une seule chose l'emportait sur la satisfaction d'être
millionnaire, c'était de l'être devenu sans lever le petit
doigt.

(Si cela vous semble suffisant et présomptueux,
rappelez-vous simplement pourquoi je suis ici en train
de vous parler. Il n'y a pas de millions sur mon compte
en banque, ça, je peux vous l'assurer.)

« C'est un agent immobilier que j'ai vu chez toi
l'autre jour ? m'a demandé Kirsty.

— Non, tu dois penser aux Reece, ai-je répondu. Je
crois qu'ils ont changé d'agence.

— Leur maison est sur le marché depuis un bout de
temps, n'est-ce pas ? a demandé Alison. Je me demande
quel est le problème ?

— Sophie Reece m'a dit qu'ils avaient refusé trois
offres trop basses, a expliqué Merle. Ils ne veulent pas
descendre en dessous de deux millions trois.

— Où est-ce qu'ils vont, Sophie et Martin ?

— Juste de l'autre côté du parc, ai-je répondu. Un
appartement en rez-de-jardin. Ils veulent réduire leur
train de vie. »

« Réduire son train de vie » était l'une des expressions les plus redoutées du vocabulaire d'Alder Rise,
associée comme elle l'était avec divorce, syndrome du
nid vide et difficultés financières – parfois les trois à
la fois.

« Ça nous arrivera à toutes un jour ou l'autre, a fait remarquer Merle. Et de ce que j'ai vu, quand le moment est venu, on ne résiste pas. »

Elle aurait aussi bien pu être en train de parler de la mort.

« Eh bien, je ne peux pas accepter ça, a rétorqué Alison.

— C'est marrant, mais moi si. Ça doit vouloir dire que je suis plus vieille que toi. »

Bien sûr, Merle était en assez bonne forme pour pouvoir faire ce genre de remarque sans la moindre trace de doute quant à ses charmes. Il avait été un temps où, de mon côté, j'aurais eu assez de doutes pour deux, mais ces jours-ci, entre mes cours de gym Pilates et le bouleversement général lié au fait de coucher avec quelqu'un de nouveau, c'était différent.

« Je suis d'accord avec Merle. Perso, je rêve de réduire mon train de vie, a déclaré Kirsty. Ou du moins, de garder ma maison mais avec moins de bordel dedans.

— C'est peut-être pour ça que c'est toi qui t'es fait cambrioler, a répliqué Alison avec un rire. Ils ont senti la minimaliste en toi.

— Oui, eh bien, ils ne vont pas oser recommencer, pas avec les beaux petits panneaux jaunes de la police de proximité qu'il y a partout, a fait Merle. Ils fonctionnent vraiment, parce qu'il n'y a pas eu d'autre incident depuis.

— Et la voiture de Fi, alors ? lui a rappelé Alison. C'était quand, déjà ?

— Il y a près d'un mois, me suis-je plainte. On attend toujours que notre demande de remboursement soit traitée.

— Autant essayer de faire saigner une pierre, a remarqué Kirsty. Je vous ai raconté qu'on n'avait rien obtenu, n'est-ce pas ?

— Et Carys dit que son fils est toujours en pourparlers avec la banque au sujet de l'escroquerie dont elle a été victime, a ajouté Alison. La police a expliqué qu'il était impossible de remonter la piste de l'argent, alors la seule question qui reste maintenant, c'est si la banque va accepter de la dédommager ou non.

— Mais elle ne va pas le faire !

— C'en est presque arrivé à un point où les assurances sont plus susceptibles d'indemniser les criminels que leurs victimes, a déclaré Alison. Ils ont probablement le droit inaliénable de ne pas se voir poussés à culpabiliser. »

Et ça a continué comme ça. Pour une oreille peu attentive, rien n'avait changé, c'était toujours le même badinage détendu d'amies de plus en plus éméchées, mais je ne pouvais pas m'empêcher d'être sensible à une ligne de fracture nouvelle entre les autres et moi. J'étais différente désormais, célibataire – ou presque ; une femme qui avait été humiliée et trompée. Lorsqu'elles entreprendraient de me cuisiner sur Toby, ce qu'elles n'allaient pas tarder à faire maintenant, ce serait avec cette délectation par procuration qui cacherait en réalité une peur sincère – celle de voir leur propre royaume s'écrouler. *Ça aurait pu être moi*, se diraient-elles.

Ne vous méprenez pas, ce n'est pas une critique de ma part. Toutes trois ont été d'excellentes amies à mon égard. C'est juste que dans le groupe, je suis l'intruse, et je vois maintenant que c'est quelque chose qui a commencé non quand j'ai perdu ma maison, mais quand j'ai perdu ma confiance en mon mari.

« Bref, pour récapituler, a dit Alison. Interdiction de parler des écoles, de l'immobilier, de la vieillesse…

— Qu'est-ce qui reste ? a gloussé Kirsty. Les hommes ? »

Nous y voilà, ai-je pensé.

« Je vous ressers ? »

Alison a balayé du regard, comme d'un projecteur, les surfaces de la pièce à la recherche de verres vides.

On a terminé le gin. Très vite, les bouteilles allaient commencer à s'amasser et nous allions plaisanter sur l'idée que pourrait se faire de nous un délégué à la protection de l'enfance qui passait par là, en découvrant la scène. Peut-être au moment où les enfants, rentrés pour dîner et attendant qu'il soit servi, auraient décidé de s'occuper, comme ils l'avaient fait une année, en alignant les cadavres de bouteilles pour souffler sur leur goulot. Faire de la musique à partir de la déchéance de leurs mères.

« Alors, Fi, donne-nous des nouvelles de ton expert de la circulation… »

#VictimeFi
@alanaP On dirait que c'est une aussi grosse alcoolo que son ex.
@NJBurton @alanaP Je me demande ce qu'il fait à la maison pendant ce temps-là ?
@alanaP @NJBurton C'est la grosse teuf dans le nid ! Vous avez remarqué qu'elles ont plaisanté sur le fait qu'un gamin puisse être assassiné ?
@NJBurton @alanaP Arrêtez ! Le coup de la maison est déjà assez dur à avaler, pas besoin que quelqu'un meure par-dessus le marché.

Bram, document Word

La survie, aussi provisoire qu'elle soit, tenait beaucoup à la compartimentation, et je commençais à devenir un expert dans l'art de rendre chaque joint de ces compartiments parfaitement étanche. L'alternative était de perdre la tête et de finir à l'hôpital psychiatrique ou sur le pont de Waterloo, disons le plus près des deux. Alors même que Rav arrivait avec une collègue de Challoner's pour préparer la journée portes ouvertes, j'étais en train d'imaginer mon corps qui tombait, je suivais sa trajectoire inéluctable vers le fleuve, je voyais l'eau l'avaler gloutonnement. Et les spectateurs de ce suicide : les gens appelaient-ils encore au secours dans ces cas-là, ou bien se contentaient-ils de filmer la mort avec leur téléphone et de la tweeter ?

« J'ai eu beaucoup de réponses intéressées », m'a dit Rav.

J'ai feint l'enthousiasme alors qu'il m'annonçait plusieurs rendez-vous pris et d'autres encore à confirmer.

« Ils savent tous qu'ils n'ont pas le droit d'en parler avec d'autres agents, n'est-ce pas ? »

Ma toute dernière crainte : un visiteur qui aurait vu la maison des Reece leur parlerait de ce prix de départ plus bas, l'utiliserait pour négocier avec eux. Sophie Reece passerait à la maison pour discuter de la situation avec Fi. « Je crois que vous avez mal compris », lui dirait celle-ci, en fronçant les sourcils de cet air perplexe que je trouvais si mignon autrefois. Elle détestait les dissensions entre voisins, se mettait en quatre pour préserver le statu quo. « Croyez-moi, je pense que je serais au courant. » Et Sophie serait d'accord, il devait y avoir un malentendu.

Réflexion plus utile, les Reece avaient une résidence secondaire en France et y allaient à toutes les vacances scolaires, sans faute. À moins que je n'aie vraiment pas de chance, ils étaient absents de la rue au moment exact où j'en avais besoin.

« Votre femme ne sera pas avec nous aujourd'hui ? m'a demandé Rav.

— Non, elle est partie en week-end prolongé avec les garçons. Femmes et enfants seulement. »

L'idée de ce groupe de femmes passant trois jours ensemble à boire et à refaire le monde était perturbante, mais en même temps, c'était loin d'être la plus perturbante à m'occuper l'esprit. Si elles avaient le moindre soupçon de ce que j'étais en train de faire maintenant, un acte de trahison conjugale si odieux qu'en comparaison, l'adultère semblait être une charité…

« Vous avez tiré le mauvais numéro, hein ? » a fait l'assistante de Rav.

Elle était occupée à arranger un spectaculaire bouquet de lys sur la console de l'entrée, aux tiges vertes fourchues comme des bois de cerf et aux bouches roses prêtes à séduire toute personne passant le seuil.

***

Comme Rav me l'avait promis, il y avait plusieurs parties intéressées, trop pour me rappeler de chacune, mais pas assez pour causer des embouteillages. Je suis resté le plus possible hors de vue, concentré sur la tâche de ne pas fumer, adressant des sourires spectraux à quiconque approchait.

« Vous avez une magnifique maison, m'ont-ils dit, les uns après les autres. Vous êtes dans le secteur de rattachement à Alder Rise Primary, c'est sûr ?

— Oui, et au Two Brewers, le pub », ai-je répondu.

Mais la blague est tombée à plat, probablement parce que j'offrais de façon si convaincante l'apparence d'un homme avec de sérieux problèmes d'alcool.

Enfin, alors que les derniers candidats de la journée faisaient le tour de la maison, je me suis autorisé une cigarette au fond du jardin, assis au bord de la terrasse de la cabane des enfants. La terre était en train de durcir sous l'effet des premières gelées, et les feuilles dorées tordues sur elles-mêmes attendaient que les enfants viennent taper dedans et les fassent craquer sous leurs pieds. Le sol avait été moelleux par cette nuit de juillet où ma chance avait finalement tourné. La nature n'avait pas émis de précieux avertissement lorsque Fi avait remonté l'allée sans bruit jusqu'à nous.

Oh, Fi. Aucune femme ne méritait moins ce qui l'attendait.

« Ça s'est très bien passé, m'a dit Rav lorsque la porte s'est refermée. Je suis sûr que nous allons recevoir des demandes de visite complémentaire après le week-end, peut-être même nos premières offres. »

Je suis allé nous chercher des bières dans le frigo ; jouer le jeu était plus facile avec de l'alcool – même ce jeu-là.

« Comment est-ce qu'ils ont les moyens de payer ce genre de prix ? ai-je demandé. Ils ne peuvent pas tous avoir un job important dans le secteur bancaire.

— Ils vendent un appartement ou une petite maison à Battersea, Clapham ou Brixton. Peut-être deux. Mais je sais que vous recherchez un acheteur qui ne soit pas aussi en train de vendre.

— Oui, nous préférerions éviter de devoir attendre. Nous avons besoin que ce soit fait rapidement.

— Ce sera notre priorité. Il y a souvent des gens qui ont récemment hérité, alors voyons si on ne peut pas trouver quelqu'un comme ça. »

Ce qui m'a fait penser à Fi – une fois de plus –, et à sa détermination de léguer la maison à Leo et Harry ; et l'espace d'un instant, le fait que je me trouve là dans l'intention de les priver de leur héritage en vendant celle-ci m'a paru scientifiquement impossible, complètement détaché de la réalité. Quelque interconnectivité karmique allait empêcher cette atrocité d'aller plus loin ; personne n'allait faire d'offre, même en baissant le prix, et ainsi j'aurais fait ce que voulait Mike sans causer de véritables dégâts. Wendy et lui ressortiraient furtivement de ma vie pour s'insinuer dans celle d'une autre pauvre poire.

Mais bien sûr.

Au bout du compte, ce qui m'avait déplu le plus, c'était l'impression étrange de connaître tous ces visiteurs : la femme qui rayonnait d'ambition sociale, le mari plus prudent, ou au moins plus doué pour dissimuler ses aspirations. Il était fier de son masque impénétrable de négociateur, peut-être, tout comme je l'avais été moi-même tant d'années plus tôt. « Je vais les faire baisser », avais-je dit à Fi au sujet de nos enseignants en train de divorcer, et rapidement nous avions sablé le champagne, avec un peu le sentiment d'être des héros victorieux.

Non, j'aurais préféré vendre à une fille de millionnaire pékinois ou à un gagnant du loto de Burnley. Pas à Fi et moi dans une vie antérieure.

32

« L'histoire de Fi » > 01:55:30

La fête d'Halloween du samedi soir était traditionnellement le clou du séjour. L'usage décrétait qu'il y ait un grand saladier de litchis au jus et un autre de spaghettis à la sauce tomate, et que les enfants, les yeux bandés, plongent l'un après l'autre les mains dans, respectivement, les « yeux » et les « cervelles ». Puis, la vue retrouvée et le visage peinturluré, ils dansaient et hurlaient sous les toiles d'araignées représentées par des guirlandes lumineuses, mangeaient du gâteau recouvert de glaçage vert fluo (morve ectoplasmique) et buvaient du jus de cerise (sang de vampire) avec des pailles fantaisie.

C'était les enfants qui étaient en costume, mais lorsque je me suis regardée dans le miroir à la fin de la soirée, j'ai vu une transformation en moi aussi. En contravention aux lois d'Halloween, j'avais l'air moins morbide, plus humaine. *J'ai survécu*, me suis-je dit. *Je me sens bien.*

Était-ce parce que l'adultère n'est pas le pire crime qui soit, loin de là ? Il y a des gens qui s'entretuent dans le monde, qui maltraitent les êtres vulnérables et dépouillent les personnes âgées ; il y a des villes bombardées et des réfugiés qui se noient. Pourquoi ne pas pardonner à Bram, alors – une deuxième fois ?

Parce qu'il y en aurait une troisième, puis une quatrième, une cinquième, voilà pourquoi. J'ai éteint la lumière de la salle de bains et avec elle, cette pensée.

« Oh, Ali, c'est tellement beau ici », était en train de dire Merle lorsque je suis redescendue.

Kirsty supervisait le coucher des enfants, sur des matelas pneumatiques alignés sous les combles. Bingo, son épagneul, et Rocky, le labrador d'Alison, s'étaient endormis comme des masses sur le tapis dans le salon, sans que personne soit totalement sûr de ce qu'ils pouvaient avoir ingéré pendant les festivités.

« On a toutes mis la main à la pâte, a répondu Alison en balayant du regard les décombres par-dessus son verre de prosecco.

— Pas la fête, la maison. J'aimerais avoir ton sens de la déco. »

Merle n'avait jamais vraiment été une fée du logis ; pas comme Alison avec ses peintures de finition à la pointe de la mode et ses descentes au marché de Covent Garden, à l'aube, pour acheter des fleurs. Je me rappelle l'avoir vue une fois se couper les ongles avec des ciseaux de cuisine, et faire tomber les rognures par terre du revers de la main. Elle était du genre à sortir de sa cuisine les mains pleines de gins tonic et à éteindre la lumière du bout du nez. Elle était spontanée, enjouée, pleine d'une joie de vivre que j'enviais.

Que j'envie toujours.

Alors qu'elle prenait une grosse gorgée de vin, comme si elle se désaltérait avec une boisson sans alcool, j'ai remarqué que le liquide dans sa flûte était plus pétillant que le nôtre ; les bulles sautillaient à la surface.

« Tu ne bois pas, Merle ? »

Elle a fait la grimace : elle était grillée. J'ai senti que si ç'avait été une autre d'entre nous qui lui avait posé la question, elle aurait peut-être menti.

« Jus de fleurs de sureau, a-t-elle avoué.

— Juste ce verre ou depuis le début ? »

Elle a haussé les épaules.

« Petite vipère ! s'est exclamée Alison. Je n'arrive pas à croire que tu te sois infiltrée dans notre nid. Qu'est-ce qui se passe ?

— Rien d'intéressant, a répondu Merle. J'ai juste décidé d'être sobre en octobre.

— Pourquoi ? Le truc caritatif[1] ?

— Pas vraiment. Peut-être que c'est juste la rime qui m'a plu ? »

Alison a émis un grognement railleur. C'était une raison trop absurde pour Merle et elle savait que nous le savions.

« Moi, je n'arrêterai *jamais* de boire », suis-je intervenue. Un instinct ancestral me soufflait de la protéger de questions plus poussées. « Et même si Shakespeare lui-même le disait en pentamètres iambiques, ça ne changerait rien…

— Oh, mais toi, tu es dans une nouvelle relation, a répliqué Alison. C'est toujours un moment d'ivresse – à tous les sens du terme. »

J'ai lâché un petit rire.

« D'après mon expérience, ce sont les vieilles relations qui nous poussent à boire. »

---

1. *Go Sober For October* : opération créée par l'organisation caritative Macmillan Cancer Support, invitant les participants à collecter des fonds pour eux en faisant sponsoriser leurs efforts pour ne pas boire d'alcool pendant un mois.

Alison a reporté les yeux sur Merle, qui a évité son regard, concentrée sur l'obscurité presque solide du monde derrière la fenêtre.

« Eh bien, au moins c'est le dernier jour du mois », a dit Alison en soupirant.

Bram, document Word

Après le départ de Rav et de son acolyte, je me suis servi assez de vodka pour assommer un bœuf et j'ai pris une douche pour me laver des toxines de la journée. La cupidité et l'obséquiosité. Les sueurs froides. L'*effort*. J'avais organisé ce qui serait, je le savais, au mieux une distraction et au pire l'introduction dans le musée des horreurs qu'était mon existence d'une autre variable, une autre complication, une autre cause possible de regrets.

On a sonné à la porte. Dans le miroir de l'entrée, j'avais l'air passablement humain, si on n'y regardait pas de trop près.

« Quelle magnifique maison, Bram ! » s'est exclamée mon invitée.

Elle était vêtue de noir, couleur pour elle de la séduction, non du deuil, mais ç'aurait aussi bien pu être ce dernier en ce qui me concernait.

« Curieusement, tu n'es pas la première à me dire ça aujourd'hui », ai-je répliqué.

Je pouvais sentir qu'il se passait quelque chose de bizarre sur mon visage ; rien d'aussi grave qu'une fois auparavant, devant Fi, où j'avais cru être en train de faire un AVC, mais assez pour que mon invitée le remarque.

« Qu'est-ce qu'il y a ? Tu as l'air contrarié. Il s'est passé quelque chose ?

— Non, rien. » Un sourire, le plus large que j'ai réussi à produire, a repoussé les fêlures de mon masque sur les côtés. « J'ai juste eu une journée fatigante. Entre, et buvons un très grand verre.

— J'aime bien les hommes qui ont de l'idée », a répliqué Saskia.

***

« On recule d'une heure, ce soir », a-t-elle dit plus tard, au lit, et inévitablement, j'ai regretté qu'il ne soit pas possible de remonter plus loin que cela dans le temps. Jusqu'en septembre, pour annuler tout ce qui était arrivé depuis. Peut-être même plus loin encore. Jusqu'à quand ? Au jour où j'avais couché avec cette fille du boulot il y avait des années, peut-être. Était-ce à ce moment-là que la plante parasite avait trouvé prise ?

Jodie, elle s'appelait. Elle était jeune, vingt-trois ans seulement, un truc de fou. Je me rappelle ce que j'avais ressenti alors que je rentrais de l'hôtel le lendemain : pas de la culpabilité – du moins pas de la *vraie* culpabilité, telle que je la connais maintenant – mais plus un besoin de reconnaître ma propre disgrâce. De marquer le passage d'une ère à l'autre.

« Si tu pouvais choisir, jusqu'où est-ce que tu remonterais le temps ? ai-je demandé à Saskia. Je ne parle pas d'heures, mais de mois ou même d'années. Où est-ce que tu t'arrêterais ?

— Nulle part, a-t-elle répondu. Je ne fais pas dans le regret. Sérieux, c'est une de mes philosophies de vie. Ne me regarde pas comme ça.

— Comment ?

— Comme si tu venais brusquement de réaliser que je suis une extraterrestre.

— Ce n'est pas toi l'extraterrestre, ai-je répondu. C'est moi. »

Et je l'ai réembrassée, non seulement parce que c'était pour ça qu'elle était là, mais aussi pour mettre fin à la conversation, qui commençait à devenir larmoyante et menaçait de me trahir. Elle a dû percevoir quelque élément nouveau de besoin, cependant, parce qu'elle a reculé la tête pour dire :

« Qu'est-ce que c'est pour toi, Bram ?

— Quoi donc ?

— Ça. Ce soir. »

Oh, Seigneur. Déjà.

« Qu'est-ce que tu veux que ce soit ? »

Elle a soupiré, comprenant visiblement que j'avais déjà utilisé cette réplique par le passé, que c'était la seule réponse que j'allais probablement lui donner. Au moins, elle avait su à qui elle avait affaire en arrivant ce soir : un coureur de jupon bientôt divorcé avec un casier judiciaire. La version officielle de moi-même, dont j'ai presque la nostalgie maintenant.

Franchement, c'était un miracle que j'aie tenu aussi longtemps.

33

Vendredi 13 janvier 2017

Londres, 15 heures

Les agents de police Elaine Bird et Adam Miah sont arrivés, et toutes les places sont occupées à la table des Vaughan, tous les mugs qu'ils ont déjà sortis des cartons sont utilisés. Lucy a demandé conseil à Fi pour régler le chauffage central, parce qu'il commence à faire froid (apparemment, il est même possible qu'il neige ce soir) et il aurait semblé grossier de ne pas lui montrer comment il marche.

Les déménageurs sont partis depuis longtemps, en convoi. David n'était pas perturbé au point d'oublier de leur donner un pourboire, et Fi les imagine au pub en train de le dépenser en échangeant leurs impressions : « Bizarre, ce déménagement, hein ? Qui c'était, cette autre femme ? Celle dont ils n'arrivaient pas à se débarrasser ? »

La situation officielle est la suivante : Bram n'a pas disparu, ou plutôt, un adulte a le droit, légalement, de disparaître et il n'y a pour l'instant aucune bonne raison de croire que celui-ci n'est pas en sécurité et exactement là où il veut être. Après tout, ils ne sont même pas encore allés vérifier dans sa résidence secondaire (il ne

283

va pas être là-bas en train de se la couler douce devant un épisode de *Game of Thrones*, ça, Fi peut le leur dire tout de suite), ou alors il est peut-être avec un autre membre de sa famille.

« Il n'a que sa mère, répond Fi. Je l'ai appelée, et il n'est pas avec elle.

— Un ami, alors, ou un collègue de travail ? Vous devriez peut-être aussi passer un coup de téléphone aux hôpitaux du coin. »

David Vaughan déclare se porter personnellement volontaire pour envoyer Bram à l'hôpital s'il n'y est pas déjà, mais il a mal évalué son public et sa plaisanterie est froidement reçue.

« Si vous ne l'avez toujours pas localisé d'ici lundi, dit l'agente Bird à Fi, et que vous avez de bonnes raisons de croire qu'il ait pu lui arriver quelque chose, recontactez-nous. »

La même circonspection est appliquée dans le traitement de leur conflit immobilier. Comme Bram, l'argent de la vente n'a pas techniquement disparu, ni n'est même en litige, tant que les dépôts faits sur *son* compte n'ont pas été examinés. Aucune fraude n'a eu lieu, du moins pas tant qu'elle n'a pas été notifiée à Action Fraud, le service de signalisation des fraudes, et que celui-ci n'a pas saisi pour enquête Falcon, l'unité des fraudes et de la cybercriminalité de la police métropolitaine. En attendant, s'il y a le moindre soupçon que l'un ou l'autre des notaires a fait preuve de négligence, la partie lésée peut envisager de contacter l'autorité de régulation des notaires. (C'est ce qu'est Fi maintenant : la partie lésée.)

« C'est un fait que la fraude immobilière est en hausse, reconnaît l'agent Miah. Vous l'avez probablement vu aux informations ces derniers temps, n'est-ce pas ? Nous venons de publier un communiqué pour exhorter agents immobiliers et notaires à se montrer plus vigilants, surtout lorsqu'ils envoient des coordonnées bancaires par mail, ce qui est généralement le moment où les escrocs les interceptent. Typiquement, cela arrive lorsque la propriété est occupée par un locataire qui n'a jamais rencontré son propriétaire, et qui est donc moins susceptible d'avoir des doutes face à la visite d'agents immobiliers et d'experts.

— Mais là, la situation est différente, fait remarquer David. Ça s'est fait avec la coopération d'un des propriétaires.

— On n'est pas sûrs de cela, proteste Fi. Comme l'a dit Merle, il est possible que Bram ait agi sous la contrainte.

— C'est pour cela que nous vous avons appelés, dit l'intéressée aux policiers. Cette fraude immobilière et la disparition de Bram sont clairement liées. Nous craignons qu'il puisse être la victime de professionnels du crime.

— On a déjà écarté cette hypothèse, réplique David. Nous l'avons rencontré à la journée portes ouvertes. Personne ne lui tenait un couteau sous la gorge. Tous les documents et questionnaires ont été signés par lui. Il sera assez simple de faire authentifier les signatures, n'est-ce pas ? demande-t-il à l'agent Miah.

— Si et quand nous décidons d'ouvrir une enquête, oui.

— Il a aussi dû laisser entrer notre expert, remarque Lucy. Il est venu en décembre, je peux vérifier la date.

— Je suis sûre que lorsque vos notaires vous rappelleront, ils seront en mesure d'apporter un éclairage sur la situation, leur dit l'agente Bird, et Fi a l'impression qu'elle et son collègue sont en train de jouer les médiateurs dans un conflit à propos d'une place de parking

285

ou d'une musique trop forte, plutôt que de répondre au signalement d'un délit grave.

— Mais s'ils ne le font pas, insiste David, vous n'attendez quand même pas de nous que nous attendions des mois avant que la fraude soit déclarée et l'enquête ouverte, n'est-ce pas ? Nous avons besoin de savoir qui a légalement le droit de vivre dans cette maison maintenant. Aujourd'hui, demain et dans les jours à venir.

— Fi, évidemment, répond Merle.

— Alors rendez-nous nos deux millions », réplique sèchement David.

Lucy lui jette un regard comme pour dire : *Ne sois pas désagréable. Lorsque tout ceci sera résolu, ce sera notre nouvelle voisine. On voudra l'inviter à nos barbecues et à nos apéros de Noël. Ses enfants garderont peut-être les nôtres.*

Fi balaie la tablée du regard et est prise d'une envie perverse d'éclater de rire. Pas juste un rire léger mais un hurlement. La situation est surréaliste, absurde. Le fait est qu'ils ne disposent d'aucun fait. Bram a disparu, les notaires sont injoignables. C'est comme s'ils avaient inventé toute l'histoire. Pas étonnant que les policiers soient si impatients de repartir, en leur conseillant gentiment de rappeler le lundi suivant « lorsque nous en saurons plus ».

Lucy et Merle les raccompagnent ensemble dehors, partageant inconfortablement le rôle d'hôtesse, et la porte s'est à peine refermée que le téléphone de David sonne.

« Enfin, Rav ! s'exclame-t-il avant de quitter la pièce.

— Rav est l'agent immobilier, explique Lucy à Fi et Merle.

— Je ne comprends toujours pas comment un agent a pu gérer la vente de cette maison, s'étonne Merle.

Je ne l'ai jamais vue sur aucun site immobilier, et je regarde régulièrement.

— Ç'a été fait en passant par le service des ventes privées, répond Lucy. Nous étions inscrits auprès d'un autre agent là-bas et Rav nous a juste appelés un jour, à l'improviste, pour nous dire qu'une nouvelle propriété dans Trinity Avenue était arrivée sur le marché. »

J'ai eu une occasion de stopper ça, se dit Fi. Elle utilise les toilettes du rez-de-chaussée, effleure du bout des doigts le bord lisse du lavabo, les courbes brillantes des robinets. Le rouleau de papier toilette représente des chiots – c'est Harry qui l'a choisi – mais le savon et l'essuie-mains sont ceux des Vaughan. Ensuite, elle s'attarde dans l'entrée, remplie de cartons et de chaises pliantes, et fait courir ses mains sur les murs crayeux, la rampe bien cirée de l'escalier. Les lumières sont éteintes dans toutes les pièces sauf la cuisine ; quelqu'un qui passerait devant la maison à cet instant n'aurait aucun moyen de savoir qu'elle a changé de propriétaires. Qu'une famille a été remplacée par une autre. À cet instant, une pensée étrange lui vient : la maison représente-t-elle encore pour elle ce qu'elle représentait avant ? N'a-t-elle pas déjà commencé à la considérer comme un territoire contesté ? Ne savait-elle pas, dans son subconscient, qu'au bout du compte le « nid » qu'ils ont choisi comme système de garde allait tomber de l'arbre et que quelqu'un, si ce n'est toute la famille, risquait de se retrouver blessé ? Peut-être la chute est-elle simplement survenue plus tôt qu'elle ne l'imaginait.

Dans la cuisine, leur cellule de crise, Merle et Lucy sont parvenues à un armistice temporaire et sont en train de reprendre de l'énergie en attendant que David revienne leur dire ce qu'il a appris au téléphone. Lucy a sorti des biscuits et en mange un avec une rapidité nerveuse. Fi la voit regarder la tenue de Merle du coin de l'œil, envisager de faire un commentaire et se raviser. Elle prend un biscuit à son tour, mâche, ne sent aucun goût.

Pendant cette trêve, le téléphone de Merle n'arrête pas de recevoir des notifications sonores. (Alison a récupéré Robbie et Daisy à l'école pour elle et les a ramenés chez elle pour le goûter. Adrian est parti aux sports d'hiver avec de vieux amis de fac.) Par contraste, celui de Fi n'a pas sonné une seule fois depuis son arrivée. Les seules communications qu'elle a reçues ont été des textos de sa mère demandant des nouvelles des garçons et un de Clara, au travail, pour la rassurer : elle a retrouvé le fichier de leur présentation, finalement, et Fi n'a pas besoin de se mettre en quatre pour l'envoyer. (« Désolée d'avoir interrompu ton week-end en amoureux ! ») Quelle présentation, Fi n'en a aucune idée, son cerveau en a effacé toute trace et les mots de Clara sont aussi inintelligibles que s'ils étaient écrits dans quelque langue oubliée.

Lorsque David revient, il a pour la première fois l'air ébranlé.

« Ça devient n'importe quoi.

— Quoi, ça ne l'était pas avant ? réplique Merle en se relevant immédiatement, de nouveau prête à se battre.

— Qu'est-ce que tu veux dire ? demande Lucy. Qu'est-ce qui s'est passé ?

— Rav dit que Mrs Lawson l'a appelé, paniquée. Apparemment, les fonds ne sont pas arrivés sur son compte, alors que nous avons tous reçu confirmation des deux notaires que le transfert avait eu lieu, ce qui est la raison pour laquelle il a pu nous donner les clés ce matin. »

Fi arrête de respirer.

« Elle a parlé à Graham Jenson, donc au moins nous savons qu'il est de nouveau joignable, mais il soutient que tout s'est déroulé comme prévu et qu'il faut juste qu'elle continue à surveiller son compte. Apparemment, elle n'a pas réussi à localiser son mari et…

— Bram n'est pas son mari, le reprend Merle. Est-ce qu'on peut, s'il vous plaît, se mettre d'accord sur ce point ? Qui que soit cette femme, elle n'a aucun droit sur cette maison.

— Je ne comprends pas, intervient Lucy. Qu'est-ce que ça veut dire par rapport à l'argent ? »

David fait un geste d'incertitude.

« Eh bien, ça veut dire que soit il y a eu quelque problème technique pendant le transfert et, comme l'assure Jenson, celui-ci se résoudra d'une minute à l'autre…

— Soit ? le relance Merle.

— Soit – et cela semble plus probable puisque nous en avons eu confirmation il y a des heures – l'argent a été transféré sur le mauvais compte. Et cela veut dire encore plus de complications. »

Fi fait entendre une sorte de sanglot étranglé.

« Fi ? s'inquiète Merle. Ça va ? »

Elle n'arrive toujours pas à respirer, semble-t-il. *Mrs Lawson*, a dit David. *Elle* a appelé l'agent. *Elle* n'arrive pas à joindre son mari. *Elle* doit continuer à surveiller son compte.

Quoi qu'ait fait Bram, il l'a fait avec l'aide d'une autre personne.

Une femme.

Enfin, elle relâche son souffle.

Bien sûr que c'est une femme.

Bien que la gare qui dessert la France soit à sept kilomètres de l'hôtel, il décide d'y aller à pied. De cette façon, il pourra faire des détours, se perdre dans la foule, revenir sur ses pas, et ainsi semer toute personne intéressée par ses déplacements. S'épuiser aussi, avec un peu de chance.

L'instinct lui fait attraper son téléphone pour s'aider du GPS avant qu'il se rappelle qu'il n'a accès à aucun signal, ayant désactivé tous les moyens numériques d'amener les autorités jusqu'à lui. Ce qu'il a, par contre, c'est une carte dépliante à l'ancienne ; il n'est pas arrivé ici en touriste, les mains dans les poches, content de se laisser porter. Grâce à ses recherches, il sait – c'est d'ailleurs une des raisons pour lesquelles il a choisi Genève comme point de départ – que les passeports ne sont pas contrôlés dans les gares ici parce que tous les pays qui bordent la Suisse font partie de l'espace Schengen.

Des pays comme la France. Des villes comme Lyon, où il n'est jamais allé mais qu'il a choisie parce qu'elle est assez grande pour l'engloutir, parce qu'il lui sera assez facile de s'acheter à manger et de boire dans les bars sans se faire remarquer dans la foule. Ce n'est pas exactement ce qu'on appellerait donner du fil à retordre à la police, mais c'est une tentative honorable pour fourvoyer d'éventuels poursuivants : si quelque fin observateur à l'aéroport de Gatwick devait le reconnaître sur une photo, si on suivait sa trace jusqu'à Genève, la piste s'arrêterait ici quelque temps pendant qu'il s'esquiverait *là-bas*. Cela pourrait lui donner quelques semaines de répit.

« Trouver une cachette », « brouiller les pistes », « effacer ses traces » : c'est le genre de formules qu'il employait avec ses fils lorsqu'ils s'inventaient des histoires compliquées pour accompagner leurs jeux dans le jardin – des histoires de gendarmes et de voleurs, d'espions et d'agents doubles – mais l'heure n'est plus à s'amuser.

Il est à peu près sûr d'avoir semé son poursuivant – s'il en avait vraiment un.

Bientôt, le froid en provenance du lac Léman rencontre sa tête fraîchement rasée et le fait qu'il ait seulement conscience de la douleur d'une fin d'après-midi hivernale aux températures négatives ressemble paradoxalement à un progrès.

34

« L'histoire de Fi » > 01:59:07

Est-ce que personne d'autre n'a soupçonné Bram de
la moindre activité criminelle à l'époque, même si de
mon côté je ne voyais rien ? Oui, c'est vrai, ma mère
gardait souvent les enfants pour nous dépanner et passait plus de temps chez nous que n'importe qui d'autre,
mais non, certainement pas elle. J'irai jusqu'à dire que
non seulement elle n'avait conscience d'aucune activité
illégale, mais qu'en plus elle souhaitait secrètement
notre réconciliation. En dépit du fait qu'elle n'avait pas
le moindre désir de voir sa fille humiliée, bien sûr, elle
considérait la deuxième infidélité de Bram comme
j'avais considéré la première : inexcusable, mais peut-
être, peut-être, pardonnable.

« Il me semble qu'il se met en quatre pour te rendre
la vie plus agréable, m'a-t-elle fait remarquer. Les lys
qu'il t'a laissés sont superbes. »

Cela, je ne pouvais le nier. Après notre week-end
dans le Kent, il m'avait laissé un énorme et magnifique
bouquet, utilisant même mon vase préféré. La dernière
fois qu'il m'avait acheté des fleurs, eh bien, je ne m'en
souvenais pas ; avant sa trahison, certainement. Il avait

été trop exposé après, aurait risqué de se voir accuser de symbolisme creux.

(Vous vous dites sûrement : *Seigneur, le pauvre homme a tort quoi qu'il fasse, il ne peut pas gagner*, mais je crois que nous avons déjà la preuve qu'il a trouvé un moyen.)

« Il pense manifestement à toi », a ajouté Maman.

Il t'aime toujours, était le sous-entendu.

Je ne dis rien de tout cela pour la critiquer. Personne ne pourrait être plus reconnaissant envers un parent que je le suis envers elle. C'est plus pour essayer de vous montrer que nous étions toutes sensibles aux charmes de Bram, d'une façon ou d'une autre. (Alison a toujours dit que cela incluait Polly, qui selon elle clamait son antipathie envers lui justement parce qu'elle craignait une attirance.)

Ne vous méprenez pas, je ne suis pas en train de dire qu'il avait un charisme de psychopathe ou quoi que ce soit de ce genre. Il n'y avait pas en lui d'intention d'utiliser ses pouvoirs pour faire le mal.

Plus probablement, ses pouvoirs n'ont pas fait le poids face au mal que le hasard lui a présenté.

***

Je serre les dents, maintenant, parce que je sais que plus que toute autre scène que j'ai décrite, celle qui va suivre va vous faire douter de mon intelligence. *Enfin, quoi*, allez-vous penser, *comment est-ce que vous avez pu ne rien soupçonner ?*

C'était quelques jours après notre retour du Kent, la première semaine de novembre, un soir : alors que je m'apprêtais à donner son bain à Harry, on a sonné à la porte.

Un couple de quadragénaires se tenait sur le seuil, poli et plein d'espoir.

« Désolée d'interrompre votre soirée, a commencé la femme. C'est un peu osé, mais… »

J'ai aussitôt pensé à une arnaque : un couple, en apparence respectable, dont la voiture est en panne et qui a besoin de vingt livres pour un taxi.

« … Nous avons raté la journée portes ouvertes et comme nous passions dans le coin, nous nous sommes demandé s'il serait possible d'y jeter un coup d'œil vite fait maintenant ? Nous cherchons dans ce quartier depuis des mois !

— Journée portes ouvertes ?

— Oui. » Ils ont échangé un regard. « C'est bien la maison qui est à vendre, n'est-ce pas ? Celle qui est sur le marché chez Challoner's ? »

Ah, pas une arnaque, une erreur de bonne foi. Des gens comme nous, finalement.

« Non, vous devez parler de celle au 95 de la rue, ai-je répondu. Je ne sais pas par quelle agence ils ont décidé de passer. »

Alors que le couple battait en retraite, avec des excuses, je m'en suis voulu d'avoir tiré des conclusions hâtives. Jusqu'à la récente vague d'actes criminels dans la rue, je m'étais toujours enorgueillie d'accorder aux inconnus le bénéfice du doute.

Quelques minutes plus tard, Harry était dans le bain et Leo en train de lire ce qu'il devait lire pour l'école tout en faisant de l'équilibre sur la rampe d'escalier, et le vacarme habituel régnait, aussi lorsque la sonnette a de nouveau retenti, je n'ai pas pris la peine de redescendre.

Plus tard, lorsque j'ai raconté l'épisode à Merle, elle m'a dit :

« Ne sois pas ridicule, il y a mille conséquences possibles pour chacune de nos actions. Imagine que tu aies laissé Harry dans son bain et que pendant que tu te retrouvais embarquée dans une conversation à la porte, il se soit cogné la tête et ait glissé sous l'eau ? Leo ne l'aurait peut-être pas remarqué, il t'aurait peut-être suivie en bas ou serait retourné dans sa chambre. Ç'aurait été bien pire.

— Tu as raison », ai-je répondu.

Et à ma décharge, j'ai quand même regardé sur le site de Challoner's quelques jours après, et il n'y avait aucune annonce pour une maison dans Trinity Avenue. Sur celui de Rightmove, celle des Reece était toujours présente, avec désormais un bandeau « SOUS COMPROMIS » en travers de la photo.

La seule autre propriété en vente dans Trinity Avenue était l'un des appartements de l'immeuble au coin de Wyndham Gardens. Je me rappelle m'être demandé si c'était celui qui avait été mis à sac quelques semaines plus tôt, et ce qu'il adviendrait de ses locataires s'ils se voyaient donner leur préavis. Un cambriolage et une expulsion en l'espace de quelques mois.

Je me suis rappelé que je faisais partie des chanceux.

#VictimeFi
@LuluReading Je suis désolée, mais cette #VictimeFi est effectivement un peu crétine. L'amie aussi avait mentionné un agent immobilier pdt leur week-end.
@val_shilling @LuluReading C'est carrément injuste comme remarque, le voisin vendait ! #faciledesetromper
@IsabelRickey101 @val_shilling @LuluReading Je suis d'accord. Elle a vraiment du courage d'admettre tout ça maintenant.

Je ne pouvais plus repousser le moment d'annoncer la nouvelle à Fi au sujet de la voiture.

« Notre demande de remboursement à l'assurance a été refusée, lui ai-je dit à notre passage de relais suivant, le vendredi.

— Quoi ? » Elle s'est empourprée de stupeur. « Pourquoi ?

— Ils n'ont pas été super clairs, tu sais comment ils sont, mais apparemment ça a quelque chose à voir avec les clés. Parce qu'on n'a pas su dire exactement où elles étaient, il y a présomption de négligence de notre part.

— Je n'y crois pas ! On pensait récupérer, quoi ? vingt mille ? Même dix, ç'aurait été quelque chose, au moins. Et maintenant ? On est juste censés trouver l'argent nous-mêmes, comme par magie, après des années à payer des primes pour rien ?

— Ou se débrouiller sans. »

Je n'aurais pas pu me sentir plus mal. Elle avait eu raison lorsqu'elle avait suggéré qu'il y avait un délai – vingt-huit jours dans notre cas – avant que l'expert débloque les fonds. La police d'assurance était à mon nom et le chèque m'avait été envoyé.

« Maudites clés. Si on avait su, on aurait pu accorder nos violons, a-t-elle continué de pester. Je parie qu'ils ont parlé à cet inspecteur qui m'a interrogée. À m'entendre, il a dû croire qu'on ne savait jamais qui les avait et quand, qu'on les a juste données au premier criminel qui passait. » Dans ses yeux, le désarroi a fait place à la détermination. « Allons voir ce qu'en pense un médiateur, qu'en dis-tu ?

— Honnêtement, Fi, je ne crois pas qu'il y ait grand-chose qu'il puisse faire.

— Tu ne veux même pas essayer ?

— Eh bien, non. Tout est dans les petits caractères, on n'a aucune chance d'obtenir gain de cause. Et n'oublie pas qu'il y a toujours une possibilité que la voiture soit retrouvée, auquel cas on pourra la faire réparer à nos frais. Ce sera mieux que rien. »

Fi a hoché la tête, toujours très agitée.

« Quand est-ce qu'on doit rendre la voiture de remplacement ?

— Demain. Je suis désolé. Je vais passer et m'en occuper.

— Déjà ? Ça tombe vraiment au pire moment, avec Noël qui approche – l'argent commence à manquer. Et ça va être tellement plus pénible dans le noir et le froid de devoir se trimballer dans des bus bondés avec les gamins.

— Ça ne va pas les déranger, ai-je répondu. Les enfants acceptent tout du moment qu'un adulte leur dit que c'est normal. Le principal, c'est qu'ils ont deux parents qui les aiment et qui sont là pour eux. Peu importent l'argent, les cadeaux ou les voitures neuves. »

Ce discours ne me ressemblait pas du tout, mais il avait l'avantage d'être exactement le genre de chose que Fi aurait pu dire elle-même.

« C'est vrai, a-t-elle répondu en faisant appel à un sens de l'humilité. On a notre maison. Notre santé. »

J'ai essayé d'acquiescer, mais j'ai eu peine à sortir le moindre son intelligible.

Elle m'a jeté un regard inquiet.

« Depuis combien de temps tu gardais ça pour toi, Bram ? Est-ce que tu t'inquiétais de ma réaction ?

— Un peu.

— Est-ce pour ça que tu as apporté ces fleurs ? Tu n'as absolument pas besoin de me protéger de ce genre de choses. Quand il s'agit des enfants ou de la maison, on reste une équipe, tu te rappelles ? »

La loyauté farouche de son expression a été presque trop dure à affronter ; j'ai eu une affreuse vision kaléidoscopique de Mike, Wendy, Rav et tous ces couples qui avaient visité la maison qu'elle aimait tant.

« Je suis désolé, ai-je répété. Vraiment désolé. »

**

Pas encore d'offre, je suppose ?

Non. Trois visites complémentaires prévues pour samedi.

Pourquoi pas plus tôt ?

Pas mes jours de présence à la maison, trop risqué. Je ne contrôle pas l'emploi du temps de Fi.

Veille bien à ce que la baraque soit au top, hein ?

Non, je me disais que j'allais ramener tous les chiens du voisinage pour qu'ils pissent sur les murs.

Tu es un petit marrant, Bram. Je parie que tu fais rire Leo et Harry, je me trompe ?

J'ai éteint mon téléphone. C'était ma politique désormais, chaque fois qu'il mentionnait les garçons.

35

Bram, document Word

Je commençais à haïr les moments que je passais à l'appartement, associant celui-ci à une solitude saturée d'alcool et d'angoisse et à d'atroces et inévitables confrontations – pas toutes avec Mike et Wendy. Il y en a également eu une autre, quelques jours après la journée portes ouvertes, à laquelle j'aurais préféré me soustraire.

Lorsque l'interphone a sonné vers 20 heures, j'ai naturellement pensé que c'était la police.

C'est le moment, Bram, tu savais qu'il allait venir.

L'espace d'un instant, j'ai ressenti une choquante régression vers l'enfance, un flot de ce mélange de rancune et de gratitude qui s'empare de vous quand un parent vous met la main au collet pour quelque malhonnêteté. *Au moins je n'ai plus à mentir*, vous dites-vous. *Au moins je n'ai plus à me cacher.*

Avant d'aller répondre, j'ai baissé le volume de la musique, trop contrarié de devoir interrompre ma tâche pour l'arrêter complètement. Je sais que ça va vous paraître ridicule, mais j'avais entrepris de compiler les chansons que j'allais emporter quand je devrais disparaître. Oui, je sais que j'aurais dû consacrer mon temps à élaborer quelque coup de théâtre stratégique pour vaincre Mike et Wendy, mais j'avais découvert que les petites besognes mécaniques, surtout celles qui me donnaient l'occasion de me plonger dans mes souvenirs, étaient la seule chose qui me permettait de sauver ma raison d'un jour sur l'autre.

« Oui ? ai-je dit dans l'interphone. Je peux vous aider ?

— Bram ? »

C'était une voix de femme, basse et indignée.

Un agent de police ne m'aurait pas appelé Bram, ai-je raisonné. Ce devait être Wendy, venue avec Mike me harceler au sujet des visites complémentaires du samedi suivant. Légèrement mieux que la police, mais à peine.

« Bram ? Qu'est-ce qui se passe ? Ouvre-moi ! »

Pas Wendy, ai-je réalisé. Saskia ? L'absence de texto ou de visite à mon bureau suite à notre liaison du week-end m'avait encouragé à supposer qu'elle avait écouté la voix de la raison et pris ses distances tant qu'il était encore temps.

Puis j'ai compris qui c'était vraiment.

« Ah. Monte. »

J'ai attendu à la porte, épuisé et perplexe. Constance, de la cabane des enfants. Son arrivée m'a rappelé que je n'avais pas répondu à un message vocal qu'elle m'avait laissé quelque temps plus tôt – quand ? La semaine passée, peut-être. Je dois avouer que je la considérais comme du menu fretin dans le contexte des requins qui me tournaient désormais autour ; notre interaction initiale, si catastrophique dans ses effets sur le moment, semblait presque délicieusement amorale à la lumière des événements survenus depuis.

« Désolé de t'avoir fait attendre, ai-je dit du seuil, lorsqu'elle est sortie de l'ascenseur. J'ai cru que tu étais quelqu'un d'autre.

— Combien on est exactement ? Non, ne réponds pas, ça ne m'intéresse pas. »

Il n'y a eu ni baiser ni contact physique d'aucune sorte, bien sûr, je n'aurais rien attendu de tel ; mais je ne m'étais pas non plus attendu à l'hostilité qui irradiait d'elle. J'avais le cerveau trop meurtri, cependant, pour exprimer la moindre réaction. Si ma nuit avec Saskia avait prouvé quoi que ce soit, c'était que réconfort et indifférence étaient désormais pareils pour moi.

« Il faut qu'on parle. » Lisant la réticence sur mon visage, elle a sèchement ajouté : « Si tu veux bien m'accorder deux minutes ?

— Bien sûr. »

J'ai mis la musique en pause, et l'ai immédiatement regretté. Le silence, insoutenable ces jours-ci même dans les meilleures circonstances, me semblait dangereusement révélateur. J'allais avoir du mal à me concentrer.

« C'était quoi, la chanson que tu viens d'arrêter ? m'a-t-elle demandé.

— Portishead. Souviens-toi, "Sour Times".

— Moments d'amertume. C'est approprié. » Elle avait les cheveux tirés en arrière et sa peau luisait d'un éclat vaguement maladif, comme si la fièvre était en train de s'emparer de son corps juste devant moi. « Est-ce que je peux m'asseoir ?

— Pardon. Par ici. » J'ai libéré un des fauteuils de sa pile de vêtements ramenés du pressing. « Je te sers quelque chose à boire ?

— De l'eau, s'il te plaît. »

Je me suis pris une bière, lui ai donné son verre d'eau et ai attendu. J'ai remarqué qu'elle portait la même robe que ce soir-là dans la cabane, mais cette fois avec des collants opaques noirs et des bottines à talons. Je ne la connaissais pas assez bien pour savoir si c'était une allusion délibérée ; tout ce que je savais, c'était que si je n'avais plus jamais d'interactions avec les femmes, ce serait une bonne chose. Pour moi comme pour elles.

« Bien, a-t-elle fini par dire. Je vais aller droit au but. Je suis enceinte, Bram. »

Je l'ai dévisagée, consterné.

« Tu n'es pas le père. » Elle a levé le menton, émis un petit rire forcé. « Ce n'est pas de ça qu'il s'agit, rassure-toi.

— Oh. D'accord. » J'avais terriblement mal au crâne ; j'ai essayé de me rappeler s'il y avait du Nurofen dans l'appartement. « Alors de quoi s'agit-il, dans ce cas ? »

Elle a pris une gorgée d'eau, d'une main tremblante.

« Du fait que ça va bientôt commencer à se voir et que je n'ai pas besoin que tu tires de fausses conclusions. Toi, ou quelqu'un d'autre. »

Son mari, voulait-elle dire.

« Il n'est toujours pas au courant de notre liaison ?

— Non. C'était une erreur, un acte de folie qui ne se reproduira pas. Cela n'apportera rien de le mettre au courant maintenant. » Elle a regardé les quatre murs autour d'elle d'un air lugubre. « Ce n'est pas à toi que j'ai besoin de le dire. »

Il y avait une note de condamnation dans cette dernière remarque qui ne m'a rien tant rappelé que Fi, et j'ai senti l'agacement monter en moi. J'avais envie de lui lancer : *C'est vraiment là ton plus gros problème ? Essaie d'avoir quelqu'un qui te fait chanter. Essaie de faire face à une accusation de conduite dangereuse ayant entraîné la mort. Essaie de perdre ton conjoint, tes enfants et tout ce que tu aimes...*

Mais peut-être était-ce justement ça qu'elle craignait – si jamais je décidais de contester la paternité du bébé. Pour elle, j'étais une menace. J'étais son Mike.

« Donc je peux compter sur toi pour ne rien dire ? m'a-t-elle demandé d'un ton pressant.

— Je n'ai rien dit jusqu'à présent. Pas de raison que ça change.

— Et pour faire face à toute question ? » a-t-elle insisté.

Quelque chose dans cette question m'a fait tiquer, et je l'ai regardée plus attentivement. Si elle ne parlait pas de son mari, ce ne pouvait être que de Fi. Était-elle en train de me dire… ? Il y a eu un silence, un moment en suspens qui semblait émettre sa propre énergie et lui a fait chercher mon regard avec dans les yeux une expression implorante qui ne s'y trouvait pas avant.

« Quand es-tu censée accoucher ? ai-je demandé doucement.

— Mai. Ne m'insulte pas en comptant les mois. »

Évidemment que je les ai comptés, dans un tourment muet. La différence n'était que d'un mois. Mais je ne pouvais pas me permettre de m'attarder sur la pensée d'un autre homme élevant mon enfant, dans l'ignorance de sa véritable filiation et de l'existence de deux demi-frères. Je ne pouvais pas permettre que ce soit vrai. Et, tout horrible que paraisse cette remarque, cela n'avait plus d'importance maintenant. Un enfant était mort par ma faute et je n'avais pas assez de place dans ma tête pour un autre qui n'était pas encore né.

« Eh bien, félicitations, alors », ai-je fini par dire. J'ai vu ses épaules se dénouer et j'ai résisté à l'envie soudaine de toucher son visage chaud, de prendre ses mains agitées dans les miennes. « C'est une excellente nouvelle.

— Merci. » Elle s'est levée, parcourant une nouvelle fois du regard l'espace exigu et sans âme. « Il faut que tu te reprennes en main, Bram. Tu n'es visiblement pas bien.

— Ah bon? Waouh, je ne m'en étais pas rendu compte. »

Comme Fi, elle réagissait mal aux sarcasmes, et s'est lancée dans un sermon alors même qu'elle se dirigeait vers la porte.

« Sérieusement, tu ne veux pas finir comme un de ces pauvres mecs vieillissants incapables de changer, si? À force, la capacité de pardon des gens s'épuise, tu sais, et après tu n'es plus qu'un énième homme impardonnable. »

Ces derniers mots sentaient un peu le discours préparé, mais cela ne les a pas empêchés de sonner juste. D'appuyer là où ça faisait mal. J'ai fermé les yeux, incapable de lui faire face plus longtemps, et lorsque je les ai rouverts, la porte était en train de se refermer derrière elle.

« Merci pour le conseil », ai-je répondu.

« L'histoire de Fi » > *02:05:03*

Avec tout ce qui se passait dans Trinity Avenue – pas seulement le cambriolage des Roper et le vol de notre voiture, les panneaux de police jaunes partout, mais aussi les interactions avec Bram qui étaient sur le point d'atteindre un seuil critique –, l'appartement était un peu en train de devenir un refuge.

Là, j'avais le temps de respirer, de me détendre. J'avais pris l'habitude d'allumer une bougie parfumée dès que je passais la porte, et de mettre Classic FM ou le genre de documentaire d'art que je n'aurais jamais pu espérer suivre avec les garçons qui entraient et sortaient en courant, hurlant à propos des Pokémon, du club de foot de Chelsea ou de la dernière source de dispute entre eux. Sauf quand j'avais un invité, je préférais me passer d'alcool, me préparant à la place une tisane et m'accordant le plaisir d'une tablette de chocolat relevée de quelque ingrédient artisanal inattendu, comme de la cardamome, du sel de mer ou de la lavande. Peut-être que « refuge » n'est pas le bon mot. Peut-être était-ce plus une retraite.

Une ou deux fois, je me suis même surprise à penser que je devrais y amener les garçons pour qu'ils y passent la nuit avec moi, mais bien sûr j'étais seulement *là* pour qu'eux puissent rester *là-bas*.

Quant à Bram, des rares traces qu'il laissait de sa présence, aucune ne semblait indiquer qu'il ait amené une femme dans l'appartement – ou le moindre ami, d'ailleurs.

36

Bram, document Word

Et puis, enfin, la police est venue me voir. Pas à l'appartement, mais à mon bureau, à Croydon. Un inspecteur est arrivé le mardi matin – Dieu merci, il était en civil et non en uniforme. J'ai bien géré l'interrogatoire. Je suppose, du moins, parce que après, il s'est écoulé un bout de temps avant qu'ils n'y donnent suite.

J'ai réquisitionné pour notre entretien une petite salle de réunion sans fenêtres juste à côté de l'accueil. Sur la table se trouvait un étalage de nos nouveaux colliers cervicaux semi-rigides avec fixations réglables en Velcro, et je les ai poussés sur le côté sans dire un mot.

Pas de vannes. Ne te le mets pas à dos.

« Donc, Mr Lawson, vous êtes le copropriétaire, avec Mrs Fiona Lawson, d'une Audi A3 noire ? » m'a-t-il demandé, avant de lire le numéro d'immatriculation.

Il avait entre quarante et cinquante ans, les cheveux pâles et le cou musculeux, et il dissimulait son expérience de la faillibilité humaine de façon déconcertante tout en me dévisageant, à l'affût de signes physiques indiquant que je mentais.

Ne pense pas des choses comme ça, contente-toi de répondre à ses questions !

« Oui, ou du moins je l'étais. Elle a été volée début octobre. C'est à propos de notre déclaration à l'assurance ? »

Fais-lui croire que c'est ta seule préoccupation.

« Non, rien à voir, a-t-il répondu.

— Oh, attendez, vous êtes l'agent de police qui a parlé avec Fi il y a quelques semaines ?

— C'est cela.

— Elle a évoqué l'idée que les clés aient pu être volées, c'est ça ? Je dois dire qu'à mon avis, il est bien plus probable qu'elles soient quelque part dans les plis du canapé.

— Si vous les y retrouvez, faites-le-moi savoir. »

Il avait une attitude affable, comme s'il était là pour passer le temps en faisant la conversation.

« Le fait est que l'assurance a payé, ça y est, ai-je repris. Je n'étais pas sûr qu'ils vous aient contactés pour vous le dire. »

Pas une question : peu importe pour toi puisque tu as déjà reçu le chèque.

« Vous rappelez-vous où vous étiez le 16 septembre, Mr Lawson ? »

Mon pouls s'est accéléré.

« Oui, c'était le jour de notre séminaire commercial. »

Absurde de prétendre ne pas m'en souvenir alors que je venais de laisser entendre que j'avais discuté avec Fi des détails de sa conversation avec lui.

« Il était organisé ici ?

— Non, ça se fait toujours hors site. Cette année, c'était dans un hôtel près de Gatwick.

— À quelle heure s'est-il terminé ?

— Vers 17 heures, je dirais, peut-être un peu avant.

307

« — Et vous êtes parti à ce moment-là ? »

N'essaie pas d'anticiper ses questions. Réponds juste à chacune d'elles comme elle vient.

« Oui. Certaines personnes sont restées pour boire un verre, mais je devais rentrer.

— Vous aviez pris l'Audi, donc ?

— Eh bien, en fait, non. » J'ai affiché une expression penaude, hésité comme si j'avais honte d'avouer la vérité. « Je ne conduisais pas du tout à cette période.

— Pourquoi cela ? »

J'ai soupiré.

« Si vous enquêtez sur notre voiture, vous le savez probablement déjà, n'est-ce pas ?

— Quoi donc, Mr Lawson ?

— J'ai une suspension de permis. C'est arrivé en février. J'avais été pris plusieurs fois en excès de vitesse. Alors ma femme est la seule à conduire l'Audi depuis. »

Il n'a pas réagi, ce qui m'a encouragé à poursuivre.

« Elle n'a pas évoqué ce fait quand vous avez parlé avec elle, n'est-ce pas ? C'est parce qu'elle ne savait pas. Elle ne sait toujours pas, j'espère. » Je me suis interrompu, comme pour prendre le temps de me confronter à ma propre honte. « Nous sommes séparés, voyez-vous, et j'ai découvert qu'il n'est pas toujours utile de lui dire tout ce que j'ai fait de mal. Et si vous lui reparlez, je vous serais reconnaissant de garder ça pour vous. »

C'était trop attendre d'un représentant de la loi qu'il se rende complice de mes subterfuges conjugaux, mais j'ai cru détecter un léger soupçon de solidarité dans son regard.

« Je ne m'attends pas à devoir lui reparler », m'a-t-il répondu, et j'ai eu envie de crier victoire.

Ce ne pouvait donc être là qu'un interrogatoire de routine, dans le cadre du méticuleux processus d'élimination mené par la police.

Tiens encore quelques minutes comme ça et tu seras rayé de la liste !

« Alors dans ce cas, comment êtes-vous rentré chez vous ce vendredi-là, Mr Lawson ?

— J'ai pris le train. La gare était juste à côté de l'hôtel. »

Vrai.

« Quelle gare ?

— Je ne me rappelle pas le nom, une ou deux avant l'aéroport, sur la ligne omnibus. Mais l'hôtel s'appelait Blackthorn quelque chose. Je peux regarder si vous voulez ? »

Il ne m'a pas demandé de le faire, ce que j'ai pris comme un signe qu'il n'avait pas l'intention de faire perdre leur temps à ses collègues avec cette vérification.

« Donc vous êtes parti avant 17 heures et êtes arrivé chez vous vers, quoi, 18 heures ?

— Non, je devais prendre une correspondance à Clapham Junction, donc j'en ai profité pour aller boire un verre ou deux. J'avais désespérément besoin d'une bière, pour être honnête ; la journée avait été épuisante. J'étais attendu à la maison à 19 heures, donc j'ai pris le train suivant vers 18 h 40. Il n'y a que quelques arrêts de Clapham à Alder Rise.

— Dans quel pub vous êtes-vous arrêté ? »

Cela semblait moins bon signe. S'il avait accepté l'idée que j'avais pris le train, pourquoi m'interroger sur mon détour au pub ? Peut-être parce que c'était un détail que j'avais introduit moi-même. Pourquoi avais-je ressenti le besoin de lui dire que j'avais eu désespérément besoin d'une bière? *Arrête de te demander pourquoi et réponds aux questions, bon sang!*

« Celui juste à côté de la gare. Comment s'appelle-t-il… le Half Moon, je crois?

— Vous avez vu quelqu'un que vous connaissiez, là-bas? Parlé à qui que ce soit? »

J'ai plissé les paupières comme si j'essayais de me souvenir.

« J'étais tout seul, comme je vous l'ai dit, et ce n'est pas vraiment un pub que je fréquente régulièrement. J'ai feuilleté le *Standard*, probablement. Ah oui, j'ai bavardé avec un mec au comptoir pendant un temps. Il avait l'air d'être bien connu de l'établissement, c'était un peu un personnage. » *Ne donne pas plus de détails – trop flagrant!* « Puis il a fallu que je rentre. Je prends le relais avec les enfants à 19 heures. »

Tu l'as déjà dit. Calme-toi.

« Lorsque vous êtes rentré, est-ce que vous vous rappelez avoir vu la voiture garée dans la rue?

— Non. Enfin, ça ne veut pas dire que je ne l'ai pas vue, c'est juste que j'ai fait ce trajet de la gare à chez moi si souvent, je ne me rappelle pas chaque occasion. Ce dont je me souviens, c'est que j'avais vu un peu juste niveau temps, alors je marchais vite et je n'ai sans doute pas remarqué grand-chose. Désolé, je sais que ce n'est pas très utile, tout ça. »

Il a hoché la tête.

« OK, eh bien, peut-être que nous aurons quelque chose de plus utile pour vous lorsque votre voiture sera retrouvée. »

Utile pour moi? Ou pour lui? J'ai entendu mon téléphone à carte se mettre à sonner dans ma poche et senti mes pores s'ouvrir en un réflexe pavlovien pour laisser perler la sueur. Mes pensées se sont complètement emballées : *Je ne peux pas les laisser trouver la voiture ! Peut-être que je devrais retourner là-bas, la sortir de Londres. Où est la deuxième clé ? Est-ce que Fi l'a toujours ?*

Puis : *Non, non, si tu fais ça, tu risques d'être arrêté. Rappelle-toi, la police utilise la reconnaissance automatique des plaques d'immatriculation, on voit le logo partout. Peut-être...*

« Vous avez un appel, m'a dit l'inspecteur en se levant. Je vais vous laisser le prendre. »

Je me suis ressaisi.

« Non, non, ça peut attendre, je vais vous raccompagner. »

Et ç'a été tout. Exception faite de ma référence inutile au pub et de ce trac de dernière minute, ça s'était passé aussi bien que j'aurais pu l'espérer.

J'ai prudemment attendu une demi-heure avant de consulter mon téléphone, pour trouver des nouvelles de Rav : deux offres avaient été faites pour la maison.

« L'histoire de Fi » > 02:07:21

Vous m'avez demandé quand est-ce que j'ai vraiment commencé à m'inquiéter au sujet de Bram. Eh bien, c'était début novembre, vers l'époque où a eu lieu un inquiétant incident avec Toby, que je vais vous raconter maintenant. Je me rappelle avoir pensé que je n'avais absolument aucune idée de ce qu'il allait faire ensuite, que j'avais perdu ma capacité instinctive et naturelle à anticiper ses actions, ses *ré*actions. Les ressorts profonds de son comportement.

Toby avait été débordé de boulot et était allé voir ses enfants le week-end précédent, aussi lorsqu'il m'a dit qu'il n'était disponible qu'en début de semaine, j'ai pris la décision d'assouplir – OK, d'enfreindre – la règle du *nesting* concernant la présence de tierces parties à la maison, et je l'ai invité à venir y dîner le mardi. Je lui ai demandé d'arriver à 20 h 30 pour que les garçons soient déjà endormis. Je n'étais pas encore prête à faire les présentations.

« Belle maison », m'a-t-il dit en me suivant dans la cuisine et, alors que je prenais son manteau et lui tendais un verre de vin, je me suis rendu compte que sa présence me rendait plus fébrile que d'habitude, comme si c'était moi l'invitée interdite, et pas lui.

— Merci. C'est dommage que tu ne puisses pas bien voir le jardin. »

Son verre à la main, il s'est approché de la porte-fenêtre pour regarder dehors. Au fond du jardin, une guirlande lumineuse traçait les contours du toit et de la porte de la cabane des enfants, comme des lignes de glaçage sur une maison en pain d'épices.

« C'est ça, la fameuse cabane ? a-t-il demandé. Elle a l'air innocente, comme ça.

— C'est vrai. »

J'étais parfois surprise de tout ce que je lui avais raconté au sujet de ma rupture avec Bram. Les traumatismes de la vie de couple, comme ceux de l'enfance, sont un point de référence permanent, j'imagine. Ils s'amassent en nous, se fondent dans nos tissus.

« Tu veux prendre ta revanche ? m'a-t-il demandé.

— Comment ça ?

— Toi, moi, le fond du jardin… ?

— Sérieusement ? »

J'étais sincèrement écœurée par cette idée, non à cause de l'inconfort inhérent à des relations intimes en plein air au mois de novembre, mais parce que l'idée de Leo et Harry à l'étage, faisant confiance à leur mère pour les protéger pendant qu'elle allait furtivement fricoter dans leur cachette comme une femme primitive en chaleur... Ce que Bram avait fait cette nuit de juillet restait inadmissible, en dépit de l'impulsion contraire que j'avais eue ce soir-là dans le Kent, en dépit de ce que ma mère espérait me voir un jour pardonner.

« C'est un peu humide là-bas. Je crois que je préférerais rester au chaud et prendre un autre verre », ai-je fait en levant le mien, et Toby a accepté mon refus avec un rire décontracté.

Intéressant, cependant, de savoir qu'il avait cette part d'audace dans sa personnalité, alors que je l'avais pris pour quelqu'un de conformiste et de prudent comme moi.

Enfin, bref, c'est peu de temps après, juste au moment où je servais le dîner, qu'on a sonné à la porte.

Bram, document Word

Même si j'avais invité Saskia à la maison, je m'étais dit que c'était en l'absence des garçons et que cela ne contrevenait donc pas tout à fait aux règles du *nesting*. Ce qui les enfreignait, par contre, était ma décision de passer dans Trinity Avenue un soir où Fi s'y trouvait.

Le désir s'en était fait sentir, de plus en plus fort, après mon entretien avec la police le matin, et ma distraction était devenue suffisamment visible pour que Neil me dise de rentrer chez moi plus tôt. « Quel que soit le problème, règle-le », m'avait-il dit, non sans compassion.

Et puis il y avait eu ce message de Rav. En dépit des fréquents textos de Mike pour me réclamer des nouvelles, j'avais décidé de ne pas lui parler des offres faites sur la maison, pas tout de suite. Au lieu de ça, mon agitation était devenue une envie irrépressible de sauter du train en route – ou du moins de me suspendre dans le vide –, mon raisonnement étant que si je pouvais écarter sa vilaine tête de mes pensées, ses murmures sournois de mon oreille, et me concentrer à la place sur Fi, j'arriverais peut-être à le faire. À tout avouer, à revenir sur la voie du bien avant que celle du mal m'emporte à jamais.

« L'histoire de Fi » > 02:09:56

La sonnette retentissait déjà pour la deuxième fois lorsque je suis arrivée à la porte. Je m'attendais à trouver un représentant de commerce qui faisait du zèle ou un conseiller municipal en campagne. Il est un peu tard, dirais-je, avec une attitude légèrement réprobatrice mais également compréhensive, parce que tout le monde était bien obligé de gagner sa vie. (Mon objection principale était que le bruit de la sonnette ait pu réveiller les enfants.)

L'homme qui était à la porte, cependant, s'est avéré être le seul qui en avait aussi une clé.

« Bram !

— Désolé, je sais que je ne suis pas censé passer le mardi, je…

— Exact, l'ai-je interrompu. Il est trop tard pour voir les garçons, de toute façon, ils dorment déjà. Il est presque 9 h 30.

— Je sais, mais j'avais besoin de te voir. »

Il débordait d'une énergie que je n'arrivais pas à identifier, mais s'il avait fallu deviner, j'aurais dit qu'il avait bu.

« Quelque chose ne va pas ? ai-je demandé sans cacher mon impatience.

— J'ai juste besoin de te parler, Fi. Est-ce que je peux entrer ? »

J'ai senti l'exaspération m'envahir, familière car souvent ressentie lorsque nous étions ensemble. (Peut-être y avait-il aussi une trace de soulagement qu'il ne soit pas entré sans sonner pour me surprendre dans la cabane, en pleine reconstitution sinistre de son propre péché.)

« Ce n'est pas le meilleur moment, en fait. J'ai de la compagnie. On vient de passer à table.

— Oh. Est-ce qu'il y a moyen que tu te débarrasses d'elle ? C'est important. »

Je n'ai pas eu le temps d'être soulagée qu'il se trompe sur le sexe de la compagnie en question – je ne voulais pas avoir à admettre que j'avais enfreint une règle de notre système de garde – car j'ai perdu le contrôle de la situation. Toby était venu me rejoindre à la porte, clairement prêt à m'offrir sa protection.

« Tout va bien, Fi ? »

Alors que j'ouvrais la bouche pour faire les présentations que j'aurais préféré remettre à plus tard, voire éviter complètement, je n'ai pu que regarder, abasourdie, alors que Bram me bousculait pour se ruer à l'intérieur et se jeter sur Toby. Ils se sont écrasés tous les deux contre les lambris de l'escalier, et le crâne de Toby est allé cogner contre les balustres de la rambarde.

« Dégage de ma maison ! » a hurlé Bram en essayant sans succès de traîner Toby vers la porte.

Il avait beau être grand, il faisait l'effet d'un terrier à côté du mastiff qu'était Toby.

« Allons, mon pote, a grogné Toby. Lâche-moi, qu'on en discute.

— Bram ! » Je me suis précipitée pour l'agripper par la veste avec colère. « Qu'est-ce que tu fais, enfin ? »

Ses yeux m'ont fait peur : exorbités et fixés sans ciller, avec une intensité féroce, sur le pauvre Toby.

« Si tu t'approches encore d'elle, je te tue ! »

Je n'arrivais pas à en croire mes oreilles.

« Arrête, Bram. Arrête ça tout de suite ! »

Inévitablement, les garçons, réveillés par le bruit de l'altercation, sont bientôt arrivés en haut des marches.

« Papa ! s'est écrié Harry.

— Papa s'apprête à partir, lui ai-je lancé. N'est-ce pas, Bram ? »

Encore une fois, j'ai essayé de lui faire lâcher Toby, mais je n'ai réussi qu'à me tordre un ongle, ce qui m'a arraché un cri de douleur.

« Maman ? Ça va ? »

Leo était en train de descendre l'escalier et j'ai abandonné les hommes pour l'arrêter à mi-chemin.

« Retourne au lit, mon cœur. J'arrive dans une seconde.

— Il y a un cambrioleur ? a demandé Harry à son frère, et j'ai perçu l'inquiétude dans la voix de Leo alors qu'il lui répondait.

— Rien de tel ! » ai-je lancé, mais ma voix était stridente, fébrile, révélant ma propre panique.

Enfin, Bram a relâché Toby, qui a battu en retraite dans la cuisine, en se frottant la tête et en jurant.

« Va attendre dehors », ai-je ordonné à Bram avant de monter précipitamment pour calmer les garçons.

Les lumières étaient allumées dans la chambre de Leo, où ils s'étaient tous les deux réfugiés, pâles de frayeur.

« Avec qui se battait Papa ? Est-ce que la police va arriver ? » m'ont-ils demandé.

Je les ai serrés dans mes bras.

« Non, c'était juste une dispute avec un ami. Essayez de ne plus y penser et rendormez-vous.

— N'oublie pas de fermer la porte à clé, Maman », m'a dit Leo alors que je m'en allais, et j'aurais pu pleurer devant sa confiance innocente en une porte fermée, en *moi*.

Pardon, je laisse mes émotions prendre le dessus. Mais je ne saurais trop insister sur le fait que c'était là exactement ce que j'avais tout fait pour éviter : une scène violente entre époux séparés, des enfants effrayés, à la vie chamboulée, qui ne savaient pas qui était chez eux et à qui allaient les loyautés cruciales.

Respire. Enfin bref, quand j'ai rejoint Bram dans le jardin à l'avant, je bouillais de colère. Il était en train d'aller et venir sur le chemin dallé, la fumée de sa cigarette s'élevant entre les branches nues du magnolia. 9 h 30 du soir par un mardi de novembre équivalait pratiquement au milieu de la nuit dans Trinity Avenue, et à toutes les fenêtres en vue, les rideaux étaient tirés ; c'était comme si tout ce qu'il y avait de mélodrame et de rancœur autorisés dans le quartier s'était réuni chez moi.

« Non mais qu'est-ce qui t'a pris, bon sang ? ai-je lâché entre mes dents. Tu es ivre ? »

Il m'a fusillée du regard, manifestement aussi furieux que moi.

« Bien sûr que non. On s'était mis d'accord : pas de rencards, pas ici.

— Qu'est-ce qui te dit que c'en est un ? Que ce n'est pas juste un ami ?

— C'est le cas ? »

J'ai hésité, avant de répondre :

« Je sors avec lui, oui, mais ça ne veut pas dire que ce que tu viens de faire n'est pas complètement déplacé. »

Il a tiré sur sa cigarette, la faisant rougeoyer.

« Les garçons sont là.

— Ils *dormaient*. Du moins jusqu'à ce que tu fasses irruption. Tu l'as agressé, Bram. Tu as de la chance qu'il ne se soit pas vraiment défendu ! » J'ai repoussé mes cheveux de mon visage et de ma gorge, laissant le froid astringent toucher ma peau. Puis j'ai lourdement soupiré. « Mais tu as raison, on s'était mis d'accord sur des conditions et j'en ai enfreint une. Je suis désolée. C'était juste censé être une exception à la règle parce qu'on n'avait pas réussi à se voir à un autre moment. Un dîner, c'est tout. Il n'est pas prévu qu'il passe la nuit.

— Il ne passera *jamais* la nuit dans cette maison, a répliqué Bram avec une férocité que je ne lui avais jamais connue, de toutes les années qu'on avait passées ensemble. J'y foutrai le feu avant que ça arrive.

— Bram, arrête, tu me fais peur. » Nous sommes restés face à face, respirant aussi fort l'un que l'autre. Il avait un regard d'animal sauvage. J'ai refait une tentative. « Si on doit continuer cet arrangement, j'ai besoin de savoir que tu peux être un participant raisonnable et civilisé à la vie de cette famille. »

Mais j'aurais dû savoir que cette remarque allait susciter exactement l'inverse.

« Je ne suis pas un "participant", je suis leur père, putain !

— Ne crie pas, ai-je chuchoté furieusement. Les voisins vont t'entendre. »

Il a jeté son mégot dans la bordure.

« J'en ai rien à foutre de qui peut m'entendre, je ne veux pas que cet homme s'approche de mes enfants.

— *Nos* enfants. Et je ne le leur ai même pas encore présenté ! Si tu n'avais pas fait toute cette scène, ils n'auraient même pas su qu'il était passé. Ce n'est pas Toby qui est en faute. »

J'ai instantanément regretté d'avoir dit son nom, parce que Bram s'en est aussitôt emparé.

« Toby, c'est comme ça qu'il s'appelle ? C'est quoi son nom de famille ? »

Je n'ai pas répondu. Toute bouleversée que je sois, j'ai eu la présence d'esprit d'envisager le risque que Bram décide de retrouver Toby à un moment ultérieur et de le menacer. J'imaginais ce dernier, m'appelant pour me dire : « Je suis désolé, ça ne va pas marcher. Tu me plais, mais je ne suis pas prêt à subir ce genre de harcèlement. »

C'était exactement comme l'avait dit Polly : Bram n'avait pas assez tenu à moi pour me rester fidèle, mais en même temps, il ne supportait pas l'idée que quelqu'un d'autre prenne sa place. Ce genre d'instinct mesquin était, je le savais, un élément typique des ruptures conjugales. Mon erreur avait été de croire que nous n'étions pas typiques.

« Tu fréquentes d'autres personnes aussi, je suppose ? »

J'ai serré les bras contre ma poitrine alors que je commençais à frissonner. Au moins, le froid endormait la douleur de mon doigt.

« Personne de spécial », a-t-il marmonné, et j'ai vu avec horreur qu'il était au bord des larmes.

Ai-je été flattée de le voir réduit à cela à cause de ses sentiments pour moi ? Peut-être. Mais l'incident est plus important, je pense, parce qu'il montre combien Bram devenait lunatique, imprévisible. Et, je regrette de le dire, prompt à céder à l'agressivité.

« Écoute, tu as ma parole que dorénavant, je ne le verrai qu'à l'appartement.

— À l'appartement, a-t-il répété.

— Oui, où tu vas rentrer maintenant, n'est-ce pas ? »

À mon grand soulagement, il a commencé à reculer en direction du portail, en hochant la tête d'un air absent.

« Ne fais rien de stupide, ai-je ajouté, ce qui l'a fait s'arrêter brusquement et me dévisager.

— C'est déjà fait. »

Et bien sûr, j'ai supposé qu'il parlait du fait qu'il avait agressé Toby. Il avait l'air tellement dévasté que j'ai avancé d'un pas vers lui, ma fureur se dissipant un peu.

« Alors ne fais rien *d'autre* de stupide. Je parlerai aux garçons demain matin et on te verra après le travail comme d'habitude, d'accord ? »

Non, je n'ai jamais su ce dont il était venu me parler ce soir-là. Si cette preuve de nos rapports dysfonctionnels avait rendu une chose claire, c'est que je n'étais plus la bonne personne pour l'entendre.

***

Dans la cuisine, où nos steaks de thon avaient refroidi dans nos assiettes, Toby était debout en train de boire. Je pouvais voir sur sa pommette gauche une marque rouge qui allait bientôt devenir une ecchymose.

« Ça va ? » m'a-t-il demandé.

Il était posé, civilisé ; une espèce complètement différente du sauvage que je venais de raccompagner au portail.

« Et toi ? lui ai-je demandé. Tu t'es cogné la tête assez violemment. Et regarde ton visage. Tu as besoin de glace ? Je suis tellement désolée, Toby. Je n'arrive pas à croire ce qui vient de se passer. »

Il m'a attirée contre lui.

« Tu n'as pas besoin de t'excuser, Fi. »

Son corps était brûlant, encore sous le coup de l'adrénaline de la bagarre.

« Mais je tiens à le faire. J'ai tellement honte. »

Il a fait un pas en arrière pour me regarder d'un œil inhabituellement scrutateur.

« Tu es sûre… Tu es sûre que tout est fini avec ce mec ? Parce que visiblement, lui n'est pas prêt à l'accepter, hein ? C'est un arrangement compliqué, je sais. Vous vivez encore ensemble sans vivre ensemble, vous êtes mariés sans l'être vraiment… »

Pour la première fois, je me suis demandé si j'étais à la hauteur de la tâche, accablée par les expériences accumulées ces six derniers mois comme si elles étaient empilées, imbriquées, sur ma tête, et m'écrasaient mortellement de leur poids. Bram allait-il me rendre la vie impossible, finalement? Avais-je fait une terrible erreur en proposant de « vivre encore ensemble sans vivre ensemble » ?

J'ai senti l'émotion me nouer le ventre au souvenir de la sensation que j'avais eue en me réveillant à l'appartement avec un homme qui n'était pas mon mari dans un lit qui aurait dû être pour moi symbole de renouveau, de distanciation par rapport à mon couple, mais qu'en réalité je partageais avec Bram.

« Je suis sûre, ai-je répondu. Lui aussi, c'est juste qu'il ne s'en rend pas encore compte. Mais lorsqu'il aura rencontré quelqu'un de son côté, peu lui importera avec qui je suis.

— Je croyais que tu m'avais dit qu'il avait déjà commencé à baiser à droite à gauche? »

Le terme m'a fait tressaillir.

« Je veux dire quelqu'un à qui il s'intéresse vraiment, quelqu'un qui sort du lot.

— Je m'interroge sur sa capacité à reconnaître une telle chose », a répliqué Toby d'un ton qui semblait assez significatif, et je me suis demandé ce qu'il allait dire ensuite.

J'ai rompu le silence la première.

« Eh bien, il devrait être capable de le reconnaître chez ses enfants, au moins. Je vais lui parler demain et lui expliquer clairement qu'il est hors de question que ce genre de chose se reproduise.

— Si tu veux mon avis, à ta place je n'en ferais pas tout un plat. C'était surtout du bluff, je ne suis pas blessé.

Il finira par parvenir tout seul à la conclusion qu'il a dépassé les bornes.

— C'est vraiment très compréhensif de ta part. »

Je doutais qu'il soit d'humeur si charitable après avoir eu un peu de temps et de solitude pour y réfléchir.

« Tout le monde a ses casseroles, et le bagage émotionnel qui va avec, a-t-il répondu en haussant les épaules.

— Je me disais justement la même chose. Le problème, c'est que pour certains d'entre nous, il dépasse le poids autorisé. »

Il a souri, en massant sa joue endolorie d'un air absent.

« Mais c'est d'autant plus intéressant de voir ce qu'il contient.

— Quoi, même quand tu te rends compte qu'il y a des doubles fonds et des compartiments cachés ? »

Il a ri.

« Surtout !

— Tant mieux, parce qu'on ne peut pas filer cette métaphore plus loin. »

C'était vraiment très gentil de sa part de faire comme si la soirée n'était pas complètement gâchée. Deux petits garçons à l'étage qui le prenaient pour un dangereux intrus, un ex jaloux qui aboyait à la porte : il y avait plein d'autres hommes qui auraient juste pris leurs cliques et leurs claques.

#VictimeFi

@Tilly-McGovern Ma fille, le lâche pas, ce Toby !

@IsabelRickey101 Bram est comme un de ces mecs qui battent leurs proches, finissent par tuer toute leur famille et après sont qualifiés de héros torturés.

@mackenziejane @IsabelRickey101 N'est-ce pas ? « Je foutrai le feu à la maison. » Il me fiche les jetons.

Bram, document Word

Le lendemain matin, le crâne réduit à un feu d'artifice de douleur, j'ai gagné ma salle de bains en titubant pour m'asperger le visage d'eau froide. Après avoir quitté Trinity Avenue, j'étais allé droit au Two Brewers, où j'avais bu jusqu'à ce que toutes les images de la soirée disparaissent de ma tête. Roger et les autres étaient déjà partis, mais cela m'avait arrangé. Je n'étais nullement d'humeur à échanger des plaisanteries avec des hommes dont la vie était tout ce que la mienne avait été, tout ce que j'avais fichu en l'air.

M'apercevant dans le miroir, j'ai eu un mouvement de recul devant la créature qui me rendait mon regard abasourdi. J'avais mal vieilli depuis la dernière fois que je m'étais regardé : j'avais la peau bouffie et couperosée comme celle d'un ivrogne, les paupières tombantes et agitées de clignements, et enfin une barbe naissante et les cheveux trop longs, résultats de mon laisser-aller général en matière d'hygiène. Je ressemblais au vieil homme qui avait vécu à la dure dans le parc avant que les soi-disant Amis d'Alder Rise ne le fassent expulser.

(Il était probablement mort à l'heure qu'il était.)

Pour info, je ne suis pas fier de l'avoir attaqué. Toute autre considération mise à part, c'était encore un autre incident violent avec témoin qui risquait d'être utilisé contre moi. Mais que voulez-vous que je vous dise ? Soit vous avez déjà connu ce déferlement de rage pure, soit non ; cette brève impression de commotion cérébrale immédiatement suivie d'une énergie surhumaine qui ne peut naître d'aucune autre émotion, pas même le désir. On appelle ça « voir rouge », mais en réalité c'est blanc. Ça vous embrouille la raison, ça vous rend aveugle aux

323

conséquences, ça vous retient dans son atmosphère…
avant de vous laisser retomber brutalement sur terre.

Et c'est là que vous découvrez que tous les gens qui
auraient pu être de votre côté se sont enfuis, terrifiés.

J'ai cherché d'éventuelles blessures plus graves que
les contusions légères dues à notre bagarre dans l'entrée et, n'en trouvant aucune, ai déduit que je n'avais
pas connu de moment d'absence où j'étais retourné à la
maison le tuer, pour ne pas m'en souvenir le lendemain
tant j'avais bu d'alcool.

Parce que je voulais le tuer. Je tiens à le déclarer
explicitement. Je le haïssais de toute mon âme noire.

Me détournant de mon reflet, je me suis promis de
prendre rendez-vous chez le médecin pour obtenir des
médicaments. Anxiolytiques, neuroleptiques, antidépresseurs.

Sur le comptoir de la cuisine, à côté d'un mug à café
que j'avais utilisé comme cendrier la veille au soir,
mon téléphone à carte a reçu une notification. Il savait
qu'il devait se servir de ce numéro, désormais ; le seul
élément que j'avais réussi à lui imposer, pour ce que
ça valait. J'ai ouvert le message avec un sentiment de
capitulation nouveau.

> Tu passais juste comme ça, peut-être ? Un seul mot à notre
> sujet et elle en subira les conséquences. C'est compris ?

C'était compris. Je ne savais pas si j'aurais eu le
courage de vraiment tout avouer à Fi la veille, mais il
avait eu beaucoup, beaucoup de chance d'être là quand
j'avais débarqué. Le salaud avait réussi à s'insinuer
dans son cœur, et lui cacher le fait qu'il m'avait déjà
rencontré auparavant avait été un acte délibéré de
torture. Il me tenait par les couilles. Il comptait non
seulement me voler ma propriété, mais aussi s'arroger
ma femme. Il avait piraté ma vie.

Mike. *Toby*. Connard.

37

Vendredi 13 janvier 2017

Londres, 16 h 15

« C'est à devenir fou », s'exclame David Vaughan, exaspéré. Il commence à craquer maintenant : ce serait le cas de n'importe qui, soumis assez longtemps à pareil stress. C'est la roulette russe en banlieue pavillonnaire, et les notaires tiennent le pistolet. « Cette autre femme dit être Fiona Lawson et ne pas avoir reçu le produit de la vente qui lui revient de plein droit. Et vous, vous dites aussi être Fiona Lawson et n'avoir jamais vendu la maison en premier lieu. »

Fi s'énerve brusquement.

« Je ne "dis" pas être Fiona Lawson, je *suis* Fiona Lawson. Tenez, voici mon permis de conduire. Cela suffit-il à vous convaincre ? »

Cet homme prétend peut-être à sa maison, mais il ne lui prendra pas son identité. Les Vaughan examinent tous les deux la pièce d'identité, mais cela n'a guère l'air de changer leur attitude envers elle.

« Y a-t-il moyen d'obtenir de l'agent immobilier un numéro pour cette fausse Mrs Lawson ? demande Merle.

— J'ai posé la question, mais Rav affirme qu'il n'a jamais eu que celui de *Mister* Lawson, qui je suppose est celui que vous avez aussi.

— La ligne de Bram ne fonctionne pas depuis le début de l'après-midi », dit Fi.

Cependant, en vérifiant le numéro, ils se rendent compte que ce n'est pas celui du téléphone officiel de Bram, celui que lui paie son employeur et sur lequel Fi le joint quotidiennement. À cette découverte, le sang lui bat les tempes, mais lorsqu'elle tente le nouveau numéro, cela ne fait que sonner dans le vide.

« Vous ne pensiez quand même pas qu'il allait répondre ? fait David. Elle doit essayer depuis le début de la journée. »

Elle. Qui est cette rivale, cette usurpatrice avec qui Bram veut partager la fortune des Lawson ? Est-ce un cas de bigamie ? Se peut-il qu'il ait une seconde épouse et qu'ils aient conspiré pour voler la maison appartenant à la première ? (Il a peut-être des enfants avec elle aussi, des demi-frères ou sœurs pour Leo et Harry.) Ou bien est-ce l'extrême inverse, et n'est-elle qu'une actrice embauchée pour la transaction ? La « Mrs Lawson » qui a appelé le notaire pourrait être n'importe qui ; les Vaughan ne l'ont jamais rencontrée, la procédure légale n'exigeant pas qu'acheteur et vendeur soient présents dans la même pièce au même moment. Peut-être s'est-il contenté de photocopier le passeport de Fi et de le soumettre par Internet ? Les policiers ont ouvertement reconnu que le transfert de propriété est devenu une procédure anonyme, que les escrocs s'insinuent par les failles du système sans que personne remarque quoi que ce soit.

Et si ce n'est pas pour financer une nouvelle relation – un nouvel *amour* – alors pourquoi ? Pourquoi Bram a-t-il besoin d'une telle somme d'argent ? Qu'est-ce qui peut bien valoir de sacrifier à la fois la sécurité de ses enfants et sa relation avec eux ? Une énorme dette de jeu ? Un problème de drogue ?

Elle se masse les tempes, sans parvenir à atténuer la douleur. Comme il était plus facile de l'imaginer en victime, comme elle. Victime d'une escroquerie, de menaces ou même d'un lavage de cerveau.

« Donc, quoi, on attend bêtement, c'est ça ? fait Merle. Toujours sans savoir qui a le droit de rester et qui doit partir ?

— D'après Rav, répond David, il y a un moyen simple de déterminer qui est le propriétaire légal de la maison et bénéficie donc des droits d'occupation : le cadastre. Les actes notariés sur papier ne se font plus, mais si la maison a été enregistrée à notre nom, alors nous en sommes les propriétaires. Si le titre de propriété n'a pas été transféré pour une raison ou pour une autre, alors le nom des Lawson y sera encore associé et ils restent les propriétaires. Emma saura nous le dire. »

La notaire des Vaughan, Emma Gilchrist, est enfin sortie de sa réunion en externe, ajoute-t-il, et une collègue l'alerte à cet instant même de la crise en cours dans Alder Rise.

« Ne t'inquiète pas, dit-il à Lucy. Emma n'aurait jamais versé deux millions de livres sans que la vente ait été enregistrée.

— Vraiment ? réplique Merle. Ce ne serait pas la seule erreur désastreuse dans cette situation, n'est-ce pas ? Écoutez, j'en ai assez d'attendre le bon vouloir des notaires. Est-ce qu'on ne peut pas vérifier sur le site du cadastre ?

— Il faut plusieurs jours pour que ça apparaisse en ligne, apparemment, répond David. Nous avons besoin d'Emma ou de ce Graham Jenson pour nous confirmer la position exacte, de toute façon. Et c'est peut-être Emma à l'instant… »

Son téléphone est en train de sonner, et il le sort de sa poche comme s'il dégainait un pistolet. Le reste du groupe, sans exception, se pétrifie sur sa chaise, électrisé.

« Emma, enfin ! s'écrie David. On a une situation très inquiétante ici et on a besoin que vous la résolviez le plus vite possible… »

Alors qu'il croise le regard de Fi, un embarras inattendu se peint sur son visage et il ouvre la porte de la cuisine pour prendre la suite de l'appel dans le jardin. L'air glacé entre dans la pièce telle une menace tandis qu'il s'éloigne dans l'allée en direction de la cabane des enfants.

Ça y est, pense Fi. *Mon avenir, celui de Leo et Harry : tout se joue à cet instant.*

Genève, 17 h 15

Lorsqu'il arrive à la gare Cornavin, il a mal partout : les hanches, les genoux, même les épaules lui cuisent autant que les pieds. Son cerveau, par contre, est engourdi. Les rues de la ville lui ont offert le baume de l'anonymat et, tandis qu'il s'arrête lentement pour embrasser du regard l'agitation du hall, c'est presque comme s'il avait oublié pourquoi il était là.

Une bande de jeunes voyageuses le dépasse, visages tournés vers l'une d'entre elles au centre du groupe, et alors qu'il les regarde, il est soudain frappé de la certitude qu'il n'a pas à s'inquiéter pour Fi car elle s'en sortira. Elle aura ses propres alliées autour d'elle.

L'idée le transperce comme une flèche, propre, indolore, absolue.

Il a toujours trouvé épuisante la façon dont les femmes de Trinity Avenue parlaient entre elles. Même quand on n'entendait pas ce qu'elles disaient, on pouvait voir dans leur gestuelle, dans leurs expressions, qu'il y avait tellement d'intensité dans tous leurs propos. À les regarder, on aurait cru qu'elles discutaient de génocide ou d'apocalypse économique, alors qu'en fait le sujet de leur conversation était la petite Emily qui avait été replacée dans un groupe de niveau plus bas en maths, ou Felix qui n'avait pas réussi à intégrer l'équipe première en foot. L'intrigue d'une série à la télé ou quelque scandale dont elles avaient entendu parler dans *La Victime*.

Puis, quand quelque chose de vraiment terrible arrivait, comme une mort soudaine dans la famille ou une carrière détruite, et qu'on s'attendait à une hystérie collective, elles étaient une véritable unité d'intervention d'urgence, parfaitement organisée et focalisée sur la résolution du problème.

« Elles me rappellent la police des femmes dans ce vieux sketch, tu te rappelles ? avait dit Rog une fois, alors qu'ils étaient assis au comptoir du Two Brewers. Celui où les femmes conquièrent le monde ? C'était les deux Ronnie, avec Diana Dors, je crois ? C'était censé être une dystopie.

— Ça m'a l'air un peu politiquement incorrect, avait répliqué Bram.

— Oh, totalement. Ce ne serait jamais autorisé de nos jours », avait acquiescé Rog avec un regret feint.

Bizarre que cette idée lui soit venue à cet instant, sous le tableau des départs dans une gare ferroviaire à Genève, mais il est content de l'avoir eue parce que ça lui fait penser que les choses ne seront peut-être pas si épouvantables que ça à Londres, même aujourd'hui, le jour où tout doit être découvert. Parce que c'est Fi qui gère maintenant, pas lui. Lorsque la poussière sera retombée, les garçons se porteront mieux sans lui.

Pour la première fois depuis qu'il a quitté Trinity Avenue, il ressent quelque chose qui se rapproche plus de la sérénité que du désarroi.

Et il y a un train pour Lyon qui part à 17 h 59.

38

« L'histoire de Fi » > *02:22:12*

Cela vous surprendra peut-être, mais il y a eu des moments où j'ai ressenti de la compassion à son égard, vraiment.

Ne vous méprenez pas, je n'excuse pas ses actes – évidemment que je les méprise : il m'a expropriée, a dépossédé ses propres enfants de leur avenir. C'est juste qu'une part de moi comprend comment la situation a pu dégénérer à ce point. Vous savez, un engrenage d'événements, un élan impossible à inverser. Un sentiment d'irrésistibilité cosmique. On sait tous qu'un problème partagé est à moitié résolu, mais n'est-il pas également vrai qu'un problème qu'on garde pour soi est largement multiplié ?

Et c'est ce qu'il a fait, j'en suis convaincue – dans mes moments les plus calmes, du moins. Il a tout gardé pour lui. S'il s'était confié à quelqu'un, n'importe qui, il aurait été dissuadé d'agir comme il l'a fait. À la place, il est recherché pour fraude et peut-être même pire, peut-être même…

Non, je ne le dirai pas. Je ne le dirai pas tant que ce ne sera pas prouvé – si ça l'est – devant un tribunal.

Non, honnêtement, je ne peux pas faire de déclarations à ce sujet. J'aurais à mon tour des ennuis avec la police.

Ce que je dirai, par contre, c'est que Bram n'était pas l'esprit insouciant que croyaient les gens. Il avait ses moments d'abattement, plus que la plupart d'entre nous, ce qui découlait du fait d'avoir perdu son père si jeune. Ce n'est pas pour critiquer sa mère – c'est une femme formidable – mais élever un enfant endeuillé n'est pas facile quand on est en deuil aussi.

Je suppose que ce que j'essaie de dire, c'est que parfois, il est difficile de faire la différence entre faiblesse et force. Entre héros et méchant.

Vous ne croyez pas ?

***

Le hasard n'était pas du côté de Bram, je dois l'admettre. En fait, il n'aurait pas pu être plus cruel.

Bien que j'aie eu initialement l'intention de suivre les conseils de Toby et de contenir mon indignation au sujet de l'attaque, lorsque Bram est revenu le lendemain soir pour sa visite habituelle du mercredi à Leo et Harry, il y avait eu un développement qu'il n'aurait pas pu anticiper. J'ai attendu qu'il redescende après les avoir mis au lit, puis je l'ai emmené dans le salon et ai fermé la porte – je ne voulais pas que les garçons entendent un mot de tout cela. Alors que nous nous asseyions sur le canapé, face au poêle à bois rougeoyant, j'ai songé à tous les autres couples dans la rue qui devaient être en train de faire de même, parmi lesquels fort peu, cependant, étaient en conflit comme nous l'étions.

« À propos d'hier soir », a-t-il commencé. Comme l'avait prédit Toby, il était penaud, rongé de remords. « Je suis vraiment…

— Je sais, l'ai-je interrompu, coupant court à ses excuses. Toby ne veut pas envenimer les choses. Tu as de la chance, il aurait pu aller voir la police. Mais il comprend pourquoi tu as perdu la tête comme ça. »

Bram est resté bouche bée, apparemment abasourdi par cette révélation.

« Qu'est-ce qu'il a dit exactement ?

— Qu'il est conscient de la valeur de ce que tu as choisi de perdre. » Une bonne épouse, une femme séduisante. J'ai marqué un temps, savourant sa confusion. « Mais de toute façon, ce que lui et moi disons ou faisons ne te regarde pas, on s'est entendus là-dessus.

— OK... »

Il a laissé traîner sa voix, s'accordant quelques secondes supplémentaires pour essayer de deviner ce qui s'apprêtait à suivre, puisque ce n'était pas un bilan de ses crimes de la veille.

J'ai sorti une enveloppe ouverte de la poche de mon gilet.

« C'est arrivé aujourd'hui au courrier, Bram. »

Il me l'a prise des mains.

« C'est à moi que c'est adressé.

— Je sais, mais j'ai cru que c'était quelque chose en rapport avec notre déclaration à l'assurance, qu'avec un peu de chance ils étaient revenus sur leur décision, alors je l'ai ouverte pour toi. » En réalité, le document était un formulaire invitant Bram à déposer une demande pour récupérer son permis, suite à la suspension de celui-ci en février. « Un retrait de permis, Bram ? Il y a des mois de ça, quand on était encore ensemble ! Tu es passé au tribunal, tu t'es présenté devant un magistrat, et tu ne m'en as pas dit un mot !

— C'est un délit d'ouvrir le courrier de quelqu'un d'autre, a-t-il répondu avec aigreur.

— Et c'est un délit de conduire sans permis !

— Quoi ? » Il a froncé les sourcils en regardant le document. « Ce n'est pas ce qui est dit ici. »

Il a accompagné ces mots d'un haussement d'épaules presque imperceptible, tout ce qu'il arrivait à rassembler de sa crânerie normalement légendaire.

« Non, mais c'est ce que je dis, moi. Ne le nie pas, tu as régulièrement conduit depuis, je t'ai vu faire de mes propres yeux. Pour l'amour du ciel, Bram, une suspension, c'est déjà assez grave, surtout dans ton métier, tu as eu de la chance de ne pas perdre ton travail – mais si tu avais été impliqué dans un accident ces derniers mois, tu aurais eu de sérieux ennuis. Qu'est-ce qui t'est passé par la tête ? Comment est-ce que tu fais pour toujours te mettre dans ce genre de situation ? Pourquoi est-ce que tu ne peux pas respecter les règles comme le reste d'entre nous ? »

Ma voix était devenue stridente ; je n'aimais pas m'entendre quand je faisais la morale. Jamais je ne m'étais autant donné l'impression d'une mère qu'à cet instant : *sa* mère.

« Eh bien, réponds ! »

Je voulais l'entendre de sa propre bouche ; je voulais le voir avouer.

Après l'avoir pourchassé dans toute la pièce, j'ai enfin réussi à capter son regard et il a plissé les yeux comme s'il ne me faisait plus confiance. (Le monde à l'envers !)

« OK, j'ai fait quelques courts trajets alors que je n'aurais pas dû, mais pas autant que tu le crois. Et après la voiture a été volée et…

— Et tu t'es vu épargner la tentation de continuer par quelqu'un au comportement encore plus criminel que toi, ai-je fini à sa place. Et pour ces "quelques courts trajets", les enfants étaient avec toi ?

— Peut-être une ou deux fois, juste pour les amener à la piscine ou quelque chose comme ça, mais ils n'ont jamais couru aucun risque, je te le jure. »

J'ai eu envie de le gifler, l'imbécile.

« Tu les as impliqués dans un acte illégal, Bram, bien sûr que si, ils couraient un risque ! Franchement, je ne sais pas comment procéder maintenant. Ça a été difficile pour moi de surmonter ce qui a causé notre rupture, et lorsque je l'ai fait, c'est parce que je pensais sincèrement que tu ne me causerais pas d'autres tourments. Or là, non seulement tu as agressé un ami à moi, mais tu m'as aussi menti pendant tout ce temps ! »

Un tremblement est apparu autour de sa bouche. Le bruit qui s'est échappé de sa gorge alors qu'il essayait, encore une fois, de se justifier n'était pas tout à fait humain.

« Je sais, tu as raison, mais je ne voulais pas compromettre mes chances de rester avec les enfants. Je t'en prie, Fi, je suis désolé, vraiment. Je sais que j'ai merdé et que tu te dis probablement que notre système de garde ne fonctionne pas…

— Comment pourrais-je penser quoi que ce soit d'autre quand l'un de nous est un menteur !

— Mais il convient à Leo et Harry, n'est-ce pas ? Tu es bien obligée de l'admettre. Ils sont bien plus heureux que si on s'était séparés. »

Nous nous sommes figés, aussi surpris l'un que l'autre.

« On *est* séparés », ai-je fini par répondre.

Il a secoué la tête.

« Je sais. Simple lapsus.

— Est-ce pour ça que l'assurance n'a pas voulu nous rembourser ? ai-je demandé impérieusement. Parce que tu ne l'avais pas prévenue de ta suspension de permis ?

— Mais je l'avais prévenue, bien sûr que si.

— Donc, comme d'habitude, il n'y a que moi que tu as trompée. »

Avec horreur, j'ai vu son visage se décomposer dans cet affreux spasme qui l'avait déjà tordu une fois auparavant, et cette fois il s'est mis à sangloter, en ne cessant de répéter combien il était désolé.

« Je t'en prie, Fi, accorde-moi encore une chance. Au moins jusqu'à la fin de la période d'essai dont on est convenus cet été? Je t'en prie. »

J'ai attendu que ses larmes se calment, en m'interdisant de voir Leo en lui, mais c'était trop tard. C'était leur père : ils étaient dans son visage, sa voix, ses faiblesses. Je ne pouvais pas le bannir de mes pensées sans les en bannir aussi.

« C'est la dernière, Bram. Je veux juste… Je ne peux pas te laisser te payer ma tête. »

Encore. Et encore.

« Promis », a-t-il répondu.

Une promesse qui, nous le savons maintenant, ne valait pas les ondes sonores qui l'avaient portée.

Bram, document Word

Je crois sincèrement que si Fi avait insisté un peu plus, j'aurais craqué. Si elle avait exigé de savoir pourquoi j'avais réagi au nouvel homme dans sa vie de cette façon, j'aurais tout déballé, laissé les secrets s'échapper comme du pus, tout nauséabonds et répugnants qu'ils soient.

Mais de même que, précédemment, elle avait fait une fixation sur l'adultère sans voir l'interdiction de conduire, elle faisait à présent une fixation sur l'interdiction de conduire sans voir la fraude. Une lettre des autorités était arrivée, dévoilant les détails de ma suspension de permis, et la confrontation prévisible avait suivi. Je vois encore son visage, la sainte horreur qui s'y lisait alors qu'elle me réprimandait : *Si tu avais été impliqué dans un accident ces derniers mois, tu aurais eu de sérieux ennuis...*

Comme si je ne le savais pas !

***

« Pourquoi ? ai-je demandé à Mike, une fois retrouvé suffisamment de calme pour l'appeler. Pourquoi est-ce que tu sors avec elle ? Juste pour me montrer que tu peux ?

— Bram, m'a-t-il répondu en soupirant. Tu sembles croire que j'ai tout le temps que je veux pour m'amuser. Mais on est pressés, là, tu te rappelles ? La police est peut-être un peu lente, mais elle n'est pas complètement conne. Elle finira par en arriver à toi.

— Elle est déjà passée, ai-je admis. Un mec est venu m'interroger mardi dernier.

— Ah oui ? Il t'a posé des questions sur l'accident ?

— Non, pas directement. Il voulait juste savoir qui avait vu la voiture en dernier, etc. ; les mêmes questions qu'à Fi il y a des semaines, donc je me dis qu'ils doivent avoir trouvé un élément nouveau pour avoir eu besoin de venir me voir.

— Est-ce qu'il t'a demandé où tu étais le 16 septembre ?

— Oui. J'ai été obligé d'utiliser l'alibi. Je lui ai dit que j'étais au pub à Clapham Junction, comme convenu.

— Bien. Ça va passer, t'inquiète pas pour ça. Même s'ils vérifient sur les enregistrements de caméras, c'est toujours bondé le vendredi là-bas, facile de se perdre dans la foule. Il faut que tu gardes ton sang-froid,

Bram. Quant à ta bourgeoise, sois tranquille, je n'ai pas l'intention de lui passer la bague au doigt. Mais il faut bien que quelqu'un l'éloigne le moment venu, n'est-ce pas ? Ce n'est pas toi qui vas lui proposer une escapade romantique. »

Donc ils couchaient ensemble, c'était sûr. (Comme s'il y avait eu la moindre raison d'en douter. Le sexe était important pour Fi.)

« Je sais que ça te blesse dans ton ego de mâle, mais ce n'est pas contre toi, donc ne va pas me faire un caca nerveux, d'accord ? Il faut que tu arrêtes d'attirer l'attention sur toi avec ce genre de petites colères. »

Petites colères ? Comme si j'étais un petit garçon frustré de s'entendre dire « non ».

« Ne t'approche pas de mes enfants, c'est tout, ai-je répondu. Promets-moi au moins ça.

— Promis juré craché, a-t-il répliqué d'un ton railleur. Est-ce qu'on peut passer aux choses sérieuses, maintenant ? Il doit y avoir eu des offres de faites après ces visites complémentaires ? Je pensais qu'à un prix pareil, tu serais assiégé. »

J'ai relâché mon souffle, un son qui a ressemblé de façon humiliante à un gémissement.

« N'envisage même pas de me cacher quelque chose, Bram. Un mot de ma part et Mrs Lawson appellera l'agent elle-même.

— Ce n'est pas Mrs Lawson.

— Donne-moi juste les putains d'infos, tu veux bien ? »

Je vous jure, c'est comme s'il avait tiré sur une ficelle dans mon dos et que les mots étaient sortis dès qu'il l'avait relâchée.

« Il y a eu deux offres. La plus haute a été faite par un couple qui attend encore de vendre sa maison actuelle. L'autre, par un couple qui a déjà vendu, donc il n'y a pas de délai, ils sont prêts à acheter. »

Je les avais rencontrés à la journée portes ouvertes, m'avait dit Rav, même si je n'arrivais pas à remettre leurs noms sur des visages dans la collection de couples distingués et interchangeables que j'avais vus. David et Lucy Vaughan, qui quittaient une maison de ville dans East Dulwich pour prendre plus grand, et avaient bénéficié d'une rentrée d'argent imprévue suite à la mort d'un riche grand-parent. Plus jeunes que Fi et moi, et prêts à fonder une famille.

« Combien ? m'a demandé Mike.

— Deux millions. C'est le mieux qu'ils puissent faire, ils ne peuvent pas obtenir davantage de leur prêteur. Rav recommande que nous acceptions l'autre offre, la plus haute, et que nous leur donnions un laps de temps raisonnable pour régler la vente de leur propre maison.

— Il n'y a pas le temps pour ça. Deux millions devront suffire. »

Comme si c'était de l'argent de poche, qu'il fallait faire avec ce qu'on avait.

« Donc tu veux que j'accepte ?

— Je veux que tu acceptes. »

***

Je n'aurais pas pu choisir une météo plus parfaitement assortie à mon état psychologique alors que je traversais Alder Rise pour me rendre au centre médical, au nord de la Parade. Le ciel était comme une chape de plomb, si bas qu'il touchait presque les toits, tandis que sous mes pieds, les feuilles mortes se désagrégeaient.

J'avais pris rendez-vous avec le chef du service psychiatrique, le Dr Pearson.

« Je ne peux pas continuer comme ça », lui ai-je avoué, sincèrement.

Je dois remarquer à son honneur qu'il a fait de son mieux pour découvrir les problèmes sous-jacents, mais je m'en suis tenu aux grandes lignes : je ne m'en sors pas, j'ai constamment l'impression d'être au bord de la crise de panique, tout se casse la figure autour de moi, j'ai en permanence envie de pleurer.

« Je vais vous faire une ordonnance pour un anti-dépresseur, m'a-t-il annoncé. On va commencer par un mois puis, si vous en êtes satisfait, on prolongera jusqu'après le Nouvel An. Mais les médicaments ne représentent qu'une partie du traitement, et je vous recommande fortement de parler également à un psychothérapeute. »

J'ai répondu quelque chose d'inintelligible et d'évasif, l'ajoutant déjà à ma liste de gens que je ne reverrais jamais.

« Je peux vous adresser à un médecin du centre ou, si vous préférez commencer plus tôt, vous pouvez choisir quelqu'un du secteur privé.

— Je vais faire ça », ai-je répondu pour qu'il me laisse tranquille, et il m'a donné un lien vers un site qui répertoriait les options locales.

Je me suis imaginé en train de me faire harceler de questions sur mes choix de vie discutables et ma capacité à gérer le stress par une mémé de cinquante ans pleine de sérieux.

« Écoute, grognasse, lui dirais-je, j'ai causé la mort d'une enfant. J'ai tué quelqu'un et maintenant on me fait du chantage pour m'obliger à participer à un acte de fraude criminelle, et si je ne coopère pas, j'irai en prison pour dix ans. Le mec qui me fait chanter se tape ma femme et menace mes enfants, et je rêve à longueur de journée de le tuer, mais si je fais ça, je devrai aussi tuer sa complice, avec laquelle, entre parenthèses, j'ai couché. Et même alors, il est possible que la police arrive quand même à me choper parce qu'il y a peut-être d'autres témoins qui ne se sont pas déclarés, sans parler de la victime survivante elle-même, qui, si ça se trouve, souffre de stress post-traumatique qui l'empêche de se rappeler correctement l'accident mais peut retrouver la mémoire à tout moment… »

Non, il valait mieux garder mes problèmes pour moi.

39

Bram, document Word

Depuis la collision, je n'avais rien vu sur le sujet aux informations télévisées, que ce soit nationales ou régionales ; qui que soient les arbitres de la mort, ils n'avaient pas jugé Ellie Rutherford digne d'un tel degré de médiatisation. Je continuais de les regarder, cependant, soir après soir (sauf quand j'étais au pub), pour la simple et méprisable raison que les mauvaises nouvelles me réconfortaient. Une atrocité de guerre, une nouvelle victime de tueur en série, un règlement de comptes entre gangs : chacune de ces informations parvenait à me convaincre que *mon* crime n'était pas si grave que ça.

Révoltant, je sais.

Puis, un soir de la fin novembre, alors que je me consolais avec une bouteille de vin et les images tragiques d'un accident ferroviaire en Inde, me demandant ce que ça pouvait faire que j'aie commis cette terrible erreur deux mois et demi plus tôt quand il y avait sept milliards d'autres personnes qui étaient tout aussi nazes que moi, les gros titres du bulletin régional ont été annoncés et m'ont glacé d'horreur :

« Ce soir, nous parlons au maire des inquiétudes pour la sécurité des ouvriers travaillant actuellement à la construction d'un nouvel immeuble sur la rive sud, dont la taille éclipsera tous ses voisins… Également, ce soir : suite à l'annonce par le gouvernement d'un alourdissement des peines pour conduite dangereuse, nous nous interrogeons sur les raisons qui font que plus de deux mois après l'accident dû à un cas d'agressivité au volant, dans le sud de Londres, qui a coûté la vie à Ellie Rutherford, dix ans, personne n'a encore été arrêté. Le père d'Ellie parle à Meera Powell dans le cadre d'une interview exclusive… »

Le souffle coupé par l'angoisse, j'ai attendu que le reportage sur le gratte-ciel – d'une précision de détails insoutenable – se termine. Puis, après dix secondes d'un présentateur en studio, un plan d'ensemble de Silver Road est apparu à l'écran et une voix off a commencé à récapituler ce que l'on savait de la collision tandis que des images d'archives de la circulation dans Thornton Heath et de l'entrée de l'hôpital de Croydon se succédaient. Puis est venue une suite de photos de l'enterrement – enfants vêtus de jaune, fleurs arrangées en forme de papillon – avant qu'enfin, la famille Rutherford apparaisse à l'écran, filmée dans un salon agréablement aménagé, avec une grande fougère devant la fenêtre et des étagères remplies de livres. Le frère adolescent d'Ellie aidant sa mère à se lever, puis la soutenant alors qu'elle s'approchait péniblement du manteau de cheminée pour regarder un portrait scolaire encadré de sa fille. La caméra s'est ensuite arrêtée sur une chaise roulante pliable dans le coin de la pièce, puis sur une petite pile de cadeaux emballés sur une console. « C'est l'anniversaire d'Ellie cette semaine. Elle aurait eu onze ans », a expliqué la voix off.

Et pour finir, un appel à témoins lancé par un Tim Rutherford admirablement, miraculeusement calme :

> « Nous ne disons pas que la police fait mal son travail, parce que nous savons qu'elle travaille très dur sur cette affaire. Nous demandons simplement que toute personne regardant ceci passe une dernière fois en revue les événements de cette soirée. Reprenez votre agenda et rappelez-vous où vous étiez après le travail ce jour-là. C'était un vendredi, à la mi-septembre donc il faisait encore jour ; vous rentriez peut-être du bureau ou vous sortiez pour aller prendre un verre. Vous n'avez peut-être pas été témoin de la collision elle-même, mais vous avez peut-être vu une citadine noire de marque Audi ou Volkswagen quitter les lieux à grande vitesse. Vous avez peut-être remarqué si c'était un homme ou une femme au volant, quel âge à peu près il ou elle semblait avoir, comment il ou elle était habillé. Un petit détail de ce genre pourrait être ce dont la police a besoin pour faire avancer l'enquête. »

Et c'était tout. Bien qu'assez bouleversante pour me faire trembler, l'interview a cependant confirmé ce que me soufflait mon instinct, à savoir que la police n'en savait pas assez – à supposer qu'elle ait quoi que ce soit – pour monter un dossier contre moi ; et je pouvais seulement supposer que si dossier il y avait, c'était contre le voleur présumé de notre voiture, ou contre quelqu'un qui était associé à un tout autre véhicule.

Personne n'allait se rappeler le moindre détail nouveau d'une soirée parfaitement ordinaire deux mois et demi plus tôt, si ? Était-il vraiment possible que j'atteigne la ligne d'arrivée sans être détecté ? Ou bien le cerveau humain était-il l'arme imprévisible que les Rutherford espéraient qu'il soit ? (« Attendez, mais si, je me rappelle une voiture, j'ai cru qu'elle allait dégommer mon rétroviseur. Une Audi, aucun doute là-dessus. Le conducteur avait les cheveux bouclés... »)

Éteignant la télévision, j'ai découvert qu'ouvrir une deuxième bouteille de vin m'aidait à pencher du côté de l'optimisme. (Le fait que mélanger l'alcool et mes nouveaux médicaments soit strictement interdit ne m'a pas arrêté une seconde.)

En me réveillant le lendemain matin, par contre, je me suis trouvé incapable d'écarter de mes pensées l'image de la petite Ellie, cette photo d'elle dans son pull vert bouteille d'uniforme scolaire. Elle était comme les filles dans la classe de Leo, peut-être pas la première de la classe ou la plus populaire, mais intelligente, facile à vivre, probablement un peu timide jusqu'au moment où elle était avec ses amis, où là, elle devenait plus audacieuse, plus assurée.

Juste une gentille enfant comme les miens, les vôtres.

« L'histoire de Fi » > *02:30:15*

Non, j'ai honte de le dire mais je n'ai jamais repensé à l'accident de Silver Road. Pour ma défense, l'agent de police qui était venu m'interroger au sujet de la voiture ne m'avait jamais recontactée, et je ne sais combien d'autres accidents, je ne sais combien d'autres malheurs avaient probablement été relatés dans les journaux depuis. Ce n'est pas vraiment ce qui a manqué l'année dernière, n'est-ce pas ?

Pas une seule fois Bram ne m'a parlé des Rutherford, non. C'est seulement après que tout a éclaté au mois de janvier que j'ai entendu leur nom, pour la première fois.

40

Bram, document Word

J'ai été ahuri de voir jusqu'où la procédure de transfert de propriété pouvait aller sans qu'il y ait besoin de rencontrer un notaire en personne. Graham Jenson du cabinet Dixon Boyle & Co à Crystal Palace avait probablement été choisi, par Mike bien sûr, pour son absence de réputation d'excellence. (En effet, sur le site d'évaluation consacré aux métiers juridiques que j'avais consulté, le taux de satisfaction client de Jenson n'était pas spectaculaire.) Comme Rav, il ne faisait pas partie de notre complot et donc, encore une fois, j'étais simplement censé faire comme s'il s'agissait d'une vente normale. J'ai créé une nouvelle adresse mail au nom de A. et F. Lawson, transmis le mot de passe à mes maîtres chanteurs, et donné le numéro de mon téléphone à carte à Jenson et à sa stagiaire.

Début décembre, j'avais rassemblé tous les papiers et preuves d'identité nécessaires, rempli tous les questionnaires, et fourni le montant de ce qui nous restait à rembourser de notre emprunt ; lequel serait payé automatiquement à la conclusion de la vente. J'avais sorti les documents du classeur à tiroirs de Trinity Avenue et les y avais replacés au gré de mes heures d'occupation du « nid ». (Dans le cas peu probable où Fi voudrait consulter un papier que j'avais retiré, je savais qu'elle supposerait simplement qu'il avait été mal rangé.) Pour éviter que des documents nous soient renvoyés à la maison – je savais déjà, l'ayant appris à mes dépens, que Fi n'avait aucun scrupule à ouvrir du courrier qui m'était adressé, et celui-là lui serait adressé à elle aussi – nous avions décidé que Wendy passerait les récupérer en personne auprès de la réceptionniste du notaire, signant à la place de Fiona, comme elle s'était entraînée à le faire, chaque fois que c'était nécessaire. Puis elle venait me les remettre en main propre à l'appartement et attendait que j'ajoute les informations et co-autorisations requises avant de les rapporter au notaire à l'occasion suivante. Les quelques documents qui nécessitaient d'être signés en présence de témoins ont été redirigés vers Mike pour qu'il y ajoute les noms et professions inventés qui lui chantaient. En attendant, Wendy a fourni à Jenson les détails du compte de dépôt d'où l'argent de la vente serait transféré vers l'alternative offshore que Mike prétendait avoir ouverte à l'aide de ses fameux contacts dans le dark web.

Tout cela s'est avéré à la fois extrêmement risqué et extrêmement facile – nettement plus facile que ça l'aurait été si l'un des conspirateurs n'avait pas été propriétaire pour moitié de la maison. C'était là le génie de la combine de Mike, je dois lui rendre justice sur ce point.

Les acheteurs avaient peu de questions, mais leur société de crédit immobilier exigeait de pouvoir procéder à une estimation sur place, un élément non négociable qui ne pouvait être programmé qu'en semaine. Bien que la chose ne soit pas sans me stresser, elle a été un jeu d'enfant à organiser comparée à la journée portes ouvertes : je me suis arrangé pour travailler de chez moi et j'ai demandé que l'expert vienne à midi, pour être sûr qu'il soit reparti bien avant que Fi ou sa mère reviennent de l'école avec les garçons. Le calme régnait dans la rue, mais j'avais préparé une excuse concernant des réparations à faire au toit si jamais quelqu'un venait me poser des questions.

À la mi-décembre, des ébauches de contrats avaient été rédigées et envoyées au notaire des acheteurs.

Bon boulot, amigo, m'a écrit Mike par texto, et il y a eu un moment déroutant où j'ai complètement oublié ma situation et ai tiré plaisir de ce rare éloge. Puis l'horreur est revenue, plus oppressante, plus dangereuse pour ma santé mentale que jamais.

Les médicaments ne marchaient pas encore, à l'évidence.

« L'histoire de Fi » > *02:30:45*

Je sais que ça va donner l'impression que je faisais concession après concession, mais il faut vous rappeler que je pratiquais la *realpolitik*, là. Je n'étais pas en mesure de prendre une position strictement éthique. Celle que j'ai prise était strictement maternelle, et sur ce point, je n'ai aucun regret.

Parce que Bram avait raison sur le fait que Leo et Harry étaient heureux. Ils étaient *vraiment* heureux. Je les ai même vus se montrer gentils l'un envers l'autre, comme de vrais frères dans un livre – je veux dire, pas non plus comme ceux d'*Hirondelles et Amazones*, mais pour eux c'était déjà énorme.

Début décembre, il y a eu une vague de froid et Trinity Avenue est devenue une image d'Épinal avec ses arbustes couverts de givre et ses brumes chatoyantes.

On sentait Noël approcher : toujours mon époque pré-férée de l'année. Une fois rentrés de l'école, les garçons restaient plutôt à l'intérieur, abandonnant le jardin pour le salon, avec son poêle à bois et ses plaids en fourrure où on pouvait se pelotonner. En les voyant blottis l'un contre l'autre, les joues roses et les paupières lourdes, j'ai été de nouveau convaincue de la beauté de notre « nid ». Cette escarmouche à moitié entrevue entre Bram et Toby n'était probablement rien comparée à la discorde à laquelle nous les aurions exposés si nous étions restés ensemble.

À la rencontre parents-professeurs, pour laquelle Bram et moi avions tous les deux réservé notre soirée, ni l'enseignante de Leo ni celle de Harry n'ont rapporté avoir noté le moindre signe du genre d'anxiété ou de comportement perturbateur qu'on remarquait souvent chez les enfants dont les parents s'étaient récemment séparés.

« Quoi que vous fassiez à la maison, continuez, a dit Mrs Carver, l'institutrice de Harry. C'est vraiment un petit futé. »

Forts de ce succès, Bram et moi avons décidé d'aller au concert de Noël de l'école ensemble.

Bram, document Word

Alors même que je conspirais pour les dépouil-ler de leur avenir, j'ai donné la priorité aux garçons. Pour la première fois de leur vie, j'ai assisté à tous les événements scolaires de la période des fêtes, même à l'atelier de décors de Noël ouvert à tous de Harry, d'où chaque parent est ressorti pour se rendre à sa réunion respective avec des paillettes dans les oreilles. Le travail n'avait plus d'importance – je ne serais bientôt plus là – et, chaque fois que je le pouvais, je repoussais, annulais ou refilais le bébé. Trois fois en décembre, je me suis fait porter pâle ou bien suis parti avant la fin de la journée. (Pas entièrement malhonnête de ma part, parce que la nausée n'était jamais très loin.)

« Je crois qu'il y a quelque chose qui ne va pas chez moi, ai-je dit à Neil. (Encore une fois, pas complètement malhonnête.) Je me demande si ce n'est pas un virus quelconque.

— Tant que c'est vraiment ça et que tu n'es pas juste en train de te payer ma tête », a-t-il répliqué, ce qui était sa version d'un premier avertissement.

Ma décision de sauter l'apéro de Noël pour aller au concert de fin de trimestre des garçons n'a pas arrangé les choses.

« Dégonflé », a fait Neil.

Ce qui était, nous le savions tous les deux, le mot qu'avait utilisé Keith Richards pour taquiner Ronnie Wood lorsque ce dernier était entré en cure de désintoxication.

Si seulement mon plus grand problème était la dépendance, ai-je songé tristement. Les effets d'une vie rock'n'roll.

Le concert des enfants a failli me faire craquer. « It Came Upon the Midnight Clear » était le chant de Noël préféré de Fi et il s'est trouvé que les enfants l'ont chanté en dernier ; leurs petites voix douces et pleines d'espoir ont été presque trop pour moi. Je n'ai jamais été aussi près de fondre en larmes en public qu'à cet instant-là.

« Absolument splendide, a dit Fi alors que les classes redescendaient l'allée centrale après la fin du spectacle. Tu filmais, Bram ?

— Juste le dernier chant, ai-je répondu. On avait le droit, non ? Tous les autres pères le faisaient.

— Oui, je crois. De toute façon, je ne fais pas partie de la sécurité. »

Il y avait un message là-dedans, ai-je pensé, ou du moins j'ai choisi de le penser. Elle me disait qu'elle en avait fini de ses menaces de guerre, et qu'elle voulait un retour au processus de paix.

Nous avons attendu que notre banc se vide avant de sortir à notre tour. Sur ma droite se trouvait une fresque dépeignant le jugement de quelque martyr et, de toute ma vie de fils de dévote, je n'ai jamais ressenti dans une église un sentiment de connexion aussi fort qu'à cet instant.

« Dans l'esprit de la paix sur terre aux hommes de bonne volonté, ai-je dit à Fi, est-ce que je peux te demander une faveur ? » Seul un homme qui n'a plus rien à perdre fait un vœu qu'il n'a jamais été aussi loin de voir exaucer. « C'est la dernière que je te demanderai de toute ma vie », ai-je ajouté.

Elle a levé les yeux au ciel.

« Pas besoin d'en faire des caisses, Bram, tu n'es pas à l'article de la mort. Qu'est-ce que tu veux ?

— Est-ce que je pourrais avoir les enfants pour Noël ? Ça… Ça représenterait énormément pour moi. »

Parce que ça risque d'être la dernière fois. Parce que ce sera *la dernière fois. L'an prochain à la même époque, je serai en plein procès comme notre ami le saint, ou déjà en prison, ou terré quelque part comme un terroriste.* Je n'avais pas encore décidé, à l'époque, de ce que je m'apprête à faire maintenant – l'idée m'en est venue plus tard, dans un moment de révélation presque sacrée – mais je présumais que je voudrais continuer de vivre, toute pitoyable que soit ma vie.

Fi n'a pas répondu immédiatement. J'ai vu son indignation naturelle monter en elle, sur le point d'exploser en un refus catégorique alors que mes crimes passés et présents étaient sur le bout de sa langue, mais finalement elle l'a refoulée, s'est rappelé sa détermination renouvelée à faire de notre arrangement un succès. Peut-être est-ce aussi la vue de tous ces autres parents emmitouflés de cachemire, avec leurs sourires symétriques et leur compagnonnage de couples encore mariés, qui l'a fait changer d'avis, parce que brusquement elle a dit quelque chose à quoi je ne m'attendais pas du tout.

« Écoute, pourquoi est-ce qu'on ne les prend pas tous les deux ? À la maison, comme pour tous les autres Noëls qu'ils ont connus ?

— Quoi ? » Je me suis senti rougir. « Tu es sérieuse ?

— Oui. Ils adoreraient qu'on le passe tous ensemble. C'est un week-end, alors pourquoi est-ce qu'on ne reste pas tous les deux à la maison le 24 au soir et le 25 ? Le 26, pour Boxing Day, je comptais les emmener chez mes parents, alors peut-être que tu pourrais aller chez ta mère avec eux dans la journée du 24 ? Est-ce que ça te paraît équitable ? »

L'euphorie a déferlé en moi.

« Oui, plus qu'équitable. Merci. »

La seule chose qui soit encore mieux que de passer mon dernier Noël avec mes fils était de le passer avec ma femme et mes fils.

« On n'a qu'à aller chez Kirsty et Matt ensemble, a-t-elle proposé ensuite. Tu sais qu'il y a un apéro d'organisé chez eux ? »

Encore une concession énorme ; il était entendu qu'en tant que partie lésée dans notre rupture – en tant que *femme* – elle avait droit de préemption sur les invitations à boire et à dîner chez les voisins.

« Harry a oublié les paroles de "We Three Kings", a rapporté Leo lorsque nous les avons récupérés auprès de leurs professeurs. Ça s'est trop vu !

— Nous, on n'a rien vu, a répliqué Fi. On entendait vraiment bien vos voix, hein, Papa ?

— Carrément », ai-je répondu en aidant Harry à mettre ses gants.

Le bout de son pouce gauche sortait par une déchirure et j'ai gardé sa main dans la mienne, pour boucher le trou.

« C'est pas vrai, j'ai pas oublié les paroles », a-t-il ronchonné alors que nous sortions dans la rue, et j'ai attendu avec une angoisse disproportionnée qu'il dégage sa main.

Mais il ne l'a pas fait, et l'a laissée dans la mienne pendant tout le trajet.

En remontant la Parade, nous avons marché à quatre de front là où le trottoir le permettait, comme nous le faisions souvent lorsque les garçons étaient petits.

Eux au milieu, nous de chaque côté.

« L'histoire de Fi » > *02:32:16*

« Nous avons décidé de passer Noël ensemble, pour les garçons, ai-je annoncé à Polly.

— Tu te fiches de moi, a-t-elle répondu. Qui a eu cette idée délirante ? Lui ou toi ?

— Moi. Il avait l'air tellement mal, Pol. » Il avait, en fait, donné l'impression d'un condamné à mort informé d'un sursis temporaire lorsque nous en avions parlé à la fin du concert. (Et sa terreur lorsqu'il avait cru avoir filmé les enfants sans permission : le Bram d'autrefois aurait exulté de ce genre de petit acte de rébellion.) J'avais été embarrassée à la fois par l'intensité de sa gratitude et par la mélancolie qui semblait la sous-tendre, comme s'il pensait qu'il ne serait plus de ce monde à la prochaine période des fêtes. « Et tu sais comment serait Noël chez sa mère.

— Quoi ? Une célébration sincèrement religieuse ? Quelle drôle d'idée. » Elle m'a lancé un regard d'avertissement. « Tant que ce que tu lui offres à Noël, c'est une lettre de ton avocat pour le divorce. »

Alison a été moins dure.

« Je trouve que c'est vraiment sympa de faire ça. Tu es tellement gentille, Fi. Je sais combien ça doit être tentant de le punir en le tenant à l'écart.

— Je ne suis pas sûre d'avoir besoin de le punir, ai-je répondu. Il semble s'en charger tout seul. »

#VictimeFi
@tillybuxton #VictimeFi est sa pire ennemie, pas vrai ? Un peu injuste d'accuser la victime de ses malheurs, je suppose.
@femiblog2016 @tillybuxton Très injuste, mais aussi très courant. C'est ce qu'on appelle l'« hypothèse du monde juste » : on n'a que ce qu'on mérite.
@IanHopeuk @femiblog2016 @tillybuxton Je n'y crois pas une seule seconde #lavieestpourrie

Bram, document Word

Comme je le disais, pendant ces dernières semaines, je me suis entièrement consacré à ma famille. Pas de soirée de Noël au travail, pas d'apéros avec les collègues. La tradition du mardi soir au Two Brewers s'était perdue, dernièrement, et je n'ai vu les mecs de Trinity Avenue autour d'un verre qu'une seule fois en décembre, ce soir-là après le concert de Noël, chez Kirsty et Matt. Je devais faire attention à ce que je disais, désormais. Je devais m'isoler du reste de la meute.

En revanche, j'appréciais le quartier comme jamais auparavant, aussi conscient des petits détails que si je venais d'arriver des quartiers pauvres – m'arrêtant au milieu du parc, les yeux fermés, pour sentir la liberté sur mon visage, pure, vide et presque *protectrice*. Peut-être était-ce juste le soulagement de fuir la maison que j'étais en train de voler et l'appartement qui était le QG de ce projet de vol. De me soustraire à la tentation d'appareils sur lesquels je pourrais lire des articles sur la brutalité de la vie en prison.

Je me rappelle que le temps oscillait constamment entre froid cuisant et douceur dorée, comme entre sanction et sursis. Il y avait des moments où j'y trouvais du réconfort : si on ne peut pas tenir le bon pour acquis, alors il en va de même pour le mauvais.

Si tu sais rencontrer Triomphe ou bien Désastre, Et traiter ces trompeurs de la même façon... Tu seras un homme, mon fils[1] !

On a appris ça à l'école.

Mais personne ne nous a prévenus que les pires désastres seraient ceux dont nous serions seuls responsables.

---

1. Extrait du poème « If – » de Rudyard Kipling (1909), traduit de l'anglais par Jules Castier.

41

Bram, document Word

« Pourquoi est-ce que tu fais ça, Wendy ?

— Quoi ? »

Prise au dépourvu, elle a eu un rire à moitié embarrassé, crispé un peu plus les doigts sur le mouchoir dans sa main.

« Je suis sérieux. Pourquoi est-ce que tu te laisses traîner à sa remorque comme ça ? »

Généralement, lorsqu'elle venait à l'appartement, je réduisais au minimum nos interactions, répondant à ses tentatives de flirt par des grommellements et fuyant son regard par peur de la haine violente qu'elle risquait de provoquer en moi. Dans son rôle d'intermédiaire, elle aimait se présenter comme une gamine, presque simplette, mais ce serait moi le nigaud si je laissais les preuves antérieures de sa duplicité s'effacer de ma mémoire : cette froideur imperturbable lorsqu'elle avait téléphoné à l'hôpital devant moi pour mettre ma résolution à l'épreuve ; la façon perverse dont elle avait joué avec moi après la nuit que nous avions passée ensemble.

Mais lors de sa dernière visite avant Noël, je me suis trouvé d'humeur à engager la conversation. Peut-être était-ce parce qu'elle avait un rhume, reniflant pitoya-blement toutes les dix secondes et massant des poings ses yeux rougis, ou peut-être étaient-ce les médocs qui émoussaient enfin ma rage, mais j'ai découvert que j'avais à moitié de la peine pour elle.

Elle faisait la moue en me regardant maintenant, l'air grincheux.

« Traîner à sa remorque ? Qu'est-ce que ça veut dire exactement ?

— Tu sais, le fait que tu obéisses à tout ce qu'il dit sans poser de questions. Que tu lui fasses une confiance aveugle lorsqu'il dit que ça va marcher. Qu'est-ce qu'il en sait ? C'est un amateur, comme nous. »

Elle a haussé les épaules. J'ai senti que j'avais touché un point sensible, cependant, parce qu'elle n'a pas été si rapide à répondre de son faux gloussement.

« C'est bien lui qui a eu l'idée de tout ça, n'est-ce pas ? ai-je insisté. Vous aviez déjà mené des arnaques ensemble ? Probablement des trucs à la petite semaine, hein ? Rien d'une telle ampleur. Là, c'est du lourd. Du long terme. »

L'absence même d'expression dans son regard m'a confirmé que j'avais vu juste. La faisant attendre avant de lui donner le certificat de mise en conformité que le notaire des Vaughan avait demandé (et que j'avais trouvé exactement là où je m'y attendais, dans le dossier « Travaux d'amélioration »), j'ai continué :

« Comment ça se fait que tu aies une telle foi en lui ? Vous êtes mariés ? Vous sortez ensemble ? Tu sais qu'il se tape ma femme, n'est-ce pas ? »

À ces mots, j'ai cru lire un message négatif dans ses yeux. Elle n'approuvait pas totalement son comporte-ment et pourtant, elle restait sous sa coupe, pour une raison ou pour une autre. Est-ce qu'il la faisait chanter aussi ?

« Ça ne te gêne pas d'être en train de détruire ma vie et celle de mes enfants ? »

Elle a secoué la tête.

« Non, c'est toi qui fais ça, pas moi.

— Bien sûr. Donc tu es un monstre, comme lui. Tu refuses d'assumer la responsabilité de tes actes. Admirable. »

Elle m'a contemplé, manifestement tiraillée entre le numéro d'idiote qu'elle avait développé et l'intelligence plus complexe dont elle avait sûrement compris que je la savais dotée.

« Tu as une façon de penser tellement ennuyeuse, Bram. »

Ennuyeuse ? Désolé, ma belle. Je vais faire en sorte d'être plus captivant dans mes efforts pour m'extirper des entrailles puantes de l'enfer.

« J'essaie juste de comprendre ce qui a pu te pousser à te retrouver impliquée dans une affaire de chantage et de fraude. Ce sont vraiment de graves délits, tu sais. D'accord, tu te fous de moi et de ma famille, mais tu dois bien te rendre compte du risque que tu prends personnellement ? Ce n'est pas comme voler un billet de cent dans un portefeuille. Tu m'as dit que tu avais un boulot correct, tu ne gagnes donc pas assez pour t'en sortir ? Tu finiras par avoir une promotion, une augmentation. Tu m'as l'air plutôt maligne – à part que tu participes à ça, bien sûr. »

Elle a enduré ce discours sans m'interrompre autrement qu'en me toussant dessus, un répulsif naturel. Elle avait les narines rouges à force de s'essuyer le nez. Elle se demandait sûrement pourquoi je ne m'étais pas renseigné sur elle et Mike comme eux sur moi. Pourquoi je n'avais pas embauché un détective privé pour les suivre – ou même fait appel aux services de la même pègre qu'eux. La vérité était que j'y avais pensé à de multiples reprises, mais que chaque fois je m'étais laissé bercer par l'illusion persistante que mon calvaire prendrait fin avant que j'aie besoin d'agir. La vérité était que je n'avais rien dans le ventre.

Jusqu'à cet instant, apparemment.

« Tu as peur de lui, Wendy ? C'est ça le problème ? Il est intimidant, je sais, c'est un mec imposant. Crois-moi, j'ai eu l'occasion de le constater de près : il t'a sûrement parlé de notre petite bagarre à la maison ? Mais il y a des moyens de te protéger, tu sais. Si on lui dit tous les deux qu'on veut renoncer au projet, on peut tenir tête à une brute comme lui, tu ne crois pas ? »

Mais avant même d'avoir fini ma phrase, j'ai compris que j'avais fait une erreur. Elle s'est raidie d'objection et a fermé la bouche, ou plutôt ses dents du haut ont claqué contre celles du bas comme une herse.

« C'est pas une brute, a-t-elle lâché entre ses dents. Fais gaffe, c'est mon frère que tu insultes, là.

— Ton frère ? » C'était la seule possibilité que je n'avais pas envisagée. « Vous ne vous ressemblez pas du tout.

— Putain, on n'est pas jumeaux. » Elle a tendu la main vers le document que je tenais avec une animosité renouvelée. « Tu veux bien me donner ça, oui ? Faut que j'y retourne. »

Auprès du notaire ou de Mike ? Son frère, Seigneur. Allait-elle lui répéter ce que j'avais dit ? Et quand bien même, s'en vexerait-il ? Que pouvait-il me faire de plus que ce qu'il avait déjà fait ?

Ce n'était pas difficile à imaginer. Lorsqu'elle est repartie, j'ai écrit un texto à Fi, les doigts tremblants :

Je viens de lire un article sur une tentative d'enlèvement à Crystal Palace, un mec entre trente et quarante ans dans une voiture blanche qui maraudait devant la porte de l'école.

Elle m'a répondu :

T'inquiète pas. Les garçons savent de quoi se méfier. Mais j'en parlerai à l'école demain. Merci de m'avoir prévenue. De rien.

« L'histoire de Fi » > 02:33:36

Le mercredi soir précédant Noël, Bram a sorti l'échelle pour accrocher une guirlande lumineuse dans le magnolia, pendant que je suspendais une centaine de boules argentées à ses branches les plus basses. Nous le faisons – enfin, faisions – tous les ans et je peux dire en toute modestie que le résultat est toujours magnifique. (Il y a déjà des gens qui se sont arrêtés pour le filmer, je ne plaisante pas.) Idéalement, il y aurait aussi eu la petite couche de neige décorative que nous avions eue plus tôt dans le mois, mais depuis la mi-décembre, le temps était redevenu bizarrement doux, un faux printemps qui avait même encouragé les jonquilles à pousser.

Les guirlandes qui ornaient la cabane des enfants étaient restées dessus toute l'année. Bram l'avait construite la veille de Noël précédente, pendant que j'emmenais les garçons dans le West End voir *Le Bonhomme de neige* au théâtre. Puis, lorsqu'ils avaient été couchés, nous avions accroché des rideaux lumineux et posé de petits sièges recouverts de peaux de mouton sur la terrasse, pour qu'elle ressemble à un chalet de montagne miniature. Il faisait encore nuit lorsqu'ils s'étaient levés le matin de Noël, et nous les avions amenés à la fenêtre pour leur révéler la surprise.

« C'est tellement mignon que c'en est presque écœurant, avait dit Merle lorsque Adrian et elle étaient venus boire l'apéritif le 26 et que nous leur avions présenté notre nouvelle attraction. Je regrette à moitié que tu me l'aies montrée.

— Tu es marrante », avais-je répondu en lui serrant légèrement le bras.

Bram, document Word

« J'ai failli oublier », a dit Fi lors de ma dernière visite du mercredi avant Noël, alors que nous venions de faire une beauté au magnolia selon la tradition désormais bien ancrée. (Il n'y avait peut-être pas de remise de prix officielle mais, croyez-moi, il y avait une compétition dans la rue au moment de décorer pour Noël – et personne ne le comprenait mieux que la femme qui travaillait dans les accessoires de maison.) « C'est arrivé pour toi aujourd'hui. Par coursier. »

Elle m'a passé une enveloppe blanche avec mon nom en lettres majuscules griffonnées à la va-vite. Le rabat n'était pas collé, seulement replié à l'intérieur. Ce ne pouvait pas être quoi que ce soit en rapport avec la vente de la maison, me suis-je dit. Mike ne prendrait sûrement pas un risque pareil ?

« Je n'ai pas regardé, a ajouté Fi en voyant ma tête.

— Merci. »

Je l'ai ouverte en regagnant l'appartement. C'était de sa part, bien sûr, en représailles à ma proposition à Wendy. Elle contenait deux documents. Le premier était un article téléchargé depuis un site d'informations, celui du *Telegraph*, rien que ça (je l'imaginais tout fier de lui à ce propos. *Je suis pas un plouc, je lis les journaux de qualité, tu savais pas ?*) :

LA CONDUITE DANGEREUSE EST HÉRÉDITAIRE, RÉVÈLE UNE ÉTUDE

Les jeunes conducteurs qui ont vu leurs parents faire des excès de vitesse ou conduire en état d'ivresse sont trois fois plus susceptibles de commettre les mêmes infractions, d'après une étude publiée aujourd'hui…

Le deuxième était une page imprimée depuis un site gouvernemental, représentant une liste de noms, parmi lesquels celui de mon père. Ma vue s'est littéralement brouillée : cette révélation de l'étendue de ce qu'il savait me coupait encore plus le souffle que toutes les précédentes. D'où est-ce qu'il pouvait bien tenir cette information – et pourquoi me l'avait-il envoyée ? Quel était le sens de tout ceci ? Ce que mon père avait fait des dizaines d'années plus tôt ne pouvait sûrement pas influer sur les poursuites dont je ferais personnellement l'objet – si ? Était-ce recevable devant un tribunal en tant qu'antécédent ?

L'idée m'a traversé l'esprit – pas pour la première fois – qu'il était peut-être de la police et se faisait seulement passer pour un escroc. Mais ses actions à ce jour ne constituaient-elles pas une incitation au crime ? Ce qui n'était pas une pratique défendable, tout le monde savait cela. Non, quelle autre raison pouvait-il y avoir de me provoquer et de m'intimider de cette façon, si ce n'était l'appât du gain ?

Ce qu'il venait de faire, c'était accroître la pression, déclarer que je pouvais toujours continuer de résister, tenter de gagner Wendy à ma cause jusqu'à la Saint-Glinglin, mais qu'il n'avait aucune intention de relâcher sa prise sur moi.

J'ai jeté l'article du *Telegraph* dans la poubelle à l'entrée du parc, mais j'ai gardé la deuxième feuille, la pliant pour la glisser dans mon portefeuille. Je ne pouvais pas simplement la balancer et risquer de la retrouver sur le trottoir le lendemain, ressortie de la poubelle par un renard ou peut-être le vent.

« L'histoire de Fi » > *02:35:10*

Noël était un gros compromis, oui. Ma compassion envers lui avait-elle quoi que ce soit à voir avec son père ? Tous ces Noëls que Bram avait passés sans lui ? Le plaisir qu'il avait toujours tiré des nôtres ?

Je ne sais pas. Peut-être. Elle était toujours présente dans mes sentiments à son égard : une complexité, une nuance, qui devait être prise en compte.

Je n'allais pas vous révéler ceci, mais maintenant que nous sommes arrivés à ce stade, je pense qu'il est pertinent de mentionner le fait que le père de Bram a fait de la prison pour conduite en état d'ivresse. Il a renversé un piéton, un vieil homme – non, celui-ci n'a pas été gravement blessé, rien de tel, mais c'était les années 1970 et la société commençait juste à comprendre combien l'alcool était un facteur fréquent dans les accidents de la route mortels. Dans le cadre d'un durcissement de la répression, le père de Bram a servi d'exemple et s'est vu infliger une peine d'emprisonnement.

Parler des prisons, ou regarder un reportage sur le surpeuplement et la violence en milieu carcéral, étaient probablement les seules choses qui perturbaient vraiment Bram, me semblait-il. Je me rappelle une fois où nous avons emmené les garçons au musée de Clink Prison – vous savez, cette prison médiévale à côté du fleuve ? On peut voir les vieux cachots et les instruments de torture, ce genre de choses – les garçons ont adoré. Enfin bref, il n'y a pas eu moyen d'y faire entrer Bram. Sérieusement, il a été obligé de nous attendre dehors. On appelle ça la carcérophobie, m'a-t-on dit.

Son père est mort peu après donc il est possible que ses récits de prison aient été les derniers que Bram se souvient d'avoir entendus. C'est tellement triste.

Si je partage cette information avec vous, c'est pour vous montrer qu'il y avait un contexte à toute cette affaire : Bram a appris à enfreindre la loi depuis la banquette arrière. (Enfin, en réalité, à cette époque, les jeunes enfants étaient encore autorisés à s'asseoir à l'avant et n'avaient même pas à mettre de ceinture. Bram était en train de jouer avec son Action Man lorsque son père s'est fait arrêter par la police.)

Je me rappelle ce qu'il m'a dit une fois, avant qu'on se marie : « Tu es sûre de vouloir épouser quelqu'un de souche criminelle ?

— Oh, j'imagine qu'on a tous un criminel parmi nos ancêtres si on remonte assez loin, avais-je répondu.

— Bonne réponse », avait-il répliqué, aussi content de moi que je l'étais moi-même.

À l'époque, il m'attirait autant par son côté subversif qu'en dépit de celui-ci.

Mais avec l'âge, on finit par perdre ce genre de goûts, n'est-ce pas ?

Du moins certains d'entre nous.

#VictimeFi
@deadheadmel Donc ce que dit #VictimeFi, c'est que Bram était bien impliqué dans cet accident de voiture, et qu'il était bourré à cette occasion ?

@lexie1981 @deadheadmel Il faut croire. Ce n'est pas si terrible que ça, la prison, si? Je croyais qu'ils passaient leurs journées à regarder la télé et à fumer du crack? @deadheadmel @lexie1981 Ça a l'air bien plus cool que mes journées à moi MDR.

42

Bram, document Word

Et puis enfin, *enfin*, les médicaments ont commencé à faire de l'effet. Et il était temps. Oh, mon Dieu, le merveilleux neurotransmetteur, influenceur d'humeur, qu'est notre amie la sérotonine : ça m'a fait l'effet d'un miracle de Noël. Finis, l'angoisse perpétuelle, le cœur qui battait à la façon d'un dessin animé, assez fort pour soulever ma chemise, chaque fois que j'entendais sonner à la porte ou à l'interphone. La panique qui me tordait les entrailles lorsque je comparais mes options. (Me rendre à la police pour un délit, ou renchérir avec un second dont j'espérais – sans en avoir aucune garantie – qu'il camouflerait le premier ?)

Non, j'étais désormais calme, optimiste, j'avais retrouvé mon talent pour le court terme et la compartimentation.

Merci, Père Noël.

Merci pour les heures passées à fabriquer un turbo tank Star Wars en Lego ; à jouer à des jeux Pokémon rétro sur la Nintendo, avec le cœur assez léger pour plaisanter sur le fait que j'étais plus vintage qu'eux ; à piocher dans un bocal en verre de la taille du torse de

Harry rempli d'un assortiment de bonbons à l'ancienne. Merci pour le sourire constant de Fi – y compris lorsqu'elle me regardait, parce qu'elle était contente de ma présence et pas simplement en tant que père de ses enfants.

« C'est comme si on était dans un film de Richard Curtis », ai-je fait remarquer alors que nous nous rassemblions tous les quatre dans la cuisine pour éplucher les choux de Bruxelles, arroser la dinde et remuer la sauce.

Même si on savait tous que c'était Fi qui nous dirigeait, que cette tranche de nostalgie était le cadeau de Noël qu'elle me faisait.

« Oui, a-t-elle acquiescé, ou alors on refait le match de foot Angleterre-Allemagne pendant la Première Guerre mondiale. Tu sais, la trêve de Noël. »

J'ai éclaté de rire (cela faisait longtemps que ça ne m'était pas arrivé).

« Une analogie avec la guerre, hmm. Les choses vont si mal entre nous ? »

J'ai interprété son silence comme un « non ».

J'ai attendu que les garçons se soient écroulés de fatigue pour lui offrir mon cadeau.

« On avait dit qu'on n'en ferait pas », m'a-t-elle grondé. Mais elle n'a pas prononcé les mots « assurance auto » ou « mensonges » – elle ne l'avait pas fait de la journée – et c'était une expression de grâce en soi.

« Ça ne m'a pas coûté grand-chose, ai-je répondu.

— Alors dans ce cas… » Elle a glissé un ongle sous le rabat de l'enveloppe et en a sorti la carte. « Un certificat d'adoption pour un arbre dans les parcs royaux ? Quelle idée charmante !

— Eh bien, je sais combien tu aimes le magnolia. »

Et combien il va te manquer quand j'aurai…

Stop. Renferme cette pensée dans sa tombe et retourne au monde des vivants. Fixe une lumière vive jusqu'à l'éblouissement, au besoin, n'importe quoi pour effacer l'image de Fi n'admirant son arbre adoré que de l'extérieur du portail, observée par les nouveaux propriétaires à la fenêtre...

Stop, j'ai dit.

« Merci, Bram. »

Elle s'apprêtait à m'embrasser sur la joue, mais s'est soudain rappelé que les choses étaient différentes avec moi. Je n'étais plus un mari, mais pas non plus un ami.

Je voulais lui demander ce qu'*il* lui avait offert. De la lingerie, supposais-je. Quelque chose qui avait l'air coûteux mais qui en réalité ne valait rien. Quelque chose de contrefait ou de volé. Quelque chose qu'il avait demandé à sa sœur de choisir. Si seulement quelqu'un pouvait leur administrer des électrochocs à tous les deux, pour leur faire oublier leur complot diabolique, effacer de leur mémoire tout contact avec moi : quel cadeau ce serait.

« Regarde comme tu as l'air triste, a dit Fi avec une tendresse venue du passé, avant de demander d'un ton brusquement émerveillé : Attends, c'est comme ça que ça marche ? »

Surpris, j'ai cligné des yeux et reporté mon attention sur elle. Ses joues étaient empourprées, sa posture alanguie par les fatigues de la journée – et l'alcool. Elle avait trop bu et, croyez-moi, je parle en connaissance de cause.

« Comme ça que quoi marche ?

— Toi. Je parie qu'en fait ce n'est pas du tout toi le prédateur.

— Je ne sais pas de quoi tu parles.

— Avec les femmes, Bram. Sincèrement, ça m'intéresse. Maintenant que tu es libre de faire exactement ce que tu veux – avec qui tu veux –, est-ce que tu as vraiment à leur courir après ? Ou bien tu te contentes d'avoir l'air triste et pathétique, comme si c'était toi la proie ? »

Je n'ai pas répondu, mais la question est restée entre nous alors que son visage se rapprochait du mien.

« Qu'est-ce que tu fais ? » ai-je demandé, mais sans protester.

Qu'elle prouve donc ce qu'elle avançait. Nos bouches se sont touchées. Elles connaissaient la forme et la saveur l'une de l'autre, la façon dont réagissaient les muscles et les nerfs. J'ai toujours pensé que la redécouverte était plus agréable que la découverte : sans la distraction de la nouveauté, on observait plus de choses. Pourquoi, sinon, les gens retourneraient-ils au même endroit en vacances, ré-épouseraient-ils la même personne ou reviendraient vivre dans la rue de leur enfance alors qu'ils pourraient choisir n'importe quel autre endroit sur terre ?

« Tu es vraiment bourrée, lui ai-je fait remarquer, avec douceur.

— Merci pour l'info », a-t-elle répliqué.

Non, ce n'est pas juste le sentiment de retrouver ce qu'on connaît ; c'est le fait de savoir que l'objet, l'endroit ou la personne qu'on aime n'est jamais qu'emprunté. Rien ne peut être possédé de façon permanente, par aucun d'entre nous.

« *L'histoire de Fi* » > 02:36:52

Noël *en famille*[1]. Le dernier qu'on connaîtrait – du moins, c'est ce que je suppose maintenant.

Pour faire court, j'ai beaucoup, beaucoup trop bu et on a couché ensemble. Je n'ai vraiment pas assuré sur ce coup, je sais.

1. En français dans le texte original.

Bram, document Word

Il est apparu que le miracle de Noël ne m'avait privé ni de mes fonctions biologiques ni de mon optimisme post-coïtal baigné d'hormones. Cette histoire avec Mike et Wendy, je pouvais sûrement la faire disparaître, non? Demain, oui, j'allais tout régler et plus tard, lorsque je repenserais à cette époque, elle ne serait plus qu'une anomalie passagère, une irrégularité dans le continuum espace-temps, une horreur vécue par un Bram parallèle, une version malchanceuse et pitoyable de moi-même.

« À quoi est-ce que tu penses? » m'a demandé Fi.

Une question que j'appréciais peu d'ordinaire, mais cette nuit-là, avec elle, dans le lit qui avait été le nôtre et était désormais le sien, c'était exactement ce que j'avais envie d'entendre.

« Tu veux vraiment savoir?

— Seigneur, peut-être pas en fait, mais vas-y, dis-moi quand même. »

Elle était complètement détendue, la garde baissée, le cœur… ouvert?

« Je pensais : est-ce qu'il n'y a vraiment aucune chance?

— Aucune chance que quoi?

— Aucune chance pour nous », ai-je répliqué en souriant.

Et je me suis dit très simplement, presque comme dans un rêve, que si elle répondait que si, je lui avouerais

370

tout immédiatement, parce que cela voudrait dire qu'elle m'aimait en dépit de tout, et que quand on aime quelqu'un à ce point, on fait tout ce qu'on peut pour le sauver. Mais si elle répondait non, alors je ne lui dirais rien, et je ne perdrais rien qui n'ait déjà été perdu.

« Nous ? »

La brusquerie avec laquelle elle a exprimé sa répugnance m'a choqué. Elle a pratiquement fait un bond en arrière et s'est redressée, les épaules crispées d'indignation.

« Tu vis vraiment dans un rêve, n'est-ce pas ? »

Je me suis redressé à mon tour, glacé par la douche froide de l'humiliation et de l'espoir perdu.

« Pas un rêve, non. Si tu veux vraiment le savoir, je vis un enfer.

— Si je veux vraiment le savoir ?! Qu'est-ce que tu attends que je dise ? Pauvre Bram, parce que tu n'aimes pas vivre tout seul, parce que tu as foutu ton mariage en l'air en te tapant d'autres femmes ? Si tu vis vraiment un enfer, c'est parce que tu l'as créé, personne d'autre. »

Et elle a attrapé le vêtement le plus proche pour se couvrir, remballant pour ainsi dire la marchandise, avec en prime une expression indiquant qu'elle regrettait profondément de me l'avoir offerte en premier lieu.

« L'histoire de Fi » > 02:37:08

Au matin, j'étais parvenue à la conclusion que ç'avait été inévitable. Un rappel nécessaire du passé.

« Écoute, je ne veux pas que Toby apprenne ce qui s'est passé », lui ai-je dit.

Femme demande à mari de ne pas dire à nouveau compagnon qu'elle a couché avec lui : je ne savais pas si c'était un scénario digne des bas-fonds ou de l'aristocratie, mais j'étais à peu près sûre que ce n'était pas une discussion qui avait lieu ailleurs dans Trinity Avenue en ce lendemain de Noël.

« Tu sors toujours avec lui ? m'a demandé Bram. Je croyais que ce n'était pas sérieux.

— Ça ne l'est pas. Mais ça ne te regarde pas non plus. »

J'ai été soulagée de le voir partir à l'heure convenue, assez tôt pour me laisser le temps de préparer les enfants avant d'aller chez mes parents.

Alors que le taxi traversait les rues étrangement désertes de South London, j'ai encore repensé à cette trêve de Noël pendant la Première Guerre mondiale. À ces pauvres hommes qui avaient enlevé les corps du *no man's land* pour pouvoir jouer au foot ensemble, tout ça pour que dès le lendemain, l'horreur reprenne comme s'il n'y avait jamais eu de pause.

#VictimeFi
@themattporter Pas sûr que #VictimeFi soit tout à fait dans les tranchées du front de l'Ouest, mais elle commence à tourner la page, on dirait.
@LorrainGB71 @themattporter Lawson contre Lawson est encore loin d'être terminé, rappelez-vous.

Bram, document Word

Le 26 au matin, elle m'a embrassé pour me dire au revoir et j'ai pu sentir le détachement sur sa peau. Comme les fleurs déposées sur une tombe quand la douleur du deuil n'est plus aussi récente.

Un hommage à ma mémoire.

43

Vendredi 13 janvier 2017

Londres, 17 heures

La porte de la cuisine s'ouvre à la volée et David se redresse de toute sa taille avant d'annoncer :

« Le titre de propriété est à notre nom. La procédure de transfert a été faite. La maison est bien à nous. »

En toute justice, son ton est moins exultant qu'il pourrait l'être. Il n'y a pas de V de la victoire.

Tandis que Lucy remercie bruyamment le ciel, le visage de Merle reflète l'anéantissement que doit aussi exprimer celui de Fi – ou devrait, si elle n'était pas trop sidérée pour réagir. Les trois autres rectifient leur expression et la regardent avec divers degrés de la même émotion : la pitié.

« Je n'y crois pas », finit-elle par murmurer, de façon presque expérimentale, comme si la nouvelle pouvait lui avoir volé sa voix en plus de sa propriété.

L'idée l'effleure que même un verdict contre soi vaut mieux que le purgatoire de l'incertitude, mais elle sait qu'elle ne pensera pas cela demain, lorsque l'abasourdissement se sera résorbé et que la véritable ampleur de la catastrophe lui apparaîtra pleinement.

David reprend son compte rendu :

« Emma va téléphoner chez Dixon Boyle maintenant pour déterminer où est passé l'argent, mais c'est un fait incontestable que la somme requise a quitté son compte client ce matin et qu'elle a reçu confirmation de son arrivée sur le leur avant midi. Si quelqu'un s'est trompé d'un chiffre en voulant la transférer sur celui des Lawson, l'erreur sera bien sûr retrouvée et rectifiée – mais pas avant lundi. » Il regarde Fi dans les yeux, avec une compassion accrue. « En fait, ce pourrait être là votre chance d'intervenir pour leur demander de restreindre l'usage des fonds le temps que vous régliez votre situation ? Ou, s'il est trop tard pour cela, Emma suggère que vous continuiez de parler à la police et que vous vous trouviez un avocat pour vous aider à monter un dossier de plainte pour fraude contre votre mari – ou le coupable, quel qu'il soit –, et essayer de recouvrer ce qui vous est dû de cette façon. Nous sommes tous vraiment désolés que vous ayez à endurer pareille épreuve. »

Lorsque Fi se révèle incapable d'émettre le moindre mot, il se tourne vers Merle pour avoir une réponse.

« Ce n'est pas l'argent, le problème, dit Merle, s'adressant à lui non plus sur un ton de confrontation, mais d'égal à égal, de riverain à riverain. C'est la maison. Je suis sûre que vous pouvez comprendre. C'est le foyer de Fi, de ses enfants, et ce depuis très longtemps.

— Je suis désolé, vraiment, mais ça ne l'est plus », répond David.

Il y a un silence.

« Il faut qu'on s'en aille, dit Fi à Merle d'un air hébété.

— Vous avez parlé d'un appartement ? intervient Lucy. Est-ce que vous pouvez y dormir cette nuit ?

« — On va aller chez moi, répond Merle. Il faut qu'on reste sur place au cas où il arrive quoi que ce soit d'autre.

— Peut-être devrions-nous nous retrouver lundi matin, comme vous l'avez suggéré, pour essayer de tirer tout cela au clair ? Quoi que nous puissions faire pour vous aider à élucider ce mystère, nous le ferons, n'est-ce pas, David ?

— Bien sûr », acquiesce-t-il.

C'est tout élucidé, songe Fi en attrapant son sac à main. Elle pense à reprendre son petit sac de voyage, posé par terre devant le four, seule preuve tangible de sa vie d'avant.

Alors que Merle et elle sortent de la maison, il lui semble que l'ambiance de celle-ci a changé, comme si elle acceptait le fait d'avoir de nouveaux propriétaires. Les Vaughan vont bientôt commencer à défaire leurs cartons, à la traiter comme la leur, ralentis dans leur transition par cet enchevêtrement de complications, mais pas interrompus. Elle se refuse à penser à Leo et Harry, au fait qu'ils ne descendront peut-être plus jamais l'escalier au pas de course, en hurlant, en se chamaillant, en demandant à se coucher plus tard ; au fait qu'ils ont été privés du droit de dire au revoir à leur chambre, à leur première maison. Elle refoule ces pensées, mais un sourd instinct la rend consciente qu'elles finiront par s'imposer. L'adrénaline fera sauter le barrage et la ramènera ici, les poings levés pour marteler sa porte.

Il lui vient à l'esprit que les Vaughan ne lui ont pas réclamé ses clés ; elle se demande s'ils ont l'intention de changer les serrures de peur qu'elle s'introduise chez eux dans les jours à venir. (Elle pourrait camper dans la cabane des enfants, peut-être, et ainsi boucler la boucle commencée ce soir de juillet.)

Elle utilise le bord du verrou pour guider doucement la porte dans l'alignement du chambranle, comme elle l'a fait des milliers de fois au fil des ans, mais ne peut se résoudre à la refermer derrière elle, et c'est à Merle qu'il échoit de le faire à sa place.

« Ne renonce pas, dit Merle, une lueur farouche dans les yeux. Ce n'est pas encore terminé. »

Entre Genève et Lyon, 18 heures

Le train fend la nuit, passant d'un pays à l'autre, ni l'un ni l'autre le sien. Il fait trop noir pour voir les panneaux de signalisation, même s'il en avait envie, mais il est conscient de l'altération du son et de la pression qui indique l'entrée dans le tunnel qui traverse les Alpes. Il évite le regard des autres voyageurs, familles, skieurs, la majorité silencieuse dont il peut seulement essayer de deviner les raisons d'effectuer ce voyage.

Son téléphone, dépourvu de carte SIM et techniquement propriété de son (ex-)employeur, lui fournit un diaporama de photos et de vidéos des garçons. Il commence à regarder le film qu'il a fait du concert de Noël, mais le son de leur voix fervente, la vue de leur visage innocent, sont trop douloureux et il est obligé de le refermer.

De la musique, alors, pas d'images. Il sélectionne la lecture aléatoire et la première chanson qui est lancée est « Comin' Home Baby » de Mel Tormé. Il a si peu de chansons sentimentales au milieu du rock progressif, de la folk et des tubes des années 1980 et 1990 de sa jeunesse, il semble cruel que ce soit celle-ci qui sorte. Elle pourrait aussi bien avoir été choisie par Mike lui-même pour le tourmenter.

Je te hais, songe-t-il. *Je te hais avec une intensité qui me fait réaliser que je n'ai jamais vraiment haï avant toi. Tu es le seul.*

Encore maintenant, s'il pouvait trouver un moyen de le faire sans aggraver encore davantage les choses pour Fi, il descendrait de ce train et prendrait l'avion pour rentrer le tuer.

44

Bram, document Word

Nouvel An, nouvelles démarches à faire en vue de mener à bien une fraude criminelle.

Wendy et moi avons rencontré notre notaire pour la première et la dernière fois afin de signer les contrats, avant leur échange le vendredi 6 janvier. Nous avons pris place côte à côte devant son bureau dans son petit cabinet miteux à l'étage d'une fromagerie de Crystal Palace. Graham Jenson, avec ses yeux délavés et sa posture proche de l'effondrement, donnait l'impression d'avoir atteint la cinquantaine fort d'une expérience de la défaite dont il se serait bien passé, ce qui reflétait mon propre état d'esprit de façon très inconfortable. En d'autres circonstances, nous nous serions peut-être raconté nos malheurs en buvant une pinte, et en nous disputant les attentions de sa sémillante stagiaire, Rachel.

À la place, j'ai posé deux passeports sur le bureau devant lui : le mien et celui de Fi.

« Heureusement qu'ils ne demandent pas le permis de conduire comme preuve d'identité », m'a soufflé Wendy d'un ton affable.

Elle a tendu les doigts pour attraper mon passeport et, l'ouvrant rapidement à la page de la photographie, m'a effleuré le bras comme si elle se rappelait avec tendresse cette version plus jeune de son mari. Dans son interprétation de notre jeu de rôle tordu, nous n'étions pas séparés, bien au contraire.

Quant à « sa » photo, je n'avais pas besoin de la comparer à son visage pour savoir qu'elle en avait assez fait. Bien que nettement moins jolie que Fi et dotée d'au moins cinq kilos de plus, elle lui ressemblait assez pour pouvoir se faire passer pour elle. Elles avaient toutes les deux les yeux bruns et les cheveux blonds – Wendy s'était fait teindre les siens pour reproduire la nuance moins criarde de Fi, et arranger la frange pour cacher ses sourcils plus fins et plus haut perchés. Fi avait le menton délicatement pointu, mais ce n'était pas un trait dominant de son visage, ni quelque chose qu'un simple observateur – un notaire certifié, par exemple, ayant qualité à manipuler des millions de livres – aurait remarqué. (Ils devraient imposer un test sanguin, me suis-je dit, ou une prise d'empreintes digitales.) En l'occurrence, c'est à peine s'il a comparé la Fi du passeport à la fausse, estimant visiblement qu'en introduire une photocopie dans le dossier était une preuve suffisante de sérieux.

J'ai rangé les passeports dans ma poche. Ils réintégreraient tous deux leur dossier dans Trinity Avenue à la première occasion.

« Bien, je crois qu'on en voit à peu près le bout », nous a annoncé Jenson.

Les documents étaient en règle, toutes les questions avaient obtenu leur réponse, les multiples recherches des vendeurs étaient terminées. Wendy a vérifié les coordonnées du compte bancaire sur lequel les fonds seraient transférés à la conclusion de la vente, une fois le crédit immobilier remboursé et les commissions de l'agent et du notaire automatiquement déduites. (D'après ce que j'avais compris de l'arnaque en me renseignant de mon côté, l'argent allait passer quelques minutes à peine sur un compte déclaré au Royaume-Uni avant de disparaître sur quelque alternative offshore intraçable.) Nous avons confirmé que Challoner's allait s'occuper du transfert des comptes d'eau, d'électricité, etc., ayant reçu pour strictes instructions que tous les décomptes finaux soient dématérialisés et, comme le reste de leurs courriers, envoyés par mail à notre adresse « commune » secrète.

« Il n'y a plus qu'à signer ces contrats, a déclaré Jenson, et je sais que c'était seulement mon imagination, mais il m'a donné l'impression de parler d'un arrêt de mort.

— C'est excitant, m'a dit Wendy, avec un petit tremblement de jubilation.

— Hmm. »

Croisant son regard, j'ai imaginé l'écœurement de Fi à la place de l'adoration factice de Wendy, le retrait en bloc de tout ce qu'elle pouvait encore ressentir de positif à mon égard, de toute disposition à m'accorder le bénéfice du doute.

Je suis en train de signer des papiers pour nous faire voler notre maison ! C'est ce que je suis en train de faire, là, maintenant !

Brusquement, une lucidité grotesque s'est emparée de moi : comment avais-je pu manquer à ce point de vision ? Si je m'étais rendu aux autorités après l'incident de Silver Road, j'aurais été incarcéré mais le crime, et son châtiment, se seraient au moins arrêtés là. À la place, il avait grossi et muté. C'était ainsi qu'un désastre humain prenait forme : on commençait par essayer de cacher une erreur, et on finissait ici, coupable d'une centaine d'autres infractions. Pour éviter quelques années de prison, on sacrifiait sa vie entière – ou les quelques mois d'existence misérable qu'on choisissait de vivre avant d'en finir.

Va-t'en, me suis-je dit. *Va-t'en avant de signer quoi que ce soit, avant que les contrats soient échangés.* Je n'obtiendrais pas le faux passeport auquel seule la conclusion de la vente m'aurait donné droit, mais rien ne m'empêchait d'utiliser le mien ou de disparaître quelque part au Royaume-Uni – ce n'était pas comme si j'étais en liberté surveillée.

Va-t'en, maintenant !

Mais Mike s'en prendrait à Leo et Harry, n'est-ce pas ? Pouvais-je alerter la police ? Obtenir leur protection, d'une manière ou d'une autre ?

Non, la police serait plus intéressée par *moi*.

« À ton tour de signer, chéri. » Wendy m'a montré l'espace à côté de sa signature, un impressionnant fac-similé de celle de Fi, qu'elle avait perfectionnée au cours des dernières semaines. « Tu trembles. Tu dois encore avoir un peu la grippe, a-t-elle ajouté tendrement, avant de dire à Jenson : Il était complètement à plat entre Noël et le jour de l'an.

— Ça va », ai-je répliqué.

Insensé, quand on considérait l'ampleur de ce qu'elle était en train de me voler, mais j'avais des objections tout aussi violentes à ce qu'elle invente ainsi les détails intimes de notre vie de couple.

J'ai signé.

La fatigue et la médiocrité de notre représentant légal ont été évidentes dans ses félicitations sans enthousiasme.

« Encore un peu tôt pour trinquer, a-t-il ajouté avec une confusion visible.

— Merci, a répondu Wendy en imitant son ton terne. Nous attendrons confirmation de votre part que les contrats ont été échangés. »

Elle était très bonne dans son rôle. Détendue, polie, mais vaguement falote. Facile à oublier. Très différente de la femme qui avait attiré mon regard de l'autre bout de la pièce au Two Brewers.

« Allez, souris, m'a-t-elle dit alors que nous regagnions la rue.

— Pourquoi, il y a encore une chance que ça ne se fasse pas ?

— Tu es un petit marrant, Bram, a-t-elle répliqué avec un gloussement. Laisse-moi juste te donner un petit baiser, au cas où Machin-Chose nous regarderait depuis sa fenêtre. Même si c'est peu probable. Il a fait son boulot un peu par-dessus la jambe, j'ai trouvé, pas toi ?

— C'est pour ça que Mike l'a choisi, ai-je grommelé. Ne fais pas comme si tu ne savais pas.

— Hé, pas besoin d'être grognon. »

Pas besoin d'être grognon ? Elle était sérieuse ? Lorsqu'elle a levé la tête pour m'embrasser sur la bouche, j'ai pincé les lèvres. À côté de nous, les voitures ont freiné pour s'arrêter au rouge, le rugissement habituel de la circulation réduit à une sorte de mugissement étouffé par la bruine.

« Rabat-joie, a-t-elle fait. Si je suis ta femme maintenant, je devrais exiger le respect de mes droits conjugaux, non ? On n'est pas trop loin de chez toi.

— On a volé une maison ensemble, c'est tout, ai-je répondu sombrement. On ne s'est pas mariés. »

Et j'ai songé, brièvement, à la nuit de Noël.

Pousse cette salope sous un bus, me suis-je dit. Avec la façon dont les voitures accéléraient au feu vert, fonçant droit vers nous à deux centimètres du trottoir, conducteurs aveuglés par leur pare-brise embué, passagers obnubilés par leur téléphone, ce serait facile.

OK, je serais recherché pour deux meurtres au lieu d'un, mais qu'est-ce que ça changeait ?

***

J'ai revu Mike une dernière fois, une entrevue surréaliste qui a commencé sur un ton suffisamment cordial pour que j'aie l'illusion de sentiments mitigés, comme si nous étions des partenaires sur le point de mettre la clé sous la porte d'une activité commerciale qui nous avait passionnés, l'un comme l'autre, à ses débuts.

« Et Fi ? ai-je demandé. Tu m'as dit que tu allais l'emmener en week-end, mais elle ne m'en a pas encore parlé.

— C'est sous contrôle, m'a-t-il répondu. Je l'emmène du mercredi après-midi au vendredi soir. Aussitôt l'argent déposé, au plus tard vendredi en début d'après-midi, Wendy viendra t'apporter tes petites affaires à l'appart. Puis tu pourras mettre les voiles. »

Pour une fois, sa façon cavalière de parler était réconfortante. « Petites affaires » pour un passeport illégal et les matériaux de chantage qu'il agitait comme un nœud coulant au-dessus de ma tête depuis trois mois ; « mettre les voiles » plutôt que « prendre honteusement la fuite ». Wendy et lui mettraient probablement les voiles pour Dubaï le vendredi aussi, afin d'aller récupérer leurs gains, bouclant leur ceinture à l'aéroport d'Heathrow au moment même où Fi arriverait à la maison pour la trouver habitée par des inconnus.

« Où est-ce que tu l'emmènes ?

— Laisse-moi regarder ce qu'il reste dans la cagnotte, a-t-il répliqué. Que je voie ce qu'on peut se permettre. »

La cagnotte que j'avais fournie.

J'avais déjà commencé à me constituer un fonds de mon côté, et récupéré l'argent de mon dernier investissement, un compte épargne individuel. Au cours des prochains jours, j'allais retirer jusqu'au dernier penny de mon compte courant, moins la portion destinée à être transférée sur le compte commun à la fin du mois. À ce dernier, je ne toucherais pas – clairement pas un acte de générosité, étant donné ce que j'allais prendre par ailleurs, mais tout de même un geste, si minuscule soit-il.

« Donc, le jeudi, a continué Mike, tu as pris tes dispositions pour avoir un jour de congé et vider la maison ?

— Oui, mais on devrait s'attendre à ce que Fi reçoive des textos de voisins la prévenant qu'il se passe quelque chose. Je ne vais pas réussir à vider une maison de cette taille sans que ce soit remarqué.

— Bien vu. Dis à tout voisin curieux que tu as entrepris de rénover pour lui faire une surprise et que s'ils ont l'occasion de lui parler, il faut qu'ils gardent le secret. Ça va marcher ? »

Oui, ça marcherait. Ceux de nos voisins qui étaient au courant de notre séparation savaient que nous étions restés en bons termes. Ils savaient probablement aussi que c'était moi qui avais été en faute – cela ne semblerait pas si extraordinaire de ma part de tenter un geste grandiose et symbolique dans l'espoir de la reconquérir.

« Et si Fi n'arrive pas à prendre de jours de congé à la dernière minute comme ça ? Et si tôt après Noël ?

— Alors je la convaincrai de se faire porter pâle. Ça ne devrait pas poser de problème. »

Je me suis raidi. Il avait une confiance insultante en son pouvoir de persuasion, en sa capacité à me voler ma maison et, dans le même temps, à distraire ma femme en l'emmenant dans un hôtel pour la baiser.

« Oh, Bram, a-t-il fait, percevant l'assombrissement de mon humeur et prenant plaisir à l'accroître. Qui aurait cru que tu finirais par devenir un aussi grand loser que ton père ? »

Toute illusion de camaraderie s'est immédiatement dissipée et je l'ai agrippé par le col, appuyant durement mes poings contre sa gorge. Si j'avais été le plus fort de nous deux, j'aurais pris sa tête entre mes mains pour l'écraser contre le mur. Mais je ne l'étais pas et il m'a tenu à distance d'un seul bras, comme un gringalet, jusqu'à ce que je me dégage d'une secousse et que je recule en chancelant.

« Pourquoi est-ce que tu m'as fait livrer cette liste à la maison ? ai-je craché entre mes dents.

— Quoi ? Elle était à ton nom, n'est-ce pas ?

— Pensais-tu que Fi ne savait pas ? Bien sûr que si, elle sait ; elle sait tout de moi.

— Pas tout, Bram. Elle ne sait pas pour ta condamnation pour voies de fait, hein ? Ni pour *nous*. Du moins j'espère. »

Il a eu un petit rire, sincèrement amusé. Il était vénal, complètement dénué de toute moralité. Et ce qui était presque aussi horrifiant que ses actes, c'était l'idée que rien de tout cela, pas un penny de la maison, pas un moment passé avec Fi, n'était personnel.

J'aurais pu être n'importe qui d'autre.

« L'histoire de Fi » > 02:38:27

Nouvel an, nouvelle étape dans ma relation avec Toby. Il m'avait invitée à passer quelques jours dans un hôtel chic de Winchester. Je n'utiliserai pas le terme « escapade amoureuse », plus maintenant. Je suis consciente d'avoir perdu toute crédibilité depuis longtemps concernant ma capacité à juger les gens. Est-ce que je peux juste dire qu'il n'était absolument pas couru d'avance que j'accepte sa proposition ? J'ai vraiment hésité. Nos samedis soir étaient une chose, deux nuits en dehors de chez moi en étaient une autre. J'ai même choisi Polly comme conseillère, m'attendant inconsciemment à ce qu'elle m'en dissuade.

« Vas-y, m'a-t-elle dit. Où est le problème ?

— Tu as changé de refrain, ai-je remarqué.

— C'est des vacances ! À ta place, j'en profiterais.

— Tu en profiterais ?

— Oui. Pour essayer de débusquer la vérité. Fouiller dans son portefeuille, chercher sur son téléphone.

— Chercher quoi, Polly ?

— Des photos de sa femme, Fi. »

J'ai eu un grognement de protestation.

« Peut-être que je devrais aussi porter un micro caché ?

— Tu n'as rien à perdre. Si tu trouves confirmation qu'il n'est pas marié, tant mieux. Mais si tu découvres qu'il l'est, et par là, j'entends qu'il vit vraiment avec elle, pas en alternance comme vous ou selon je ne sais quel autre arrangement à la mode, et bien, c'est mieux de savoir.

— Peut-être que tu devrais y aller à ma place », ai-je répliqué en riant.

Plus tard, elle m'a rappelé cette conversation.

« Bram n'aurait jamais pu faire ce qu'il a fait si tu avais gardé la maison à temps complet. Il s'est servi de ton régime de garde contre toi.

— Avec le recul, c'est toujours facile d'y voir clair », ai-je riposté.

Est-ce que j'étais en train de tomber amoureuse de Toby ? Je ne crois pas, non. Oh, je ne sais pas. Peut-être un peu, pendant ce petit séjour. Mais quelle importance ? Hormis le fait de vous en parler, j'ai fait tout ce que je pouvais pour ne pas penser à lui.

Quant au travail, ça n'aurait pas pu mieux tomber, dans le sens où la présentation sur laquelle j'avais travaillé avec Clara était sur le point d'être envoyée à notre agence de design, dont les retours étaient prévus pour la semaine suivante, ce qui créait pour moi une coupure naturelle.

« Il va falloir que je trouve quelqu'un pour garder les enfants, ai-je répondu à Toby. Sinon, je ne pourrai pas.

— Ton ex va pouvoir assurer, non ? Je suppose qu'il a dépassé ses réserves initiales à notre sujet ?

— On peut dire ça comme ça. »

Si Bram ne pouvait pas, je savais qu'une des grand-mères ou des voisines m'aiderait, mais il a accepté sans poser de question, heureux de faire passer ses enfants avant son boulot et de gérer tous les détails de leur garde. J'ai quand même réservé les services d'Alison au cas où.

« Tu ne m'as pas raconté comment ça s'est passé à Noël, m'a demandé celle-ci lorsque je suis passée prendre un café chez elle. Avec Bram ?

— C'était bien. Pour être franche, j'essaie encore d'oublier à quel point c'était bien.

— Je vois. Mais rien n'a changé ? »

J'ai marqué un temps, admirant la pierre polie de son bar de cuisine, les roses anciennes disposées dans le vase évasé que j'avais choisi dans notre gamme de céramique recyclée quelques années plus tôt.

Elle a poussé un soupir triste, passant les doigts dans ses cheveux blonds, auxquels, comme moi, elle avait fait faire un balayage pour nier le gris.

« Je ne dis pas que j'avais gardé espoir, mais tu sais, quand vous êtes arrivés ensemble chez Kirsty après le concert de Noël…

— Je sais. On se serait cru au bon vieux temps. » J'ai relevé les yeux. « Mais non, rien n'a changé. C'est trop tard. »

Nous avons gardé le silence un moment, presque comme en dernier hommage.

Vous savez, à propos de tomber amoureuse, il est presque aussi difficile de savoir quand on a cessé d'aimer, vous ne trouvez pas ? Et ce n'est pas parce qu'on finit par le savoir que ça nous donne le droit de nier que l'amour en question a existé, j'en suis convaincue.

Je suis peut-être beaucoup de choses, mais pas une révisionniste.

#VictimeFi
@DYeagernews Tellement sincère, tellement vrai. J'en viens presque à espérer qu'ils se remettent ensemble…
#Bram&Fi
@crime_addict @DYeagernews Non mais sérieux ? Vous ne valez pas mieux qu'elle !

Bram, document Word

Le notaire nous a envoyé un mail pour nous dire que l'échange des contrats avait eu lieu. L'acompte de dix pour cent – deux cent mille livres, une somme que les médicaments m'ont aidé à visualiser en Pokédollars – avait été reçu des acheteurs, et le décompte final envoyé à leur notaire. La conclusion de la vente était confirmée pour le vendredi 13 janvier (il était bien trop tard pour noter la malchance associée à cette date) et le solde – après déduction du rachat de crédit, des honoraires de l'agence immobilière, de ceux du notaire et d'autres remboursements – attendu sur notre compte avant 13 heures. Il s'élèverait à près d'un million six cent mille livres.

Le samedi 7, Rav a retrouvé les Vaughan à la maison pour une dernière inspection des installations, mais j'ai choisi de ne pas être présent, préférant emmener les enfants directement chez Pizza Express après leur leçon de natation pour déjeuner.

« *Ce n'est pas réel* » était mon nouveau mantra.

***

Le lendemain, mon dernier dimanche matin à la maison, Sophie Reece est arrivée devant le portail alors que j'ouvrais la porte pour laisser rentrer les garçons après une promenade à vélo dans le parc.

« Tout va bien ? lui ai-je demandé en m'approchant.

— Oui, ça va. Sauf que j'ai failli appeler la police hier ! »

Pourquoi t'aurais fait ça, putain ?

« Pourquoi ?

— Il y avait des gens à votre fenêtre et je savais que vous étiez à la piscine. Ils avaient l'air plutôt innocents, mais les cambrioleurs font dans la sophistication maintenant, n'est-ce pas ? Ils transportent des outils comme s'ils étaient là pour faire de la plomberie, feignent de prendre des mesures pour installer des rideaux, ce genre de chose. »

Je lui ai souri.

« Vous avez dû voir mon ami Rav. Il dirige une entreprise de décoration d'intérieur. Il fait des travaux pour moi la semaine prochaine, alors vous verrez peut-être aussi une partie de son équipe. Il était là avec d'autres clients, pour leur montrer ce qu'il a l'intention de faire.

— Ah, ça explique tout. J'ai bien fait de ne pas m'en mêler, alors. On n'est jamais trop prudent, dit-on, mais en fait on peut l'être, pas vrai ? Il est très bien habillé pour un décorateur.

— N'est-ce pas ? » Des années d'expérience en vente m'avaient appris qu'il n'y avait pas meilleur moyen pour couper court à des questions indésirables que d'opiner. « C'est plus un directeur de création, il ne met pas les mains dans le cambouis. Au fait, je voulais que ce soit une surprise pour Fi, alors si vous voulez bien… ? »

Elle a écarquillé les yeux comme le font les femmes lorsqu'on leur révèle un secret et a soufflé un petit « Oh ! » avant d'ajouter :

« Bien sûr. Je ne l'ai pas croisée depuis une éternité. Vous savez comment c'est.

— Tout le monde est tellement occupé », ai-je acquiescé.

**

Il ne restait plus qu'à louer un garde-meuble et les services d'une société de déménagement, et à mettre en cartons nos possessions de toute une vie sans que le reste de ma famille, ou mes collègues, en sachent rien.

J'ai eu beau faire de mon mieux pour être discret, Neil m'a entendu prendre un appel et s'est attardé devant mon bureau, attendant que j'aie fini.

« Qu'est-ce qui se passe ? Tu ne déménages pas, si ?

— Non non, j'aide juste ma mère. Elle veut mettre des affaires au garde-meuble. »

La police allait-elle l'interroger, me suis-je demandé, et découvrir que rien de tel n'avait été organisé ? Peu importait. Il pouvait leur répéter mot pour mot ce qu'il avait entendu ; je serais parti depuis longtemps.

« Elle ferait aussi bien de les foutre à la poubelle, a-t-il répondu. Je sais que ça a l'air dur comme remarque, mais apparemment la grande majorité des gens qui mettent des trucs au garde-meuble ne prennent jamais la peine de les en ressortir. Je suis surpris qu'elle ne les donne pas à une œuvre de bienfaisance, une bonne chrétienne comme elle ?

— C'est juste des bibelots, ai-je répondu vaguement. Personne n'en voudrait.

— C'est pour ça que tu as demandé un congé pour jeudi et vendredi ?

— En partie. »

Il a froncé les sourcils.

« Tout va bien, j'espère ? Je veux dire, niveau santé ?

— Oui oui, elle va bien. À part ses bouffées déli-rantes sur la vie éternelle, bien sûr.

— Pas elle, couillon, toi. Et je ne parle pas de ce mystérieux virus. »

Ce dont il parlait, c'était de l'alcool, ai-je supposé. Des joues flasques et des yeux injectés de sang, de l'haleine chargée de bière l'après-midi.

« Non, ça va beaucoup mieux maintenant », ai-je répondu.

Il gardait un œil sur moi, cela au moins était clair, et pas simplement en tant que directeur des ventes protégeant son chiffre d'affaires, mais aussi en tant qu'ami. Le fait que j'allais décevoir ses attentes sur les deux fronts était d'autant plus déprimant, d'une certaine manière, que je savais qu'il ne m'en garderait pas rancune. Il trouverait peut-être même un moyen de me pardonner.

45

« L'histoire de Fi » > *02:41:48*

C'est l'une des ironies bien connues de la vie de parent, n'est-ce pas, que s'organiser un moment sans les enfants avec quelqu'un qui n'est pas votre époux est mille fois plus simple que de le faire avec ce dernier. Dans le temps, une escapade de trois jours en pleine semaine avec Bram aurait demandé une ingéniosité digne de Churchill et une armée d'auxiliaires, mais à présent qu'il était mon ex, tout ce que j'avais à faire, c'était prendre cinq minutes pour lui donner mes instructions et j'étais libre comme l'air.

Le mercredi matin, après avoir déposé les garçons à l'école, je suis passée vite fait à l'appartement pour récupérer une paire de bottes que j'y avais laissées le week-end précédent et dont j'avais besoin pour Winchester, supposant, à raison, que Bram serait déjà parti au travail. Au regard des règles strictes qui encadraient l'accès à Trinity Avenue les jours où nous n'étions pas censés y être, il y en avait ridiculement peu, voire pas du tout, concernant Baby Deco. Pourquoi voudrions-nous aller là-bas – à moins d'avoir été expulsés de la maison ? Ç'avait été notre raisonnement initial, et pourtant ce minuscule studio était, à sa manière, devenu un second foyer.

En entrant, j'ai été immédiatement frappée par l'odeur de cigarette qui y régnait. Bram fumait toujours, clairement, et devait se donner un certain mal pour aérer l'endroit chaque fois qu'il en partait, parce que je n'avais jamais rien senti en arrivant le vendredi soir. La porte de la salle de bains était ouverte, révélant une flaque d'eau sur le carrelage, qu'il avait laissée en sortant de sa douche, et ses vêtements sales traînaient par terre à côté du lit défait. Sur la table se trouvait un sac en papier vert et blanc de la pharmacie située dans la Parade.

Je n'aurais pas dû regarder dedans, vous n'avez pas besoin de me le dire – c'était une atteinte à sa vie privée et un acte d'hypocrisie –, mais je l'ai fait. J'ai trouvé une demi-douzaine de boîtes de médicaments sur ordonnance, identiques, et j'en ai sorti une pour l'examiner de plus près. Je n'ai pas reconnu le nom du médicament – de la « Sertraline », dont il était indiqué que Bram devait prendre 50 milligrammes par jour – et bien sûr, le temps que je sorte mon téléphone, j'avais déjà réussi à me convaincre qu'il était gravement malade. Ses mensonges, son anxiété excessive quand je l'avais mis en face de ces derniers : m'avait-il en réalité protégée pendant tout ce temps de quelque chose de bien pire que l'irresponsabilité ?

Et cette remarque que je lui avais faite au concert, comme quoi il n'était pas à l'article de la mort ! Comment avais-je pu me montrer aussi insensible ?

J'ai googlé « Sertraline », en songeant que si j'avais raison, j'annulerais ces vacances avec Toby et attendrais que Bram arrive, comme prévu, pour récupérer les garçons ; et nous parlerions de la façon dont nous gérerions la situation, dont nous en triompherions ensemble.

Les résultats se sont affichés : c'était un ISRS, un antidépresseur utilisé pour traiter l'anxiété et la panique.

Je suis restée assise un moment sur le lit, immobile. L'anxiété et la panique dues à quoi ? Au fait que je l'aie quitté ? Je dois dire que cette idée a fait naître en moi plus de tristesse que de culpabilité ; après tout, il ne pouvait s'en prendre qu'à lui-même, comme je l'avais assez cruellement souligné lors de notre nuit ensemble à Noël, et il avait eu de la chance de se voir pardonner cette altercation avec Toby. Mais il restait humain et nous faisons tous des erreurs, nous souffrons tous.

J'ai décidé qu'il n'y avait pas besoin d'annuler mes vacances, mais que je lui parlerais le samedi, comme prévu. J'essaierais subtilement de découvrir s'il y avait quoi que ce soit que je puisse faire pour alléger son fardeau.

Mais pour l'instant, à force, j'étais en retard. J'ai rassemblé mes affaires et me suis dirigée vers la porte, laissant le sac de pharmacie sur la table où je l'avais trouvé.

Bram, document Word

Le dernier mercredi, la veille du jour où je devais vider la maison et – ce que mes collègues ignoraient – le dernier jour où je venais au travail, j'ai reçu un appel d'un numéro inconnu sur mon portable.

« Pourrais-je parler à Mr Abraham Lawson, s'il vous plaît ? »

C'était le milieu de la matinée et j'étais à mon bureau. Je n'avais pas la gueule de bois, du moins pas particulièrement, et mes neurones fonctionnaient normalement. Abraham : personne ne m'appelait par mon prénom entier, donc cela voulait dire quelqu'un qui m'appelait dans un cadre officiel. C'était forcément la police. Et une femme, donc pas l'enquêteur qui était venu me voir en...

« Allô ? »

Réponds, Bram !

« Je suis désolé, il n'est pas là cette semaine, ai-je répondu sans changer ma voix, détendu, poli. C'est de la part de qui ?

— Inspectrice Joanne McGowan, de l'unité d'enquête sur les collisions graves, à Catford. Donc ce n'est pas sur son téléphone portable que j'appelle ?

— C'est son portable professionnel, ai-je répondu. C'est dans la politique de l'entreprise de rendre son téléphone quand on part en vacances. » Un mensonge – quelle entreprise, en 2017, exigerait une chose pareille ? « Je peux laisser un message à son équipe, par contre, demandant qu'on vous rappelle si on connaît un autre numéro auquel le contacter ? »

Ne lui donne pas le numéro de fixe de la maison : Fi y est peut-être encore !

« Nous avons son numéro de fixe, mais personne ne répond pour le moment.

— Je suppose qu'ils ne sont pas chez eux », ai-je répondu, avec dans la voix une note de solidarité polie qui ne reflétait rien de la succession de terreur et de soulagement que ses derniers mots m'avaient causée. « Peut-être sur le portable de sa femme ? »

Belle présence d'esprit, Bram. Si elle avait l'intention d'appeler Fi séparément et qu'elle la croit en vacances avec toi, elle décidera peut-être d'attendre.

« Merci. Nous avons déjà son numéro de portable. Combien de temps Mr Lawson sera-t-il absent ?

— Je crois avoir entendu dire qu'il revient lundi.

« — Savez-vous s'il est toujours au Royaume-Uni ?

— Euh, en Écosse, peut-être ? »

Mieux valait ne pas leur donner une destination qui risquait de les pousser à consulter les listes de passagers des compagnies aériennes.

« Merci. »

Elle a raccroché, et je suis resté calme. Ils ne savaient rien, ai-je raisonné. Au pire, ils avaient trouvé la voiture et avaient quelques questions complémentaires à me poser – assez peu pour faire ça au téléphone. Même dans le pire des cas, ils me laisseraient jusqu'à lundi. Ils attendraient que je sois rentré des Hébrides extérieures pour refermer leurs menottes sur mes poignets hâlés.

**

« Pourquoi est-ce que tu mets toutes nos affaires dans ces cartons ? » m'a demandé Harry le jeudi matin, lorsque Leo et lui sont descendus prendre le petit déjeuner.

Je les avais fait se lever tôt pour pouvoir les préparer aux dispositions que j'avais prises pour la suite.

« Je vais vous le dire, mais seulement si vous êtes capables de garder le secret. »

Ils m'ont donné leur parole.

« J'organise une surprise pour Maman. »

Si je m'étais attendu à ce que ce soit là l'un des moments les plus insupportables, celui où j'amènerais par la ruse mes agneaux sacrificiels à exprimer de l'enthousiasme à la perspective de leur abattage, je n'aurais pas dû m'inquiéter.

« Elle n'aime pas les surprises, a répliqué Leo en versant ses céréales dans un bol. À ta place, j'éviterais, Papa.

— Elle déteste ça, a confirmé Harry. Sauf quand c'est qu'on lui a fait un gâteau avec un glaçage au caramel.

— Celle-là, elle va l'aimer. Je vais faire repeindre la maison.

— Quand ?

— Aujourd'hui et demain. Alors vous allez dormir deux nuits chez Mamie Tina et – ça, vous allez aimer – vous avez le droit de ne pas aller à l'école demain ! »

Là, ils ont été contents, Leo du moins.

« Est-ce que Mrs Carver a dit que c'était autorisé ? » a demandé Harry.

Pour un enfant aussi tapageur, il était bizarrement attaché aux permissions.

« Oui. J'ai parlé à Mrs Bottomley et tout le monde est d'accord. Alors quand je viendrai vous récupérer à l'école ce soir, on prendra directement le bus pour aller chez Mamie. On appellera Maman en route, mais n'oubliez pas, il ne faudra pas lui parler de la surprise. Ou du fait que vous n'allez pas à l'école demain. Je ne veux pas qu'elle s'inquiète. »

J'avais retenu les services de ma mère environ une semaine plus tôt, pour en faire ma complice (à son insu) pendant ces prochains jours. Approuvant totalement mon projet de rénovation, elle avait proposé de s'occuper d'amener les enfants à l'école le vendredi pour qu'ils n'aient pas à manquer les cours, mais j'avais réussi à refuser sans lui donner mes raisons. Je ne pouvais pas risquer qu'elle passe à la maison et trouve des inconnus en train d'emménager. Pas avec les enfants. Ce n'était pas comme ça qu'il fallait qu'ils l'apprennent.

Après le petit déjeuner, j'ai suggéré à Leo et Harry de choisir leurs trois objets préférés à emporter chez Mamie.

« Je vous les apporterai après l'école avec vos pyjamas et une tenue de rechange pour demain. »

Bien que ce soit une proposition inaccoutumée, ils ont relevé le défi, sans remarquer l'air lugubre dont leur père les observait depuis le seuil.

« Il m'en faut plus que trois, s'est plaint Leo.

— Moi je n'en ai que deux », a répliqué Harry.

Alors j'ai dit que Leo pouvait en prendre un quatrième à la place du troisième de Harry, celui-ci a protesté que finalement il allait en prendre un troisième, Leo l'a traité d'égoïste et j'ai mis un terme à la dispute en proposant qu'on parte pour l'école immédiatement et qu'on s'arrête en chemin à la boulangerie de la Parade pour acheter des pains au chocolat.

Fais juste abstraction du sentiment de désolation, de turpitude, de désespoir, me suis-je exhorté.

Ce n'est pas réel.

***

Militante passionnée du désencombrement, Fi avait régulièrement purgé la maison au fil des ans, mais ç'a quand même été un travail de titan d'empaqueter et de déplacer toutes nos possessions. Malgré les deux professionnels venus m'aider, il m'a fallu toute la journée pour déménager les meubles dans le garde-meuble à Beckenham et mettre tous nos vêtements et objets personnels dans des cartons pour les déposer à l'appartement.

Il pleuvait, bien sûr, comme si les dieux pleuraient devant ma vilenie – ou alors ils faisaient ça dans le but de m'aider à tenir les voisins à distance. Très peu d'entre eux sont sortis sous la pluie torrentielle pour venir me demander ce qui se passait, et ceux qui l'ont fait ont gobé l'histoire que je leur servais sans lâcher de l'œil leur entrée protégée de la pluie.

Seule une rencontre en début d'après-midi avec Alison a vraiment mis mes nerfs à l'épreuve de façon dangereuse.

« Tu n'es pas au boulot ? » lui ai-je demandé, dissimulant mon horreur en la voyant approcher.

Rocky l'accompagnait – elle venait d'aller le promener, à en juger par son imper trempé et ses bottes – et plutôt que de tirer sur sa laisse en direction de leur porte, il s'est assis avec obéissance entre nous, comme résigné à une longue conversation.

« Je ne travaille que du lundi au mercredi, rappelle-toi, m'a-t-elle répondu. Ou du moins, je ne suis payée que pour ces jours-là. »

Bien sûr. Il arrivait qu'elle récupère les garçons pour nous le jeudi, et Fi lui rendait la politesse le vendredi.

« Qu'est-ce qui se passe ici, alors ? Tu mets les bouts ou quoi ? »

J'ai dégluti.

« Je refais les peintures.

— Les peintures ? Fi est au courant ? »

J'ai gratté les oreilles humides de Rocky, en priant pour que rien de ma panique ne transparaisse sur mon visage.

« Non, justement. Je lui fais une surprise.

— Ça a l'air d'être du sérieux, a fait Alison en regardant mon camion de déménagement de sous sa capuche dégoulinante. Pourquoi est-ce que tu as besoin d'enlever les meubles ?

— Parce que je fais tout en même temps, donc on ne peut pas les déplacer de pièce en pièce.

— Tu ne peux pas juste les regrouper au milieu de chacune et les protéger avec des draps ? C'est ce qu'on fait toujours, nous. Où est-ce que ça va ?

— Juste dans un garde-meuble de l'autre côté de Beckenham.

— Waouh. C'est une sacrée opération. Quand est-ce que Fi rentre de Winchester ?

— Tard demain soir, mais elle ne reviendra à la maison que samedi matin. Ça va être très serré. »

Elle a plissé les yeux, fait la moue.

« Ce n'est pas serré, Bram, c'est impossible. Une entreprise de cette ampleur prend des *semaines*. Comment as-tu décidé des couleurs sans avoir son avis ? Tu as opté pour des bleus et des verts profonds, j'espère ? Pas une de ces nuances grèges ou champignon ? »

Était-il normal de continuer à répondre à de telles questions, ou plus naturel de lui faire remarquer que ça commençait à ressembler à un interrogatoire ?

« Alison, tu aurais été excellente dans la Gestapo, personne ne te l'a jamais dit ? »

Elle a éclaté de rire.

« Pardon. Mais j'aime à penser que Fi serait sur le dos de Rog s'il me faisait un coup pareil. »

Si elle avait su la nature exacte du coup en question !

« Ça fait une éternité qu'elle veut repeindre, comme tu le sais, j'en suis sûr. Et un ancien collègue à moi vient de lancer une nouvelle entreprise, il me fait un super prix. Il est déjà à l'intérieur avec son équipe, en train de s'y mettre. »

Devant cette affectation d'enthousiasme, une trace d'indulgence est passée sur son visage et elle a posé une main gantée et humide sur mon bras. Elle pensait que j'essayais de reconquérir Fi, avait entendu parler de ce qui s'était passé à Noël, peut-être.

« Bram, j'espère que ce n'est pas déplacé de ma part, mais tu sais qu'elle est en vacances avec quelqu'un d'autre, là, n'est-ce pas ?

— Oui. M… » Je me suis arrêté à temps. « Toby. Tu l'as rencontré ?

— Pas encore. Je crois qu'elle attend… »

Le tact l'a empêchée de continuer, mais elle n'avait pas besoin de s'inquiéter. *Elle attend d'être sûr que c'est sérieux*, ai-je fini à sa place.

Ce qui n'arriverait jamais, parce que après vendredi, Casanova aurait disparu, et le chagrin d'une rupture serait noyé dans l'horreur de faire face à la perte de sa maison, au mystère de la disparition du père de ses enfants.

« Allez, je te laisse te mettre à l'abri de la pluie, a repris Alison. Tu veux que j'aille récupérer Leo et Harry à ta place tout à l'heure ?

— Merci, mais ça va aller. Je les emmène chez ma mère en fait, parce que c'est un peu le bazar ici. »

Je n'ai pas mentionné le fait que j'avais décidé de leur faire rater l'école le lendemain. Pour les mères de Trinity Avenue, un seul jour d'école manqué pouvait nuire aux chances de leur progéniture de décrocher une place à Oxford ou Cambridge.

« Eh bien, bonne chance, a conclu Alison. J'espère que ça va marcher. »

J'ai eu le sentiment (peut-être à tort) que par « ça », elle entendait quelque chose de plus que mon projet de peinture, et je me suis brièvement laissé aller à rêver de la façon dont les choses auraient pu évoluer dans une histoire parallèle. Il y avait des gens, comme elle et ma mère et peut-être aussi les parents de Fi, qui auraient été en faveur d'une réunion – ou du moins, qui ne s'y seraient pas activement opposés. Si j'avais fait profil bas et attendu que l'orage passe, si j'avais montré à Fi que je pouvais changer…

Trempé jusqu'aux os désormais, je suis retourné à l'intérieur et j'ai fini de mettre en cartons ce qui restait encore dans sa chambre avant de les faire enlever.

« L'histoire de Fi » > 02:44:36

Ç'a été un joli petit week-end coquin bien tradition-nel – quoique en semaine – à Winchester : sexe et room service, avec de temps en temps une visite à la cathédrale ou une promenade dans les vieilles rues, la tête moitié à Jane Austen et moitié l'un à l'autre.

J'ai été tentée de parler à Toby des médicaments que j'avais trouvés chez Bram, mais je me suis rappelé que celui-ci avait droit à sa vie privée et que, de toute façon, ce n'était certainement pas le bon moment pour faire part à Toby de mes inquiétudes au sujet de la santé mentale de l'homme qui l'avait attaqué.

Au téléphone avec les garçons le jeudi après l'école, ça ne m'a pas mis la puce à l'oreille lorsque Harry m'a dit qu'il avait un secret.

« Un bon secret ou un mauvais secret ?

— Un bon secret. Une surprise.

— Une surprise pour Leo ?

— Non, pas pour Leo, pour toi !

— Je suis intriguée.

— Papa est…

— Ne me dis pas ! » l'ai-je interrompu en riant, mais de toute façon Bram l'avait fait taire à l'autre bout du fil.

Bien sûr qu'il l'a fait taire. Dans ma naïveté, j'ai supposé que c'était un gâteau pour célébrer mon retour à la maison – Bram était toujours étonnamment disposé à superviser une séance de pâtisserie –, probablement quelque chose avec un glaçage bleu et des Maltesers ;

ou alors, un portrait de moi fait par l'un d'eux à l'école, avec des doigts en forme de saucisses et des oreilles qui me tombaient jusqu'aux épaules.

J'ai vu dans ce serment de silence soutiré à mes fils un exercice de confiance, non un abus de celle-ci.

Bram, document Word

Même pour qui ne s'apprête pas à abandonner sa famille en la laissant en pâture aux lions, il y a un mélange de douceur et d'amertume particulier dans l'acte de récupérer ses enfants à l'école.

J'en ai discuté une fois avec Fi, et elle m'a dit que non seulement elle savait de quoi je parlais, mais qu'elle le ressentait encore plus profondément que moi (elle disait toujours ça : ce n'était pas que les mères avaient le monopole de la dévotion parentale, c'était juste qu'elles *ressentaient plus profondément* les choses). Elle m'a dit que c'est parce que les jeunes enfants éprouvent une joie tellement inconditionnelle à vous voir les attendre au portail, et que pourtant vous savez, alors même qu'ils se jettent dans vos bras pour vous faire des câlins, qu'un jour, peut-être pas cette année ni la suivante, mais assurément plus tôt que vous ne l'aimeriez, ils seront gênés de vous trouver là, ou en colère, ou même pris de peur, parce que, pourquoi seriez-vous venus malgré l'interdiction formelle de le faire si ce n'est pour leur annoncer quelque mauvaise nouvelle ?

Au moins, a-t-elle ajouté, ce n'est pas quelque chose qui vous tombe brusquement dessus, ou violemment, mais un détachement progressif : ils ont chaque jour un petit peu moins besoin de vous, jusqu'au moment où ils n'ont plus besoin de vous du tout.

Si seulement Mike s'était présenté plus tard dans ma vie. Si seulement il était arrivé à un moment où mes fils n'auraient plus eu besoin de moi, où leur dire adieu n'aurait pas été le pire crime de tous.

Dans le bus qui nous amenait chez ma mère, j'ai pris une photo d'eux ensemble, puis une autre avec moi entre eux. Même si j'allais détruire la carte SIM, j'avais l'intention de garder mon téléphone pour la musique et le petit fonds d'images de mes enfants qu'il contenait. Alors que je prenais le cliché, persuadant tant bien que mal Harry de me donner le sourire que Leo offrait docilement, j'ai senti sur moi le regard d'une jeune femme assise de l'autre côté de l'allée, sûrement en train de se dire : *J'espère que je me trouverai un mari comme ça, moi aussi ; un bon père.*

Prends garde que tes désirs ne deviennent pas des réalités, ma belle.

Je n'ai pas pu rester longtemps chez ma mère, parce que j'avais rendez-vous avec des agents de ménage à la maison à 18 heures. Croyant qu'ils me reverraient bien assez vite, les garçons ont essayé de se précipiter à l'intérieur, protestant lorsque je les ai rattrapés pour les serrer une dernière fois dans mes bras.

« Venez là. Avant que vous entriez, j'ai quelque chose à vous dire. »

Ils ont attendu en écoutant d'une oreille.

« Je vous aime et je vous aimerai toujours. Ne l'oubliez jamais, d'accord ? »

Puis je les ai embrassés l'un après l'autre.

Ils sont restés perplexes, distraits, même si le mot « oublier » a rappelé quelque chose à Harry, au moins.

« Papa, j'ai oublié de prendre mon carnet d'orthographe ! Et il faut que j'apprenne deux mots de ma liste tous les soirs, *sans faute*. »

Je l'ai embrassé de nouveau.

« Je vais te le trouver et tu pourras rattraper ça ce week-end, d'accord ? Et si tu n'y arrives pas, excuse-toi, c'est tout, et dis à Mrs Carver que c'est ma faute. »

J'ai bien vu qu'il ne le ferait pas. Il ne voudrait pas m'attirer des ennuis.

« Est-ce qu'on peut y aller ? » a demandé Leo en entendant sa grand-mère ouvrir la boîte de biscuits dans la cuisine.

Puis, brusquement, elle a été dans l'entrée avec nous, la boîte ouverte inclinée vers eux, ils se sont détournés de moi, je leur ai silencieusement adressé un dernier adieu, j'ai refermé la porte, et voilà.

C'est la dernière fois que j'ai vu mes fils.

Alors que je regagnais Alder Rise, mon cerveau a refusé de traiter la donnée pour ce qu'elle était. Autrement, j'aurais été incapable d'accomplir ce qu'il me restait encore à faire.

J'avais prévu de dormir à l'appartement, mais finalement je suis resté dans la maison vide, avec un sac de couchage étalé sur la moquette dans la chambre de Leo. Je ressentais un besoin irrationnel de la protéger de toute intrusion, même si bien sûr aucun intrus n'allait venir – du moins pas avant le lendemain, où ceux autorisés par la loi arriveraient. (Eux aussi allaient connaître leur part d'angoisse dans les jours et semaines à venir, soupçonnais-je. Je comprenais le principe des répercussions en chaîne, même si toute ma capacité d'émotion était réservée au premier maillon de celle-ci.)

Je n'avais aucune satisfaction à tirer de ma tournée de ces pièces dénudées, aucun moyen d'échapper à la réalité : j'avais tout perdu. En définitive, passer la nuit là était plus une punition qu'autre chose. Peut-être espérais-je mourir d'un cœur brisé dans ce sac de couchage posé par terre.

Mais assez pleuré sur mon sort.

À 22 heures, j'ai appelé ma mère pour vérifier que les garçons étaient couchés.

« Tu les rates de peu, m'a-t-elle dit. Je les ai laissés rester debout tard parce qu'ils n'ont pas à se lever pour aller à l'école demain matin, mais ils dorment, maintenant.

— Merci. Merci pour tout, Maman. Je suis désolé si je ne te l'ai pas dit aussi souvent que j'aurais dû.

— Ne sois pas bête », a-t-elle répliqué.

J'ai raccroché, en songeant qu'il y avait un certain réconfort à tirer de ses derniers mots à mon adresse.

Comment dit-on adieu à sa propre mère ?

La réponse est : on ne le fait pas. Parce que c'est plus charitable ainsi.

46

« L'histoire de Fi » > 02:45:48

La dernière fois que j'ai vu Bram, de mes propres yeux ? Ce doit être le dernier dimanche, le 8, lors du passage de relais à midi. Y avait-il quoi que ce soit de différent chez lui, quoi que ce soit dans son attitude qui aurait présagé une trahison – une trahison d'une toute nouvelle ampleur ?

Non, il n'y avait rien. Je suis désolée. Il m'a raconté le week-end des garçons, m'a demandé comment j'allais. J'ai noté, et apprécié, l'absence de toute mention de Toby. Même maintenant, quand j'essaie de voir dans un petit détail quelque chose de significatif, je n'y arrive pas. Il pleuvait et il n'avait pas de parapluie ? Ce pourrait être une métaphore, j'imagine.

C'était juste Bram, ou du moins la créature que Bram était devenu. Lorsqu'il est parti, j'ai ressenti la même chose que chaque dimanche précédent, que chaque dimanche qui aurait suivi, sûrement, si le ciel ne m'était pas tombé sur la tête : stupeur qu'il ait pu nous avoir fait ça, tristesse qu'il ne soit plus mien.

Un intermède hebdomadaire de sentimentalité irrationnelle, je l'avoue. Mais je ne serais pas humaine si cela ne me rendait pas un peu triste.

À Fi, j'avais dit adieu à ma façon – c'est-à-dire, sans qu'elle le sache. (Très révélateur, pensez-vous probablement.) C'était le mardi 10, et je savais grâce à l'appli agenda ce qu'elle faisait généralement le mardi, c'est-à-dire arriver à Alder Rise par le train de 18 h 30 à la gare Victoria et rentrer directement à la maison, où sa mère devait avoir donné à manger aux enfants et arbitré leur dernière bataille. Elle a émergé du tunnel sur le côté de la foule des voyageurs, se grattant la peau à côté du sourcil droit, remontant la sangle de sa sacoche d'ordinateur sur son épaule. Elle ne m'a pas remarqué, ne m'a pas senti la suivre dans la Parade (elle n'a même pas accordé un seul coup d'œil au Two Brewers). Arrivée au coin de Trinity Avenue, elle s'est arrêtée et a tourné la tête. L'image n'avait rien de « spécial » : il n'y avait pas de vent pour gonfler ses vêtements, pas de lumière placée par un heureux hasard de façon à l'éclairer à contre-jour, de façon mémorable. Rien dans son expression ou sa posture ne trahissait les émotions qu'elle m'avait avoué ressentir à l'approche de la maison quand elle rentrait du travail : impatience générale de voir les enfants, crainte spécifique qu'ils soient en train de se disputer, que sa journée de labeur ne fasse que commencer alors qu'elle rêvait de se reposer.

Elle était exactement comme elle aurait pu l'être n'importe quel jour vers cette heure-là. Une femme avec la moitié de sa vie derrière elle et l'autre moitié devant.

Un endroit, je sais, où il était injuste de ma part de la laisser.

Avant l'aube, je suis retourné à l'appartement pour la dernière fois. J'ai posé les clés sur le plan de travail de la kitchenette, à côté des informations concernant le garde-meuble et du carnet d'orthographe de Harry, que j'avais exhumé à la dernière minute d'un des cartons.

Pas de mot, pas de lettre.

Je suis prêt, ai-je écrit à Mike sur mon téléphone à carte.

Comme d'habitude, il a répondu instantanément :

Dès que je reçois confirmation que les fonds sont arrivés, Wendy t'apportera nouveau pp etc. à l'appart. Bye!

Bye? Connard. J'ai supprimé le message et rempoché le téléphone, puis j'ai attrapé mon sac, déjà préparé, et je suis parti. J'ai pris un taxi de la gare jusqu'à Battersea, où j'ai demandé au chauffeur de m'attendre pendant que je glissais dans la boîte aux lettres de Challoner's une enveloppe contenant deux jeux des clés de la maison. (Le mien et le double que Kirsty gardait pour nous, mais ni celui de Fi ni celui de sa mère – je n'avais pas réussi à trouver un moyen de me les procurer.) Puis je lui ai dit de m'amener à la gare Victoria et j'ai laissé un message à ma mère en route pour lui demander de dire bonjour aux garçons, de les embrasser et de leur souhaiter une bonne journée de ma part. Je lui avais déjà expliqué qu'elle devrait s'arranger directement avec Fi pour organiser leur retour le samedi matin.

Dans la rue devant la gare, j'ai enlevé la carte SIM de mon portable officiel et l'ai glissée dans une bouche d'égout, avant de rempocher l'appareil. Puis, veillant à laisser le téléphone à carte allumé pour qu'il reçoive les nombreux autres messages que Mike allait certainement m'envoyer tout au long de la journée, je l'ai mis en mode silencieux avant de le jeter dans la poubelle la plus proche.

À l'intérieur de la gare, j'ai trouvé un distributeur et vidé mon compte des derniers fonds qui restaient dessus, avant d'acheter un billet en espèces et de monter dans le prochain train express à destination de Gatwick. Il était 7 h 30 et la foule commençait déjà à affluer. J'ai supposé que Fi n'était même pas encore réveillée, même si le charlatan à côté d'elle dans le lit était déjà en train de consulter son téléphone, impatient de recevoir confirmation de son remarquable coup de fortune.

« *L'histoire de Fi* » > *02:46:45*

« Tu n'arrêtes pas de consulter ton téléphone, ai-je fait remarquer à Toby alors que nous étions en train de prendre le petit déjeuner à l'hôtel. Tu attends un appel ?

— Juste la confirmation par mail de quelque chose pour ce soir. »

Il avait une importante soirée de prévue, une réunion préliminaire de la commission avant l'annonce, la semaine suivante, des conclusions initiales de leur rapport. De hauts responsables du secteur des transports venus de Singapour, Stockholm ou Milan seraient présents, ainsi que des représentants du gouvernement. Même s'il allait être obligé de repartir de Winchester après le déjeuner, il s'était arrangé pour que je puisse garder la chambre et retourner à Londres aussi tard que j'en aurais envie.

Seigneur, quelle bonne poire j'ai été. Je me rappelle très nettement ce moment où j'étais assise seule à la table du petit déjeuner, Toby étant parti aux toilettes, et où, les yeux fixés sur le téléphone posé à l'envers à côté de son cappuccino, j'ai délibérément ignoré le souvenir de Polly m'exhortant à « débusquer la vérité ».

C'est le problème quand on cherche activement à se dissocier des éternels cyniques : on se prive de leurs bons conseils.

Bram, document Word

À l'aéroport de Gatwick, j'ai acheté un aller-retour pour Genève, en espèces. (Mon raisonnement : un aller-retour est moins suspect qu'un aller simple. D'un autre côté, payer en espèces est-il plus suspect que payer par carte ? Puis : aucune de ces options n'est suspecte. Des millions de personnes prennent l'avion chaque semaine, et les personnels d'aéroport ont déjà vu tous les comportements de voyageurs les plus excentriques. *Reprends-toi, Bram.*)

J'ai utilisé l'auto-enregistrement, passé le contrôle des passeports sans aucun souci et échangé l'argent liquide que j'avais amassé contre un mélange de monnaie suisse et d'euros.

Puis il a été trop tard pour douter de moi et je me suis dirigé vers la porte d'embarquement.

« L'histoire de Fi » > 02:47:37

Finalement, c'est moi qui ai reçu l'appel enquiquinant du boulot, alors que nous étions de retour dans notre chambre après le petit déjeuner pour prendre quelques affaires avant d'aller nous joindre à une visite guidée de Winchester College.

« Où est le dossier Spirals pour l'agence ? » m'a demandé Clara, le degré de panique dans sa voix laissant penser qu'elle montait depuis quelque temps déjà.

J'ai froncé les sourcils.

« Tu ne le leur as pas envoyé hier ?

— Non, ils ont demandé qu'on le leur présente en personne et c'est prévu pour cet après-midi. Mais le fichier n'est pas sur le serveur. J'ai fait descendre quelqu'un du service informatique pour qu'il le cherche et il ne le trouve nulle part. »

Elle avait tout essayé avant de m'appeler, claire-ment. J'ai vu exactement de quoi il retournait. En mon absence, elle avait pressenti une occasion de présenter notre travail comme étant le sien. (Oui, agaçant, mais quand on fait bien son travail, on n'a pas besoin de se sentir menacé.)

« Ne t'inquiète pas, il est sur mon disque dur à la maison. Je vais voir si je peux demander à quelqu'un de te l'envoyer.

— On en a vraiment besoin ce matin, Fi. En début d'après-midi au plus tard. La réunion est à 15 heures.

— 15 heures ? »

C'était n'importe quoi d'avoir accepté ce créneau pour un briefing, en fin de journée un vendredi. Je me suis abstenue de lui faire remarquer qu'elle était un peu lente à constater l'absence du dossier – sans parler de s'entraî-ner à faire sa présentation. Je n'avais pas travaillé dessus depuis le mardi soir.

« Laisse-moi te rappeler. En attendant, continue à chercher. J'ai peut-être utilisé un nom de fichier différent.

— C'est quoi le problème ? a demandé Toby en levant les yeux de son propre téléphone.

— Juste une présentation que je dois avoir oublié de mettre sur le serveur du boulot avant de partir. Elle est sur mon ordinateur portable à la maison. Clara vient seulement de s'en rendre compte.

— Elle ne peut pas attendre lundi ?

— Non, elle présente le dossier aujourd'hui. Mais ce n'est pas un souci, ma voisine Kirsty a les clés de la maison donc je peux lui demander de le chercher. J'essaie juste de me rappeler où je l'ai laissé. Peut-être dans ma chambre…

— Pourquoi tu ne demandes pas à Bram ? a suggéré Toby. Tu ne m'as pas dit qu'il était en télétravail aujourd'hui pour pouvoir aller récupérer les enfants à l'école ?

— C'est vrai. » J'ai refoulé mes souvenirs embarrassés de la dernière fois que Bram avait eu accès à ma chambre et j'ai composé son numéro. « Ça, c'est bizarre, ça me dit que son numéro est indisponible.

— Ah bon ? Pas très serviable de sa part, hein ?

— Attends, je vais essayer Kirsty. Sinon je serai peut-être obligée de rentrer un peu plus tôt que prévu. »

Toby m'a regardée chercher son numéro d'un air consterné. C'était flatteur qu'il ait envie de me voir rester, de faire durer le temps que nous passions ensemble. Vous savez, il y a beaucoup de choses que j'appréciais dans cette relation bourgeonnante, mais celle qui m'est venue en tête à cet instant était une impression de contrôle. D'équilibre. C'était moi qui écourtais notre escapade, moi qui décidais ce qui avait la priorité : dans le cas présent, mon devoir envers mes collègues. Et, oui, la pensée m'a traversé l'esprit que c'était aussi moi qui étais allée voir ailleurs une nuit, mais ce n'est pas comme si nous nous étions juré exclusivité, n'est-ce pas ? Ce que je veux dire, c'est que tout cela était merveilleusement différent de l'incertitude que j'avais ressentie ces dernières années avec Bram. Ça m'a donné de l'optimisme pour notre avenir, l'espoir qu'un jour, justement, nous nous jurerions cette exclusivité.

« Kirsty ? Salut, ma chérie, est-ce que tu es chez toi par hasard ? Pourrais-tu me rendre un petit service et passer vite fait chez moi avec notre double ? J'ai besoin de… Oh, c'est vrai ? OK. Pas de problème. À plus tard. » Je me suis tournée vers Toby, les sourcils froncés. « Elle dit que Bram est venu récupérer son jeu de clés plus tôt dans la semaine. Il avait perdu le sien, apparemment. À moi, il n'en a rien dit, quelle surprise !

— L'imbécile, a-t-il répondu avec sentiment.

— Je sais. C'est le genre de chose qui me rend folle. Je sais que c'est lui qui a perdu ces clés de voiture. » Me rappelant les antidépresseurs, je me suis retenue de le critiquer davantage ; peut-être que les médicaments avaient altéré sa mémoire ? (Eh bien, s'il était à la maison cet après-midi quand je rentrerais, ce serait la parfaite occasion d'aborder le sujet.) « Je suis désolée, mais on dirait qu'il va falloir que je file plus tôt que prévu pour sauver la situation.

— Tu es sûre que ton ordinateur n'est pas à l'appartement ?

— Qu'est-ce que ça change ? » J'avais remarqué que depuis l'altercation avec Bram, il se renseignait souvent sur les modalités de notre alternance au « nid », probablement par peur de retomber sur l'ex néandertalien. « Ce n'est pas la peine que tu rentres avec moi. Si la visite du collège ne te branche pas, il y a toujours cette table qu'on a réservée pour le déjeuner, tu pourrais en profiter quand même ? Et partir après, à temps pour ta réception. »

Il m'a surprise alors en traversant la chambre pour venir m'embrasser.

« Au moins, reste un peu plus longtemps, a-t-il murmuré, les doigts dans mes cheveux.

— Il est déjà 10 heures, je ne peux vraiment pas.

— Allons, vingt minutes, qu'est-ce que ça change ? »

Lorsque je suis enfin sortie pour monter dans le taxi qui attendait de me conduire à la gare, il m'a de nouveau embrassée, avec une telle ardeur que le chauffeur a détourné les yeux.

« Combien de temps dure le trajet ? m'a-t-il demandé en me relâchant enfin.

— Je vais changer à Clapham Junction pour aller à Alder Rise, donc je devrais pouvoir envoyer le fichier à Clara vers 13 heures, largement avant la réunion. J'imagine que je devrais être reconnaissante qu'elle s'en soit rendu compte seulement maintenant et non plus tôt. J'ai passé deux excellentes journées, Toby. Vraiment. Il faudra qu'on refasse ça.

— Carrément, a-t-il acquiescé. Envoie-moi un texto pour me dire quand tu es bien arrivée. »

Vraiment, c'était attendrissant de le voir aussi démoralisé.

***

Les dieux étaient de mon côté et j'ai eu mes correspondances rapidement, ce qui m'a fait arriver à la gare d'Alder Rise avant 12 h 30. J'ai envoyé un texto à Bram pour le prévenir que j'arrivais, mais le message n'a pas pu lui être remis, sa ligne étant hors service. Ce n'était pas idéal si l'école avait besoin de le joindre, mais peu importait, j'étais de retour à la maison, aux commandes.

Je me suis engagée dans Trinity Avenue le sourire aux lèvres. Le soleil était exceptionnellement chaud et doré pour un mois de janvier. Très agréable, vraiment très agréable. Posant les yeux sur le camion garé à mi-hauteur de la rue, j'ai songé : *Je dois me tromper, mais*

*on dirait vraiment que quelqu'un est en train d'emmé-
nager dans ma maison...*

#VictimeFi
@Leah_Walker Nous y voilà…

47

Vendredi 13 janvier 2017

Londres, 19 heures

Elles ne sont plus chez elle (rectification : chez les Vaughan), mais chez Merle. Elles ont enfin réussi à joindre Graham Jenson pour l'informer de la situation, mais la détresse de Fi l'a bientôt empêchée de raisonner efficacement avec lui et lorsque Merle a pris le relais, mettant le haut-parleur, ses accusations d'usurpation d'identité et de fraude ont paru folles même à Fi.

« J'ai déjà eu toute cette discussion avec le notaire des acheteurs et Mrs Lawson elle-même, a dit Jenson, et je leur ai expliqué qu'il n'y a eu aucune erreur de notre part. Au-delà de ça, je ne peux en dire davantage. Je dois respecter la confidentialité de mes clients. »

Il a cependant accepté de les rencontrer lundi matin.

Elles ont passé la dernière heure à appeler les hôpitaux de South London et ses alentours, sans succès, ce qui, ne cessent-elles de se répéter mutuellement, est une bonne nouvelle.

Et maintenant elles sont dans le salon à l'avant de la maison, un verre bien rempli à la main. C'est un peu le désordre, comme d'habitude chez Merle. Il y a des aiguilles de pin près de la plinthe, des vestiges de

Noël qui n'ont jamais été aspirés, et Fi se baisse pour en ramasser une, dont elle enfonce la pointe dans la chair de son index. Il lui semble soudain crucial de voir jaillir une goutte de son propre sang, juste une, pour se prouver qu'elle est bien vivante et que tout cela est bien réel, mais l'aiguille se plie avant de percer la peau.

Elle n'est pas venue dans cette pièce depuis la réunion avec la police de proximité en septembre, lorsqu'on leur a distribué ces stylos de la police scientifique (elle aurait dû utiliser le sien pour mettre son nom sur la maison elle-même). Elles se croyaient si malignes, les dames de Trinity Avenue, de s'informer sur la cybercriminalité, de promettre de se protéger mutuellement des cambrioleurs et des escrocs. Il ne leur est jamais venu à l'idée que l'ennemi puisse sortir de leurs rangs. « Ça n'a pas l'air de beaucoup t'intéresser », s'était-elle plainte à Bram devant le dédain dont il faisait preuve face aux souffrances de Carys. « Ironique » n'est pas un mot assez fort.

« Est-ce que tu veux que je demande à Alison de venir ? Rog peut rester avec les enfants », suggère Merle.

Mais Fi ne préfère pas. Elle n'a pas la force d'expliquer sa catastrophe une énième fois, ni d'écouter les excuses de la pauvre Alison – car elle a avoué à Merle qu'elle avait vu Bram déménager leurs affaires hier, qu'il lui a servi la même histoire de rafraîchissement des peintures qu'à Tina. Elles se sont toutes laissé prendre à ses mensonges, jusqu'à la dernière.

Il lui est déjà assez difficile de rappeler Tina, ce qu'elle fait à cet instant.

« Donc vous vous êtes mis d'accord avec Bram pour que Leo et Harry dorment chez vous ce soir aussi ? » Voilà qui aide un peu. Elle n'est pas en état de voir les garçons, doit trouver sa force dans l'espoir qu'ils dormiront encore cette nuit d'un sommeil innocent. « Les choses ont pris un peu de retard ici.

— Mais vous êtes contente ? demande Tina avec empressement. Bram est là avec vous ?

— Je ne sais pas où il est à cet instant précis, répond Fi, en toute sincérité.

— Quand est-ce qu'on rentre à la maison ? demande Leo lorsqu'il prend le téléphone.

— Probablement demain.

— On sera rentrés à temps pour la piscine ?

— Non, je crois que la leçon a été annulée. Faites-vous une bonne grasse matinée avec Harry. »

Déjà, elle pense : *Un mensonge à la fois.*

« Je me sens tellement mal, dit-elle à Merle. La vodka ne fait rien.

— Tu es épuisée, répond Merle, qui a également l'air exténuée. Cette journée aurait aussi bien pu en durer cent. Ça ira mieux en dormant. »

Fi lâche un petit rire sans joie.

« Il n'y a pas moyen que je réussisse à trouver le sommeil cette nuit.

— Pour le coup, je peux t'aider. » Merle a des somnifères, se souvient-elle, et elle va les chercher à l'étage. « Ils datent de l'année dernière quand j'ai fait un peu d'insomnie, mais ils sont encore bons. Tu en auras peut-être besoin dans les semaines à venir. Garde-les, juste au cas où.

— Merci. »

Elles prennent conscience d'un crissement de freins dans la rue, suivi d'un rugissement de moteur alors que la voiture se gare et d'un claquement de portière.

« Qu'est-ce que c'est que ces cris ? fait Merle en s'approchant de la fenêtre. Je crois que c'est quelqu'un chez toi, Fi. Ça a intérêt à être lui, putain. »

Il y a peu de chances, songe Fi, mais elle fait preuve de bonne volonté et suit Merle dehors. Elle est contente de l'avoir fait : prendre de grandes goulées de l'air de la nuit, sentir le froid cuisant pénétrer dans ses poumons lui procure la douleur physique dont elle avait besoin. Il fait noir dans la rue, un givre nocturne est en train de se former sur les pare-brise, et alors qu'elles tournent la tête vers la gauche pour scruter, de l'autre côté du jardin des Hamilton, le sien (rectification : celui des Vaughan), une voix masculine parvient jusqu'à elle dans le silence régnant, sèche et hostile.

« Bram ! Il est où, putain ?! Je ne partirai pas sans avoir eu de réponse ! »

David Vaughan apparaît sur le chemin.

« Qui êtes-vous exactement ?

— On s'en fout, j'ai besoin de lui parler immédiatement !

— Bienvenue au club », réplique David avec un rire amer.

Il faut un moment à Fi pour reconnaître l'autre silhouette, l'autre voix.

« C'est Toby, dit-elle à Merle, perplexe. Le mec avec qui je sors. On revient juste de quelques jours ensemble. Je lui avais promis de lui envoyer un texto en arrivant – il a dû s'inquiéter et venir vérifier que je n'ai rien. »

À moins qu'elle lui en ait envoyé un, justement, un SOS au milieu de sa confusion lorsqu'elle était à la maison ? C'est possible : des pans entiers de cet après-midi lui sont inaccessibles. Ces heures ont été à la fois les plus pesantes et les plus fuyantes de sa vie.

« Je vais le chercher, annonce Merle. Toi, reste ici au chaud. »

Elle sort précipitamment dans le froid, sans manteau, laissant Fi sur le seuil.

« Bonsoir, je peux vous aider ? Bram n'est pas là, mais Fi est chez moi, si vous voulez entrer ? »

Alors que Toby tourne les talons, David regagne la maison, son soulagement palpable même à cette distance. Il a eu sa dose de cette journée, c'est on ne peut plus clair.

Lorsque Toby entre à grands pas dans la maison de Merle, Fi se laisse aller contre lui, presque une collision. Elle se fiche qu'il puisse être mal vu de montrer qu'elle a besoin du réconfort d'un homme, d'une solide présence masculine.

« Toby, c'est affreux, la pire chose qui ait pu arriver ! J'ai perdu ma maison.

— Ce n'est pas encore totalement sûr, ma chérie, dit Merle en lui tapotant doucement l'épaule.

— Mais si. Le cadastre a transféré le titre de propriété. Je l'ai perdue.

— Où est-il ? » gronde Toby en se dégageant de l'étreinte de Fi.

Il parcourt des yeux l'entrée, la série de portes qui donnent dessus, comme s'il s'attendait à voir Bram tapi dans l'ombre.

« Il a disparu, répond Fi. Mais les enfants n'ont rien, Dieu merci. C'est l'essentiel, n'est-ce pas ?

— Bien sûr, répond Merle d'un ton apaisant. Personne n'est mort. C'est le bordel, quelqu'un quelque part a fait une énorme bourde, mais on va arranger ça. Vous voulez quelque chose à boire, Toby ? De la vodka ?

— Merci. »

Merle lui tend un verre, remplit de nouveau celui de Fi, et ensemble, elles lui racontent ce qu'elles savent de la vente de la maison : la journée portes ouvertes organisée par Bram ; la femme prétendant être Mrs Lawson qui s'est plainte que le versement des Vaughan n'était pas encore arrivé sur son compte ; l'erreur de transfert que Graham Jenson nie mais qui pourrait bien être ce qui donne à Fi le temps de revendiquer ses droits sur cet argent ; les efforts pour pallier la crise qui reprendront après le week-end.

« Donc l'argent n'est sur aucun de tes comptes ? demande Toby à Fi.

— Non, j'ai vérifié aussitôt. Pas un penny. Le notaire refuse de divulguer les références du compte qu'il a utilisé, mais il est possible que ce soit le compte individuel de Bram. Je n'y ai pas accès.

— Au moins, le remboursement du crédit et tous les frais de vente ont été payés séparément, lui rappelle Merle. De ce côté, il n'y a pas eu d'erreur, c'est déjà ça. »

Fi frémit. Malgré l'insanité de la suggestion, cela pourrait effectivement être pire. Elle pourrait avoir à la fois perdu la maison et hérité d'une énorme dette.

« Ça semble une évidence, poursuit Merle, mais vous ne croyez pas que Bram pourrait être à l'appartement ? Vous savez ce qu'on dit, pas de meilleure cachette qu'au nez et à la barbe de tous, et ce n'est pas comme si la police en était à défoncer les portes pour l'instant. Ça a déjà été assez difficile de les faire venir ici pour recueillir notre déclaration préliminaire, explique-t-elle à Toby.

— Il n'est pas à l'appartement, c'est certain, réplique ce dernier. J'y suis passé avant de venir ici.

— Tu as fait ça ? s'étonne Fi.

— Il y était peut-être mais n'a pas répondu ? » suggère Merle.

Il y a quelque chose dans son autorité grave et posée qui fait paraître Toby un peu fruste. Fi voit bien que Merle est surprise par sa colère. Elle ne savait pas que Fi avait quelqu'un d'aussi explosif pour nouveau compagnon.

« J'ai réussi à convaincre un voisin de me laisser entrer dans l'immeuble, réplique-t-il, et je suis monté frapper à sa porte. Personne n'a répondu et les lumières étaient éteintes. Il n'est pas là-bas, c'est sûr.

— Je vais y aller tout à l'heure, dit Fi. Je vais peut-être devoir y dormir cette nuit de toute façon. »

Merle intervient.

« Fi, je crois vraiment que tu ferais mieux de rester ici. Tu as déjà eu assez de tracas pour la journée. Alison garde Robbie et Daisy à dormir, alors ils ne reviendront pas avant demain. On sera tranquilles, on pourra réessayer d'appeler les hôpitaux, dresser sérieusement la liste des choses à demander lundi, discuter de la façon dont tu vas annoncer ça aux garçons. Puis tu pourras aller chez Tina, quand tu seras calme et reposée.

— Qui est Tina ? demande Toby.

— La mère de Bram.

— Tu penses qu'il peut être là-bas, Fi ? Allons-y !

— Non, il n'y est pas, c'est sûr, répond-elle. Elle est persuadée qu'il est ici. » Entendre mentionner ses enfants la recentre. « Je vais attendre demain matin pour voir les garçons, tu as raison, Merle. Et j'aurai besoin d'y aller toute seule, Toby. Ne le prends pas mal, mais ils ne te connaissent pas, et ce n'est pas le moment pour eux de rencontrer de nouvelles têtes. Ils vont avoir besoin de leur famille.

— Fi, quand tu les verras, à ta place je ne leur dirais pas que Bram a disparu, ajoute Merle. Tant qu'on ne sait pas tout, ce n'est pas la peine de les inquiéter.

— Tu sais quelque chose qu'on ignore, Merle ? fait Toby avec une méfiance non dissimulée.

— Bien sûr que non, répond Merle d'un ton égal. Mais c'est leur père, ils vont être bouleversés d'imaginer qu'il ait pu lui arriver quelque chose.

— Je ne leur dirai rien, promet Fi. À Tina non plus. Mais je crois que je vais dormir à l'appartement cette nuit, quoi que tu en dises. Trouver des vêtements propres, voir si Bram, peut-être, a laissé une partie de nos affaires là-bas.

— Bien. » Toby est debout, dans une tentative pour prendre les commandes. Il a déjà les clés de sa Toyota à la main. « Je vais t'y déposer. »

Merle regarde son verre de vodka vide.

« C'est le seul que j'ai pris, lui assure-t-il. Je suis en état de conduire. »

Merle les raccompagne à la porte.

« Appelle-moi si tu as besoin de quoi que ce soit », dit-elle à Fi. Elle la serre dans ses bras et répète, avec sentiment : « Quoi que ce soit. »

Lyon, 20 heures

Arrivé à Lyon, il va droit de la gare au premier bar qu'il voit, et commande une bière. Il n'est pas le seul voyageur dans l'établissement et l'ambiance est impersonnelle, mais ça lui va, il n'est pas là pour se faire des amis. La bière arrive rapidement, accompagnée de la note. En sortant ses premiers euros de son portefeuille, il voit la feuille, pliée en quatre, que Mike est venu glisser par la trappe à lettres de leur porte dans Trinity Avenue, et est bizarrement réconforté de l'avoir en sa possession.

Il a conscience que quelque chose a changé pendant son trajet en train, le passage d'un royaume à un autre. Une pousse est en train de grandir en lui, mais elle ne cherche pas la lumière, elle cherche la part la plus noire de son âme. Sa présence le calme, et il voit l'ironie de la chose.

Il a besoin d'un autre mot qu'« ironie », se dit-il ; quelque chose de plus fort, de plus emphatique. Lequel choisirait Fi ? « Perversion », peut-être. Non, pas « perversion ». « Destinée ». « Fatalité ».

Il referme son portefeuille avec un bruit sec, boit sa bière d'un trait et s'en va.

48

« L'histoire de Fi » > *02:53:34*

Je ne demande pas votre pitié, sincèrement. Je n'en veux pas. Ce n'est pas moi la plus grande victime de tout ceci – ou celle qui a perdu le plus. Oui, j'ai perdu mon foyer, et mes enfants ont perdu contact avec leur père ; oui, nous souffrons, mais ce qu'il faut retenir, c'est qu'une autre famille fait le deuil d'un enfant. La petite Ellie Rutherford, qui a trouvé la mort dans cet accident de voiture à Thornton Heath, un accident dans lequel Bram a peut-être joué un rôle.

C'est en tout cas ce que pense la police. Une semaine environ avant qu'il disparaisse, notre voiture a été retrouvée dans une ruelle de Streatham. Il n'y avait aucun signe d'effraction ou d'utilisation abusive, aucune des empreintes relevées ne correspondait à celles de leurs suspects amateurs de rodéos en voiture volée, et donc ils ont reporté leur attention sur les propriétaires du véhicule, plus particulièrement celui dont la suspension de permis de conduire lui donnait de bonnes raisons de fuir la scène d'un accident, qu'il soit directement impliqué dedans ou non. Ils l'avaient déjà interrogé – non qu'il ait songé à m'en informer – et avaient eu l'impression qu'il leur cachait quelque chose, peut-être en rapport avec la clé disparue, mais sur les images des caméras de surveillance de la gare d'Alder Rise, au matin du 16 septembre, il était clairement identifiable parmi les voyageurs attendant sur le quai, et ils avaient donc mis son nom de côté. D'autres pistes semblaient plus plausibles. Mais à présent, ils ont interrogé le service des ressources humaines de son travail sur sa présence ce jour-là au séminaire commercial, et appris qu'il n'avait révélé sa suspension de permis qu'après cette date. Le lundi suivant, en fait ; une sacrée coïncidence. Ils ont décidé de l'interroger de nouveau dès qu'il rentrerait de « vacances », ce que bien sûr il n'a jamais fait. Puis, environ une semaine après sa disparition, quelqu'un leur a envoyé anonymement une photo de notre voiture dans Silver Road, prise le jour de la collision, avec un homme brun visible au volant. Un logiciel de reconnaissance faciale a confirmé qu'il s'agissait de Bram.

Ce qu'ils pensent qu'il s'est passé, c'est qu'il a fait faire une sortie de route à la voiture des victimes dans quelque accès d'agressivité au volant, et qu'ensuite il a secrètement mis notre maison en vente pour financer sa fuite. Qu'il ait été en train de conduire alors qu'il n'avait plus son permis n'a fait que confirmer sa mauvaise moralité.

J'ai honte quand je pense que pendant qu'une famille pleurait la perte d'un enfant, je me préoccupais davantage du rejet par l'assurance de notre demande de remboursement, de l'impact que cela aurait sur nos finances. Les parents de cette petite fille donneraient mille voitures neuves, mille maisons à un million, pour la revoir ! Comme je le ferais dans leur situation. Au bout du compte, établir la vérité sur les circonstances de la mort d'Ellie est la seule chose qui mérite notre intérêt ; son décès, la seule chose qui mérite nos larmes.

Plus facile à dire qu'à faire, bien sûr, lorsque votre propre vie a volé en éclats.

Qu'est-ce que les garçons savent de tout cela? Pour l'instant, pratiquement rien. Je leur ai dit que Bram était parti travailler à l'étranger et que si quelqu'un avançait une autre théorie, il fallait qu'ils prennent leurs distances et pensent à autre chose. Ils vont toujours à l'école primaire d'Alder Rise, mais nous vivons chez mes parents à Kingston et le trajet est trop long pour que ça reste une solution viable. Lorsque ce podcast sera mis en ligne, ils auront changé d'école. Tout le monde dans Alder Rise parlera de Bram, alors – et, peut-être, des gens dans leur nouveau quartier en parleront aussi. En fait, la perte de ma vie privée est le prix que j'aurai payé pour faire connaître mon histoire, pour éviter à d'autres propriétaires innocents d'être la proie d'une fraude de cette ampleur.

J'ai donné mon préavis de départ pour l'appartement de Baby Deco dès que me l'a permis le bail, et le propriétaire s'est montré très compréhensif. La police m'a demandé de ne pas faire de commentaires sur ce qui s'est passé là-bas le lendemain de la vente de la maison. Rien ne me persuadera de vous en dire plus – Dieu sait que j'ai probablement déjà révélé des détails que la police aurait préféré tenir secrets à ce stade. Je ne veux pas être inculpée d'entrave à la justice. Mais je suis également convaincue que nous devons lui faire confiance pour enquêter.

Je ne sais pas plus que vous si cette affaire finira un jour devant les tribunaux, à supposer qu'ils trouvent cette autre moi, la deuxième Mrs Lawson. Ni l'agent immobilier ni le notaire n'avaient son numéro, seulement celui de Bram, et l'adresse et la date de naissance qu'elle a données sont les miennes. Nous savons qu'elle a utilisé mon passeport comme preuve d'identité, et qu'elle s'est fait passer pour moi lors d'un rendez-vous où Bram et elle se sont présentés ensemble. Son apparence comme sa signature ont été assez convaincantes, de toute évidence. Non, j'ai peine à imaginer qu'elle se présentera de sitôt à la police, pour se retrouver inculpée de conspiration en vue de commettre une fraude ou quelque chose comme ça. Je veux dire, le feriez-vous ?

Quant à l'argent, personne ne sait où il se trouve. Graham Jenson et ses collègues chez Dixon Boyle continuent à nier toute faute professionnelle, et ils ont des e-mails et des relevés téléphoniques qui prouvent que les coordonnées du compte destinataire leur ont été fournies par Bram lui-même. Le produit de la vente a été dûment versé sur un compte établi à nos deux noms dans une grande banque britannique parfaitement légitime : jusque-là, rien de plus simple (si l'on ne prend pas en considération le fait que je ne savais rien de l'ouverture dudit compte). Mais quelques heures plus tard, la même somme était transférée offshore. Pas si simple. On parle de comptes anonymes au Moyen-Orient et Dieu sait où encore : des nations bancaires sans accords de réciprocité avec le Royaume-Uni.

Vous savez ce qui me fait le plus de peine dans tout ça ? Il n'avait pas besoin de cacher l'argent offshore pour des raisons de fraude fiscale : aucun impôt n'est dû au gouvernement sur cette vente. Il l'a fait purement pour me le cacher, à moi.

Enfin bref, la police dit avoir bon espoir de récupérer *quelque chose* pour moi, mais mon avocate est plus réservée. Selon elle, le bureau des fraudes graves a d'autres chats à fouetter. De bien plus gros chats.

David et Lucy Vaughan occupent toujours la maison. Elle est légalement à eux, après tout. Tout le monde utilise ce terme : ce sont les propriétaires « légaux », comme si nous étions tous d'accord sur le fait que je reste la propriétaire morale, spirituelle. Ils ne m'en voudront pas de vous révéler qu'ils m'ont promis que dès que je serais en mesure de le faire, je pourrais leur racheter la maison au prix du marché, même si nous savons tous que je n'en aurai jamais les moyens. Avec tout ce qui s'est passé, j'ai déjà eu de la chance de garder mon emploi.

Toby ? Non, je ne le vois plus, alors ne parlons pas d'envisager d'emménager ensemble. Je suis contente que vos auditeurs ne puissent pas me voir rougir, car ils ne seront pas surpris d'apprendre que je ne l'ai pas revu depuis le jour du vol. Je suppose que je suis devenue moins attirante à ses yeux une fois qu'il est apparu clairement que j'avais perdu ma grosse maison dans Trinity Avenue.

Que voulez-vous que je vous dise ? Les hommes préfèrent les propriétaires !

Évidemment, je prends ça à la légère. Un mécanisme de défense, probablement. Je vous ai déjà avoué que je commençais à lui faire confiance, à me dire que je pourrais l'aimer. Tout ce que je sais avec certitude, c'est que nous nous sommes quittés ce vendredi-là sur sa promesse de m'appeler pendant le week-end, et qu'il ne l'a jamais fait. Son téléphone, comme celui de Bram, est resté injoignable depuis. Au moins, son silence est explicable d'une façon que celui de Bram ne sera jamais – imaginez, si j'avais dû signaler sa disparition à lui aussi ! On me prendrait pour une sorte de veuve noire.

« Il est probablement en train de partager des moments privilégiés avec sa femme, m'a dit Polly lorsque je le lui ai raconté. As-tu essayé de mettre sa photo dans Google Images pour voir les résultats qui sortent ? »

J'ai dû admettre que je n'avais pas de photos de lui.

« Il n'a pas voulu te laisser en prendre, je parie ? Oh, Fi, comment est-ce que tu as fait pour rater tous ces signes flagrants ? Tu sais ce que je crois ? Je crois que sa femme était enceinte et que tu l'as remplacée pendant son congé maternité. Et je parie qu'il ne travaillait pas pour un groupe de réflexion embauché par le ministère des Transports. Je parie que c'était un vendeur de voitures. Non, un contractuel ! »

Au moins, elle ne m'a pas sorti « Je te l'avais dit », en tout cas pas en ces termes exacts, mais si elle l'avait fait, ç'aurait été un bon épilogue à mon histoire.

Parce que c'est la fin de celle-ci. Il n'y a rien de plus.

#VictimeFi

@deadheadmel Arrête, c'est tout ?!

@IngridF2015 @deadheadmel Comme elle l'a dit, c'est une enquête en cours.

@richieschambers @deadheadmel @IngridF2015 Je crois qu'on peut s'attendre à une saison 2, mesdames et messieurs.

@deadheadmel @IngridF2015 Où est-ce qu'il est, alors ? Allons, @BramLawson, rejoins la discussion !!

@pseudobram @deadheadmel @IngridF2015 Je suis là, les filles ! En train de déboucher ma troisième bouteille de rouge.

@deadheadmel @pseudobram @IngridF2015 Ha, déjà un compte parodique. J'adore !

Bram, document Word

Je terminerai cette lettre aujourd'hui non par des mots, mais par des chiffres ; par la confirmation que j'ai rendu l'argent. Vous le trouverez sur le compte même où les notaires l'avaient versé en premier lieu : juste un compte épargne normal dans une grande banque britannique, ouvert en ligne en « empruntant » sans peine les pièces d'identité nécessaires dans le dossier de Fi à la maison. Il est accessible par chacun des titulaires individuellement, ce qui, j'espère, facilitera les choses.

Vous n'avez pas besoin de savoir où il a été ces dernières semaines, seulement que je l'ai transféré quelque part où *il* ne pourrait jamais en retrouver la trace. Lui ou ses contacts. Mais avec cet aveu, cette *alerte*, je compte sur vous maintenant pour le garder en sécurité pour Fi et les enfants.

Vous avez sûrement compris désormais que j'ai escroqué les escrocs. L'acte déterminant de trahison s'est déroulé pendant que j'étais dans l'avion entre Londres et Genève, mais je n'ai eu confirmation de mon succès que plusieurs jours plus tard, lorsque j'ai trouvé un cybercafé ici à Lyon et que j'ai réussi à me convaincre qu'il n'y avait ni caméras, ni personnel particulièrement soupçonneux et que je pouvais probablement prendre le risque de passer quinze minutes en ligne.

Ç'a probablement été mon dernier moment de joie terrestre : me connecter à Internet pour la dernière (pardon, avant-dernière) fois et voir que l'argent était là, sans aucun doute possible, attendant patiemment sur un compte offshore anonyme hors de portée du gouvernement britannique. « À l'abri de leurs tentacules », comme l'avait formulé Mike. À l'abri des siennes.

Un peu moins d'un million six. Ça paraît bien peu, non, après tout ça ?

***

C'est relativement tard que j'ai décidé qu'on pouvait être deux à jouer le jeu de Mike. Juste après Noël, en fait, quand j'ai compris que Fi n'allait pas me sauver, *nous* sauver ; n'allait jamais nous sortir de l'abominable pétrin dans lequel j'avais mis notre famille, me retirer des mains, de la tête, cet objet de tourment.

Ç'avait été un rêve chimérique. Elle en avait vraiment terminé avec moi.

Employant les services d'un agent dont vous ne trouverez les coordonnées sur aucun moteur de recherche officiel, je me suis acheté un passeport contrefait, puis j'ai fourni à Graham Jenson les détails innocents de ce nouveau compte en banque. Voyez-vous, la force de la combine de Mike – la légitimité que ma participation lui conférait – faisait aussi sa faiblesse : je n'avais pas besoin de recourir à l'hameçonnage pour « rectifier » les renseignements, je pouvais simplement écrire à Jenson moi-même. Bien entendu, je ne pouvais pas utiliser le compte mail auquel Mike et Wendy avaient accès, alors je lui ai envoyé mes nouvelles instructions depuis mon adresse professionnelle.

L'ambiance chez Dixon Boyle & Co n'était pas tout à fait aussi je-m'en-foutiste que je l'avais espéré, toutefois, et la stagiaire de Jenson, Rachel, m'a appelé pour m'interroger sur ce changement de dernière minute. Naturellement, j'ai pu la rassurer : l'instruction était authentique et je ne m'étais pas fait pirater mon compte par des escrocs.

« On doit faire très attention, m'a-t-elle expliqué. On vient juste de recevoir une mise en garde de l'ordre des notaires au sujet des criminels qui interceptent des mails entre professionnels et clients. Il y a même eu un cas, récemment, où ils ont monté une branche fictive du cabinet.

— Incroyable, ai-je répondu. Merci d'être aussi attentifs. »

Je prends plaisir – un plaisir creux, dérisoire, mais malgré tout réel – à la défaite de Mike. À la pensée de celui-ci annulant son vol pour Dubai, annulant *tout*, et vérifiant le solde de son compte jour après jour dans l'attente d'un million six qui ne viendra jamais. Proférant des menaces dans le vide, discutant avec son acolyte des tortures qu'ils me feront subir lorsque enfin ils m'auront retrouvé.

Mais cela n'arrivera pas. Je suis déconnecté, maintenant. Qu'il continue à m'envoyer des textos, ils s'entasseront sans jamais m'être remis ; qu'il persiste à m'écrire des mails, ils s'accumuleront sans jamais être lus.

Que mes enfants ne pleurent que brièvement.

Parce que dans quelques heures, je serai complètement déconnecté de ce monde. Si vous voyez ce que je veux dire.

***

Vous savez, j'ai peut-être eu tort d'appeler ça une révélation divine. La décision de se donner la mort ne s'impose pas comme une illumination. J'en sais un bout sur le suicide, notamment le fait que c'est la première cause de mort chez les hommes jeunes au Royaume-Uni. Dépression non diagnostiquée, rôle de l'alcool et de la drogue… Je ne vous ferai pas la leçon. Ce n'est pas comme si je n'avais pas passé cent pages à vous expliquer les raisons de ma propre décision.

Je crois vraiment que ç'a été là en moi, à l'état latent, pendant tout mon mariage, toute ma vie même – ou du moins depuis la mort de mon père. Ce n'était pas seulement l'alcoolisme qui le camouflait (ou l'exprimait), mais aussi le sexe, les prises de risques, les bagarres, l'imprudence. Tout cela n'était-il pas juste de l'autodestruction à petit feu ?

Une lente combustion.

Vous savez, dans le stage de sensibilisation à la vitesse que j'ai fait voilà quelques années, il y avait un exercice où l'instructeur a demandé à chacun d'entre nous de dire en un mot pourquoi nous avions commis des excès de vitesse.

« Ignorance.

— Retard.

— Impatience.

— Dépassement.

— Habitude. »

Ça a continué comme ça, tous les coupables prévisibles, jusqu'à ce qu'un mec dise : « J'essayais de rattraper mon frère », et qu'on éclate tous de rire.

Puis ç'a été mon tour. Je pouvais inventer une raison. (« Bonne cause » semblait bien passer, même si c'était en deux mots : une femme sur le point d'accoucher emmenée à l'hôpital, par exemple, ou un enfant avec quelque chose de coincé en travers de la gorge.) Ou je pouvais dire la vérité.

« Bram ? m'a relancé l'instructeur, en mettant un point d'honneur à lire mon nom sur ma poitrine, une petite touche cérémonieuse. Pourquoi est-ce que vous étiez en excès de vitesse, à votre avis ? »

Je pouvais résumer la vérité en un seul mot, et c'est celui que je vais utiliser maintenant pour expliquer ceci, ma fin :

« Souffrance. »

49

Février 2017

Londres

La journée a été très longue, mais la productrice comme l'intervieweuse de *La Victime* ont été des modèles de professionnalisme et Fi quitte le studio de Farringdon avec le sentiment d'avoir réussi quelque chose, d'avoir fait du bon boulot. Elle éprouve aussi une certaine libération, même si elle est bien placée pour savoir que la liberté est une illusion.

Dans un café de Greville Street, près de Farringdon Station, Merle l'attend. C'est l'un de ces endroits hipsters et fiers de l'être, avec des ampoules qui pendent nues au bout de leurs câbles et des chaises récupérées dans les bennes. Leur café a un cœur dessiné dans la mousse et s'accompagne d'une fève d'edamame enrobée de chocolat.

« C'est la Saint-Valentin ou quoi ? demande Fi en détruisant son cœur du dos de la cuillère.

— C'est passé », répond Merle. Comme Fi, elle est vêtue de noir. Elles le sont toujours quand elles se retrouvent, comme si elles faisaient le deuil non d'un individu mais d'une philosophie ou d'un état d'esprit. D'une vie de privilèges, peut-être, ou d'une illusion de contrôle. « Qu'est-ce qu'Adrian m'a offert, déjà ? Ah oui, j'avais oublié. »

Elle baisse les yeux sur son propre corps, sur son ventre qui grossit, et Fi repense brusquement à la pauvre Lucy Vaughan et à la façon dont elle a regardé la blouse rouge de Merle ce jour-là à la maison, se demandant si elle devait présenter ses félicitations.

Merle vérifie que personne n'est à portée de voix.

« Alors, comment ça s'est passé ? »

Fi hoche la tête.

« Très bien. Fatigant, par contre. J'ai l'impression que je pourrais dormir une semaine entière. »

Merle tend la main pour prendre la sienne. Elles font ça souvent, ces derniers temps, s'agripper par la main en signe de soutien sororal.

« Bravo, ma chérie. C'est vrai que c'est épuisant de se concentrer pendant si longtemps. Sais-tu quand ils vont le mettre en ligne ?

— Première semaine de mars, m'a dit la productrice. Leurs délais de production sont vraiment courts.

— Ils ne t'ont rien demandé de trop embarrassant ?

— Si, mais je m'en suis tenue à la vente de la maison, bien sûr. J'ai dit que la police m'avait conseillé de ne pas discuter d'autre chose.

— Ce qui est parfaitement vrai. Excellent. Regarde ce que je viens de trouver. »

Merle a une page d'un site de personnes disparues ouverte sur son téléphone. Du pouce et de l'index, elle zoome sur un visage aussi familier à Fi que le sien :

ABRAHAM LAWSON
(COMMUNÉMENT APPELÉ BRAM)

Porté disparu le week-end des 14 et 15 janvier 2017, lorsqu'un crime a été commis au domicile de Mr Lawson à Alder Rise, South London. Vu pour la dernière fois le jeudi 12 janvier, où il a parlé avec des voisins et le personnel d'un garde-meuble à Beckenham.

Si vous savez où se trouve cet homme, merci de contacter la police métropolitaine au numéro indiqué ci-dessous.

« Intéressant qu'ils ne précisent pas la nature du crime en question, fait remarquer Merle.

— C'est peut-être leur politique habituelle, soupire Fi. Mais une fois que cet enregistrement sera en ligne, tout le monde saura ce qu'il a fait.

— Tu es consciente que lui aussi va peut-être l'entendre ? On peut télécharger *La Victime* de n'importe où.

— C'est ce que m'a dit la productrice. Il est déjà arrivé plusieurs fois que l'accusé se fasse connaître pour nier les allégations. Très utile pour la police, apparemment.

— Eh bien, si jamais il prenait contact, ce serait seulement sa parole contre la tienne.

— Ça l'a toujours été, n'est-ce pas ? Toutes ces années ensemble, sa parole contre la mienne.

— C'est ça, être marié, répond Merle avec une trace de son sourire d'autrefois, espiègle, malicieux.

— J'ai parlé à la police ce matin, au fait, lui dit Fi. Avant l'interview. Ils ont évoqué quelque chose d'intéressant.

— Ah ?

— Ils ont trouvé un téléphone dont ils pensent qu'il appartenait à Bram. Il y a le numéro de l'agent immobilier de Challoner's et celui du notaire dessus, plus des recherches en rapport avec Silver Road. Bien sûr, ils vont vérifier tous les autres numéros, mais surtout, l'appareil porte le code de la police scientifique qui correspond à notre adresse. Il a été marqué avec notre stylo de sécurité.

— Les stylos qu'on nous a donnés à la réunion ? Avec le fluide qui se voit à la lumière d'une lampe à ultraviolets ? » Merle la dévisage, l'ombre d'un sourire sur les lèvres. « C'est un élément de preuve incroyable. Il appartenait forcément à Bram, donc.

— Il faut croire. Harry a fait le tour de la maison avec ce stylo, marquant tout ce qui n'était pas fixé au sol. Bram a dû le laisser traîner à sa portée.

— Où est-ce qu'ils l'ont trouvé ? À l'appartement ?

— Non, dans les affaires d'un petit délinquant. Il avait toute une collection de téléphones volés, il prétend avoir trouvé celui de Bram dans une poubelle à la gare Victoria.

— Waouh. » Merle relâche son souffle. « Eh bien, ça y est, alors. Il sera arrêté dès l'instant où on le retrouvera. Mais où est-ce qu'il se cache ? Tu crois qu'il est toujours à Londres ?

— J'en doute. Une chose est sûre, il ne retournera jamais à Alder Rise.

— Mais toi, oui, n'est-ce pas ? Dès qu'on aura retrouvé l'argent.

— Si on le retrouve. Et apparemment, tout compte concerné sera gelé pendant qu'ils mènent l'enquête, et ça peut durer des années. Et puis il y a tous les frais.

— Mais après tout ça, tu pourras revenir dans Trinity Avenue ? »

Encore une fois, leurs mains se touchent.

« Je ne vois pas comment, répond Fi. Les prix de l'immobilier auront encore augmenté entre-temps. » Il y a un moment doux-amer pendant lequel elle se replonge dans le passé, dans une époque plus simple où, avec Merle, Alison et les autres femmes de Trinity Avenue, elles parlaient des prix des maisons, et de la façon dont leurs propriétés les avaient sauvées, piégées, obsédées. « Je ne suis pas près de redevenir propriétaire, Merle, mais ce n'est pas grave. Ce n'est pas ma préoccupation principale. Les garçons le sont. Ils sont ma *seule* préoccupation.

— Bien sûr. Fi, est-ce que… » Merle hésite, prise d'un manque d'assurance rare chez elle. « J'ai besoin de savoir : est-ce que tu as dit quoi que ce soit sur moi pendant l'interview ? Est-ce que je dois me préparer au moment où le podcast sera mis en ligne ? Toutes les femmes au boulot l'écoutent.

— Bien sûr que non, répond Fi. J'ai raconté quelques bouts de nos conversations dans le Kent, ce genre de chose, mais rien d'autre. »

Elles paient leur café et regagnent la station. Devant les portillons qui mènent au train de surface que va prendre Merle pour regagner Alder Rise, elles s'étreignent pour se dire au revoir. C'est encore bizarre pour Fi de savoir qu'elle va prendre un chemin différent : le métro jusqu'à Waterloo puis le train jusqu'à Kingston.

« Nous viendrons bientôt te rendre visite, promet-elle. J'ai parlé du bébé à Leo et Harry et ils sont tout excités.

— C'est mignon, répond Merle. Fais-leur une bise de ma part. On dirait que tu t'en es super bien sortie aujourd'hui, Fi. Je suis vraiment fière de toi. »

Fi regarde son amie se diriger vers l'escalier menant au quai, aussi souple et élégante que l'est son esprit. Elle est contente que Merle soit fière d'elle ; elle l'est aussi, si ce n'est pas trop arrogant de le dire. Oui, ç'a été douloureux de revivre les événements des six derniers mois, mais c'était également, comme l'avait prévenue Merle, une frappe préventive nécessaire.

On dit que tout aveu est intéressé, n'est-ce pas ? Eh bien, le sien ne fait pas exception. Et, la main sur le cœur, de toute l'interview, elle ne se rappelle que quelques affirmations qui soient catégoriquement mensongères.

***

Elle se demande parfois pourquoi c'est Merle qu'elle a appelée ce soir-là, et pas Alison. Ce ne peut être simplement parce qu'elle l'avait vue dans la journée, avait accepté son aide pour faire face aux Vaughan, pour contacter notaires, police et hôpitaux. Ou parce que Merle lui avait dit, alors qu'elle partait : « Appelle-moi si tu as besoin de quoi que ce soit. Quoi que ce soit. »

J'ai une dette envers toi.

Avait-elle réellement dit ça, dans un murmure, ou bien était-ce Fi qui avait imaginé les mots dans le silence ?

Parce que Merle avait une dette envers elle, ça c'est sûr. Et maintenant elle l'a remboursée avec intérêts. À la suite de tout ce qui s'était passé, alors que le cerveau de Fi fonctionnait au ralenti, celui de Merle a travaillé avec efficacité et brio.

C'est elle qui a suggéré que Fi prenne contact avec les producteurs de *La Victime*. Les enquêteurs progressaient avec une lenteur si torturante dans leurs efforts pour prouver que la fraude était liée à la collision et aux autres crimes, les questions qu'ils posaient à Fi étaient si peu pointues, que ça l'embrouillait. Elle avait l'impression qu'ils lui cachaient ce qu'ils savaient, qu'ils essayaient de l'endormir dans un faux sentiment de sécurité avant de monter leur embuscade.

« Il faut publier une déclaration, avait expliqué Merle. Ce que tu savais et quand. Il faut te présenter aux yeux du monde comme la partie lésée avant que quiconque pense à suggérer le contraire. »

Fi avait trouvé l'idée terrifiante.

« Pourquoi est-ce que j'attirerais l'attention sur moi de cette façon ? Toutes ces histoires de *La Victime* sont reprises dans le *Daily Mail*, partout sur Internet.

— Exactement. Pourquoi attirer l'attention sur toi si tu as la moindre chose à te reprocher ? C'est un service public que tu rends, pratiquement un acte de charité. »

C'est une stratège-née, Merle.

Il y a un jeu auquel Fi joue quand elle n'arrive pas à dormir : elle essaie de se rappeler son dernier moment d'innocence, d'ignorance – parce qu'au bout du compte, ça revient au même. La date ne fait pas de doute : vendredi 13 janvier, bien sûr, le jour où elle a découvert Lucy Vaughan chez elle, et ses meubles, ses affaires, ses *droits*, remplacés par ceux d'une inconnue. Mais à quel moment exactement de la journée ? Pas quand elle a entendu parler de la journée portes ouvertes organisée par Challoner's, ni quand il est apparu que Bram avait eu une complice, ni même lorsque David a annoncé le transfert des droits de propriété des Lawson aux Vaughan. Non, c'était le soir, après qu'elle a levé le camp pour se réfugier chez Merle et que Toby est arrivé pour la serrer dans ses bras, la réconforter, écouter leur récit, et se joindre à elles pour maudire Bram et se demander où il pouvait se cacher. Au cours de l'après-midi, ses dernières illusions avaient volé en éclats et elle avait fini par comprendre qu'elle l'avait définitivement perdu, mais Toby était là, Toby était son roc.

Elle avait oublié que les rocs mettent des années à se former, pas quelques mois.

Lorsqu'elle est repartie de chez Merle : c'est probablement le moment. Alors qu'elle descendait l'allée en se retenant de tourner les yeux vers sa propre maison tant aimée, afin de ne pas voir les lumières briller à travers les vitres centenaires pour de nouveaux propriétaires.

Oui, elle était encore ignorante, encore innocente, lorsqu'elle a suivi Toby à sa voiture. Elle était comme le personnage préféré de Leo quand il était petit, Sophie Canétang, lorsqu'elle suit le renard dans sa cuisine en portant naïvement les herbes qu'il compte utiliser pour la farcir.

50

Vendredi 13 janvier 2017

Londres, 20 h 30

Elle est à côté de Toby dans sa Toyota, et ils ont atteint l'intersection avec la Parade mais, pour une raison qu'elle ignore, il tourne à gauche, pas à droite, ce qui est normalement le chemin pour atteindre Baby Deco en contournant le parc.

« Alors, où est-ce que tu crois qu'il est ? » demande Toby d'un ton si dur qu'elle lève les yeux, surprise.

Il a les dents serrées, les épaules crispées. Comme Merle, il ressent la fureur qu'elle n'est pas encore en état de ressentir. Elle veut glisser sa main dans la sienne, entrelacer leurs doigts, mais il agrippe le volant à deux mains.

« Il peut être n'importe où, répond-elle. Il doit savoir que la police va vouloir lui parler. Du moins, quand elle aura la preuve qu'il a agi de manière criminelle. »

Elle se rappelle la circonspection des deux agents de police, le soin qu'ils ont pris à éviter de reconnaître qu'il y avait eu le moindre méfait de commis. Et le notaire, Graham Jenson, a maintenu catégoriquement qu'il avait suivi les instructions de ses clients à la lettre.

Il ne va rien y avoir de rapide dans cette affaire, aucune justice garantie.

« Oh, des preuves, ils en auront, réplique Toby avec une conviction qui confine à la férocité. T'inquiète pas pour ça. »

Le cerveau de Fi tourne au ralenti, sa capacité de raisonnement est à la traîne, et elle reste bloquée sur le pourquoi de la chose. Si Bram avait un urgent besoin d'argent, pourquoi n'a-t-il pas plaidé sa cause auprès d'elle ? Pourquoi ne lui a-t-il pas donné une chance de lui racheter sa part de la maison ? Et même après qu'il s'est convaincu d'agir seul et de recourir à la supercherie, n'aurait-il pas été plus facile pour lui de réhypothéquer la maison et de récupérer les fonds, plutôt que de carrément la vendre ?

Les phares des voitures en face sont d'une netteté anormale dans le noir, comme si l'air était plus pur que d'habitude, et elle se laisse éblouir par leur lumière. Il n'y a ni musique ni émission de radio en fond sonore et elle peut entendre Toby respirer à côté d'elle.

Elle se rappelle une histoire d'événement pour le travail, la mention de dignitaires étrangers.

« Tu ne devrais pas être à ta soirée, là ? Avec les gens de Singapour ? »

Il ne répond pas, se contente de répéter sa question précédente :

« Où est-ce qu'il pourrait être d'autre ?

— Je te l'ai dit, je n'en ai aucune idée. Où est-ce que tu vas ? Tu ne me ramènes pas à l'appartement ?

— Dans une minute. Réfléchis, Fi. »

Alors seulement, elle comprend qu'il est en train de faire le tour d'Alder Rise et des environs, de patrouiller physiquement à la recherche de Bram.

« Une chose est sûre, ce n'est pas là qu'on va le trouver. Toby, je sais que tu essaies de m'aider et je t'en suis vraiment reconnaissante, mais j'ai juste envie de rentrer à l'appartement et de me reposer quelques heures. J'ai terriblement mal à la tête.

— Tu as mal à la tête. » Il ricane de façon déplaisante. « Oh, bah dans ce cas… »

Elle fronce les sourcils. Il y a quelque chose qui cloche. Déjà tout à l'heure chez Merle, se rend-elle compte. C'est comme s'il n'enrageait pas pour elle, mais pour lui-même.

Elle rembobine.

« Comment est-ce que tu as su que quelque chose n'allait pas ? OK, je ne t'ai pas envoyé de texto pour te dire que j'étais bien rentrée, mais ce n'est rien de grave. Certainement rien qui justifie que tu sèches une soirée de boulot pour venir me trouver. » Pour qu'il se rende à la maison à la recherche de *Bram*, pas d'elle. *Bram ! Il est où, putain !* « Qu'est-ce qui se passe, Toby ? »

Il soupire, n'ayant manifestement pas la patience de lui expliquer, et continue de scruter les piétons qu'il croise avec une attention de professionnel.

Il ne faut pas longtemps à Fi, même avec son cerveau pulvérisé, pour trouver le seul lien possible.

« Est-ce que ça a à voir avec ton boulot ? Est-ce que tu connais Bram dans le cadre de tes fonctions ou quelque chose comme ça ? »

Il ne répond rien, les lèvres pincées. Elle extrait de sa mémoire une image de la seule fois où les deux hommes se sont rencontrés, lorsque Bram s'est montré si menaçant, de façon impardonnable, et Toby si maître de lui. Un peu trop maître de lui, peut-être ? Comme quelqu'un qui est formé pour ça ?

« Tu ne travailles pas vraiment pour ce groupe de réflexion dont tu m'as parlé, n'est-ce pas ? Tu travailles pour la police. Tu enquêtais sur lui. Depuis tout ce temps, tu enquêtais sur lui. Est-ce pour cela que tu sortais avec moi ? Pour te rapprocher de lui ? » Elle rougit, sans savoir si c'est de stupeur ou de honte. « Est-ce que ça à quelque chose à voir avec cette histoire de maison ? Est-ce que tu travailles pour le bureau des fraudes ? » Alors que son cerveau fait des ratés, sa voix monte. « Tu n'aurais pas pu mettre le holà à tout ça ? Avant que les contrats soient signés ? Pourquoi est-ce que tu n'as rien fait ?

— Arrête avec toutes ces questions ! lâche brutalement Toby. Putain, ferme-la une minute, tu veux ? Tu me casses la tête avec tes geignements. »

Dans un hoquet, elle se recroqueville, comme projetée par un choc contre son dossier, mais cette réaction alarmée ne fait rien pour atténuer sa colère.

« Sérieux, tu enchaînes les questions et tu n'attends même pas les réponses. Calme-toi, Fi.

— Je n'arrive pas à croire que tu me parles sur ce ton, gémit-elle. C'est toi qui...

— Tais-toi et écoute. Si tu veux savoir, je vais te le dire, mais il faut que tu la fermes et que tu me laisses parler. » Il marque un temps, les yeux fixés droit devant lui, bien qu'ils soient arrêtés dans une file de voitures au feu rouge et n'aillent nulle part dans l'immédiat. « Je ne suis pas un enquêteur des fraudes, je ne suis pas un inspecteur, je ne travaille pas pour le gouvernement ou toute autre organisation. Il n'y a pas de dignitaires qui m'attendent en ville avec une putain de coupe de champagne !

— Mais tu m'as dit que tu travaillais sur les problèmes d'embouteillage. Tu m'as dit...

— Bon sang, j'ai pas le temps pour ça. » Il se tourne vers elle avec un rictus de mépris. « Écoute et retiens : j'ai tout inventé. Je t'ai resservi mot pour mot un article du *Standard*. J'y ai pas cru quand tu as gobé ça. Je veux dire, faut quand même être sacrément naïve !

447

Pas étonnant que tu te sois fait fourrer de cette façon. Et toute cette histoire de "nid", faut vraiment être cruche pour faire ça avec un mec comme lui. Et ce n'est même pas lui qui en a eu l'idée, c'est toi ! »

Un tremblement commence à agiter ses bras, les larmes à lui monter aux yeux. C'est un autre homme, blessant et menaçant, plein de haine.

Il n'est pas du côté qu'elle croyait.

Et maintenant, le feu est passé au vert et il quitte la route principale pour s'engager dans une rue latérale ; il s'arrête, loin de tout réverbère. Elle ne reconnaît pas les lieux, ne sait plus combien de route ils ont fait pour arriver là, et il n'y a aucune autre voiture, personne qui passe à pied. Les fenêtres éclairées des maisons sont en retrait de la rue. Oh non. Elle balaie du regard le tableau de bord, à la recherche du bouton permettant de déverrouiller les portes.

« Bon, maintenant, dit Toby en détachant sa ceinture pour se rapprocher d'elle. C'est pas que tu me fends pas le cœur, mais j'ai besoin de savoir où est ton mari. Rien d'autre ne m'intéresse, compris ? »

Elle est sûre d'avoir repéré le bouton, là, près du levier de vitesse. Si elle appuie dessus de la main droite avant d'ouvrir la portière de la main gauche…

Mais à cet instant lui vient la pensée qui la paralyse une bonne fois pour toutes, la pire de toutes :

« Tu étais… Tu étais de mèche avec lui dans cette arnaque pour me voler ma maison ? »

Toby lève brusquement la main, un regain de rage sur le visage, et elle se recroqueville encore une fois.

« C'est moi qui me suis fait arnaquer ! Où est le fric ? » Sa main s'abat sur l'épaule de Fi, la retient douloureusement sur son siège. « Il t'a tout dit, pas vrai ? Il a essayé de cacher le blé pour toi et tes putains de

mioches. Est-ce que tu dois le retrouver quelque part ?
Où ? Où ?! »

Elle le dévisage, terrifiée.

« Je ne sais absolument rien ! Le notaire a dit que
la vente s'était déroulée exactement comme prévu. Il
a dit...

— C'est des conneries ! » Sa voix explose dans la
voiture fermée. « On leur a parlé et ils ont reçu des instructions de sa part pour changer le compte destinataire
à la dernière minute. Alors où est le fric, bordel ? Quels
autres comptes vous avez, tous les deux ? »

Elle croyait avoir épuisé jusqu'à sa dernière goutte
d'adrénaline, mais une valve s'ouvre et la pousse à lui
faire front.

« Il n'y a pas d'autres comptes, Toby. Comment
veux-tu que je sache où est l'argent, alors que je ne
sais rien d'autre de toute cette affaire ? Et si tu es
effectivement mêlé à ça, tu ne croyais quand même
pas sérieusement que tu allais recevoir une pareille
somme sur ton compte et pouvoir commencer à la
dépenser comme ça ?! Le fisc aurait voulu savoir d'où
elle venait, la police aussi probablement. Ça n'aurait
jamais marché, l'argent t'aurait été confisqué. Et il va
l'être quand même, parce que la moitié m'appartient, à
moi, pas à lui ! »

Toby accueille cette déclaration d'un ricanement.

« S'il avait utilisé le compte qu'il était censé utiliser,
le fisc n'aurait jamais réussi à le tracer. On retrouve
Bram, on récupère le fric.

— On ? Tu veux dire... ?

— Pas toi », la coupe-t-il.

La fausse Mrs Lawson. L'imposteur.

« C'est qui, cette femme ? demande-t-elle sèchement.

— Tu n'as pas besoin de le savoir.

— Pas besoin de le savoir ? C'est ma maison, Toby !

— Plus maintenant, chérie.

— Qui c'est ? Comment elle s'appelle ?

— Fiona Lawson, répond-il avec un sourire moqueur. Un modèle légèrement plus jeune, légèrement plus sexy, j'avoue. Mais eh, tu n'es pas obligée de me croire. Demande à Bram, c'est lui qui se l'est tapée. »

Enfin, il relâche sa poigne sur son épaule et elle peut respirer librement. Le martèlement de son cœur est plus fort que leurs voix.

« Comment est-ce que ça a commencé ? Comment est-ce que tu connais Bram ? Dis-moi, Toby, tu me dois au moins ça ! »

Elle se met à pleurer et il l'observe d'un œil dédaigneux. Elle voit bien que cette démonstration d'émotion le révulse. *Tu me dois au moins ça* : tellement faible, geignard, féminin.

« Il a fait faire une sortie de route à une voiture et elle a percuté une autre bagnole. Il n'était pas censé être au volant, il avait reçu une interdiction de conduire. Il y avait une mioche dedans et elle est morte.

— Quoi ?! » Tout l'air s'échappe de ses poumons. « Tu parles de cet accident dans Thornton Heath ? » Celui sur lequel elle a lu un article, sur lequel l'inspecteur qui est passé chez elle enquêtait. Si elle avait pensé à lui poser elle aussi des questions, est-ce qu'elle en serait là aujourd'hui ? « Tu veux dire que tu y étais ? Tu as assisté à l'accident ? Tu as découvert que son permis avait été suspendu et tu l'as fait chanter ?

— Exact. » Toby hausse les épaules. « Il s'est avéré que j'avais touché le gros lot. Il détestait plus l'idée de la prison qu'il n'aimait sa femme et ses enfants. Qu'est-ce que tu veux que je te dise ? On a tous notre talon d'Achille. »

Fi secoue la tête.

« Ce n'est pas vrai. Je n'y crois pas. Il a peut-être eu peur d'aller en prison au début, mais il n'aurait pas laissé les choses aller aussi loin.

— Il l'aurait fait s'il croyait qu'il allait en prendre pour dix ans, peut-être même quinze. C'est vraiment un sale type sur le papier ; il a eu une condamnation pour voies de fait, tu le savais ?

— Tu mens ! sanglote-t-elle.

— Il a tabassé un mec à la sortie d'un pub, l'a envoyé à l'hosto. Il y a quelques années seulement.

— Je ne te crois pas.

— Non, ça ne m'étonne pas. Le truc, c'est que les flics n'en ont rien à foutre, de ce que tu crois, toi. C'est un antécédent de violence, n'est-ce pas ? Et une fois que la gamine est morte, il pouvait s'attendre à la peine maximale. »

Fi sent l'air commencer à lui manquer.

« Quand bien même, il ne choisirait pas ça. Il n'abandonnerait pas ses enfants. Tu dois… tu dois l'avoir brisé. »

Il l'observe avec une curiosité sincère.

« Il s'est brisé tout seul. C'est un loser. Il a ça dans le sang, tu le sais bien. »

Elle le dévisage, horrifiée. Jusqu'à cet instant, elle n'avait connaissance que d'une seule autre personne à savoir la vérité sur le père de Bram, et c'était sa veuve, Tina. Le sujet n'a jamais été évoqué entre les deux femmes et il l'a été une seule fois entre Bram et elle, au début.

« Comment est-ce que tu peux être aussi insensible ? murmure-t-elle. C'était un enfant quand son père est mort. Ça l'a détruit.

— Arrête, tu vas me faire pleurer. Certains d'entre nous ont connu bien pire que ça. Tu aurais dû voir comment était mon daron. »

451

Fi prend une inspiration. Elle est perdue dans une conversation qui ne mène nulle part, qui n'offre aucun chemin vers la raison ou la pitié.

« Quelles que soient les circonstances exactes de cet accident, il n'aurait jamais fait de mal à quelqu'un intentionnellement. Il ne mérite pas ça.

— Oh, Fi, es-tu vraiment qualifiée pour dire ce que mérite ce connard?

— Ne l'appelle pas comme ça », proteste-t-elle.

Il rit et il y a de la malveillance dans son rire, une nuance de sadisme.

« Tu te rends compte du temps que tu passais à parler de lui? Et tu ne supportais pas un mot de travers à son égard. Il n'y avait que toi qui avais le droit de le critiquer, et avec une telle bien-pensance. C'était pitoyable, ton incapacité à tourner la page. Toujours en train de nous comparer.

— Je ne vous ai jamais comparés!

— T'inquiète, chérie, tu ne m'as pas vexé. »

Elle arrête de trembler, de pleurer, et reste très calme maintenant, prise d'une énergie qu'elle ne reconnaît pas, une réaction plus profonde que la lutte ou la fuite à cette humiliation, quelque chose qui vient de l'âme, pas du cerveau.

« À Winchester, je croyais qu'on était…

— Quoi? En train de "tomber amoureux"? fait-il d'un air railleur.

— Tu ne ressentais rien du tout? Pour moi?

— Franchement?

— Oui. »

Toby tord cruellement la bouche avant de répondre.

« Ça ne m'est même pas venu à l'esprit. Tu étais juste un moyen de plus pour le contrôler. Lui montrer que je surveillais toutes ses issues. Cela dit, j'ai bien cru qu'il allait tout déballer ce soir-là lorsqu'il m'a trouvé chez toi. »

Mais il n'a rien déballé. Il l'a laissée à la merci de ce monstre, alors qu'elle était peut-être la seule personne qui aurait pu le sauver, lui, de ses griffes.

« Et ton ex-femme ? Charlie et Jess ? Est-ce qu'ils existent seulement ?

— Qui c'est, ça, Charlie et Jess ? » réplique-t-il. Et il tend la main pour faire tourner la clé dans le contact. « Bien, maintenant, à moins que tu aies une contribution utile à apporter, tu ferais aussi bien de descendre ici. J'ai assez perdu de temps.

— Tu étais censé me ramener à…

— Je suis pas un putain d'Uber. Sors de la voiture. Visiblement, tu n'es d'aucune utilité à personne. »

Elle descend précipitamment avec ses sacs, sent la portière lui échapper des doigts alors qu'il tire dessus pour la refermer. Elle entend le bruit sourd des portes qui se verrouillent, puis la Toyota s'écarte brutalement du trottoir, dans une accélération à couper le souffle. Il y a des voitures garées des deux côtés de la rue, à peine assez de place au centre pour un véhicule : s'il rencontrait quelqu'un arrivant dans l'autre sens, il causerait leur mort à tous les deux.

Lyon, 21 h 30

Il s'est installé dans sa chambre d'un énième hôtel de chaîne insipide, la deuxième en douze heures. Demain, il trouvera un endroit un peu plus longue durée. Sur le bureau, il y a l'annuaire obligatoire des attractions touristiques et des hébergements du coin, ainsi qu'un plan de la ville, et il les compulse tous les deux. Il décide d'essayer un appart'hôtel dans la rue du Dauphiné, qui promet des tarifs réduits à la semaine pour des studios fumeur avec kitchenette, service de ménage et WiFi gratuit.

Il n'aura pas besoin du WiFi.

Il arrache la page de l'annuaire et la range dans son portefeuille pour le lendemain matin. Un élan de masochisme, ou peut-être de sentimentalité, le pousse à sortir la feuille imprimée que lui a donnée Mike, qu'il avait rangée au même endroit. Il marque un temps avant de la déplier, puis un autre avant de lire le titre :

MORTS EN PRISON 1978, ANGLETERRE
ET PAYS DE GALLES

Il y a une soixantaine de noms sur la liste. Un sombre registre d'âmes. Vers la douzième ou treizième ligne, il trouve celui qu'il reconnaît et absorbe les détails qui sont donnés :

Nom de famille : Lawson
Prénom : R.L.
Sexe : Masculin
Âge : 34
Date de décès : 24/07/1978
Établissement : Brixton
Classification : Suicide par pendaison

Les autorités pénitentiaires avaient transmis une lettre à sa mère, qu'il n'avait jamais eu le droit de lire, mais dont elle avait résumé le contenu pour ses jeunes oreilles. « Il pensait que ce serait mieux pour nous comme ça. Il était convaincu que ce serait plus facile pour toi s'il n'était pas là pour te causer encore plus de honte. »

Secrètement, sans rien en dire à sa mère ni, plus tard, à Fi, il avait fait les recherches qu'il avait pu. Dans les années 1970, il y avait eu une hausse des suicides dans les prisons britanniques, une augmentation proportion- nellement supérieure à celle de la population carcérale et imputée au surpeuplement et à des problèmes de santé mentale comme la dépression et l'anxiété, des facteurs qui avaient largement empiré depuis. Il ne lui avait pas été facile de trouver des détails sur le cas de son père, mais il avait fini par rencontrer quelqu'un qui était à Brixton à la même époque et avait connu le com- pagnon de cellule de son père. Lawson s'était montré agité dès son arrivée et n'avait pas réussi à s'adapter. Il y avait eu un détenu qui avait des liens de voisinage avec le vieil homme qu'il avait blessé, et cela lui avait valu d'être persécuté. (« Il se prenait une dérouillée presque tous les jours. ») Il avait supplié qu'on le transfère, mais cela n'avait jamais été facilité. Il s'était pendu avec un drap pendant la nuit et lorsqu'on l'avait trouvé et décroché, il n'avait plus de pouls.

Une violente douleur tord le ventre de Bram, suivie du sentiment qu'il recherche depuis le début de la jour- née, plus que ça, même, depuis des semaines, des mois, des années : la certitude que la destination finale qu'il s'est choisie est la bonne.

Pas juste pour lui, mais pour eux tous.

51

Vendredi 13 janvier 2017

Londres, 21 h 30

La température a brusquement chuté et il fait désormais un froid glacial. Le pouvoir isolant de la rage a ses limites et elle plonge les mains dans les poches de son manteau pour en sortir les gants et le bonnet qu'elle avait à Winchester. Avant de les mettre, elle les approche en boule de son visage et hume les odeurs de la veille, évocatrices de cathédrales, de bois et d'anciennes rues pavées. D'un train de vie – d'une vie – qui a disparu.

Il lui faut un moment pour déterminer où elle se trouve. Il y a un abribus sur la route principale et elle voit qu'elle est à plusieurs arrêts au sud d'Alder Rise, et que le prochain bus ne passera pas avant quinze minutes. Les pensées se bousculent dans sa tête. Aura-t-elle aussi vite fait de marcher? Ou d'attendre un taxi? A-t-elle encore les moyens de s'en payer un, maintenant qu'elle a tout perdu? Où est l'argent? Qu'a fait Bram? Que va faire Toby? Va-t-il faire demi-tour et s'en prendre à elle, mettre en pratique la violence qui n'était que trop implicite dans la voiture?

Elle décide de marcher. Lorsqu'elle atteint Baby Deco, l'immeuble brille des mille feux de l'humanité du vendredi soir, des gens dont la vie a été améliorée par l'arrivée du week-end, une notion qui serait comique si elle ne lui donnait pas envie d'éclater en sanglots. Elle prend l'escalier pour monter au deuxième étage. Elle se déplace avec une étrange torpeur, et la lumière s'éteint avant qu'elle atteigne la porte. À n'importe quel autre moment, l'obscurité, le silence creux d'une cage d'escalier la mettraient mal à l'aise, mais ce soir elle les adopte pour ce qu'ils sont, un répit loin des regards scrutateurs.

Lorsqu'elle ouvre la porte de l'appartement, ce qu'elle voit la fait reculer, littéralement. Le studio tout entier, à l'exception du coin cuisine juste à côté de la porte, est rempli de solides cartons de déménagement, un mur marron estampillé de logos bleus qui monte jusqu'au plafond. Les portes vitrées qui donnent sur le balcon ne sont visibles que par une mince ligne de fracture, bien qu'une gorge plus large ait été ménagée pour permettre d'accéder à la salle de bains. Le lit doit être caché sous les cartons tandis que les deux fauteuils gris ont été déplacés avec prévenance dans le coin cuisine.

Elle explore à tâtons les objets posés sur le plan de travail comme si elle ne pouvait plus faire confiance à ses yeux : le jeu de clés de l'appartement qui appartient à Bram ; une feuille A4 jaune qui s'avère être la facture acquittée d'un garde-meuble à Beckenham où, suppose-t-elle, se trouve son mobilier ; et aussi, inexplicablement, le petit carnet d'orthographe bleu de Harry. Qu'est-il passé par la tête de Bram, se demande-t-elle, pour que, alors même qu'il escroquait sa famille si complètement, il ait pensé à mettre de côté un cahier d'exercice ? Quand a-t-il parlé pour la dernière fois aux enfants ? Les a-t-il préparés à ce traumatisme ?

Se peut-il vraiment qu'il ait pris congé d'eux avec la ferme intention de ne jamais les revoir ?

Il n'y a pas de mot d'explication, pas de coordonnées de compte bancaire, mais elle ne s'y attendait pas. Ce ne sont pas là les pièces d'un puzzle proposé par Bram pour son édification ; c'est le dernier acte d'un homme désespéré.

Sans véritable idée de ce qu'elle doit faire à présent, elle extrait le plus proche des cartons de la pile et regarde à l'intérieur. Bibelots, cadres photo, livres : tous venus du salon de Trinity Avenue. Les trois cartons suivants contiennent d'autres livres récupérés dans la même pièce. Le cinquième, des objets en provenance du bureau, notamment les dossiers et papiers importants conservés dans le meuble à tiroirs. Une chance de les avoir trouvés si tôt – si on peut vraiment parler de chance en cette journée diabolique – car elle aura besoin de documents financiers pour son entrevue avec le notaire lundi. Lorsqu'elle se sera ressaisie, avec l'aide de ses parents, ces papiers lui seront nécessaires pour prouver que la maison lui appartenait. Elle commence à fouiller, retirant tout ce qui lui semble utile, y compris la pochette en plastique bleu qui contient les passe-ports de la famille. Elle est stupéfaite d'y trouver celui de Bram, intact, entier. Tellement stupéfaite qu'elle s'assied un moment pour réfléchir.

Il doit encore se trouver dans le pays, alors. Bien que matraqué par la fatigue, son cerveau semble se rappeler que les citoyens du Royaume-Uni ont besoin d'un passeport même pour aller en France ou en Irlande. Bien sûr, il est possible qu'il s'en soit procuré un faux. S'il est capable de voler une maison (la moitié d'une maison, techniquement), il doit aussi savoir où acheter une pièce d'identité contrefaite. Il évolue dans le monde de la pègre comme un poisson dans l'eau, à l'évidence, et Toby y a été son compagnon de voyage.

À la pensée de ce dernier, une bouffée de fureur la traverse, qui au moins lui donne l'énergie de reprendre son déballage. Ustensiles de cuisine, vêtements, chaussures, jouets... et ainsi de suite. Au bout d'une heure environ, elle fait une pause pour trouver quelque chose à manger et à boire. Il n'y a rien dans le frigo, même pas d'eau ou de lait, juste une bouteille de vin dans le casier sur le comptoir, et elle tente donc sa chance avec la dernière étagère du placard, où ils conservent pâtes et autres produits d'épicerie. Des nouilles instantanées feront l'affaire, ou de la soupe.

Immédiatement, ses doigts tombent sur quelque chose de plat, en plastique. Derrière les réserves de tomates en boîte, de biscuits salés et de sachets de thé se trouve un téléphone, un Sony tout cabossé appartenant à Bram, puisque ce n'est certainement pas le sien, et accompagné d'un chargeur. Il n'a plus de batterie, donc elle le branche à la prise la plus proche et mange les biscuits, accompagnés d'un verre d'eau, en attendant qu'il redonne signe de vie.

Lorsque enfin il se rallume, elle découvre un écran d'accueil sans mot de passe à deviner ni contenu à protéger. Pas de photos, pas de mails, pas d'historique de recherches sur Internet. Il y a, par contre, deux textos envoyés d'un numéro auquel n'est pas associé de nom. Le premier, datant d'octobre et ouvert, déclare : Oh, on dirait que quelqu'un commence à retrouver la mémoire... Il s'accompagne d'un lien vers un article au sujet de l'accident de Thornton Heath :

L'AGRESSIVITÉ AU VOLANT RESPONSABLE
DE L'ACCIDENT DE SILVER ROAD,
DIT LA VICTIME

Elle en devine l'auteur probable avant même de se rappeler ce résumé monstrueux dans la voiture – *Il a fait faire une sortie de route à une voiture et elle a percuté une autre bagnole... Il y avait une mioche dedans et elle est morte* – et avant même d'ouvrir le second message, envoyé plus tôt aujourd'hui et jusqu'alors non lu.

Qu'est-ce qui se passe avec tes téléphones ? Pas de réponse au numéro habituel. Fi en train de rentrer à Londres. Rappelle ASAP.

Sa colère revient en un véritable torrent.

Visiblement, tu n'es d'aucune utilité à personne...

Un modèle plus jeune, plus sexy...

Faut vraiment être cruche...

Presque immédiatement, un nouveau message arrive et elle comprend qu'en ouvrant le dernier elle lui a annoncé sa présence – ou celle de Bram.

Je sais que tu es là. Gros pb, notaire s'est trompé de compte. Tu as une idée de comment ça se fait ?

Retenant son souffle, elle attend le suivant, qui ne tarde pas.

Pas d'argent, pas de passeport – tu le sais. Tu as jusqu'à lundi matin pour régler ça ou la police reçoit les preuves.

Pas d'argent, pas de passeport ? Et pourtant le passeport de Bram est là, à l'appartement. Elle peut voir la pochette de là où elle est. Elle avait raison, alors, il doit y en avoir un de remplacement, obtenu pour lui par Toby et retenu jusqu'à ce qu'il ait reçu son argent. Quel petit malin il a été – ou plutôt cru qu'il était. Car finalement il se retrouve sans rien, Bram ayant, d'une façon ou d'une autre, triomphé – triomphé d'eux tous. Et soit il a oublié l'existence de ce deuxième téléphone, soit il l'a laissé là intentionnellement. Que doit-elle faire, s'en débarrasser ? Qu'est-ce qu'il attend d'elle ?

Puis une pensée lui vient qui ne l'avait pas effleurée jusqu'à présent : ce n'est quand même pas… Ce n'est quand même pas la façon dont Bram a décidé de se venger d'elle pour avoir choisi Toby à ses dépens ?

Mais non : Bram devait avoir compris que l'intérêt de Toby pour elle n'était qu'un faux-semblant. Elle se rappelle avec honte sa propre vanité le soir où Bram a trouvé Toby à la maison : toutes ces convictions féministes, toute cette fierté tirée de son indépendance, tout ça s'est réduit à l'excitation d'une femme des cavernes devant deux chasseurs-cueilleurs en train de se battre pour elle.

Ce qui finalement n'était même pas le cas.

Quel spectacle pitoyable elle offre : expropriée, vaincue, humiliée.

Alors que son regard s'arrête sur la bouteille de vin, le téléphone se met à sonner.

Lyon, 10 h 30

Il croyait qu'il n'arriverait plus jamais à dormir, mais en fait, cette première nuit à Lyon, il sombre tôt dans un sommeil profond, dont il n'est brutalement ramené à la surface que deux fois. La première, le petit pois sous son matelas est un téléphone. Plus précisément, le troisième téléphone, le Sony que Mike lui a apporté au bureau pour remplacer le Samsung qu'il avait piétiné. Il sait qu'il ne s'en est jamais servi, mais où l'a-t-il laissé ? Au bureau ? Dans l'appartement ?

Y a-t-il le moindre risque que Mike puisse l'utiliser pour retrouver sa trace ? Non. Il a fait ses recherches sur Genève et Lyon au cybercafé à Croydon, et il a passé tous ses appels à Mike de son téléphone à carte,

461

qui se trouve maintenant au fond d'une poubelle à la gare Victoria.

Ses yeux se referment.

Et se rouvrent. Il avait reçu un texto dessus, non ? Un lien vers un article au sujet de l'accident de Silver Road. Y a-t-il un risque que cela mène la police jusqu'à Mike ?

C'est possible. Mais peut-être que ce ne serait pas une mauvaise chose.

Londres, 22 h 30

Elle refuse cinq appels de lui avant de lui envoyer un texto :

Calme-toi. Je suis à l'appart.

Petit connard. Où est le fric ?

Je l'ai, t'inquiète. Mauvais numéro de compte. Viens à l'appart et je ferai le transfert devant toi.

Pas certain que l'appart soit sûr. Fi passée à la maison, a prévenu la police.

La voie est libre. Police viendra pas si tard.

Tu crois ?

Viens si tu veux le fric. Tu décides.

Il doit avoir roulé à tombeau ouvert car en quelques minutes, il est là. Lorsqu'elle appuie sur le bouton de l'interphone, il aboie sans lui laisser le temps de parler : « Mike. Ouvre-moi. »

Mike ? Donc même le nom qu'il lui a donné était faux.

Faut quand même être sacrément naïve !

Écoute et retiens : j'ai tout inventé.

Elle lui ouvre.

Chose remarquable, au vu de tout ce qui s'est passé aujourd'hui, elle ressent quelque chose qui se rapproche du plaisir en voyant la stupeur se peindre sur son visage alors qu'il atteint la porte ouverte et l'aperçoit à l'intérieur.

« Qu'est-ce que tu fous ici ?

— Je t'avais dit que je venais ici. C'est le seul domicile qui me reste, tu as oublié ? » Elle a un ton aussi corrosif que possible, mais rien de ce qu'elle a à lui dire ne peut le blesser. Il ne la voit que comme un obstacle à écarter brutalement de son chemin. « Je cherche Bram, ajoute-t-elle. Pareil que toi, j'imagine, puisque clairement, tu n'es pas revenu me demander en mariage. »

N'est-ce pas, Mike ?

Il affiche une moue pleine de dédain.

« Où est-il ?

— Il vient de m'envoyer un texto, il sera là dans dix minutes. »

Il lui vient à l'esprit qu'elle a oublié de couper le son sur le téléphone de Bram, qui est caché sous son sac sur le plan de travail, à côté du couteau qu'elle a sorti du tiroir de cuisine juste au cas où. Au cas où ce salaud essaierait de lui faire du mal.

Mais elle ne peut pas atteindre l'appareil tant qu'il reste à cette place.

« Il m'a écrit qu'il était déjà là », dit Toby.

Mike.

« Il doit nous avoir envoyé les messages en route. Il utilise les transports en commun, rappelle-toi.

— Putain, c'est pas vrai ! » Cédant déjà à l'emportement, il cherche autour de lui quelque chose à casser. « Eh bien, tu vas devoir attendre que j'en aie terminé avec lui. Vous pourrez discuter de tout ça sur le chemin des urgences, hein ? »

Comment a-t-elle pu trouver cet homme séduisant ? C'est une brute, un monstre infâme et laid.

« J'ai tout mon temps. Assieds-toi, répond-elle en indiquant les fauteuils, côte à côte dans leur triste salon de fortune. Tu veux à boire ? »

Elle attrape la bouteille de vin rouge qu'elle a déjà entamée.

« T'as pas de vodka ?

— Non, je n'ai que ça.

— OK. »

Elle s'est déjà servie, et elle remplit un autre verre qu'elle lui passe. Elle n'arrive pas à associer cet acte d'hospitalité aux dizaines d'autres semblables qu'elle a accomplis quand il venait la voir ici pendant leur relation. La conversation, le badinage, le sexe : tout cela s'est fait avec un homme différent. Un homme qui s'était posé en concurrent retenu et sans prise de tête d'un ex connu pour son manque de contrôle. Est-ce son agressivité bridée qu'elle a perçue et qui l'a attirée ? Comment se comporte-t-il avec les femmes lorsqu'il n'a pas d'arrière-pensées, pas d'intentions cachées qui nécessitent d'obtenir leur confiance ? De façon déplaisante, soupçonne-t-elle. Impérieuse.

Il avale le vin à gorgées impatientes, se plaint qu'il a un sale goût mais continue de boire. Elle lui sert un deuxième, puis un troisième verre, tout en continuant de siroter le sien.

« Ça fait bien plus longtemps que dix minutes, maugrée-t-il, avant de brusquement réagir : Comment ça, "en route" ? D'où est-ce qu'il venait ? »

Fi hausse les épaules. Elle n'a plus peur de lui maintenant.

« Je ne sais pas, il ne me l'a pas dit dans son message, mais visiblement il a rencontré un contretemps.

— Montre-moi son message. »

Il se redresse, en chancelant légèrement, et elle se lève d'un bond pour s'interposer entre lui et son sac.

« Ne t'approche pas de moi. »

Il l'observe avec mépris, avant d'attraper son manteau et d'en fouiller les poches à la recherche de son propre téléphone. Pendant qu'il tape sur le clavier pour composer le numéro, elle est juste assez habile pour trouver celui de Bram à tâtons et l'éteindre avant qu'il relève les yeux. Si elle avait été une fraction de seconde plus lente, son geste l'aurait trahie.

« Il l'a éteint, marmonne-t-il. Je sais pas à quoi il joue, putain.

— Il va arriver.

— Te voilà bien confiante, soudain, raille-t-il. Tu as oublié qu'il venait de t'entuber de tout ton fric ? »

Elle soutient son regard, avec une expression si hostile, si aigre, que son visage lui donne l'impression de ne plus être le sien.

« Écoute, si ça ne te dérange pas, je préférerais qu'on ne parle plus jusqu'à ce qu'il arrive. »

Il se renfrogne, reprend son verre, se sert le reste du vin.

« Avec plaisir. Tu me pompes l'air, si tu veux tout savoir. Une vieille sainte nitouche comme toi, je sais pas comment Bram a fait pour te supporter toutes ces années. Pas étonnant qu'il soit allé voir ailleurs. J'aurais fait pareil. Chez cette bombasse que t'as pour voisine, pour commencer ; comment elle s'appelle ? »

Il attrape l'un des fauteuils et l'oriente vers l'autre comme pour l'inviter à s'asseoir et à se soumettre à d'autres insultes.

Je te hais, songe-t-elle. *Je ne peux pas supporter ta présence une seconde de plus.*

« Je vais aux toilettes, annonce-t-elle. J'attendrai dedans. »

Elle ferme la porte à clé derrière elle et se laisse glisser jusqu'au sol pour rester assise, le menton sur les genoux. Elle tremble tellement qu'elle a les dents qui claquent, et elle crispe les mâchoires pour arrêter le bruit.

L'instinct la retient de sortir son propre téléphone pour consulter ses messages. À la place, elle tend la main pour tirer sur le cordon de la lumière, se bouche les oreilles avec les doigts et ferme les yeux.

Lyon, après minuit

La deuxième fois qu'il se réveille, c'est Mike qu'il voit, tout comme c'est Mike qui le réveillera le plus souvent au cours des prochaines semaines. S'il y a une chose qu'il a retenue de sa propre chute, c'est qu'il ne faut pas sous-estimer cet homme. Il l'a, après tout, vu au meilleur de sa forme, aux commandes, maître de la situation. Comment réagira-t-il en apprenant qu'il a été dupé ? Essaiera-t-il de faire du mal à Fi ? *Elle va souffrir.* Kidnappera-t-il Leo ou Harry pour ensuite publier un message sur YouTube comme un extrémiste cagoulé ? *Donne-moi mon fric et je le relâche.* Un couteau sur la gorge du précieux enfant.

Non, il faut qu'il fasse confiance à la police. Dès l'instant où l'escroquerie aura été découverte, Fi aura contacté les flics, et doit maintenant bénéficier de leur protection. Mike ne prendrait pas le risque.

De toute façon, c'est un opportuniste, un mec qui a du rebond. Il donnera quelques coups de pied dans le mur puis passera à l'aubaine suivante, à peine éclopé.

52

Samedi 14 janvier 2017

Londres, 3 heures du matin

Bien qu'elle ait mal aux oreilles, ses doigts ne les bouchent plus et elle entend les affreux raclements de l'autre côté du mur. C'est un monstre qui se gargarise et s'apprête à la dévorer ! Non, ça, c'est juste un des contes pour enfants des garçons, celui qu'aime Harry, avec le mouton affamé qui avale le monde.

« J'ai encore faim ! »

Elle peine d'abord à comprendre pourquoi elle est si ankylosée, ce qu'elle fait étendue sur une surface dure et froide. Est-ce qu'elle somnolait ? Elle avance la main à tâtons sur les carreaux, et tombe sur une plaque de plastique lisse : une paroi de douche. Elle est par terre dans la salle de bains, dans l'appartement.

Non, pas un conte.

Elle se redresse lentement, le dos appuyé contre la paroi de douche. Elle a la tête qui tourne et compte jusqu'à dix, vingt, cinquante avant d'essayer de se relever. Ses jambes tout engourdies ne la soutiennent pas, et elle agrippe la poignée de la porte pour éviter de tomber. Enfin, elle trouve le cordon de la lumière et tire dessus – grimace, éblouie –, puis tourne le verrou de la porte et l'ouvre en faisant aussi peu de bruit que possible.

Dans la pièce principale, le silence règne. Alors qu'elle s'avance lentement entre les murs de cartons, les particules de lumière en provenance de la salle de bains la dépassent pour aller éclairer le coin cuisine. Sur le plan de travail, elle distingue son sac, une bouteille de vin rouge où ne reste que la lie, une feuille de papier jaune, un petit cahier d'exercice bleu.

En débouchant du passage, elle le voit. Il est encore assis, les jambes étendues devant lui, mais sa tête est renversée en arrière, son visage tourné vers le ciel. Elle fait un pas vers lui. Il a les yeux fermés. Les os de son crâne saillent sous sa peau et ses joues et sa gorge sont piquetées d'une barbe naissante. Son menton et une partie de son cou sont encroûtés de vomi, dont quelques gouttes rose sale achèvent de se figer sur le fauteuil. Les bruits qu'elle a entendus étaient ceux qu'il faisait en s'étouffant dessus, probablement dans son sommeil, incapable de reprendre conscience, car rien n'indique qu'il se soit réveillé et ait fait quoi que ce soit pour essayer de sauver sa vie.

Et elle n'a rien fait non plus.

Il est mort, sûrement, mais elle ne peut se résoudre à le toucher.

Son cœur commence à battre à tout rompre dans sa poitrine, ses mains à se crisper convulsivement. Elle a une vision d'elle-même la veille au soir qui ne peut être une hallucination. Elle s'y voit prendre les somnifères de Merle dans son sac et les émietter dans la bouteille de vin. Elle semble presque avoir la tête ailleurs sur cette image, comme lorsqu'elle s'occupe de Rocky et lui donne l'anti-inflammatoire pour combattre son arthrite. Juste un demi-comprimé, cassé en deux.

Mais elle n'avait pas la tête ailleurs, n'est-ce pas ? Elle prêtait au contraire une attention presque maniaque à ce qu'elle faisait. Il y avait six comprimés sur la plaquette, et non seulement elle les a tous utilisés, mais elle a également décidé que cela ne suffirait peut-être pas. Alors elle est retournée à son sac et en a sorti la boîte d'antidépresseurs qu'elle avait trouvée dans les affaires de Bram le mercredi matin. Non qu'elle ait eu l'intention de la prendre, mais après avoir cherché et lu ce que c'était sur Internet, puis s'être inquiétée d'être en retard, elle avait encore dû se doucher, s'habiller et filer attraper le train qui l'amènerait à la gare de Waterloo où l'attendait Toby, et elle avait glissé les comprimés dans son sac sans y penser.

Donc elle en a ajouté plusieurs aussi au vin.

Je l'ai tué et c'était prémédité. J'ai préparé le poison.

Mais non, ce n'est pas possible ! Comment aurait-elle pu savoir qu'il allait boire presque toute la bouteille ? Qu'il allait même seulement en boire un verre ? Le choc l'avait laissée dans un état de délire où ses actes machinaux, involontaires, n'étaient guère plus que les gestes d'une enfant jouant à faire semblant.

Sauf qu'elle s'était servi du vin avant d'ajouter les comprimés, n'est-ce pas ? Parce qu'elle avait besoin d'un verre, ou dans le but perfide de l'induire en confiance ? Si elle était déjà en train de boire, il serait plus susceptible d'accepter de se joindre à elle, moins susceptible de soupçonner des intentions malveillantes.

Et n'avait-elle pas mis des gants en caoutchouc pour manipuler les comprimés ?

Je suis une meurtrière. Elle porte vivement la main à sa bouche pour se retenir de vomir. Ravale sa bile.

Son téléphone est dans son sac. Elle affiche le clavier numérique et son doigt est juste au-dessus du 9 lorsqu'elle retient son geste, le souffle coupé. La police peut réquisitionner les relevés téléphoniques, voir d'où les appels ont été passés. Il y a eu cet épisode de *La Victime* où tout reposait sur les antennes-relais. Elle a également lu un article sur le sujet, où il était dit que la police peut remonter la piste d'un appel d'urgence jusque dans un rayon de moins de trente mètres, en se servant de la cartographie informatisée, des coordonnées du quadrillage national.

Elle cligne des yeux. Son cerveau fonctionne mieux, donc, si elle est capable de se rappeler tout cela. Et maintenant, il veut qu'elle se retourne, qu'elle regarde de plus près la chose affreuse qui est encore là derrière elle.

Non.

Réfléchis.

Bouge.

Va-t'en.

Elle attrape son sac à main, sort de l'appartement et, au pas de course, remonte le couloir, dévale l'escalier, traverse le hall d'entrée et émerge dans une brume glaciale. S'éloignant précipitamment dans les rues feutrées, elle commence à se calmer. Le silence règne, le brouillard n'est pas inquiétant mais inoffensif, comme si le monde respectait son besoin d'anonymat. Elle évite la route principale qui contourne le nord du parc et, à la place, en fait le tour par le sud, empruntant Alder Rise Road et remontant vers Wyndham Gardens, pour arriver dans Trinity Avenue par l'autre côté.

Au 87, elle sonne à la porte, une fois, crispant les poings pour se retenir de recommencer, encore et encore.

Enfin, une voix se fait entendre – « Qui est-ce ? » – et elle s'accroupit pour parler par la trappe à lettres.

« Merle, c'est moi. Tu es toujours toute seule ? Je peux entrer ?

— Fi ! » La porte s'ouvre et elle est accueillie par une bouffée d'air chaud. Merle est là devant elle, mal réveillée et en pyjama bleu ciel fripé, les pieds nus. « Je croyais que tu étais à l'appartement. Ça va ? »

Dis-le tout de suite ou tu ne le diras jamais.

« Je crois que je l'ai tué. »

Les yeux de Merle s'arrondissent de peur. Elle porte inconsciemment la main à son ventre.

« Quoi ?! Bram ?

— Toby. Mais son vrai nom est Mike. »

Quelques instants s'écoulent où, le cœur au bord des lèvres, elle est sûre que les choses vont prendre une direction différente, que Merle va décider de ne pas l'aider. Et elle acceptera sa décision ; elle ne s'enfuira pas.

« Entre, vite. » Merle l'attire à l'intérieur, referme la porte. Elles se regardent, face à face dans l'entrée. L'innocence effarée qui se lit sur le visage de son amie est quelque chose que Fi elle-même ne pourra plus jamais exprimer, pas sans feindre. « Tu veux dire le mec d'hier soir ? Je croyais que c'était ton petit ami… Je ne comprends pas.

— C'est lui qui m'a volé la maison, Merle. Avec Bram. Il l'a forcé à le faire.

— De quoi est-ce que tu parles ?

— Il m'a tout dit dans la voiture. Il l'a fait chanter. » Maintenant qu'elle prononce les mots, elle comprend de nouveau l'ignominie de ce qu'elle décrit, sent l'injustice de toute l'affaire enfler en elle, menacer de la faire exploser. « Il m'a jetée hors de la voiture. Il m'a dit que j'étais stupide et que je ne servais à rien. Il m'a seulement emmenée à Winchester parce que… Oh non ! J'ai laissé mon sac à l'appartement ! »

Merle touche la bandoulière du sac à main de Fi, au creux de son coude.

« Non, tu l'as, regarde.

— Mon sac de voyage, je veux dire. Il faut que j'y retourne, que je le récupère !

— Respire, lui ordonne Merle avec douceur. Viens t'asseoir. »

Elles s'asseyent sur les marches de l'escalier, côte à côte. Merle est un véritable radiateur, les joues rouges, l'haleine chaude.

« Rembobine un peu. Qu'est-ce qui s'est passé après que tu es sortie de sa voiture ?

— Je suis retournée à l'appartement et je lui ai envoyé un texto.

— De ton téléphone ?

— Non, celui de Bram. Il en a laissé un à l'appart, un vieux, il doit l'avoir oublié. C'était tout ce qui l'intéressait, trouver Bram. Ce doit être lui qui a l'argent.

— Où est-ce qu'il est maintenant ? Toby ? Mike ?

— Toujours là-bas. À l'appartement.

— Fi, qu'est-ce que tu as fait ? »

Elle prend une bouffé d'air chaud.

« Je lui ai donné les somnifères.

— Ceux que je t'ai donnés hier soir ? Tous ?

— Oui. Et d'autres comprimés aussi. Les médicaments de Bram. Il doit avoir fait une overdose. Il ne s'est pas réveillé quand il a commencé à vomir, et il s'est étouffé. »

Merle déglutit visiblement.

« Et tu as tout vu ?

— Non, j'étais dans la salle de bains. J'avais peur, alors je me suis enfermée dedans. Je suis restée assise dans le noir à trembler, et puis après les choses se sont calmées et j'ai dû m'endormir. Il s'est passé des heures avant que je ressorte et que je le trouve.

— Et il ne respire plus, c'est sûr?

— Je ne crois pas. »

Merle reste très immobile.

« Est-ce que tu avais l'intention de le tuer, Fi?

— Non. Je ne sais pas. Je crois que oui mais ce matin, je ne me reconnais pas dans cette personne.

— Tu as dû péter un câble. Tu étais en état de choc hier, je peux en attester. Tu as agi sous le coup d'une fugue dissociative, c'est comme ça que ça s'appelle, non? Tu peux plaider la responsabilité atténuée. »

Fi fond en larmes.

« Merle, je ne peux pas. Je ne peux pas appeler la police. »

Merle reste silencieuse, prenant le temps à cette croisée des chemins de choisir consciemment sa route, avant de se relever. Elle monte vivement l'escalier, réapparaît vêtue d'un jean et d'un pull, puis y ajoute des bottes et un long manteau noir, ainsi qu'un bonnet en tricot gris qu'elle enfonce bien loin sur ses oreilles. Elle rabat aussi celui de Fi, presque jusqu'aux sourcils, et passe les doigts sur ses joues pour essuyer ses larmes.

« Il faut qu'on y retourne, Fi, déclare-t-elle. J'ai besoin de le voir de mes propres yeux. »

53

Samedi 14 janvier 2017

Londres, 4 heures du matin

Dans Trinity Avenue, la nuit règne encore, le brouillard aussi ; la brume qui leur cache les fenêtres devant lesquelles elles passent doit les dissimuler, elles, tout aussi bien. Merle a dit à Fi de ne pas parler, de ne penser à rien pour l'instant, de simplement se vider l'esprit et se concentrer sur ses mouvements et sa respiration.

Ce n'est qu'à l'approche de Baby Deco que Merle reprend la parole.

« Est-ce qu'il y a des caméras de surveillance ici ?

— Je ne crois pas.

— Bien. J'ai vérifié sur le chemin et je ne crois pas qu'il y en ait eu, c'est un quartier entièrement résidentiel. Et puis il y a le brouillard. Mais n'allume pas la lumière, juste au cas où. »

En gravissant l'escalier, Fi ne sent pas ses jambes, a l'impression de voler au ras des marches. Il n'y a aucun son alors que ses pieds remontent le couloir moquetté, et aucun air ne semble entrer ou sortir de ses poumons. Lorsqu'elles pénètrent dans l'appartement, une odeur de vomi et de vin les accueille et il est là, juste devant elles, toujours dans la même position, la tête penchée en arrière comme s'il avait le cou brisé. L'émotion qui la submerge est un sentiment de honte, honte qu'il ait été son petit ami, honte qu'il l'ait dupée et humiliée. Sa présence fait paraître l'endroit sordide.

« Oh, mon Dieu, dit Merle, je pensais que tu avais peut-être, je ne sais pas… »

Tout imaginé. Perdu la tête. Qu'elle était toujours en proie à cette fugue dissociative. Qu'elle n'était pas elle-même, mais une autre Fi, moins réelle. Mais non, la mort est là, devant elles, et c'est elle qui l'a causée. Elle doit désormais en affronter les conséquences, des conséquences à côté desquelles la perte de sa maison semble insignifiante.

Les garçons. Qu'est-ce qu'ils vont devenir ? Un parent disparu, l'autre en prison.

« Qu'est-ce que je vais faire, Merle ? »

Sa voix est un gémissement frêle et pitoyable. Merle pose les yeux sur elle et Fi a l'impression que rien n'a changé dans son regard depuis la veille : elle est encore la victime, le sacrifice humain.

« Je ne sais pas encore. Laisse-moi réfléchir. Dis-moi pourquoi il s'appelle Mike et pas Toby. »

Pendant que Fi lui explique, elle ramasse le manteau jeté sur un carton ouvert près de la cuisine et l'interrompt pour lui demander :

« C'est le sien ?

— Oui. »

Les doigts de Merle s'enfoncent dans les plis du vêtement, réapparaissent avec un portefeuille en cuir marron.

« Michael Fuller. OK. C'est une bonne chose, je crois.

— Pourquoi ? demande Fi.

— Parce que tu l'appelais Toby. Tu n'as probablement jamais parlé d'un Mike ou d'un Michael à quiconque, si ?

— Non. Jusqu'à hier soir, je ne savais pas que c'était son nom. »

Merle continue de fouiller dans le portefeuille.

« Et je me rappelle avoir entendu Alison dire que tu n'avais pas encore rencontré sa famille. C'est vrai ?

— Oui. Ses amis non plus. »

Merle lève les yeux vers elle.

« Pas un seul ? Ni un collègue, ni un voisin ? Ses enfants ?

— Personne. Nous ne partagions pas notre vie comme ça. »

Parce que « nous » n'existait pas. Elle n'a aucune idée de qui est Toby – Michael Fuller. Qui il était, du moins. Parce que ce n'est plus un homme, maintenant, c'est un cadavre. Alors que Fi refoule une envie de vomir, Merle semble étrangement ragaillardie.

« Je dirais qu'on a beaucoup de chance de ce côté-là », déclare-t-elle, et elle pose le portefeuille sur le plan de travail avant de fouiller dans les poches du manteau pour voir ce qu'elles contiennent d'autre. Clés de voiture. Plaquette de Nicorette. Deux téléphones. Les deux sont chargés, les deux présentent des écrans de sécurité exigeant des codes confidentiels qu'elles n'ont aucun moyen de deviner. « Lequel est-ce qu'il utilise pour t'appeler ? murmure-t-elle, à part elle autant qu'à Fi.

— Je ne sais pas, mais si je l'appelle du mien, il sonnera et on saura, suggère Fi.

— Non ! » Merle lui agrippe le bras. « Ne passe aucun appel de ton téléphone tant que tu es là, d'accord ? »

Fi hoche la tête. Merle se montre autoritaire, construc-
tive, et Fi ressent une envie enfantine de lui faire plaisir.

« Et si j'appelle le numéro que j'ai sur le téléphone
de Bram ? Celui que j'ai utilisé pour lui envoyer des
textos ? Alors on pourrait supposer que c'est l'autre
qu'il utilise avec moi ? »

C'est comme s'il n'avait plus de nom ; elle ne peut
se résoudre à l'utiliser, comme si le faire risquait de
ranimer la flamme de sa force vitale.

Merle marque un temps, avant de réfléchir tout
haut :

« Si ça se trouve, il a ton numéro sur les deux téléphones. On va se débarrasser des deux, en espérant
qu'ils ne sont pas traçables. Cet homme est un criminel,
non ? Il utilise des faux noms. Quelqu'un comme lui
n'est pas du genre à avoir un bon petit forfait familial,
n'est-ce pas ? Mais est-ce que ça va paraître bizarre ? Il
est venu ici parce que Bram lui avait envoyé un texto,
alors où se trouve le téléphone sur lequel il l'a reçu ?
Mais bon, il peut avoir eu une centaine de raisons de se
débarrasser de son téléphone en chemin. » Elle trouve
un sac en plastique dans un des tiroirs, y lâche les deux
téléphones, puis attire Fi dans le passage entre les cartons, comme pour lui parler à l'abri du regard du mort.
Elle s'exprime d'un ton sec, à voix basse. « Écoute-moi,
Fi : est-ce que quelqu'un d'autre que moi sait que tu es
venue ici hier soir ?

— Non, seulement lui.

— Est-ce que tu as appelé qui que ce soit pendant
que tu étais là ? La mère de Bram, peut-être ? Pour
parler aux garçons ?

— Non, seulement de chez toi avant. Enfin, je lui
ai envoyé un texto, à lui, comme je te l'ai dit, mais du
téléphone de Bram.

— Est-ce que tu t'es servie d'Internet ?

— Non.

— Où est ton ordinateur portable ? Tu ne l'as pas utilisé ici, hein ?

— Non. Je ne sais pas où Bram l'a mis. Dans un des cartons, je suppose. Je ne l'ai pas utilisé depuis que je suis partie à Winchester, mardi soir.

— Bien. »

Merle ressort à reculons du passage et balaie du regard les objets sur le plan de travail avant d'essuyer la bouteille de vin et les verres avec un torchon. Elle fait de même avec la boîte de comprimés de Bram qui traîne. Sans fournir d'explication, Fi lui tend le couteau, que Merle nettoie et range dans le tiroir à couverts.

« Rien d'autre ? Où il est, cet autre téléphone que tu as utilisé pour lui envoyer un texto ? »

Elle l'essuie également. Fi se demande s'il va rejoindre ceux de Toby dans le sac, mais Merle le place sur le papier jaune.

« Pourquoi est-ce que tu le laisses là ? C'est celui que j'ai utilisé !

— Exactement. Écoute, Fi, il y a un moyen de te sortir de ce pétrin. La police le trouve – ou peut-être même, c'est toi qui le trouves, ou toi et moi, c'est encore mieux ! Plus tard aujourd'hui, d'accord ? On va le trouver mort, et on va appeler la police, et on va dire qu'on le reconnaît pour l'avoir rencontré hier soir, lorsqu'il est venu dans Trinity Avenue à la recherche de Bram et qu'il a fait une scène. On a parlé avec lui quelques minutes à l'intérieur, mais il est devenu agressif et on lui a demandé de partir. Avant ça, on ne l'avait jamais vu de notre vie. Tu vois où je veux en venir ? »

Fi sent quelque chose monter lentement en elle, se répandre de son ventre à sa poitrine : il lui faut quelques secondes pour y reconnaître l'espoir.

« Tu veux dire que Bram est revenu ici et c'est lui qui lui a envoyé le texto ? Lui qui lui a donné les comprimés ?

— Oui, ou alors il l'a laissé tellement déprimé qu'il a fait une overdose tout seul. Je ne sais pas, je n'étais pas là. Et toi non plus. Ce sont les médocs de Bram, pas les tiens. »

Fi la regarde fixement, passant au crible dans sa tête les images qui lui reviennent de la veille au soir.

« Mais les somnifères, Merle. Oh, mon Dieu, est-ce que tu les as obtenus avec une ordonnance à ton nom ?

— Oui, mais et alors ? » Merle parle avec une concentration infaillible. « Il n'y a pas de boîte avec mon nom dessus. Et si quelqu'un remonte quand même jusqu'à moi, je dirai que je les avais donnés à Bram. Il y a quelques semaines, je ne me rappelle plus quand exactement, mais quand il s'était plaint de faire de l'insomnie. Il ne m'avait pas dit qu'il prenait d'autres médicaments sur ordonnance, ou je ne les lui aurais jamais donnés. »

Fi, les yeux toujours rivés sur elle, essaie de suivre.

« Merci.

— Tout ça pour dire que tu n'as touché ni au vin ni aux comprimés. Et si n'importe quoi d'autre dans cet appartement porte tes empreintes, c'est parce que tu vis là la moitié du temps. Ces objets t'appartiennent.

— J'ai mis des gants pour casser les médicaments et les glisser par le goulot de la bouteille.

— Bien.

— Par contre, j'ai fouillé dans certains des cartons sans porter de gants, et ils ne sont là que depuis jeudi. Mais ce n'est pas grave, n'est-ce pas ? J'avais besoin de trouver nos documents financiers pour montrer à la police et aux avocats que la maison m'appartenait.

— Exactement. C'est naturel de vouloir chercher des choses indispensables que Bram a empaquetées sans ton consentement. Tu auras peut-être besoin d'affaires pour les garçons aussi. Mais tu fais ça quand tu reviens ici plus tard aujourd'hui, d'accord ? C'est à ce moment-là que tu touches aux cartons. La nuit dernière, tu as dormi chez moi, puis ce matin je t'ai emmenée chez la mère de Bram récupérer les garçons, ce que je vais faire à, quoi, 8 heures ? 9 heures ? Alors rentrons à la maison jusqu'à ce qu'il soit temps de partir.

— Je ne peux pas ramener les garçons ici ! proteste Fi, horrifiée.

— Bien sûr que non. On ira droit chez tes parents, d'accord ? Tu voudras tout leur raconter au sujet de la maison, avoir leur avis. Concentre-toi sur ça. Tu n'es pas venue ici depuis… quand ?

— Mercredi. Je suis passée récupérer des chaussures.

— Bien. Adrian rentre aujourd'hui, donc il pourra s'occuper de Robbie et Daisy quand je reviendrai te retrouver plus tard. Heureusement, j'étais trop fatiguée hier soir pour lui parler. On y va alors ? Fi ? »

Fi reste clouée sur place, les yeux fixés sur *lui*. Est-il vraiment en train de refroidir et de se rigidifier, d'exister pour la première journée entière en tant que chose, qu'entité qui en a terminé à jamais avec la vie ? Comment a-t-il pu être aussi facile de faire ça ? Comment a-t-il pu boire le vin avec tous ces comprimés dissous dedans ? Ça n'avait donc pas un goût amer ? Un goût de poison ?

Son cœur s'arrête.

« J'ai googlé le médoc. Sur mon téléphone, quand j'étais ici mercredi. »

Merle fronce les sourcils.

« OK. Eh bien, ce n'est pas parce que tu l'as vu et que tu voulais savoir ce que c'était, que tu l'as pris. Fais simple, Fi, dans ta tête. Fais aussi simple que possible.

— Oui. »

Comme Merle est assurée. Elle a toutes les réponses, elle maîtrise tout. Elle est la sauveuse de Fi, son ange gardien omniscient.

Mais il y a autre chose.

« Lucy a vu les comprimés de Bram. Aujourd'hui, dans la cuisine. Ils sont tombés de mon sac.

— Est-ce que tu lui as dit qu'ils étaient à lui ?

— Non, elle a cru qu'ils étaient à moi, elle n'arrêtait pas de faire des remarques.

— Bien. Est-ce que tu as eu d'autres médicaments sur ordonnance ces derniers temps ?

— Non.

— Personne d'autre dans la famille ?

— Seulement Leo. Il a ces comprimés contre les allergies. C'est une ordonnance renouvelable, ils sont à prendre en cas de besoin. Mais ça fait une éternité qu'on n'en a pas racheté.

— Peu importe. Est-ce qu'ils se présentent dans une boîte comme celle de Bram ?

— Peut-être d'une couleur différente. Je n'arrive pas à me rappeler.

— Montre-moi.

— Je ne peux pas, je ne sais pas où ils sont. » Fi perçoit la panique dans sa propre voix, le sentiment d'un salut qui lui file entre les doigts. « Ils étaient à la maison, dans l'armoire de toilette. »

Ensemble, elles parcourent des yeux la masse de cartons identiques, dont pas un seul ne porte d'indications.

« Et ils ne sont pas tous là, dit Fi. Il y en a aussi au garde-meuble.

— Alors on n'a plus qu'à chercher. » Même le soupir de Merle est abrégé, concis. « Et on le fait discrètement. Personne dans l'immeuble ne peut nous entendre déplacer des cartons. »

Il leur faut plus d'une heure pour trouver les cartons où ont été rangées les affaires de salle de bains, mais les comprimés de Leo y sont. Il y a une plaquette à moitié entamée et l'autre intacte, encore dans sa boîte. Fi met celle-ci dans son sac.

« J'en ai toujours une boîte sur moi au cas où Leo développerait des symptômes quand on n'est pas à la maison ?

— Excellent. »

Enfin, elles repartent, Fi avec son sac de voyage, Merle avec le sac en plastique contenant les téléphones de Toby dans la poche de son manteau. La brume s'est levée mais l'impression d'un matin bienveillant, qui soutient leur cause et les raccompagne dans Trinity Avenue sous sa protection, persiste. Tout en marchant, elles continuent d'écrire le script, Merle parlant à voix basse sans pour autant murmurer.

« Est-ce qu'un ou plusieurs de tes voisins de l'immeuble t'ont déjà vue en compagnie de Toby ?

— Je ne crois pas. Je n'ai presque jamais rencontré personne, même toute seule. Lorsqu'il arrivait, je lui ouvrais par l'interphone et lorsqu'il repartait, je ne le raccompagnais généralement pas à la porte, alors quiconque l'aurait vu n'aurait pas nécessairement su que c'était à moi qu'il rendait visite et non à Bram.

— Excellent. Et lorsqu'il est passé chez moi hier, il a dit qu'il était déjà allé à l'appartement, n'est-ce pas ? Il a demandé à un voisin de lui ouvrir, puis il a tambouriné à la porte. Je parie qu'il a eu une attitude assez désagréable à cette occasion, et il a probablement laissé clairement entendre qu'il était furieux contre Bram. »

Elles sont presque arrivées chez Merle, elles viennent de passer la maison de Fi – des Vaughan – et rien ne bouge en périphérie de leur champ de vision.

Mais soudain Fi s'arrête, agrippe le bras de Merle.

« Les Vaughan, Merle ! Les Vaughan l'ont vu.

— Ne t'arrête pas, répond Merle. Oui, ils l'ont vu, mais c'était Bram qu'il cherchait, pas toi. Rappelle-toi, il était en train de crier au sujet de Bram, et David a dit quelque chose comme "Bienvenue au club". Puis je suis sortie pour l'inviter à entrer chez moi. Donc les Vaughan n'ont aucune raison de penser qu'il a un lien avec toi. Ils t'ont peut-être vue partir avec lui, mais j'en doute, ils étaient installés dans la cuisine. On peut toujours nier, de toute façon. »

Elles n'ont pas longtemps à attendre avant qu'il soit temps pour Merle de prendre ses clés de voiture et pour Fi d'envoyer un texto à Tina, puis elles reviennent sur leurs pas en direction de Wyndham Gardens, où le Range Rover de Merle est garé.

« Alors, redis-moi ce qui va se passer plus tard. »

Fi récite le plan :

« Tu vas m'appeler à 16 heures et me suggérer qu'on passe ensemble à l'appartement pour voir si Bram a laissé le moindre document en rapport avec la maison, le moindre indice qui puisse nous aider avec la police et le notaire lundi. On va découvrir le corps ensemble et dire qu'on pense qu'il s'agit de l'homme qui est passé hier soir dans Trinity Avenue à la recherche de Bram. On a regardé dans son portefeuille pour trouver des papiers d'identité.

— Parfait. Ils verront le vin, consulteront le portable de Bram, commenceront à établir eux-mêmes un lien avec le vol de la maison. »

La brume s'est transformée en bruine et les essuie-glaces vont et viennent sur le pare-brise.

« Et comment est-ce que j'explique que l'homme avec qui je sortais a disparu ? » demande Fi.

Merle jette un coup d'œil dans son rétroviseur.

« Facile. Il s'est éclipsé quand il a découvert que tu avais perdu la maison. Il n'y avait que ton fric qui l'intéressait.

— Je crois qu'il était peut-être marié, ajoute Fi. Il ne m'a jamais invitée chez lui ni même donné son adresse complète. Ma sœur se méfiait de lui depuis le début.

— Exactement. Tu ne vois pas d'objection à ce que la police retrouve sa trace, au contraire, mais honnêtement c'est le cadet de tes soucis étant donné que ton ex-mari vient de tuer quelqu'un et de te voler ta maison. »

Plus elles entrent dans les détails, plus leur fiction semble convaincante. Elle s'étaye toute seule, elle repose sur un appui solide.

Puis Fi se rappelle Alison.

« Oh, Alison.

— Quoi ?

— Elle l'a vu. Elle a vu Toby le soir où je l'ai rencontré. »

Au bar de La Mouette, tous ces mois plus tôt.

Eh bien, le moins qu'on puisse dire, c'est que tes goûts n'ont pas changé.

« Alison ne dira rien, assure Merle. Elle ne sera peut-être même pas interrogée. Et si elle l'est, c'était il y a combien de temps ?

— En septembre. »

Quand tout a commencé. À l'aube de sa nouvelle vie.

« Donc il y a une éternité. Elle avait bu quelques verres, il faisait sombre, c'était la cohue. Le risque est franchement minime, Fi. Et même si elle venait à s'en souvenir, elle ne témoignerait pas contre sa meilleure amie. Je sais que moi, je ne le ferais pas. »

Elles tombent sur une succession de feux rouges. Chaque fois, le moteur s'arrête et redémarre automatiquement. Stop, start, stop, start. Question, réponse, question, réponse.

Fi s'enfonce dans son siège, rêvant d'être invisible, une apparition que seule pourrait voir la femme à côté d'elle.

« Merle, tu vas vraiment faire tout ça pour moi ? »

Feu rouge. Le moteur s'arrête.

« Oui, vraiment.

— Pourquoi ?

— Allons, Fi, tu sais pourquoi. » Elle lui sourit, un sourire en coin un peu triste. « Je n'avais pas envisagé qu'il faudrait quelque chose comme ça pour que tu acceptes de me reparler, mais voilà. »

Feu vert. Le moteur redémarre.

Oui, Fi sait pourquoi.

54

Samedi 14 janvier 2017

Londres, 8 heures du matin

Ça n'a pas été facile, de coexister dans une communauté soudée avec une voisine et amie qui l'avait trahie de la façon la plus fondamentale qui soit. Le désir immédiat, instinctif, de punir est retombé relativement vite, mais il a laissé Fi en proie à quelque chose de bien plus lugubre et débilitant : un double deuil. Bram *et* Merle. Et le fait que la vie dans Alder Rise soit tellement tribale a rendu les choses encore plus difficiles, parce qu'il y avait désormais des subdivisions de gens qui savaient, de gens qui ne savaient pas, et de gens dont elle n'était pas sûre s'ils savaient ou non.

Le Kent a été un exercice particulièrement douloureux. Elle avait songé plusieurs fois à se désister mais, au bout du compte, elle ne voulait pas décevoir Leo et Harry – ou les autres enfants du groupe. Ils formaient leur propre tribu. Survivre au week-end (y prendre à moitié plaisir, si elle doit être honnête) lui a fait prendre conscience de l'importance des apparences, du sacrifice personnel, dans la vie de quartier. Le plus grand bonheur du plus grand nombre et tout ça.

Dans les jours qui avaient suivi l'incident de la cabane des enfants, un appel à la clémence était arrivé. Écrit à la main et apporté en personne, mais glissé discrètement par la fente de la boîte aux lettres, pour ne pas faire de bruit.

« Il y a une carte pour toi, Maman, avait annoncé Harry. Alors que c'est même pas ton anniversaire.

— Les gens envoient des cartes pour d'autres raisons », avait-elle répondu.

Elle ne l'a lue qu'une fois avant de la détruire, et ne se rappelle donc que des fragments :

Insensé et méprisable...

Je ne me le pardonnerai jamais...

Y a-t-il la moindre chance qu'on reste en bons termes, pour les enfants... ?

J'ai besoin que tu saches que je ferais n'importe quoi pour te revaloir ça...

Le mot « revaloir » lui était resté en travers de la gorge. Comme si Fi lui avait généreusement prêté quelque chose, de son plein gré. Lui avait donné l'autorisation écrite de coucher avec Bram. Le soir qui t'arrange, mon amie, l'endroit qui te convient le mieux. Je me ferai discrète.

Bizarrement, elle imagine bien Bram en train de ré-écrire l'épisode de cette façon. Il a le chic pour retoucher mentalement ses propres mésaventures.

Mais pas Merle. Solutionneuse de problèmes extraordinaire, épouse et mère forte et dynamique de Trinity Avenue.

Dis-moi ce que je peux faire, avait-elle écrit, *et je le ferai.*

C'est seulement après que Merle s'est arrêtée sur le chemin de l'appartement de Tina pour se débarrasser des téléphones que Fi lui redemande pourquoi. Elles sont sur le parking de Crystal Palace Park et Merle vient de revenir, les mains vides, du lac de plaisance, lorsqu'il vient à l'esprit de Fi qu'elle ne reverra peut-être jamais sa complice – du moins pas avant d'apparaître respectivement sur le banc des accusés et à la barre du témoin.

« Je te l'ai déjà dit », répond Merle. Pas impatiente, mais concentrée sur les impératifs de la journée. « Tu sais pourquoi.

— Non, je veux dire, lui et toi. Vous vous connaissez depuis si longtemps. Ce n'est bien arrivé qu'une seule fois ? »

Cette fois, Merle comprend.

« Oui. Oui, bien sûr.

— Qui est-ce qui a pris l'initiative ? Lui ? »

Un silence.

« Non, c'est moi. C'est la vérité. Ce n'est pas lui qui m'a invitée à passer. Il ne m'attendait pas. Il n'a pas eu d'autre choix que de me proposer d'entrer. »

Fi soutient son regard.

« Il a eu le choix de te baiser ou non, par contre. »

Merle ne grimace pas.

« Je n'en suis pas si sûre, Fi. J'étais vraiment déterminée.

— Pourquoi ? Pourquoi est-ce que tu as fait ça ? »

Elle ne peut pas avancer l'argument que ce n'est pas dans son caractère parce que, jusqu'à hier, jusqu'à ce matin, elle ne connaissait pas le caractère de Merle, pas vraiment. « Tu savais pourtant la peine que ça m'avait fait, la première fois. Tu m'avais réconfortée, conseillé de lui accorder une autre chance.

— Je sais, répond Merle d'une voix sourde. Je n'ai pas d'excuse. Pas de justification. Je n'arrive toujours pas à y croire moi-même. »

À sa décharge, elle n'essaie pas de minimiser la transgression. Sexe, adultère, institution du mariage : leur importance *est* minimisée désormais, pour ne pas dire proche de l'insignifiance – comment pourrait-il en être autrement ? – mais Fi a quand même besoin de savoir. De comprendre.

« Est-ce qu'il y a toujours eu une attirance, alors ? »

Une autre pause. Merle crispe les doigts sur les bords de son siège en cuir.

« Je crois, oui, mais ni lui ni moi ne serions jamais passés à l'acte.

— Alors pourquoi tu l'as fait ce soir-là ? Si tu avais réussi à te retenir pendant toutes ces années ? Qu'est-ce qui t'a rendue si déterminée ? »

Maintenant, Merle effleure ses lèvres de ses doigts, comme si elle surveillait ses propres mots. Le silence règne dans la voiture fermée ; il y a comme une impression que son atmosphère ne tolérera que la pure vérité.

« Ce soir-là, j'avais fait venir une baby-sitter, et je devais retrouver Adrian à La Mouette. Un anniversaire de mariage en retard. Cela faisait quelque temps qu'on ne s'entendait plus très bien, je t'en avais probablement parlé à l'époque. J'avais déjà bu plusieurs verres au bar lorsqu'il m'a envoyé un texto pour me dire qu'il ne pouvait pas se libérer. C'était un de ces messages lapidaires, sans même un mot d'excuse, juste : "Peux pas venir, vais finir trop tard." J'étais tellement en colère contre lui, furieuse de sa désinvolture, du fait qu'il n'ait pas pensé une seconde à mon arrangement avec la baby-sitter, à tous les efforts qu'il faut faire rien

489

que pour trouver quelqu'un qui s'occupe des enfants et réussir à mettre le pied dehors, et qui plus est, habillée sur son trente et un et d'humeur à être une adulte, une épouse. C'était comme si cette annulation était une accumulation de tous les lapins qu'il m'avait posés, de tous les torts qu'il m'avait faits. Je me rappelle être restée là à fulminer sur mon siège, à littéralement ourdir ma demande de divorce. Il y avait un mec au bar et j'ai essayé de le draguer, mais il a repoussé mes avances, il n'a même pas été tenté. » Elle rougit à ce souvenir. « C'était tellement humiliant. J'ai eu l'impression que c'était le moment le plus humiliant de ma vie. Et un moment décisif. »

Merle reprend sa respiration, les yeux rivés sur la verdure de l'autre côté du pare-brise.

« Alors je suis rentrée à la maison, et je me sentais tellement prête à tout. Je n'étais pas dans mon état normal, c'est la seule façon dont je peux le décrire. Il se passait quelque chose au niveau hormonal, je suppose. J'avais l'impression que ma vie ne faisait que glisser vers sa fin, tu sais, de plus en plus vite, inexorablement, et j'avais besoin… j'avais besoin de provoquer quelque chose pour rester en vie. Même si la seule chose à laquelle je pouvais penser était complètement auto-destructrice. Et risquait de te détruire aussi. De vous détruire tous les deux. Leo et Harry aussi, Seigneur. Alors je suis passée devant ma porte sans m'arrêter et je suis allée frapper à la vôtre. »

Fi absorbe ses mots. Si elle comprend bien, c'est un moment de crise conjugale anodin, une bouffée d'hormones préménopausiques qui a mis en branle cette apocalypse. Cela changerait-il quelque chose à ce qu'elle ressent si ç'avait été une raison d'une importance plus reconnaissable ? Un diagnostic de maladie en phase terminale, la mort d'un proche, une humiliation propre à détruire une carrière ? Il est impossible de ne pas établir un parallèle entre le crime de Merle et le sien, particulièrement parce qu'ils ont une cause en commun : une réaction à l'humiliation.

Une vieille sainte nitouche comme toi, je sais pas comment Bram a fait pour te supporter toutes ces années. Pas étonnant qu'il soit allé voir ailleurs...

Il n'était pas encore trop tard quand il lui a dit ça. Elle aurait pu vider la bouteille de vin dans l'évier. À la place, elle la lui a vidée dans le gosier. Elle a tué un homme.

Je l'ai tué !

Elles restent assises en silence une minute.

« Merle ?

— Oui ? »

Fi sent l'émotion monter en elle comme l'eau dans un puits, déglutit avant de reprendre :

« Je veux que tu saches que si la police s'intéresse à moi, si elle découvre un indice que je ne peux absolument pas nier, je te laisserai en dehors de tout ça. Tu n'as rien eu à voir dans cette affaire. Tu ne m'as pas accompagnée à l'appartement ce matin. Je suis venue te demander de m'emmener chez Tina, c'est tout. Tu n'as aucune idée de ce que j'ai fait. »

Merle secoue la tête.

« Les choses n'en arriveront pas là.

— Mais si c'est le cas, si on m'arrête, est-ce que tu pourras veiller sur Leo et Harry ? Je veux dire, mes parents les prendront sous leur toit, et seront les meilleurs tuteurs que je pourrais espérer, mais est-ce que tu pourras entretenir l'amitié ? Être là pour eux aussi ? Ils auront besoin d'une autre famille où ils se sentent chez eux. Pas immédiatement, je sais que tu seras occupée avec le nouveau bébé, mais plus tard. Je pourrais ne pas pouvoir les voir avant des années. »

Merle redresse ses épaules tremblantes, rattache sa ceinture par-dessus son ventre rebondi et démarre la voiture.

« Bien sûr que oui. »

***

Fi avait deviné lors du week-end dans le Kent, bien sûr – cette fausse excuse pour ne pas boire donnée à la légère – et était venue trouver Merle à la salle de sport le dimanche suivant. Elles avaient chacune leur cours hebdomadaire, désormais : Pilates pour Fi, yoga pour Merle.

Elle allait bientôt devoir passer au yoga pour femmes enceintes.

« Fi ? » Merle avait été surprise de se voir approcher par elle. « Je ne pensais pas… »

Ne pensait pas que Fi lui adresserait la parole en dehors du groupe, en dehors des cordialités convenues lorsqu'elles déposaient ou récupéraient leurs enfants.

« J'ai une question », avait dit Fi.

Merle avait attendu sans répondre. Deux femmes qui arrivaient pour le cours de yoga l'avaient saluée avant de battre en retraite en voyant son air pétrifié.

« Est-ce que Bram est le père ? »

Elle avait vu Merle hésiter à nier carrément qu'elle était enceinte, avant de décider que cela ne rimait à rien. Il y avait un moment où l'on ne pouvait plus nier la vie qu'on portait, et de toute façon, dans sa tenue de yoga, son ventre commençait à se voir.

« Non, avait-elle enfin répondu. C'est Adrian. Il est prévu pour mai.

— Tu me jures que c'est la vérité ?

— Je te le jure.

— Alors je ne te poserai plus la question », avait conclu Fi, simplement.

Pas même si le bébé naît en avril et pas en mai ? avait-elle songé en s'éloignant. Peut-être. Une chose était sûre, elle garderait un œil sur la situation.

Mais toutes sortes de choses pouvaient arriver d'ici là.

Lyon, 14 heures

Il a bougé pour la dernière fois et est désormais installé à l'appart'hôtel. Il se trouve que son nouvel hébergement n'est pas sans rappeler le studio dans Baby Deco : solide et neutre, conçu dans l'idée que le minimum vital mérite autant de respect que le grand standing – eh, on pourrait même en faire une vertu. Oui, exactement ce qu'il faut pour un baroud d'honneur, et un endroit correct pour écrire, par ailleurs bien chauffé et insonorisé. Il y a une machine Nespresso avec toute une collection de capsules, et de ces sachets de thé emballés individuellement qu'aiment les Français. Un frigo pour ses bières. La trace rassurante des cigarettes des fumeurs qui l'ont précédé.

Le plus important est qu'il a détruit la fiche d'information où se trouvait le mot de passe pour le WiFi, et est donc certain que la volonté ne lui fera pas défaut. Autrement, il aurait été tenté de se renseigner sur l'enquête liée à l'accident, sur les éléments de sa vie d'autrefois. D'écrire un mail à Fi et de se mettre à expliquer ce qu'il a fait de l'argent, de la supplier de lui pardonner, voire de lui donner des conseils sur la façon de reconstruire la vie de famille qu'il vient de détruire.

Impardonnable, c'est comme ça que Merle l'a appelé. Un énième homme impardonnable.

Cela l'intéresse de noter que même avec toute son histoire prête à être racontée, et le choix des nuances et des accents entièrement à sa discrétion, il ne s'attend pas à

493

lui en consacrer une grande partie (il a déjà décidé qu'il lui attribuerait un pseudonyme). Au bout du compte, elle n'a pas eu d'importance ; elle n'a pas joué de rôle. Il a cru comprendre que Fi avait choisi de passer l'éponge au nom de l'amitié des enfants (Leo et Robbie sont copains comme cochons, depuis toujours), de l'harmonie du quartier, de la possibilité de continuer à vivre dans la maison. Pas une seule fois elle ne lui a parlé de Merle après leur séparation, et si elle a été capable de faire preuve d'une telle retenue avec l'un des coupables, elle a probablement pu faire de même avec l'autre. Et puis, elle est allée dans le Kent, n'est-ce pas ? Et personne n'en est revenu avec la marque d'un coup de couteau.

Il va s'écouler quelque temps avant que Merle ait vent de la perte de la maison, mais lorsqu'elle le saura, elle ne va certainement pas s'en réjouir. Leur aventure dans la cabane n'a jamais été une question de jalousie à l'égard de ce qu'avait Fi, parce qu'elle avait déjà, elle-même, toutes ces choses – davantage, en fait, puisque son mari à elle était resté fidèle, bien que parfois peu enclin à apprécier à sa juste valeur ce qu'il avait, de l'avis de Bram. Non, pour elle, ce soir-là, il s'était agi de faire quelque chose de dangereux pour créer de toutes pièces un moment de crise. Pour se rappeler que son sang avait encore une raison de circuler, même si le corps qu'il traversait vieillissait plus vite qu'elle ne l'aurait souhaité. Pour rétablir sa conviction qu'elle avait encore quelque chose de bien à offrir.

C'était là la différence entre Merle et lui. Elle avait foi en sa propre capacité à rendre la vie de ceux qui l'entouraient meilleure, tandis que lui en était dépourvu.

Ou du moins, le peu de foi qu'il avait eu autrefois, il l'avait perdu.

55

Samedi 14 janvier 2017

Londres, 17 h 30

Le pire moment de toute l'affaire, se dit-elle, est celui où Merle et elle repassent le seuil de l'appartement – plus déchirant encore que lorsque Harry lui demande si la surprise de Papa lui a plu, le visage rayonnant de foi. La foi que son père a réussi, que sa mère est contente.

« Est-ce qu'il a peint les bonnes couleurs ? Est-ce que ça a séché à temps ? Est-ce que tu as été vraiment surprise ? »

Elle ne peut rien faire sinon le serrer dans ses bras, lui dire que tout est super, que la seule chose qui compte pour elle, c'est d'être avec lui et son frère parce qu'ils lui ont manqué, et que non, ils n'ont pas un escroc et une meurtrière en guise de parents.

Elle les extrait de chez Tina avec relativement de facilité, ne restant pas assez longtemps pour être tentée de laisser échapper que Bram a disparu et qu'il est soupçonné de détournement de fonds. Elle craignait que passer le reste de la journée chez ses propres parents se révèle plus compliqué à gérer sans craquer, d'autant plus que, si le plan de Merle doit fonctionner, on leur demandera plus tard d'attester de son état d'esprit à la suite d'un crime.

Mais il s'avère que les effets d'un grave traumatisme sont les mêmes quelles que soient leurs causes. Perdre la tête parce que vous avez tué quelqu'un n'est pas si différent de la perdre parce que votre mari vous a volé votre maison avant de s'enfuir. Et, au contraire, gérer la confusion et la colère de ses parents à propos de la vente de la maison est une distraction bienvenue, leur attitude férocement protective à l'égard des garçons, un rappel de la contenance que les autorités s'attendront à la voir présenter elle-même. Il est convenu que Leo et Harry resteront à Kingston dans l'immédiat, l'impossibilité de rentrer à la maison leur étant expliquée par un prétendu retard pris par les peintres. Ils n'ont jamais vu l'appartement et cela les perturberait de les y amener maintenant.

(C'est le moins que l'on puisse dire.)

Conformément aux instructions de Merle, elle prend une douche, met à laver les vêtements qu'elle portait la veille et ceux de son escapade avec Toby, puis enfile le jean et le pull que son amie lui a prêtés. À 16 heures, comme convenu, celle-ci lui téléphone et Fi annonce à ses parents qu'elle a besoin de passer à l'appartement.

« Merle pense que Bram a probablement stocké une partie de nos affaires là-bas et je me dis qu'il est possible qu'elle ait raison. Il faut que je retrouve tous nos papiers de banque et d'emprunt pour pouvoir commencer à discuter avec un avocat. »

La réapparition de Merle dans la vie de Fi est saluée d'un haussement de sourcils, mais ne suscite pas d'interrogatoire particulier : à circonstances extraordinaires, mesures extraordinaires, c'est le message. Qu'importe sur quoi – sur qui – elle s'appuie si cela peut l'aider à s'extraire de ce merdier sans nom. Sa mère accepte de la conduire à l'appartement, un trajet péniblement rallongé par la pluie et les bouchons du samedi, et lorsqu'elles arrivent devant l'immeuble, Merle l'attend déjà dehors.

« Veux-tu que je vienne vous aider ? demande sa mère en arrêtant le moteur.

— Non non, rentre t'occuper des garçons. Merci, Maman. Merci beaucoup. »

Elle voudrait en dire plus, elle voudrait ajouter : « Prends soin de Leo et Harry, parce que d'ici quelques heures, on m'aura peut-être arrêtée. »

« Tout va bien se passer, dit Merle alors qu'elles attendent l'ascenseur – plus besoin de monter l'escalier en tapinois, sans lumière. Adrian vient de rentrer du ski, il est avec les enfants à la maison. Je l'ai mis au courant – au sujet de Bram et de la maison, je veux dire. Il est complètement horrifié, comme tu peux l'imaginer. Et Alison m'a recommandé un avocat, au fait. Rog et elle pensent qu'on ne devrait pas traiter directement avec ce Jenson, parce que sa loyauté ira à son client, pas à nous. »

Nous. Elle est toujours évidente dans les mots de Merle, dans son attitude : une fidélité inconditionnelle.

« Les voir ne t'a pas… fait changer d'avis ? Renoncer à m'aider ? demande Fi d'une voix entrecoupée. Je comprendrais si c'était le cas. » Qui, même parmi les gens les plus accablés de remords, voudrait se retrouver mêlé à une affaire pareille ? « Tu as déjà fait énormément pour moi, Merle. Il faut que tu te concentres sur toi et le bébé.

— Voilà l'ascenseur », l'interrompt Merle d'un ton ferme.

Dans l'appartement, rien n'a changé par rapport à la scène qu'elles ont laissée derrière elles le matin, sauf l'odeur, qui est devenue plus puissante, plus fétide.

Ce doit être le vomi… À moins que ce soit *lui* qui commence à se décomposer : est-ce possible ?

Fi observe le corps comme pour la première fois. Elle ne ressent rien de ce qu'on est censé ressentir, d'après ce qu'elle a lu, à la vue d'un cadavre pourrissant : cette impression profonde de quelqu'un qui n'est plus là, d'une dépouille vide, dont l'âme a été volée.

Peut-être parce qu'il n'avait pas d'âme.

Merle s'avance d'un pas décidé, en réfléchissant tout haut.

« Qu'est-ce qu'on ferait en premier, si on venait juste de le trouver ? L'une de nous doit vérifier son pouls. Il vaut mieux que ce soit moi : tu es encore sous le choc de ce qui s'est passé hier avec ta maison. » Elle lui touche le cou et le poignet du bout des doigts. « Je pense que personne ne s'attendrait à ce qu'on tente la respiration artificielle ou quelque chose comme ça, si ? Je crois que je serais malade si je devais mettre ma bouche sur la sienne. »

Fi reste en arrière, évitant de regarder le visage du mort.

« Il est froid ? » demande-t-elle en frissonnant.

Merle lui prend la main, lui transférant le contact de *sa* peau.

« Oui, mais je crois qu'il est plus chaud que toi. Tu ne sens pas le chauffage dans cet immeuble ? On étouffe. Je vais essayer d'atteindre les portes du balcon pour laisser entrer un peu d'air. Sinon je vais dégueuler.

— Sois prudente », répond Fi.

Tandis que Merle se faufile entre les tours de cartons, elle passe ses doigts glacés sous l'eau chaude dans la salle de bains. Elle ne regarde pas la meurtrière dans le miroir.

Lorsqu'elle revient dans la pièce, Merle a réussi à ouvrir les portes du balcon et a sorti son portable.

« Bien. Je les appelle, ou tu le fais ? »

Fi répond qu'elle va s'en occuper. Elle a les mains qui tremblent en utilisant le téléphone ; sa voix est assourdie par le choc.

« Allo ? S'il vous plaît, j'ai besoin que quelqu'un vienne à mon appartement... Il y a un homme... Je viens d'arriver avec mon amie et il y a un corps. Nous pensons qu'il s'agit de quelqu'un que mon ex-mari connaît. Nous pensons qu'il est mort. »

« Bien, dit Merle lorsqu'elle a terminé. Ça a sonné exactement comme il fallait. »

C'est parce qu'elle ne jouait pas un rôle. C'est la beauté imprévue de leur plan : aucune de leurs émotions n'a besoin d'être fabriquée. L'impression qu'elle va peut-être éclater en sanglots, ou se mettre à vomir, ou hurler et hurler jusqu'à ce que quelqu'un lui plante une aiguille dans le bras et que le monde devienne noir : tout est réel.

Lyon, 18 h 30

C'est le soir maintenant et il est en train de fumer une cigarette, prêt à commencer. Il n'a pas de facilités pour écrire et il s'attend à ce que ça lui prenne des semaines, peut-être jusqu'à un mois. Lorsque ce sera fait, il rassemblera ce qui lui reste d'antidépresseurs, plus tout ce qu'il pourra trouver en vente libre dans les pharmacies françaises, et il avalera les comprimés par poignées avec la vodka la plus forte qu'il pourra trouver. Et il mourra. Il ira là où il a envoyé la petite Ellie Rutherford.

Il écrit : *Laissez-moi vous ôter tout doute immédiatement en vous informant que ceci est un mot d'adieu...* Et aussitôt, il comprend pourquoi il est en train de faire ça, pourquoi il repousse l'inévitable. Il veut passer ses dernières semaines avec eux, avec Leo, Harry et Fi. Écrire à leur sujet n'est pas comme être avec eux, en personne, dans la maison, mais c'est quand même du temps passé ensemble, n'est-ce pas ?

Il peut au moins leur donner ça, à défaut d'autre chose.

Londres, 18 heures

Pendant qu'elles attendent, elles récupèrent les documents que Fi a dénichés la veille au soir et fouillent dans d'autres cartons, essayant de rassembler tout ce dont elle pourrait encore avoir besoin pour lancer l'enquête sur le détournement de fonds orchestré par Bram.

« Est-ce qu'on ferait ça ? demande-t-elle à Merle. Est-ce qu'on ne serait pas trop bouleversées par ce qu'on a découvert pour vouloir fouiller dans des dossiers ? »

Merle réfléchit.

« Peut-être, mais tout l'appart va être bouclé, interdit d'accès, alors c'est notre seule chance de récupérer tes passeports et tes documents financiers. Et puis comme on l'a dit, on aura peut-être à expliquer pourquoi il y a tes empreintes à l'intérieur de certains de ces cartons. »

Fi hoche la tête.

« Tu crois qu'il va y avoir des sirènes ?

— Oui, je pense qu'ils vont d'abord envoyer une ambulance. Ils ne vont pas juste nous croire parce qu'on a dit qu'il était mort. On est des amatrices. Ils vont vouloir vérifier qu'il ne peut pas être ranimé. Puis ils feront venir la police scientifique.

— Tu t'es débarrassée des téléphones, c'est sûr ? »

Merle acquiesce.

« Je les ai jetés aussi loin que j'ai pu dans le lac. Personne ne m'a vue, j'en suis certaine. S'il s'avère que quelqu'un nous a vues garées sur le parking, on s'est arrêtées parce que j'avais envie de vomir, OK ? Ça m'arrive souvent ces derniers temps. »

… Étant enceinte – enceinte, et quand même prête à faire tout ça. Il y a le besoin de se racheter, et puis il y a le niveau au-dessus.

En entendant le hurlement lointain d'une sirène, elles se faufilent encore une fois entre les cartons pour aller attendre sur le balcon. La rue en dessous d'elles est lui-sante de pluie, reflétant en éclairs criards les couleurs des phares. Il règne une odeur inexplicablement fraîche et vivifiante, comme si le parc voisin était à l'orée du printemps, que le pire était passé.

Le premier véhicule, une ambulance, grille le feu rouge à l'intersection pour s'approcher de l'immeuble, pendant que la circulation s'arrête pour le laisser passer.

« Dernière chance pour changer d'avis », dit Merle.

Fi sait qu'aucune réponse n'est requise. C'est une illusion que de croire qu'elle peut changer d'avis main-tenant ; elles savent l'une comme l'autre qu'une seule ligne narrative se trouve désormais devant elles. Et c'en est une bonne. Le plus important, c'est que tant qu'aucun lien n'est fait entre le Toby avec qui sortait Fi et le Mike qui gît sans vie dans son appartement, elle a de bonnes chances de s'en tirer. La liberté : si ce n'est pour Bram, au moins pour elle et leurs fils.

Alors que les secouristes sortent de leur véhicule, Fi et Merle retournent à l'intérieur. Merle se place devant l'interphone avant qu'il sonne, comme un chef d'orchestre prenant le contrôle de la scène.

« Prête ? demande-t-elle, les doigts figés au-dessus du bouton.

— Prête », répond Fi.

L'interphone sonne.

56

4 mars 2017

Lyon

Les comprimés sont déjà rassemblés dans la kitchenette lorsqu'il écrit la dernière ligne. Assez pour tuer un cheval, de son avis de non-professionnel. Moins macabre qu'une pendaison pour qui tombera sur la scène.

Il était convaincu que ce serait plus facile pour toi s'il n'était pas là pour te causer encore plus de honte.

Il n'a laissé aucun message, ni pris aucune précaution pour ménager la sensibilité de la pauvre femme de ménage, celle qui va très probablement le découvrir, dont le prochain passage est prévu dans deux jours. Bien trop tard pour qu'on puisse lui faire un lavage d'estomac et le sauver.

Les derniers mots sont écrits. Un souvenir de son stage de sensibilisation à la vitesse : il n'aurait pas prédit que ce serait ainsi qu'il conclurait son récit, mais c'est une histoire aussi éclairante qu'une autre. Elle est racontée de son propre point de vue ; elle permet au lecteur de se faire une bonne idée de ce qu'il est.

Plus les coordonnées bancaires, bien sûr. Le compte sera probablement gelé quelque temps, mais il fait confiance à la police et aux avocats pour déterminer que l'argent appartient de plein droit à Fi et lui donner accès à celui-ci.

Il intitule le fichier « À l'attention de l'inspectrice Joanne McGowan, police métropolitaine de Londres », le copie sur une clé USB et éteint l'ordinateur. Bien sûr, il pourrait utiliser le WiFi en toute sécurité maintenant, aucun policier sur terre n'arriverait assez vite pour le sauver, mais, après six semaines d'isolement, il n'a aucun désir de reprendre contact avec le monde. Et puis, il a envie de s'aérer un peu, de faire une dernière promenade.

Alors qu'il se dirige vers le cybercafé, il songe combien ce serait drôle si l'endroit s'avérait être fermé, l'obligeant à en trouver un autre, le ramenant au contact de l'humanité, du hasard, d'une dernière chance de vivre.

Il est ouvert.

Exactement comme prévu, il reste moins de cinq minutes à l'ordinateur. Il a noté et mémorisé l'adresse avant de quitter Londres mais, par acquit de conscience, il met en copie une adresse générale pour l'unité d'enquête sur les collisions graves de Catford. En attendant que le document se télécharge, il se rappelle qu'il doit décider quelle musique il va mettre pour accompagner sa perte de conscience. Ce devrait être un requiem, en toute logique, ou de l'opéra peut-être, mais il n'en a pas dans sa collection.

Peut-être du Pink Floyd.

C'est sûrement hypocrite, mais il voit vraiment ce document comme son dernier cadeau à Fi. Non seulement il révèle le moyen par lequel elle pourra revendiquer le produit de la vente de la maison, mais il démasque Mike, dévoilant ses actes criminels, la façon dont il a contraint Bram et trompé Fi. Surtout, trompé

Fi. Parce qu'il faut que la police sache qu'elle ne s'est retrouvée impliquée avec cet homme malfaisant que parce qu'il l'a prise pour cible – elle n'a rien fait de mal elle-même, n'a absolument rien à se reprocher.

Une fois que la police saura que Mike est Toby et Toby, Mike, il lui suffira de demander à Fi où et comment le trouver, et elle et les enfants ne craindront plus rien.

Enfin, constatant que le fichier a été joint avec succès, il clique sur « envoyer ».

Remerciements

Chez nous a été écrit en partie hors contrat, ce qui, comme le savent tous les écrivains, implique une période de travail sans rentrées d'argent, mais grisante, où il n'y a vraiment qu'une seule personne dans votre camp : votre agent. Alors merci infiniment à Sheila Crowley : je n'oublierai jamais vos encouragements et votre soutien à une époque où vous aviez des choses bien plus importantes auxquelles penser.

Mes remerciements, également, à l'équipe Crowley chez Curtis Brown (UK) : Becky Ritchie, Abbie Greaves et Tessa Feggans. Également chez CB : Luke Speed, Irene Magrelli, Alice Lutyens et Katie McGowan.

Merci à Deborah Schneider de chez Gelfman Schneider pour son expertise américaine : c'est un plaisir de travailler avec elle et j'espère que cela continuera longtemps. Je me considère comme privilégiée d'avoir été présente à l'inauguration de « The Opals ».

Mes remerciements tout particuliers à Danielle Perez chez Berkley pour le talent et la patience extraordinaires dont elle a fait preuve dans la révision de ce texte. Danielle, vous savez aussi bien que moi les améliorations significatives que vous y avez apportées, et je ne pourrais vous en être plus reconnaissante. Votre foi inébranlable en ce livre et vos efforts pour le faire connaître aux États-Unis représentent énormément pour moi.

Merci au reste de l'équipe de choc chez Berkley, dont Sarah Blumenstock et Jennifer Snyder, ainsi qu'Alana Colucci, qui a conçu cette superbe couverture. (Vous ne savez peut-être pas combien il est rare pour moi d'aimer un design au premier regard !)

Chez Simon & Schuster UK, je suis tellement contente de retrouver la légende de la fiction, Jo Dickinson, et de travailler pour la première fois avec une équipe que j'admire de loin depuis des années : Gill Richardson, Laura Hough, Dawn Burnett, Hayley McMullan, Dom Brendon, Jess Barratt, Rich Vlietstra, Joe Roche, Emma Capron, Maisie Lawrence, Tristan Hanks, Pip Watkins et Suzanne King. Enfin et surtout, Sarah-Jade Virtue, à qui ce roman est dédié. J'ai la chance d'avoir ton excellente amitié et ton infatigable soutien depuis plus de dix ans, et je n'arrive toujours pas à croire que nous travaillons *enfin* ensemble.

Merci à John Candlish pour ses connaissances juridiques, ainsi que pour ses excellentes recommandations de lecture pour penser à *autre chose* qu'à la fraude immobilière. Et au reste de ma famille et de mes amis, qui m'écoutent me plaindre sans jamais se moquer, comme si les livres étaient des diamants de sang et que je risquais un jour de ne pas ressortir vivante de la mine. Je ne vous énumérerai pas de peur d'oublier quelqu'un et de faire plus de mal que de bien – à l'exception de Mats & Jo, mais c'est une tradition.

Imprimé en Espagne par:
CPI Black Print
en avril 2021

Pocket - 92 avenue de France, 75013 Paris

S31285/01